名家选评
中国文学经典

唐宋词举要

钟振振 著

中国古典文学研究名家
精选精注精评 精心结撰
带您走进中国古典文学的艺术殿堂
感悟经典文学作品的隽永意味和永恒魅力

安徽师范大学出版社

策　　划：侯宏堂
责任编辑：潘　安
责任印制：郭行洲
装帧设计：杨　群　欧阳显根

图书在版编目（CIP）数据

唐宋词举要/钟振振著.—芜湖：安徽师范大学出版社，2015.5
（名家选评中国文学经典丛书）
ISBN 978-7-5676-1929-6

Ⅰ.①唐… Ⅱ.①钟… Ⅲ.①唐宋词–注释 Ⅳ.①I222.84

中国版本图书馆 CIP 数据核字（2015）第 059995 号

TANG SONG CI JUYAO
唐宋词举要

钟振振　著

出版发行：安徽师范大学出版社
　　　　　芜湖市九华南路 189 号安徽师范大学花津校区　　　邮政编码：241002
网　　址：http://www.ahnupress.com/
发 行 部：0553-3883578 5910327 5910310（传真）　　　E-mail：asdcbsfxb@ 126.com
印　　刷：安徽芜湖新华印务有限责任公司
版　　次：2015 年 5 月第 1 版
印　　次：2015 年 5 月第 1 次印刷
规　　格：700 mm×1000 mm　1/16
印　　张：21.75
字　　数：356 千
书　　号：ISBN 978-7-5676-1929-6
定　　价：43.50 元

目　　录

1

前　言

在中国古代文学的阆苑里，唐宋词是一块芬芳绚丽的园圃。她姹紫嫣红，千姿百态，与唐诗争奇，与元曲斗艳，远从《诗经》《楚辞》及汉魏六朝诗歌里汲取营养，又为后来的明清戏剧小说输送了有机成分。直到今天，她那些闪烁着人文主义精神光辉而又达到很高艺术境界的作品，仍在陶冶着人们的情操，给读者带来美的享受。

词起源于隋代，她的诞生与音乐有着不解之缘。她所配合的曲调，是同时兴起的，以汉族民间音乐为基础，糅和西域各少数民族音乐及中亚、印度等外来音乐而形成的新声"燕乐"（"燕"同"宴"，因常在宴会上演出，故名）。公元589年，隋文帝灭陈，结束了二百七十多年南北分裂的局面。政治上的统一，经济上的通贯，民族间的融合，势必带来文化上的汇流。词出现在此时，决非偶然。她是应运而生，是南方和北方、汉族和少数民族、中国和外国音乐文学的水乳交融。

词的全名为"曲子词"。"曲子"指她的燕乐曲调，"词"则指与曲调相谐和的唱词。由于"曲子"的唱法今已失传，现在我们所能欣赏的，就只剩下文词了。因此，"曲子词"也就通行省称为"词"。

词虽起于隋，但隋代的词作却未能保存下来。人们仅能从某些打有隋代印记的词牌名称上去辨认她们的蝉蜕。这样，我们介绍词的发展历史，便不得不从唐代说起。

一

上世纪初在甘肃敦煌莫高窟中发现的"敦煌曲子词",主要是唐五代的民间创作。诚如王重民先生《敦煌曲子词集叙录》所言,其间"有边客游子之呻吟,忠臣义士之壮语,隐君子之怡情悦志,少年学子之热望与失望,以及佛子之赞颂,医生之歌诀",更有少数民族剥削阶级统治下"敦煌人民之壮烈歌声",所反映的社会生活面相当广阔,较多地体现着下层人民的喜怒哀乐。她朴素,率直,活泼,清新,散发着浓郁的生活气息。尽管大部分作者的文化水平并不高,许多作品的笔触还很粗糙、稚拙,但玉蕴璞中,连城之价毕竟是掩没不了的。

产生于民间,为人民所喜闻乐见的任何一种文学新样式,总具有强大的生命力,迟早会引起文人雅士的瞩目和效仿。词也不例外。盛、中唐时期民间词已很发达,影响所及,倚声填词在文人圈里亦浸成风气。不过,从李白到白居易,此期文人词作者大多数还应算是诗人而非词人,其创作的主要成绩也在诗而不在词,因此,这时的文人词仅处于萌芽抽枝的阶段。只有到了晚唐,她才可以说是基本成熟了。其标志是大词人温庭筠的出现。温氏虽也工诗,但诗名已为词誉所掩,这表明文人词已从文人诗那里争得了自己的独立。温词深美闳约,精艳绝人,达到了相当高的艺术水准。然而也正是在他手里,词专主艳情,香而软的传统格局定型了。前此,文人词在题材的广泛性上即便不能和民间词同日而语,却也未至于像温词那样狭隘。可以说,晚唐文人词在艺术方面的长足进步,是以社会内容的消减为代价的。推究其原因,殆由于温词半是替权臣代笔去取悦那笃好声色的宣宗皇帝,半是为了供给青楼女郎侑酒时的歌唱之需,并不以展示自己的理想与抱负为宗旨。

五代十国时期,北方战祸频仍,民不聊生,相对来说,南方的局势却较为和平。于是经济重心和文化重心便联袂自中原南迁。而剑门关外的天府之国,扬子江畔的鱼米之乡,这万里长江的上下两端,天险堪恃,地利可依,正是战乱时代最理想的割据之处。因此,在这两块绿洲上立足的前后蜀和南唐,理所当然地成了当时经济、文化最繁荣的区域。"西蜀""南唐"两大词派,就在这特定的历史条件下先后崛起。

"西蜀词派"亦称"花间派",因后蜀赵崇祚编《花间集》,集中所收十八位作家大多在前、后蜀做过官而得名。该派成员之一的欧阳炯为《花间集》作序,曾这样描绘六朝乐府艳词的创作背景:"绮筵公子,绣幌佳人。递叶叶之花笺,文抽丽锦;举纤纤之玉指,拍按香檀。不无清绝之词,用助妖娆之态。"其实,这也正是花间派词自身的炮制过程。尽管欧序颇有微辞于"自南朝之宫体,扇北里之倡风",但花间派词中仍有不少"宫体"和"倡风"的混合物。不难看出,此派的作风是效法温庭筠的。而《花间集》的首选恰是温词!无怪后人称温氏为花间派的鼻祖。须知道,前、后蜀的某些君主如王衍、孟昶等,纵情声色的程度比唐宣宗有过之而无不及;西蜀词人狎妓宴饮的风气,也不亚于晚唐才士。所以,花间派之脉承温飞卿,以醇酒美人为主要创作对象,可谓顺理成章。当然,这是就总体而言;若具体分析,则《花间集》中也还有些抒亡国之深悲,发怀古之遐想,摹写北陲战伐,描绘南疆风情的作品,别开生面,未可一概而论。

西蜀词人中成就最高的是韦庄。其作品主题固然多写艳情,与温庭筠差异不大;但偏向于自己亲历的悲欢离合,主观色彩较强烈,风格也较清丽疏朗,有别于温词的注重客观描摹和秾艳缜密。

"南唐词派"前期作品的取材范围,与"西蜀词派"大致相同。但时代稍晚,代表作家较为集中,主要是南唐的两位君主(中主李璟、后主李煜)和一位宰相(冯延巳),不像西蜀词人群那样成分复杂,上至帝王将相,下及一般官员和士人。又,该派形成之日,已是国祚衰微、风雨飘摇之时。后周以及代周而继起的宋,虎视眈眈,陈兵境上,这样严峻的形势,不容许南唐的君臣们忘形地陶醉在"者边走,那边走,只是寻花柳;那边走,者边走,莫厌金杯酒"(前蜀后主王衍《醉妆词》)之类轻快的小夜曲里,一如西蜀词人们之所曾经。于是,我们在前期南唐词中就已看到了较多的冷色。要说南唐词与西蜀词在风格上有什么区别,那就是多了一层心理上的阴影,从而词笔也就较为凄清,不同于西蜀词的绮艳。

都城金陵的陷落,标志着南唐国政治命运的完结,也标志着南唐词文学价值的升华。南唐词派最后也是最杰出的作家李煜,入宋后以亡国降虏的耻辱身分,在"日夕只以眼泪洗面"(李煜本人与旧宫人书中语)的软禁生活中,写出了"小楼昨夜又东风,故国不堪回首月明中","问君能有几多愁,恰似一江春水向东流"(《虞美人》)等泣尽以血的词句。诚然,他所魂牵梦萦的不过是一个封建帝王失去了的天堂,究其实质,本不足称道;更何况他在位时的奢华与碌碌无为是导致南唐覆灭的直接原因,今日阶下为囚的种种怨愁悔恨,无非咎由自取。可是,他的创作毕竟是真挚的,是用高度洗练的词句去概括一般人在失去最美好的一切时都会产生的那种沉痛心情,故而其美学意义超出了作品本身所反映的具体内容,自有一股强烈的艺术感染力。清人周济在《介存斋论词杂著》中说:"毛嫱、西施,天下美妇人也;

严妆佳,淡妆亦佳,粗服乱头,不掩国色。飞卿,严妆也;端己,淡妆也;后主,则粗服乱头矣。"形象地道出了三家词的特色。而"粗服乱头,不掩国色"八字,正是对后主那些直抒胸臆,洗尽脂粉,纯用白描之佳作的高度评价。

二

经过隋唐五代近四百年间众多作者的共同努力,词业已由发源时仅可滥觞的一泓清浅,演为初具波澜、力能浮舟的溶溶流川。入宋后,因着创作队伍的不断壮大,创作视野的不断开阔,创作技巧的不断新变,词的发展形势更有如江出三峡,一泻千里,吞天坼地,溅玉喷珠,挟五湖百渎之水赴海朝宗。

北宋统治者有惩于晚唐五代藩镇割据,兵连祸结,禁军怙乱,擅主废立的历史教训,早在建国初就诱导高级将领交出兵权,多积金帛田宅以遗子孙,歌儿舞女以终天年(《宋史·石守信传》)。后来又扩大科举取士的规模,设置一系列叠床架屋的行政机构,组建起一支庞大的文官队伍,作为保障中央集权的基干力量。为了换取这一阶层的忠勤服务,封建君主也须给他们以优厚的生活待遇。因此,当时达官贵人蓄养家妓,士大夫们文酒雅集的风气之盛,较前朝有过之而无不及。此外,大一统政权的巩固,又给饱受晚唐五代干戈俶扰之苦的人民提供了休养生息的机会,使他们得以用辛勤的劳动将社会生产力恢复并发展到一个新阶段。随着农业、手工业、商业的日趋兴旺发达,都市经济的日渐繁荣,市民阶层的人数急遽膨胀起来。他们在口腹之余,自然也要娱乐,于是便有那民间乐工、歌妓"新声巧笑于柳陌花衢,按管调弦于茶坊酒肆"(宋孟元老《东京梦华录》),风尚所趋,凌轹往世。上流社会与中下层社会对于声歌的共同需求,构成了推动宋词发展的合力。而由于这两种社会阶层有着不同的艺术旨趣,与之相适应的词的创作面貌也就大相径庭。这在北宋前期表现得尤为典型。

官僚士大夫们得利较早,因而宋初词坛是他们的一统天下。但官僚士大夫词艺术高峰的出现,还在开国后第三代君主仁宗统治时期,代表作家是晏殊、欧阳修。他们都官至宰辅,词作侧重反映士大夫阶级闲适自得的生活和流连光景,感伤时序的情怀;所用词调仍以唐五代文人驾轻就熟的小令为主;辞笔清丽,气度闲雅,言情缠绵而不儇薄,达意明白而不发露,词风近似南唐冯延巳。艺术造诣不可谓不高,但因袭成分较重,尚未摆脱南唐词的影响。晏殊的幼子晏几道也擅长小令,与晏殊并称"二晏"。他是由贵公子降为寒士的,经历了较多的人世沧桑,故其词于高华之中,深寓悲凉。论时代他已入北宋后期,论流派则仍是晏、欧的变调嗣响。

市民阶层的势力不可能因统治阶级内部权力和财产的再分配而立刻壮大,它需要经历一个社会生产水平提高、社会劳动总量积累的过程。因而市民词起步较晚。但它发展的势头很猛,也在仁宗时期达到了高潮。其代表作家是柳永。柳永一生飘泊,沉沦下僚,较能接近民众;所作多描绘都市风光,传写坊曲欢爱,抒发羁旅情怀,内容比晏、欧词丰富,语言也俚俗家常,颇合市民阶层的口味。他精通音律,长期混迹于秦楼楚馆,与民间乐工、歌妓合作创制了许多新腔,大都是更宜于表现繁复多变的都市生活的慢曲长调。慢词在民间早已有之,但自唐以迄宋初的文人较为矜持,宁愿择用句度类似五七言近体诗(那本是他们的拿手戏)的短调,而不甚措意于所谓哇声淫奏的慢曲子。柳永是扭转此风的第一人。词的篇幅拉长,容量加大,表现手段自然也要出新。于是,柳永将六朝隋唐小赋的技法引进词的领域。他那层层铺叙,处处渲染,淋漓酣畅,备足无余的作风,确与崇尚含蓄,讲究韵味,抒情小诗般的传统文人词大异其趣。由于柳词具有较广泛的群众基础,较新鲜的时代风貌,故而风靡四方,赢得了"凡有井水饮处,即能歌柳词"(宋叶梦得《避暑录话》引西夏归朝官语)的盛誉。

北宋前期,主要是仁宗时期,词坛上就呈现着这样一种官僚士大夫词与市民词,雅词与俗词,令词与慢词双峰对峙,二水分流的局面。当然,晏、欧未始没有俗词、慢词的创作尝试,柳永也并非不作雅词、令词,以上不过是各就其主导倾向而言罢了。

宋词至于柳永,完成了第一次转变。但这转变只是翻新了音乐外壳,并未能从内容上根本突破"艳科"的藩篱。因此,当文学史家站在更高的层次为宋词划分流派时,仍将柳永与晏、欧一齐编入"婉约派"的阵营。而拓宽词的意境,扩大词的表现功能,在新的历史条件下恢复和发扬早已式微了的唐五代民间词的现实主义精神,使词能像诗一样自由地、多侧面地表达思想感情,观照社会人生——宋词发展进程中这更为艰巨,也更有积极意义的第二次转变,不能不有待于"豪放派"的异军突起。

北宋建国六十年后,社会繁荣背后隐藏着的阶级矛盾、民族矛盾、统治阶级内部不同政治派别间的矛盾日益尖锐化,表面化。为了缓和这些社会矛盾,维持宋王朝的长治久安,有识之士纷纷提出政治、经济改革的主张并付诸行动。仁宗庆历年间的"新政",神宗熙宁、元丰时的"变法",虽因大官僚地主保守势力的阻挠而终至失败,但它们对社会生活各方面的深刻影响却不可低估。宋词"豪放派"的兴起恰在这一时期,恐怕很难用巧合二字来解释。由于政治、经济和文化的发展进程有不平衡性,未必所有的改革者都是"豪放派",所有的"豪放派"都是改革者;然而改革精神必定会曲折地反映到文学包括词的领域中来,则是可以断言的。

"豪放派"的发轫之始,可追溯到与晏、欧、柳同时的范仲淹。他具有"先天下之忧而忧,后天下之乐而乐"的博大胸怀,曾亲率宋军抗击西夏党项族政权的武装侵略,后又主持过"庆历新政"。其词虽只传五首,却颇有新意。如《渔家傲》写边塞风光、军旅生活,以悲凉为慷慨;《剔银灯》借咏史发泄政治牢骚,于诙谐见狂狷:在当时以批风抹月为能事的词坛上,不啻是振聋发聩的雷鸣。豪放之作在唐五代民间词中已有一定数量,在唐五代以至北宋前期的其他文人词里偶亦惊鸿一瞥,不可谓无,只是湮没在婉约词的茂草底下,呈间歇泉状态,未曾喷涌成溪而已。至范仲淹出,它才正式成为文人词的一种自觉的创作倾向。我们之所以这样说,是连同范氏那些散佚了的豪放篇什一并考虑的。宋人魏泰《东轩笔录》记载道:"范文正公守边日,作《渔家傲》乐歌数阕,皆以'塞下秋来'为首句,颇述边镇之劳苦。"倘若诸词一一俱存,那么豪放词在其可知见的词作中,就该占有数量上的优势了。

进入北宋后期,神宗朝的大改革家王安石一方面在创作上步武范仲淹,以《桂枝香》等刚健亢爽的怀古咏史词骋其政治长才、豪杰英气,一方面又从理论角度向词须合乐的世俗观念发出了挑战。他说:"古之歌者,皆先有词,后有声。故曰:'诗言志,歌永言,声依永,律和声。'如今先撰腔子,后填词,却是'永依声'也。"(宋赵令畤《侯鲭录》)此语实质上是以破为立,"豪放派"的创作纲领,已然音在弦外。前此词中之所以充满着"妇人语"和"妮子态",英雄志短而儿女情长,多阴柔之美而少阳刚之气,关键即在以词应歌。而晚唐以来世尚女乐,歌者多是妙龄女郎,为适应她们的莺吭燕舌,词就只好以男欢女爱、离情别绪、伤春悲秋为主题,以婉约为正宗。"豪放派"要解放词体,打破"诗言志"(泛指情志)而"词言情"(特指情爱)的题材分工,冲决"诗庄词媚"的风格划界,就一定要松开束缚着词的音乐枷锁。在这一点上,时代略晚于王安石的苏轼走得更远。

苏轼"非不能歌,但豪放,不喜剪裁以就声律"(陆游《老学庵笔记》),他只把词当成一种句读不葺的新体诗来作。他在词里怀古伤今,论史谈玄,抒爱国之志,叙师友之谊,写田园风物,记遨游情态,"无意不可入,无事不可言"(清刘熙载《艺概》);其词或表现为平冈突骑,锦帽貂裘,挽弓射虎时的激昂慷慨;或表现为骤雨穿林,芒鞋竹杖,吟啸徐行时的开朗旷达;或表现为大江醉月,故国神游,缅怀英杰时的沉郁悲凉;或表现为长路走马,酒渴思茶,叩问农家时的随和平易:"如行云流水,初无定质,但常行于所当行,常止于所不可不止"(苏轼《答谢民师书》)。他是"豪放派"当之无愧的奠基者。

苏轼的冲击波在北宋晚期词坛上引起了两种不同的反响,赞成者有之,持异议者亦有之。传统是一种巨大的惯性,因而苏轼对词体的革新暂时还不能为大多数人所接受,连他最钟爱的学生秦观也还是学柳永作词的。

在北宋后期的婉约词人中,秦观是艺术造诣很高的一位。秦词的特色是只以中音轻唱,只以浅墨淡抹,而旋律间自有一种沉重的咏叹,画面上自有一种层深的晕染。他的佳作既达到了"虽不识字人,亦知是天生好言语"(宋吴曾《能改斋漫录》记晁补之语)的俗赏,也赢得了文化修养较高的士大夫们的众口交誉。他政治上屡经挫折,远谪南荒,而性格不像与他有着相同遭际的苏轼等人那样倔强,故其晚年之作多绝望语,格调也由哀婉而凄厉。古往今来,社会心理一般都同情弱者和不幸者,秦观以及类似的悲剧型婉约作家,如前之李煜、晏几道,后之李清照,其词之所以偏得人怜,这未尝不是一个重要因素。

北宋晚期"婉约派"的另一位代表作家,徽宗朝曾主管国家音乐机关大晟府的周邦彦,在继承柳永的基础上,进一步发展了婉约词的艺术形式。如作纵向比较,他对柳永的新变,着重表现在以下几点:其一,柳永参与制作的大批慢曲,多是民间新声。口耳相传,此出彼入。乐工歌妓既得自由发挥,兴之所至,擅行损益音拍;词人倚声填词,自不免客从主便,就文字作出相应的增减。故柳词中颇有同调作品句度参差,字数不一的现象。而周氏作为大音乐家兼高级乐官,无论其独立创作抑或在其领导下整理和创作出的歌曲,都具有严格的规范性,故其词字句较整饬,呈现为格律化的定型。其二,柳永时代的乐曲,一曲仅用一种宫调,对歌词字声的要求还不算太讲究,故柳词多只在乐律吃紧处精心调配。而周氏制乐,或于一曲之中多次转调,音律更为繁复,这就必须处处留意字声,平上去入,阴阳轻重,各用其宜,不容相混。王国维《清真先生遗事》谓,读周词,"觉拗怒之中,自饶和婉,曼声促节,繁会相宜,清浊抑扬,辘轳交往"。诵读尚且如此,当时歌唱之悦耳可想而知。其三,柳词长调多平铺直叙,大开大合,盖筚路蓝缕之际,未暇作营构迷楼之想。而周氏躬逢慢词盛行之时,遂刻意出奇,人为地制造曲折回环,或无垂不缩,或欲吐先吞,或虚实兑形,或时空错序,章法变化之能事至此已极。如作横向比较,则同是一时婉约高手,周与秦的作风也不甚相同。大抵秦之笔轻灵,周之笔凝重;秦词醇正,周词老辣。北宋婉约词人,周邦彦最晚出,薰沐往哲,涵泳时贤,宜其词中千门万户,集婉约派之大成,开格律派之宗风。

与秦、周同辈且并驾齐驱的还有一位词中雄杰贺铸。他是北宋唯一从武官队里脱颖而出的著名词人。所作取材较广,风格也不拘一隅,婉约、豪放,兼收并蓄,如杂花酿蜜,自成滋味,合金铸剑,别有锋芒。

总的说来,北宋后期名家都属于士大夫阶层,部分人偶也写有俚词,但主要创作倾向却是雅俗共赏乃至以雅化俗;并且除晏几道外,一般都令慢兼长。因此,这一时期词坛的格局转而表现为"婉约""豪放"二派的对垒。论暂时的力量对比,前者如老柳吹绵,漫天飞絮,占据着上风;论将来的发展趋势,则后者如新笋解箨,拔地而起,"栖凤枝条犹软弱,化龙形状已依稀"(南唐李璟《咏新竹》诗),前程正未可限量。

三

北宋末年,宋、金联合发动的灭辽战争,充分暴露了宋王朝的腐败和宋军的孱弱。于是,辽亡后不久,女真族政权的铁骑便大举南下,一口吞并了整个中原。徽钦二帝被掳,高宗仓皇南渡,中国历史上出现了第二次南北朝的分裂局面。

南宋前期是剑与火的时代。且不说其间宋金双方曾有过若干年、若干次惨烈的拉锯战,即便是在宋向金称臣称侄,岁贡银绢,屈膝求和的苟安时期,以爱国的将领、士大夫和人民为一方,以误国甚至卖国的昏君庸君、奸臣为另一方,战与和、战与降的斗争也始终不曾止息。国家的危亡,民族的耻辱,人民的苦难,面对这一切,只要是具有正义感的词人,谁还能镇日价偎翠倚红,浅斟低唱? 谁还能镇日价雕琢章句,锱铢宫商? 他们不期然而然地集合到苏轼的旗帜下来,拨动铜琵琶,叩响铁绰板,放开

11

关西大汉的粗嗓门,高歌抗战,高歌北伐。天平急剧地向"豪放派"一侧倾倒。宋词史上最光辉的一页,就是由这批爱国词人用自己动脉中沸腾的血液写成的。

最早的爱国词作者中包括好些站在抗金斗争最前列的名臣战将。永垂不朽的英雄岳飞,就是他们的杰出代表。其词作今虽仅存三首,但首首与抗战相关,字字几于珠玑。尤其是那"壮怀激烈"的《满江红》,光昭日月,气吞山河,不仅唱出了那个时代的最强音,在近世中华民族反抗外来侵略的严峻斗争中,也曾教育和鼓舞过千百万人。

在词史上以"二张"并称的张元幹和张孝祥,是南宋早期爱国词人中成就较高的两位。高宗绍兴年间,朝士胡铨因上书反对和议,请斩秦桧之头而遭迫害,被流放广东蛮荒之地。张元幹不畏株连,毅然作《贺新郎》为他饯行,竟以此得罪,受到削籍除名的处分。孝宗朝"隆兴北伐"失利,投降派重新得势,遣使向金人乞和,张孝祥悲愤地在建康留守宴上赋《六州歌头》,致使主战派大臣张浚伤心罢席。此类慷慨悲凉、骏发踔厉的优秀爱国词作,二人集中,绝非仅见。有词以来,人但以"小道"目之,认为是"诗余"。清代著名词论家刘熙载读二张词后,由衷地感叹道:"词之兴、观、群、怨,岂下于诗哉!"(《艺概》)词至爱国,其体自尊。明白这个道理,便觉清人挖空心思以《诗经》中的长短句体为词之源,靠虚报年龄来抬高词的身价,真正是多事了。

怒澜排空的南宋爱国词潮,至辛弃疾出而上升到了巅峰。辛氏出生于北方沦陷区,青年时即参加义军,献身抗金复国的大业。南归后却始终不得朝廷信用,屡官屡罢,壮岁被投闲置散于乡里达二十余年之久,北伐宏愿蹉跎成空。其将才相略既无处发挥,一腔忠愤遂尽托之于词。无论高楼登眺,寒窗夜读抑或旅途书壁,归隐题轩;无论移官留别,饯客赠行抑或元夕观灯,中秋赏月;无论遣兴写怀,侑觞祝寿抑或抚今追昔,论史谈经:他那横戈跃马,以恢复中原为己任的豪情壮志,那因受昏愦无能的统治集团压制,排挤,打击,长期郁积而成的一肚皮不合时宜,随时随处,一触即发。击筑悲歌,不让荆轲《易水》;揭喉高唱,肯输刘季《大风》?浩叹沉吟,无非磊块;嬉笑怒骂,皆成文章。他那股浑厚苍莽之气,那支雄奇奔放之笔,不但曲子里缚不住,就连词最起码的句度也无法范围了。在他的面前,苏轼的"以诗为词"都还显得保守——他干脆进一步解放词体,"以文为词",从此,散文句法也在词中通行了。辛词的特色,还不止于此。他是来自北方的"归正人",颇受猜忌,动辄得咎,有些复杂的感情、过激的言论不便直接吐露;又饱读诗书,胸藏万卷,学养博大精深,所以他便在词里大量用典,甚至用生典僻典,经史子集,悉听驱遣,信手拈来,往往有出神入化之妙。这种作法扩大了词的意蕴容量和艺术张力,虽然,也给今天的读者造成了许多困难和障碍。

与辛同时的爱国词人,长者有陆游,平辈有陈亮,后进有刘过。陆游是南宋伟大的爱国诗人而不以词特别著称,刘过学辛而同大于异,故此皆从略,只说一说陈亮。陈与辛是志同道合的密友,人才相若,唱和之作甚多,词风亦相近。所不同者,辛弃疾身为朝廷命官,不能直言无忌,因而词多摧刚为柔,更见沉郁顿挫;而陈亮则是一介布衣,无拘无束,所以敢大声疾呼。他以策论、檄文为词,横放恣肆,痛快淋漓,颇有自己的戛戛独造。虽较粗犷发露,不及辛词之雄深雅健,但自是黄钟大吕之音,足以起顽立懦。

南宋前期,"婉约派"只为我们贡献了一位出类拔萃的词人,即中国古代最优秀的女作家李清照。她的一生和创作横跨两宋。早在徽宗时,她那些真正属于女性自己的心声,而非由男士们越俎代庖的爱情词,即已以其特有的那份纯挚和缠绵悱恻而卓然名家;但《漱玉集》中的最高成就,却主要体现在她南渡以后的作品里。她是爱国的——"生当作人杰,死亦为鬼雄。至今思项羽,不肯过江东!"她的《乌江》诗句句燃烧着火焰,抗战态度的坚决,不亚于任何一位豪放词人。可惜,"婉约派"关于词"别是一家"(李清照论词语,见宋胡仔《苕溪渔隐丛话后集》)的传统观念限制了她的创作,使她偏心地将侠肝义胆都给了诗,而只在词里向读者展示一个弱女子的自我形象。尽管如此,她的晚期词作仍有相当高的现实主义价值。虽然她写的只是个人在流落天涯,孤苦无告时的"寻寻觅觅,冷冷清清,凄凄惨惨戚戚"(《声声慢》),但却典型地涵盖了当时千千万万的北方难民在国破家亡后的共同境遇,从侧面暴露了侵略者和投降派的历史罪行。这一社会功能又非"豪放派"的爱国词所可替代。至于她的词在艺术上的造诣,则主要是能"用浅俗之语发清新之思"(清彭孙遹《金粟词话》),词淡于水而味浓如酎。为此,她获得了"男中李后主,女中李易安"(清沈谦《填词杂说》)的高度赞誉。

"事无两样人心别"(辛弃疾《贺新郎·同甫见和,再用前韵》)。北中国的丧失,在爱国志士们固然如刳肠剜目,痛心疾首;而对于南宋小朝廷,则只当是切除了半个胃,并不十分妨碍他们啖肥饮甘。更何况,以新都临安为中心的东南地区,山川秀丽,物产富饶,正是理想的安乐窝。因此,一旦妥协和屈辱换得了苟安,北宋末年那种以趁歌逐舞为特征的"宣政风流",就又成为达官贵人们的生活常态。这样的土壤,为培养南宋自己的周邦彦提供了温床。经过数十年的一再优化繁殖,南宋后期词坛上终于结出了两颗"格律派"的硕果——姜夔和吴文英。

姜、吴二人都是游徙于豪贵之门的清客词人。他们都精通音乐,长于言情咏物,为词格律谨严,音韵响亮,措辞高雅,造句新奇,颇能传周邦彦的薪火。但姜氏旁参宋"江西诗派"的生硬,得周之峭拔;吴氏侧入晚唐诗人的密丽,得周之深华。分镳歧路,走向了不同的极端。就技法而言,姜词多用虚字提唱,故结体清空,层次的演绎和转换较为显豁,筋骨全在明处;吴词却每每排比藻绘,故为体质实,脉络多藏在暗处,所谓潜气内转,空际翻身。就风格而论,姜词"如野云孤飞,去留无迹"(张炎《词源》),吴词"如万花为春"(清况周颐《香东漫笔》),光彩眩人。同是奇葩,姜词似疏梗白荷,幽香冷艳;吴词似千叶牡丹,复瓣浓薰。他们虽凭藉艺术上的成功与辛弃疾在南宋词坛分鼎三足,但毕竟不如稼轩那样对国家前途、民族命运息息关心。当然这只是相对而言,他们总还没有完全忘怀时世,本书所选姜词《扬州慢》、吴词《八声甘州》就是证明。

南宋晚期有不少文人雅士沿着姜、吴的道路继续前行,其中周密、张炎两家颇值得注意。周密号草窗,词风接近吴文英,因吴氏号梦窗,后人遂有"二窗"之目;张炎词集名《山中白云》,论词推重姜夔,而姜氏号白石,后人便以"双白"并称。和那些老死于先生牖下的愚顽学者不同,他们一个往酒里兑水,降低梦窗词的酽度,变其秾华为韶蒨;一个给铸铁抛光,磨平白石词的圭角,变其清峻为圆朗。能入能出,因而仍有独立的存在价值。但他们宋亡前的作品至多不过是"鼓吹春声于繁华世界","令后三十年西湖锦绣山水,犹生清响"(宋郑思肖《山中白云序》)而已,格调较高的篇什大都创作于亡国之后。清人赵翼《题遗山诗》有云："国家不幸诗家幸,赋到沧桑句便工。"信然!

从艺术角度来说,南宋后期的"豪放派"中没有产生能与姜、吴抗衡的大家。可是,围绕着宁宗朝的抗金斗争,金亡后理宗、度宗两朝的抗元斗争,爱国词人们仍一直在呐喊。其中较出色的作家是刘克庄和陈人杰。

刘克庄与刘过号称"二刘",同属辛派的嫡系。其词风酷肖稼轩,但功力未逮,浑厚不足,粗豪有余。惟词中颇有些新的政治内容,能发前人所未发,如谆谆告诫官军不要滥杀被逼造反的少数民族百姓,批判朝廷猜忌甚至敌视北方抗金义军的错误态度,提议在抗蒙斗争中应不拘一格地选拔重用起自卒伍的军事人才,等等。其《玉楼春》词直言规箴沉湎酒色的友人:"男儿西北有神州,莫滴水西桥畔泪!"正气凛然,千载下犹能令人奋起。凡此种种,都为宋词增添了新的思想光彩。

陈人杰词仅传《沁园春》三十一首,但多为忧时愤世之辞。当蒙军重兵压境而南宋君臣文恬武嬉之际,他挟醉濡笔,在临安丰乐楼壁上大书道:"扶起仲谋,唤回玄德,笑杀景升豚犬儿!"咄咄逼人,如唐雎对秦王挺剑而起,真有彗星袭月,白虹贯日,苍鹰击于殿上的气象。他作虽不尽如此,要皆锋芒毕露,大有陈亮遗风。而事实上人杰一生科场失意,未曾步入仕途,也确是陈亮那种类型的狂士。援"二张""二刘"之例,我们正不妨也把陈亮、陈人杰合称为"二陈"。

由于统治集团自身的腐朽没落,南迁一百五十年后,南宋终于被北方的元攻灭。元军的长刀利斧可以洗劫城市,屠戮人民,却封不住词人的喉咙。在徐徐降落的大幕下,不同经历、不同气质、不同流派的词人们,同台演完了宋词史上的最后一出悲剧。

此期名家,大略有文天祥、刘辰翁、蒋捷、周密、王沂孙、张炎等。诸人处境有别,性格各异,故词风亦多参差。文天祥孤军抗元,被俘北去,英勇不屈,从容就义。其《酹江月》词曰:"镜里朱颜都变尽,只有丹心难灭!"精忠耿耿,声情激壮,如天外风吼。刘辰翁在宋亡前即能以词笔揭露批判朝政之非,宋亡后亦不肯腼颜事仇,所作多痛悼故国,骨坚格遒,词怆意苦,如林表鹃啼。蒋捷、周密入元后隐居不仕,保持了民族气节,所作哀伤亡国诸词,旨意显豁,语调苍凉,如山中鹤唳。王沂孙、张炎虽苟全性命于新朝,但也无时无地不发故国之思、兴亡之戚,或如草际蛩吟,或如叶底蝉嘒。就在这立体声的管弦乐多重奏中,宋词结束了她三百多年的曲折历程。

以上,我们就唐宋词的发展经过、主要流派及其代表作家,作了一番粗略的勾画。唐宋词这块芬芳绚丽的园圃令人目迷,令人心醉,每一个徜徉其间的游客都会有自己的种种感受,或与他人所共,或为个人所独。我们热切地期待读者朋友们以自己对于真、善、美的追求来认识她,欣赏她。如果这本小书能给大家一些启发和帮助,那我们将感到十分欣慰。

唐宋词中的优秀作品实在太多,"要"不胜"举"。因为整套丛书的规模与篇幅有一定的限制,又须照顾到大、中、小作家的平衡,不同风格、流派的平衡,各种题材、内容的平衡等方方面面,故有许多可选的佳作不得不忍痛割爱,特此说明,恳请读者见谅。囿于学力与见识的谫陋,所注、所评容有未当,也希望方家不吝指正。

敦煌曲子词

　　清光绪二十六年(1900)，甘肃敦煌莫高窟石室中发现了大批古代写本书卷，其中杂抄着相当数量的曲子词。其写作时代，约在八世纪至十世纪之间，亦即唐、五代时期。除极少数可考知作者姓名的文人创作外，绝大多数是无主名的民间作品。原件大部分于光绪三十三至三十四年(1907—1908)被英国斯坦因(原籍匈牙利)、法国伯希和劫取，今藏伦敦、巴黎。近人王重民编有《敦煌曲子词集》。

菩　萨　蛮①

　　枕前发尽千般愿②。要休且待青山烂③。水面上秤锤浮。直待黄河彻底枯。　　白日参辰现④。北斗回南面。休即未能休⑤。且待三更见日头⑥。

【注释】

　　①菩萨蛮：词调名。只表明本词所配合的音乐曲调，与文义无关。词中这样的情况是大多数，只有少数作品内容与调名相符。以下各篇，凡调名与文义无关者，概不出注。

　　②发……愿：明白说出自己的愿望。敦煌文书中，有大量这样的"发愿文"。又，白居易《赠梦得》诗："为我尽一杯，与君发三愿。一愿世清平，二愿身强健。三愿临老头，数与君相见。"

　　③休：封建时代，丈夫有特权单方面解除与其妻妾的婚姻关系，此谓之"休"。待：等待，等到。

　　④参(shēn)辰：同"参商"，是两个星宿的名称。它们此出彼没，永远不会同时出现在一个星空，何况又是白天。

1

⑤即：则。这句中的两个"休"字，前者义同注③，后者义为"罢休"。

⑥三更：古人将一夜分为五个更次，三更正是半夜。

本篇两句一换韵，共押两部韵。上下片一二句"愿""烂""现""面"是一部上去声仄韵，上下片三四句"浮""枯""休""头"是一部平韵（其中"枯"字是用方音入韵）。有回环唱叹的声情效果。

【品评】

关于这首词的主题，历来的注家与论者都认为是一篇爱情的誓言。这一判断的基础，是释"发愿"为"发誓"，并统一将词中的三个"休"字释为"罢休"。这似乎也说得通。但唐五代文献中，"发愿"最常见的义项还是陈述个人的心愿；而三个"休"字都用作"罢休"，从修辞学的角度来考量，也显得笨拙。因此，笔者认为，本篇当是一位女子在好合之初向夫君提出的请求："（你可不敢把我骗！）要休我且等青山烂，等到秤砣浮水面，黄河流水断了线，参星辰星白天见，北斗挂到天南面。休了我这事儿也没了断，（想了断，）且等太阳出夜半！"倘若夫君有和她白头偕老的诚意，满可以接过话茬来发那"爱情的誓言"，不过须改几个字，语气才显得熨帖：枕前"许"尽千般愿。要休"除是"（除非是）青山烂。水面上秤锤浮。"除是"黄河彻底枯。白日参辰现。北斗回南面。休即未能休。"除是"三更见日头。——无论如何，细细咀嚼"且待"二字，其口吻都更像是在挟制对方，而不像是发誓者从正面作出的爽快承诺。

在词中，女主人公连珠炮也似一口气举出六种永不可能发生的自然现象，作为自己正当婚姻权益的保障。如此泼辣生脆，使我们在宋话本之外，又发现了一位"快嘴李翠莲"。这在文人词里是很难见到的，自有独特的美学价值。

鹊　踏　枝①

叵耐灵鹊多谩语②。送喜何曾有凭据③。几度飞来活捉取④。锁上金笼休共语⑤。　　比拟好心来送喜⑥。谁知锁我在金笼里。欲他征夫早归来⑦,腾身却放我向青云里⑧。

【注释】

①鹊踏枝:敦煌曲子词里,共有两首《鹊踏枝》。另一首与"鹊"无涉。本篇或是此曲调的创始之作,调名与文义相关。

②叵(pǒ)耐:不可耐,可恨。灵鹊:喜鹊。俗传喜鹊有灵异,鸣叫声是出门人即将归家的吉兆。谩(mán)语:欺骗人的话。

③何曾有:什么时候有过。

④这句是说,鹊儿多次飞来谎报喜讯,所以我把它活捉了。取:动词后面常用的语助词。这里表示完成状态,可释为"得""住"。

⑤锁上:锁进,关进。休共语:不和它说话,不理睬它。

⑥比拟:原本。

⑦欲:愿,希望。他:她,她的。古汉语中,第三人称代词一般通写作"他"。征夫:从军远征的男子。

⑧这是倒装句,即"却放我腾身向青云里"。

本篇上片押用一部上去声仄韵,句句皆叶。下片换用另一部上去声仄韵,韵脚是"喜""里""里"。在一些方言里,这两种韵不分,因此,说本篇按方音押用同一部仄韵也未尝不可。

【品评】

夫婿从军远赴边塞,女主人公望眼欲穿地盼他平安归来。鹊儿几次三番飞来报喜,都不灵验,女主人公一气之下,便捉了它,将它关进笼子。鹊儿感到十分委屈,叹道:但愿她的夫婿早日还家,好让我重新获得自由。上下两片,分别摹拟思妇和灵鹊的口吻,从"原告"和"被告"两个不同的角度,向听众陈述是非曲直。构思新颖奇特,富有生活情趣和喜剧气氛。唐人金昌绪《春怨》诗写道:"打起黄莺儿,莫教枝上啼。啼时惊妾梦,不得到辽西。"(辽西,泛指东北边疆。)本篇与它有异曲同工之妙。

[唐]李白(701—762)

字太白,号青莲居士,绵州昌隆(今四川江油南)人。青少年时即博览群书,又击剑任侠,轻财重义,有辅佐君王、匡济天下的政治抱负。玄宗开元十三年(725)起出川漫游,十六年中足迹半天下。天宝元年(742)由于道士吴筠等推荐,得到玄宗的嘉赏,供奉翰林(以文学才华随时听候皇帝召唤,为其服务)。因傲视权贵而遭谗言诋毁,仅一年余就被迫辞离长安。"安史之乱"时,应聘入永王李璘幕府,参加讨伐叛军的军事活动。李璘被肃宗以图谋不轨的罪名派兵攻灭,他也受牵连获罪,流放夜郎(今贵州正安北)。后遇大赦东归,客死于当涂(今属安徽)。他是唐代,也是中国历史上最伟大的诗人之一,与杜甫齐名。诗风豪迈雄奇,瑰丽多姿,富有积极浪漫主义色彩。有《李太白集》。存词十余首,散见于宋无名氏编《尊前集》、黄昇编《唐宋诸贤绝妙词选》等,但真伪莫辨,历来聚讼纷纭,至今尚无定论。

忆 秦 娥①

箫声咽。秦娥梦断秦楼月②。秦楼月③。年年柳色,灞桥伤别④。　乐游原上清秋节⑤。咸阳古道音尘绝⑥。音尘绝。西风残照⑦,汉家陵阙⑧。

【注释】

①忆秦娥:这首词,宋人多认为是李白的作品。词调始见于本篇,当是作者的首创。调名本身就是词题。忆:思念。秦娥:古代秦、晋之间(今陕西、山西一带)称美女为娥。

②相传春秋时期有萧史者善吹箫,能招来孔雀、白鹤。秦穆公的女儿弄玉也爱吹箫,穆公遂将她嫁给萧史。婚后,萧史教弄玉吹箫,声似凤鸣,引来凤凰。穆公为他们建造了凤台,二人住台上数年不下,后来一同随凤凰飞去。说见汉刘向《列仙传》。以上二句从这个典故化出,但已不再粘着于萧史、弄玉故事,而是写秦娥月夜梦醒,思念阔别的情侣,拈箫吹弄,其声凄咽。先写箫声,后出吹箫之人,是倒卷帘的笔法。

③自本篇开始,此调上下片第三句例多重复前句末三字。下文"音尘绝"同此例。这是此曲演唱时的特殊需要。

④灞桥:在长安东灞水上。自长安东行,必经此处。汉、唐时人送客到此,有折柳条赠别的风俗。说见南朝梁陈间(一说唐)无名氏《三辅黄图》、五代王仁裕《开元天宝遗事》。

⑤乐游原:又名乐游苑。在今西安城东。本是秦代的宜春苑,汉宣帝时在此修建乐游庙,始有"乐游"之名。唐代,乐游原的西北部在长安城内。武则天时期,她的女儿太平公主在此建造亭阁。其地势高而平,可以远眺,并俯瞰长安全城。每逢佳节,长安士女多到这里游赏。清秋节:天气清肃的秋日。此处又可特指农历九月九日重阳节。古代风俗,人们在此日登高,饮菊花酒,传说可以消灾免祸。

⑥咸阳古道:咸阳是秦代的都城(旧址在今陕西咸阳东北),在长安西北。自长安向西北方去,须经这条古老的道路。音尘:音讯。以上二句是说,夫婿远赴西北地区(盛唐时期,帝国在西北方拓土开边,有许多文士和武士在那里从事汉民族和少数民族间的军事、外交活动),杳无音讯,秦娥于重阳佳节登乐游原,目光循着咸阳古道向远方眺望。

⑦残照:夕阳。

⑧汉家陵阙:咸阳北原上,有西汉十一个皇帝的陵墓,绵延百里,基本上处在同一条直线。阙:古代宫室、陵墓建筑物的对称形门楼。

本篇押用一部入声仄韵,韵脚是"咽""月""月""别""节""绝""绝""阙"。

【品评】

这是一首闺情词。所谓"秦娥",是唐代京城长安(属于古秦地)城里的一位少妇。题目是"思念秦娥",内容却是"秦娥的思念"。对秦娥的思念通过拟写秦娥怀人的方式曲折地表达出来,词的感情波澜就呈现为双向流动之势,俨然有"一种相思,两处闲愁"(宋李清照《一剪梅》词句)的弦外音。须注意的是,这"秦娥"不是作者的妻子,只是一切因夫婿远行而独守空闺的都市思妇的艺术典型。词中所写,乃"人之常情",但这"常情"中不可避免地融会了作者自己的某些生活体验。

上片写秦娥的春愁,下片写秦娥的秋怨。她所思念的夫婿,既曾过灞桥而东去,又曾指咸阳而西行。思妇四季伤怀的情愫,征人四方羁旅的踪迹,只用四十余字便概括无遗,笔墨十分周到而经济。写春愁,场景在明月高楼、闺阁之内;写秋怨,场景在夕阳高原、苑囿之外:日盼与夜想,坐思与伫望,封闭的狭小天地与开放的广袤空间,对举成文,相映互衬。言灞桥柳色,年年伤别,是暗写分别之际折柳赠行之痛;言咸阳古道,音尘断绝,是明写分别之后登高企盼之苦:又是一重照应。秦娥对亲人悠悠不尽的思念,就通过这时序的跳跃,场景的转移,动态的变换,多时空、多侧面的种种映衬,立体而丰满地凸现出来。末二句积淀着深重的历史感慨,摄取了苍楚的政治观照,表面是写秦娥凭高望远时所见之景,背面却折射出了词人因怀才不遇而失望于政治、悲慨于人生的满腔抑郁和愤懑。

[唐]张志和(约730—约810)

字子同,号玄真子,又号烟波钓徒,婺州金华(今属浙江)人。十六岁时入太学(国家级学府之一)。以明经擢第(明经,是以儒家经典著作为内容的科举考试名目)。因献策论政得到肃宗的赏识,待诏翰林(以文学才华随时听候皇帝召唤,为其服务)。授左金吾卫录事参军(京城警备部队中的文职官员)。贬官任南浦县(今重庆市万州区)尉(掌管督收租税)。后隐居江湖。今存词五首,附见于唐李德裕《会昌一品集》。这五首词写得旷逸潇洒,不仅当时在中国盛传,后四五十年间还流播海外,日本嵯峨天皇及皇女有智子内亲王、著名学者滋野贞主等有摹仿之作。

渔　父①

西塞山前白鹭飞②。桃花流水鳜鱼肥③。青箬笠④,绿蓑衣⑤。斜风细雨不须归。

【注释】

①渔父:字面义即"渔翁"。此调作品以张志和五首为最早,当属首创。调名本身即词题。同时及后世作家填此调,一般也都以渔父生活为主题,表现隐逸情趣。又称《渔歌子》,是后起的别名。但敦煌词中另有四首《渔歌子》,格律与此差别很大,二者异调同名,不容相混。

②西塞山:在今浙江湖州西南。白鹭:水鸟名。毛色雪白,长喙,长颈,长腿。好群居。春夏季活动于湖沼、水田,主食小鱼等水生动物。

③桃花流水:桃花的花瓣随水波漂流。鳜(guì)鱼:俗称"桂鱼"。大口,细鳞,青黄色,有黑色斑纹,背鳍硬棘发达,肉质鲜嫩。

7

④箬(ruò)笠：用箬竹叶作为隔水材料制成的遮雨用的斗笠。箬竹叶片长大，即裹粽子的粽叶。

⑤蓑衣：用蓑草编制的雨披。

本篇押用一部平韵，韵脚是"飞""肥""衣""归"。

【品评】

代宗大历十年(775)前后，张志和约四十五岁，在湖州(今属浙江)刺史(州长官)颜真卿处作客，饮宴间创作了五首《渔父》词，这是第一首。唐人同题材诗词甚多，最脍炙人口的还要数张氏此词和柳宗元《江雪》诗："千山鸟飞绝，万径人踪灭。孤舟蓑笠翁，独钓寒江雪。"它们都是作者自我形象与人格的写照，但所反映的价值取向和人生追求却大不相同。张词是"出世"的道家之词，用的是平声"微"韵，声情舒缓平和，如行云流水，表现了作者的超尘绝俗，与世无争；柳诗则是"入世"的儒家之诗，用的是急促的入声韵，声情拗怒激越，如敲金击石，表现了作者的愤世疾俗，与时抗争。

[唐]王建(766? —832?)

字仲初,颖川(今河南许昌)人。曾任昭应县(今西安市临潼区)丞(县长官的助理)、太府寺(中央政府掌管财货仓储、出纳等事宜的机构)丞(寺长官的助理)等。文宗太和中,出为陕州(今河南三门峡市)司马(州长官的助理)。性耽酒,放浪不拘。才富赡,尤工诗,能道人所不能道。乐府诗与张籍齐名。宫词百篇特妙,人多传诵。有《王司马集》。今存词十首,见《尊前集》。

宫 中 调 笑①

团扇②。团扇。美人病来遮面。玉颜憔悴三年③。谁复商量管弦④。弦管⑤。弦管。春草昭阳路断⑥。

【注释】

①宫中调笑:此词写宫中美人事,内容与调名有一定关联。

②团扇:一种有柄的扇子。扇面有框,绷以纱、绢等纺织品。扇面多为圆形,故称。此调以二字叠句起,是定格。

③玉颜:美人面白如玉,故称。

④复:再。商量:探讨,准备。

⑤弦管:此句颠倒上句末二字,下句叠此句,均属此调定格。

⑥昭阳:《汉书·外戚传》载,汉成帝赵昭仪得宠,居昭阳舍。《三辅黄图》载,汉后宫有昭阳殿,成帝赵皇后所居,装饰非常豪华。

本篇押用一部韵,平仄通叶。韵脚是"扇"(仄)"扇"(仄)"面"(仄)"年"(平)"弦"(平)"管"(仄)"管"(仄)"断"(仄)。

【品评】

　　这首小令,写一位宫中美人的不幸遭遇。她曾经得到过君王的宠爱,可现在已经失宠,君王很久没到她所住的昭阳殿里来了,以致道路竟被春草占断。她不再商量管弦,练习歌舞——无人欣赏,徒劳何用?她病了三年了,不愿别人看见自己憔悴的模样,于是用团扇遮住脸。到底是因病而失宠呢,还是因失宠而病?词中没有说。作"因失宠而病"解,文意较胜。但无论如何,都是悲剧。"以色事他人,能得几时好?"(李白《妾薄命》诗)一旦色衰,立见爱弛。词仅寥寥三十余字,便写出了封建制度的残酷。却不动声色,只是客观、冷静地叙述,描绘。

[唐]刘禹锡(772—842)

字梦得,洛阳(今属河南)人。德宗贞元九年(793)进士,同年复中博学宏辞科(封建王朝特设的考试科目之一)。顺宗时,积极参与王叔文等主持的新政,判度支、盐铁案(掌管全国财赋的统计与支调,以及盐、铁专卖事宜),协助理财。新政失败后,贬朗州(今湖南常德)司马。宪宗元和中召还,旋又谪为连州(今属广东)刺史。此后历任夔(今重庆奉节)、和(今安徽和县)、苏(今属江苏)、汝(今属河南)、同(今陕西大荔)等州刺史。晚年为太子宾客,分司东都(闲职,无实权)。著有《刘宾客文集》。擅诗,有"诗豪"之称。与白居易齐名,号"刘白"。亦善于从民歌中汲取营养,倚声填词。今存词近五十首,见本集及《尊前集》、宋郭茂倩编《乐府诗集》等。词风清新流丽,在中唐词坛上占有重要地位。

潇　湘　神①

湘水流。湘水流。九疑云物至今愁②。若问二妃何处所③,零陵芳草露中秋④。

【注释】

①潇湘神:此调作品以刘禹锡二首为最早,当属首创。相传上古时贤君虞舜巡视南方,死在苍梧之野(见《史记·五帝本纪》)。其二妃闻讯赶来,中途不幸溺死在湘江,成为潇湘女神(见北魏郦道元《水经注·湘水》)。本篇即咏其事,调名同时也是词题。湘水源出广西,流贯湖南东部,入洞庭湖。潇、湘二水在今湖南永州市零陵区境内汇合,并称潇湘。

②九疑:即苍梧,山名。在今湖南宁远南,有九座山峰,形状相似,行

11

人疑莫能辨,故名。见《水经注·湘水》。相传虞舜就葬在这里,见《山海经·海内经》。云物:云彩、景物。

③二妃:相传是上古贤君尧的两个女儿,长曰娥皇,次曰女英,皆嫁虞舜。尧用各种方法考验舜,舜则每事与二女谋。尧禅位与舜,娥皇为后,女英为妃,天下称二妃聪明贞仁。见汉刘向《列女传·有虞二妃》。何处所:在哪里。

④零陵芳草:即蕙草,别名零陵香。参见清汪灏等《广群芳谱·兰蕙》。零陵:舜的陵墓。见《史记·五帝本纪》。秋:衰老。用作动词。

本篇押用一部平韵,韵脚是"流""流""愁""秋"。

【品评】

顺宗永贞元年(805)初,王叔文、王伾当国,锐意刷新政治,采取了一系列较为进步的措施,如蠲免百姓所积欠的租赋,惩办贪官污吏,收回宦官所把持的军权等。词人积极参与新政,是二王政治革新集团的中坚。由于他们的作为侵犯了大宦官、大官僚地主的利益,这两股反动政治势力乃于当年秋发动宫廷政变,拥立顺宗长子李纯(宪宗),迫顺宗退位。宪宗上台后,二王被贬往四川(王伾旋即死在贬所),词人则谪为朗州司马。次年,顺宗不明不白地死去,王叔文也遭杀害。贬官十年后,词人刚回长安,又被谪往更为僻远的连州去任刺史。自元和十年(815)至十四年(819),他在连州共度过五个年头,时当四十三至四十七岁。连州与九疑山所在的道州(今属湖南)毗邻,本篇应作于此期间。

古诗词对往古贤君的缅怀,每每寄寓着迁客骚人的政治愤懑。屈原不是幻想"济沅湘以南征兮,就重华(即舜)而陈词"(《离骚》)么?杜甫不是也有"回首叫虞舜,苍梧云正愁"(《同诸公登慈恩寺塔》)的诗句么?本篇曰"九疑云物至今愁",与杜诗何其相似乃尔!如果联系《列女传》中舜"每事常谋于二女(二妃)"的记载,则本篇或以虞舜暗指顺宗,二妃暗指二王。

苍梧之地本来就云山苍莽,烟水迷离。虞舜、二妃的悲剧传说,更为它抹上一层神秘的油彩。以此神秘之地为背景,以此悲剧传说为题材,全词不免也透现出惝恍、哀怨的神情,楚楚动人。发调即用三字叠句,饶有民歌风味。继以"九疑"七字,就句法言,是短引长接;就字面言,是水穷云起;就意象言,是江流山截;就态势言,是动行静止。由"湘水"逗出"九疑",乃绾合二妃升仙之地与虞舜死葬之地;着以"至今"二字,又使二妃、虞舜之古事沟通了词人怀古之今情。第四句以设问语气提唱,构造悬念。下文却不直接作答,用一景句收束全篇,宕出远韵,耐人遐想。其实,那"零陵芳草"正是二妃芳魂的化身,那"露"正是二妃珠泪的比况之词。上句"二妃何处"之问,还是含蓄地回答了的,妙在不落言筌,风流蕴藉。

［唐］白居易（772—846）

　　字乐天,号香山居士,华州下邽(今陕西渭南市临渭区北)人。德宗贞元十六年(800)进士,十九年(803)又中书判拔萃科(封建王朝特设的考试科目之一)。历官德宗至武宗等朝。在地方上曾任江州(今江西九江)司马,杭、苏等州刺史等。在朝廷中曾任翰林学士(文学侍从)、知制诰(负责为皇帝起草文件的官员)等。武宗会昌二年(842)以刑部尚书(中央政府部级长官之一)致仕(退休)。他是唐代继李白、杜甫之后的又一位大诗人,早期写过不少针砭政治黑暗、同情人民疾苦的现实主义的诗歌。作品语言通俗,相传"老妪能解"(没有文化的老太太也能听懂)。有《白氏长庆集》。今存词近三十首,见本集及《尊前集》等,词风流丽清朗。

忆　江　南①

　　江南好,风景旧曾谙②。日出江花红胜火③,春来江水绿如蓝④。能不忆江南。

【注释】

　　①忆江南:作者自注说"此曲亦名《谢秋娘》"。可见,这是他根据自己所要表达的主题,为旧曲另拟的新名。江南:唐行政区划有江南东道、江南西道。

　　②旧曾谙(ān):过去曾经饱览。谙:熟悉。

　　③江花:江边的鲜花。胜:赛过。

　　④蓝:植物名,种类很多,叶子可用来制作青绿色的染料。本篇押用一部平韵,韵脚是"谙""蓝""南"。

【品评】

词人青少年时期就曾旅居江南，自四十四岁至五十五岁，又先后在江南西道的江州、江南东道的杭州、苏州等地做过官，江南的美丽风光给他留下了深刻的印象，使他恋恋不能忘怀。晚年在北方，他写过不少忆念江南的诗歌，《忆江南》词三首就是其中广为传诵的一组。它们约作于文宗开成三年（838）前后，当时词人六十六岁左右，正以太子少傅分司洛阳（领干薪在洛阳养老）。这里所录，是组词的第一首。"日出"两句，线条粗犷明快，设色鲜艳浓烈，凸现了春和景明时的江花江水，有彩版画的艺术效果。不数十年，它也曾传播到东瀛。公元九世纪末，日本第一醍醐天皇时期，皇子兼明亲王作《忆龟山》云："忆龟山。龟山久往还。南溪夜雨花开后，西岭秋风叶落间。能不忆龟山？"就明显是摹拟白词。

[唐]皇甫松

"松"一作"嵩",字子奇,号檀栾子,睦州(今浙江建德)人。中唐时期文学家皇甫湜之子,宰相牛僧孺之表甥。皇甫湜和牛僧孺年辈与白居易相近,因此,他生活的时代应比白居易晚二三十年甚至更多。撰有笔记杂著《醉乡日月》、文学作品《大隐赋》。今存词二十余首,散见于《花间集》(五代十国时后蜀赵崇祚编)、《尊前集》。

梦　江　南①

兰烬落②,屏上暗红蕉③。闲梦江南梅熟日④,夜船吹笛雨潇潇⑤。人语驿边桥⑥。

【注释】

①梦江南:即《忆江南》。唐肃宗时崔令钦撰《教坊记》,所载玄宗开元年间教坊曲名中已有《梦江南》,但不知是否即此曲调。如果是,则本篇即赋此词调的本意。如果不是,则本篇应是根据文义为旧曲另拟了新名。

②兰烬:烛(或灯)芯的残烬。

③屏:屏风。红蕉:指屏风上所画的红色美人蕉花。以上二句写夜已深,香烛(或灯)烧残,烧焦了的烛(或灯)芯没人去剪,自卷,自垂,自落,余光摇曳不定,卧室屏风上红蕉花的颜色也随着昏暗下来。

④梅熟日:农历四五月间梅子黄熟之时。这时江南地区阴雨连绵,俗称"黄梅雨"。

⑤潇潇:形容雨下个不停。

⑥语:用作动词,说话。驿:古时道路,每隔数十里设有驿站,主要供

过往的官员和传递公文的信使暂住或换马。水路亦设驿,有舟。

本篇押用一部平韵,韵脚是"蕉""潇""桥"。

【品评】

本篇与前选白居易词曲调相同,主题相似,风采却迥然有别。白居易是陕西人,他那首词典型地体现了北方作家的审美倾向,借用苏轼的一句诗来评价,正所谓"水光潋滟晴方好"(《饮湖上初晴后雨》二首其一),其美在于"爽朗"。而皇甫松是浙江人,他这首词也典型地代表着南方作家的审美情趣,笔触细腻柔婉,境界凄迷黯淡,更像是一轴水墨丹青。对它的品题,则用得着苏轼的另一句诗——"山色空濛雨亦奇"(出处同上)。换句话说,也就是"语语带六朝烟水气"(俞陛云《唐词选释》)。烟水氤氲,山色空濛,其美在于"朦胧"。能赏"朦胧"之为美,然后可以读此词。

你看,那雨帘掩蔽下的江船是朦胧的,雨帘掩蔽下的驿、桥乃至桥上的人也是朦胧的。而这一切连同雨帘,又笼罩在夜幕之中。而这一切连同雨帘、夜幕,又隐没在梦云缥缈之中。雨朦胧,夜朦胧,梦朦胧,朦胧而至于三重,真是极迷离惝恍之至了。还有那笛声,那人语。笛声如在明月静夜高楼,当然清越浏亮,但在潇潇夜雨江船,却不免呜呜然,咽咽然。人语如在万籁俱寂中侧耳谛听,虽则细细焉,絮絮焉,也可得闻,但一与雨声、笛声相混,便隐隐约约,断断续续,若有而若无了。这些听觉印象若转换为视觉形象,仍不外乎"朦胧"。

单读这首,很容易使人认为作者所怀念的仅是江南之地;殊不知,更让他怀念的还有他所爱的江南之人。作者另有一首《梦江南》,是本篇的姊妹篇:"楼上寝,残月下帘旌。梦见秦陵惆怅事,桃花柳絮满江城。双髻坐吹笙。"那喁喁私语于驿边桥上的"人",该就是词人和他所钟情的那位梳着"双髻"(这发型表明她未婚待嫁)的"秦陵"(今南京)少女吧?

采 莲 子①

船动湖光潋潋秋(举棹)②。贪看年少信船流(年少)③。无

17

端隔水抛莲子(举棹)④,遥被人知半日羞(年少)。

【注释】

①采莲子:《教坊记》曲名中已有此调。本篇写此调名本义,调名就是词题。子:曲名后缀,曲子。

②滟滟:形容水面闪闪发光。举棹:举桨划船。此与下括号内的"年少",都是伴唱的和声。

③年少:少年男子。信船流:停止划桨,由着船儿漂流。

④无端:平白无故。抛莲子:表达爱意。莲子:谐音"怜子",即"爱你"。

本篇正文押用一部平韵,韵脚是"秋""流""羞"。和声"棹""少"另押一部上去声仄韵。

【品评】

这首词,写一位情窦初开的采莲少女看上了一位少年,鼓足勇气向他抛莲子示爱。"遥被人知"的"人",就是那位少年呢,还是不相干的旁人?词中没有交代,解作"旁人",文意较顺。但它明白地写出了少女的反应——害羞了老半天。"半日羞"三字,是全篇的点睛之笔,逼真,传神。

[唐]温庭筠(约801—约866)

字飞卿,太原祁(今山西祁县)人。多才艺。擅长诗赋歌词,才思敏捷,能走笔成万言;精通音乐,善鼓琴吹笛。但不守礼法,不拘小节,故累举进士而不得登第。做过山南东道(治所在今湖北襄阳)节度巡官(军区长官节度使的属官),方城(今属河南)、随县(今湖北随州)县尉,国子助教(国家级学府之一的国子学里的辅佐教官)等官,都不甚得志。有《温飞卿集》。诗与同辈作家李商隐齐名,号"温李"。词与年辈稍晚的另一位大词人韦庄并称"温韦"。今存词约七十首,大都见于《花间集》。多为代言体,多写闺情,辞采秾艳。王国维《人间词话》曾拈用其《更漏子》词中"画屏金鹧鸪"句来概括他的词风。

梦 江 南

梳洗罢,独倚望江楼①。过尽千帆皆不是②,斜晖脉脉水悠悠③。肠断白蘋洲④。

【注释】

①望江楼:临江可以眺望江景的高楼。

②千帆:泛指帆船之多。皆不是:都不是(女主人公所盼望的那条船)。

③斜晖脉脉:写夕阳的余辉倒映在江水中,波光粼粼,仿佛是脉脉含情的眼波在闪动。脉脉:本字是"眽眽",形容含情凝视。

④白蘋洲:开满白蘋花的江边洲渚。蘋,浅水生植物,叶有长柄,柄端四片小叶成田字形,花小而白。据【品评】栏所引赵徵明诗,"白蘋洲"可

指"分手处"。又,古代女子有春暮采白蘋赠给情侣以表示爱情的习俗。这句是说,女主人公瞥见白蘋洲,想到昔日的恋爱,后来的离别,悲伤得柔肠寸断。

本篇押用一部平韵,韵脚是"楼""悠""洲"。

【品评】

这首词写一位思妇自早晨起便倚楼望江,希望能看到她远行的夫婿乘船归来。可是征帆过尽,夕阳西下,她的期待却落了空,好不伤心!构思似有取于同时代前辈作家赵徵明的《思归》诗:"犹疑望可见,日日上高楼。惟见分手处,白蘋满芳洲。"温庭筠词大多镂金错彩,精艳丽密,这首却不加藻饰,清疏流畅,是个例外。"斜晖"七字以景写情,尤有神韵。

近代李冰若《花间集评注》曾批评说:"飞卿此词末句,真为画蛇添足,大可重改也。'过尽'二语既极怅惘之情,'肠断白蘋洲'一语点实,便无余韵。惜哉惜哉!"这意见有一定道理。如改用隐含情思的景语作结,空灵、含蓄一些,或许更有韵味。

更　漏　子①

玉炉香②,红蜡泪③。偏照画堂秋思④。眉翠薄⑤,鬓云残⑥。夜长衾枕寒⑦。　　梧桐树。三更雨。不道离情正苦⑧。一叶叶,一声声。空阶滴到明⑨。

【注释】

①更漏子:古代一夜分五更,以铜壶滴漏计时。子:曲名后缀。此调的初始之作,当与夜听更漏(因怀人而长夜难眠)有关。本篇虽未咏及更漏,但梧桐滴雨之声与更漏滴水之声相似,其内容与调名有一定的内在关联。

20

②玉炉香：玉制的香炉飘出香烟。

③红蜡泪：红蜡烛流着泪水。

④画堂：有彩画装饰的堂屋。秋思：秋思之人。指女主人公在秋天里思念着远行的夫婿。

⑤眉翠薄：所画翠眉已褪色。

⑥鬓云残：所梳云鬓已散乱。以上二句，通过女主人公所化之妆的残褪，来表现她的凄苦。

⑦衾：被褥。

⑧不道：不管。离情：与夫婿离别后的情怀。

⑨明：天亮。

本篇押用四部韵，两仄两平，仄平相间。韵脚是：（一）上去声仄韵"泪""思"；（二）换平韵"残""寒"；（三）换上去声仄韵"树""雨""苦"；（四）换平韵"声""明"。

【品评】

末三句只是"无奈夜长人不寐"（南唐李煜《捣练子》"深夜静"词）七字，却不直说，借梧桐雨声来表达，极有韵味，含蓄得好。温庭筠词的显著特点是辞藻秾艳，意象密集，本篇却偏以清丽、疏朗取胜，可见大家无所不能。

[唐]韦庄(836？—910)

字端己,长安杜陵(今西安东南)人。家贫而好学,才华过人。僖宗广明元年(880),在长安应科举,适逢黄巢起义军攻克洛阳、长安,陷身兵火。中和三年(883)在洛阳作长诗《秦妇吟》,闻名于时,人称"秦妇吟秀才"。后避乱南游长江中下游地区。昭宗景福二年(893)回长安,次年(乾宁元年)中进士。仕唐官至左补阙(职务是对皇帝进谏,向朝廷荐举人才)。天复元年(901)入蜀,为西川节度使(蜀地军政长官)王建掌书记(相当于文字秘书)。唐亡,王建在蜀称帝,史称前蜀,开国制度多由他拟定,屡官至吏部侍郎兼平章事(宰相)。他是晚唐五代时期的重要诗人、词人。有《浣花集》。今存词五十余首,散见于《花间集》《尊前集》等。王国维《人间词话》曾拈用其《菩萨蛮》词中"弦上黄莺语"句来概括他的词风。

菩 萨 蛮

人人尽说江南好①。游人只合江南老②。春水碧于天③。画船听雨眠④。　　炉边人似月⑤。皓腕凝双雪⑥。未老莫还乡。还乡须断肠⑦。

【注释】

①尽说:都说。

②只合:只该。老:指定居于此,生活到老。

③碧于天:比天空的颜色还要碧青。

④画船:有彩画装饰的游船。

⑤炉边人:酒肆里当炉卖酒的女郎。炉:同"垆",安放酒瓮的土墩。

⑥皓腕：美人雪白的手腕。

⑦须：应。断肠：非常伤心。以上二句是说，未老不要还乡，还乡心里会很难过。（人老了，心肠会变硬，故云云。）当时北方战乱，词人的家乡在京都长安，饱经战祸，破坏程度严重，故不忍心还乡。有的注家认为，"须断肠"指的是舍不得离开当垆的美女。这可能是误解，因为词人与她或她们只是顾客与服务员的关系，纵有感情瓜葛，恐怕还到不了因离别而断肠的程度。

本篇押用四部韵，两仄两平，仄平相间。韵脚是：（一）上去声仄韵"好""老"；（二）换平韵"天""眠"；（三）换入声仄韵"月""雪"；（四）换平韵"乡""肠"。

【品评】

僖宗中和三年（883）春末至光启二年（886）夏初，韦庄曾游江浙（见夏承焘先生《韦端己年谱》），时约四十七至五十岁。此词或作于此期间。其时北方战乱不息，南方相对来说还算比较安宁，他到江南，当属避难。"春水碧于天，画船听雨眠"，一下子便抓住江南风景的典型特色。"炉边人似月，皓腕凝双雪"，又一下子抓住江南生活的旖旎风情。小令篇幅有限，容不得铺陈。比之于画，是扇面，是册页，贵在画面简净，一两枝花，三五片叶，就能写活春天。韦庄此词，正有这样的特点。然而细细玩味，"游人只合江南老"，含有无可奈何，只得如此的语气。"未老莫还乡，还乡须断肠"，更见出有家难回的苦衷。于是，"江南"再"好"，也无法慰平他心灵上的褶皱。其词深处实隐藏着汉王粲《登楼赋》里的两句话："虽信美而非吾土兮，曾何足以少留！"

思 帝 乡

春日游。杏花吹满头。陌上谁家年少①，足风流②。妾拟将身嫁与③，一生休④。纵被无情弃⑤，不能羞。

【注释】

①陌:野外的道路。谁家年少:不知哪家的少年。

②足:够。风流:俊美多情。

③妾:古代女子对自己的谦称。拟:打算,想要。将身嫁与:把自己嫁给他。与:给,这个介词后面省略了宾语。

④休:此处指心愿得遂后的罢休。

⑤纵:纵然,即使。

本篇押用一部平韵,韵脚是"游""头""流""休""羞"。

【品评】

春天。郊外。人们尽情地踏青游赏。片片杏花随风飘舞,洒得人满头满身都是花瓣。一位少女看中了路上的一位英俊少年,心想如能嫁给他,这辈子就满足了,哪怕被他无情地抛弃,也没什么可羞耻的。此词通过对女主人公心理活动的传神描写,活泼泼地塑造出了一个具有健全人格、渴望婚姻自主的女性的典型。这在青年男女被剥夺了自由恋爱权利的封建社会里,有着特别的意义。词的风格泼辣爽朗,情调接近自《诗经》以来的北方民歌。

[唐]薛昭蕴

生平不详。今存词十九首,见《花间集》。集中署为"薛侍郎昭蕴"。五代十国时人孙光宪《北梦琐言》载薛昭纬侍郎好唱《浣溪沙》词。"纬""蕴"字形相似,或为同一人。昭纬,字纪化,河东(今山西永济)人。历官僖宗、昭宗两朝。曾任礼部侍郎(礼部为中央政府掌管礼仪、祭祀、科举考试等事宜的部门,侍郎为其次长)、御史中丞(中央监察机关的次长)等职,后贬为溪州(今湖南永顺)刺史。有文学才华,作品颇秀丽。

浣 溪 沙①

倾国倾城恨有余②。几多红泪泣姑苏③。倚风凝睇雪肌肤④。　　吴主山河空落日⑤,越王宫殿半平芜⑥。藕花菱蔓满重湖⑦。

【注释】

①浣溪沙:此调名《教坊记》中已载,可见本是唐曲。又名《浣纱溪》。今浙江诸暨苎萝山下有浣纱溪,相传春秋时期美人西施曾在此浣洗纱线。今浙江绍兴的若耶溪别名也叫浣纱溪,得名由来相同。词调的命名当与此有关。本篇咏西施及吴越兴亡故事,似是用此词调的原始题意。

②倾国倾城:《汉书·外戚传》载汉武帝时宫廷歌手李延年唱过一首歌:"北方有佳人,绝世而独立。一顾倾人城,再顾倾人国。宁不知倾城与倾国?佳人难再得!"歌中夸张说这北方美人举世无双,眼波具有勾人魂魄的魅力,掉头一个飞眼就能让君王丢了城邑;再送一个飞眼,就能让君王丢了邦国。倾:倾覆。

③红泪：相传三国魏时，常山（今河北正定）女子薛灵芸容貌盖世，郡守用千金聘得，进献魏文帝。灵芸登车上路之时，用玉唾壶承接泪水，泪为红色。到了京城，凝固如血。说见晋王嘉《拾遗记》。后遂用"红泪"指女子带血的眼泪。解作女子沾染了脸上红胭脂的眼泪，也可通。姑苏：苏州的别称，因城西南有姑苏山而得名。春秋时，吴国在此建都。按，春秋时期，吴、越争霸，越王勾践败给吴王夫差，被迫和夫人入吴给吴王当了三年奴仆。归国后，他发誓要报仇雪恨，听说夫差好色，乃将本国苎萝山卖薪女、绝代佳人西施献给夫差，阴谋惑乱吴国的朝政。事见汉赵晔《吴越春秋》，袁康、吴平辑《越绝书》。以上二句咏此事。

④倚风：倚着栏杆立在风中。凝睇（dì）：凝神斜视。雪肌肤：形容西施肌肤之白。《庄子·逍遥游》说，遥远的姑射山上有神人，"肌肤若冰雪"。

⑤吴主：主要指吴王夫差。公元前495—前473年在位。他即位之初曾在夫椒（古山名，在今苏州西南太湖中）大破越军，乘胜攻入越境，迫使勾践臣服。后骄奢淫逸，杀忠臣伍子胥，宠幸西施，又向北扩张，与齐、晋等国争霸中原，被勾践率越军乘虚而入。自此一蹶不振，最终，在与越国的战争中兵败自杀，国破家亡。

⑥越王：主要指勾践。前497—前465年在位。夫椒之败后，他卧薪尝胆，十年生聚（繁衍人口），十年教训（教育国民，训练军队），终于复仇灭吴，继而成为诸侯霸主。以上史实，详见《史记》中的《吴太伯世家》和《越王勾践世家》，及《吴越春秋》《越绝书》。平芜：长满杂草的原野。

⑦藕花：荷花。菱蔓：菱草的蔓枝。菱：水生植物，果实即菱角。重湖：指太湖。它曾是吴越两国交兵的战场。附近有长荡、射、贵、漏等四个小湖相连通，故以"重"（重叠）为言。

本篇押用一部平韵，韵脚是"余""苏""肤""芜""湖"。

【品评】

词人作此词时，"吴越争霸"——历史舞台上曾热火朝天，波澜起伏过的这一场活剧已沉寂了千余年。昔日吴王的壮丽山河，如今空有落日残照;当年越王的繁华宫殿,现亦大半废为荒野。旧时两国水战鏖兵之地太湖,再不见旌旗蔽天,戈船冲突,再不闻金鼓雷动,剑戟戛击,只有荷花菱蔓静静地铺满浩渺烟波。负者已矣,胜者亦已矣。竟不知当日耗费百千万人的血肉之躯,所争何事!词人对此未置一词,但透过他用冷色调油彩涂抹出的那幅廓大而凝重的画面,分明可以听到他无声的叹息。近代李冰若评此词曰:"伯主(霸主)雄图,美人韵事,世异时移,都成陈迹。(下片)三句写尽无限苍凉感喟。此种深厚之笔,非飞卿(温庭筠)辈所企及者。"(《花间集评注》)自整体成就而言,薛词固不能与温词相提并论;但本篇后半气象苍莽,笔力振迅,在以镂金错彩为能事的花间派词中,确是独树一帜的佳作。

依据历史事件本身的内在逻辑,西施是联结吴越双方,关系两国兴亡的关键人物。作吴越怀古词而请她出来串场,真是再合适也不过的。但本篇结构上的巧妙不止于此,细心审视,上片西施的丰神,酷似一枝亭亭玉立、泫露而开的白荷,实由下片结句中的"藕花"二字幻生出来。连锁上下片的暗扣在此,不可草草看过,辜负了作者的意匠经营。

[前蜀]牛希济

陇西(今属甘肃)人。前蜀后主时,累官翰林学士、御史中丞。前蜀被后唐攻灭后,随后主入洛阳。因赋诗为后唐明宗所叹赏,用为雍州(今西安一带)节度副使(军区副长官)。今存词十四首,散见于《花间集》和明杨慎编《词林万选》。

生 查 子

新月曲如眉①,未有团圞意②。红豆不堪看③,满眼相思泪④。 终日劈桃穰⑤,人在心儿里⑥。两朵隔墙花,早晚成连理⑦。

【注释】

①新月:阴历月初的初弦月。曲如眉:五代时女子画眉,有"月棱眉""却月眉"等样式。见旧题唐宇文士及《妆台记》。

②团圞(luán):团圆。以上二句以新月的不圆比喻恋人的不团圆。

③红豆:一名"相思子"。豆科植物,木质藤本。分布在南方地区。种子为卵形,朱红色,一端有三分之一为黑色。古人用以象征或表示爱情、相思。不堪:不忍。

④以上二句是说,我已经因相思而满眼是泪水了,再看这"相思子",怎么受得了呢?"满眼相思泪"也可作双关语理解。红豆的形状本身就像人的眼睛,那黑色的一端像瞳人,朱红色部分像满眼的红泪。

⑤劈桃穰(ráng):劈开桃核,取出核里的穰(果仁)。

⑥以上二句是说,成天都在想着自己所爱的那个人。"劈桃穰"并非真劈,只是一句隐语,巧借"仁"谐音双关"人",以桃仁在桃核的心里,逗

28

引出情人在我的心里。

⑦早晚：何时。连理：两株植物的枝干纠结在一起，象征情侣的结合。

本篇押用一部上去声仄韵，韵脚是"意""泪""里""理"。

【品评】

这首词讴歌纯真的爱情。从其情调来看，抒情主人公应是女性。她和她所爱的人被那象征封建礼法的"墙"隔离开了，因此，她的眼眶里滚动着伤心的泪水。但是，"墙"只能隔住她的身，却隔不住她心中的思念。有情人何时才能成为眷属呢？她盼望着，不知有没有这一天。全篇交替使用形象的比喻和巧妙的双关语，富有南朝小乐府民歌的风味，清新婉转，婀娜多姿。

29

[前蜀]李珣(855?—930?)

字德润,祖先为波斯(今伊朗)人,家居梓州(今四川三台)。其妹为前蜀后主王衍的昭仪(嫔妃一类)。本人曾以秀才豫宾贡(被州郡政府作为优秀人才推举给朝廷),因善作歌词而得后主之赏识。著有《琼瑶集》。今存词五十余首,散见于《花间集》《尊前集》等。

巫山一段云①

古庙依青嶂②,行宫枕碧流③。水声山色锁妆楼④。往事思悠悠⑤。　　云雨朝还暮⑥,烟花春复秋⑦。啼猿何必近孤舟⑧。行客自多愁⑨。

【注释】

①巫山一段云:此调名《教坊记》中已载,可见本是唐曲。传说战国时楚怀王曾梦与巫山神女交欢,神女自称"旦为朝云,暮为行雨,朝朝暮暮,阳台之下",即白天化身为云,傍晚化身为雨。传说见南朝梁萧统编《文选》所录战国楚宋玉《高唐赋》。词调名有取于此。本篇所赋,与此词调的原始题意有一定的联系。巫山:在今重庆巫山县东,夹长江两岸。最著名者有十二峰。

②古庙:指巫山神女庙。宋范成大《吴船录》载,庙在巫峡南岸小冈上。传说神女名瑶姬,是西王母的女儿,称云华夫人,曾助大禹治水。嶂:高而险,像屏障一样的山峰。

③行宫:指春秋战国时楚王的离宫,俗称"细腰宫"。据宋乐史《太平寰宇记》、陆游《入蜀记》,宫在巫山县西北,三面环山,南望长江。

④妆楼:兼指古庙中神女和行宫中美人的梳妆楼。

30

⑤往事：指楚国的历史兴亡之事。前蜀后主王衍就是因为荒淫酒色才亡国的，词人对此深有感慨，故在凭吊楚国古迹时，特别拈出"妆楼"这一与女色有关的建筑物。春秋时，楚灵王喜欢细腰美女，"细腰宫"由此得名。战国时，楚怀王梦交巫山神女，更是好色的典型范例。楚国的灭亡，虽有政治、军事、外交诸方面复杂的原因，但楚王们的耽于女色也是一个不容忽视的因素。

⑥语典出于《高唐赋》，详见注①。

⑦以上二句是说，楚王的风流韵事，楚宫的繁华艳史，早就消逝，惟有巫山的云雨，朝朝暮暮，生灭不已，江岸的烟花，春春秋秋，开谢无休，勾引人们的遐想。

⑧猿啼：北魏郦道元《水经注·江水》篇载，三峡中每当秋霜凝结的清晨，常有猿声长啸，凄厉哀转，回荡在空谷间，渔歌唱道："巴东三峡巫峡长，猿鸣三声泪沾裳。"

⑨行客：离家出行在外的人，作者自指。以上二句是说，山猿为什么定要贴近我这孤零零的客船哀鸣呢？我的愁苦本来就够多的了！

本篇押用一部平韵，韵脚是"流""楼""悠""秋""舟""愁"。

【品评】

这是五代十国时期怀古词中的上乘之作，当写于公元 925 年前蜀覆灭后不久。词人一叶扁舟漂流三峡，春秋战国时代楚国的历史陈迹触发了他的亡国之痛。"啼猿"二句词意深厚，神情怆楚，比起同时代一些就题敷衍、为怀古而怀古的作品来，真可谓血浓于水了。

[后蜀]欧阳炯(896—971)

　　"炯"一作"迥",成都华阳(已废入今成都市)人。前蜀后主时,官中书舍人(负责制订政策的机关——中书省的中级官员)。国亡,随后主降后唐,任秦州(今甘肃天水)从事(州郡长官的助理)。后返回蜀地。孟知祥建后蜀,又用为中书舍人。后蜀后主时,累官至门下侍郎、兼户部尚书、同平章事(宰相)。后蜀亡,从后主孟昶归宋,官至翰林学士、左散骑常侍(没有实际职权的高级官员)。擅长于文章诗词,善吹长笛。曾为《花间集》作序。今存词近五十首,见《花间集》《尊前集》。

江　城　子①

　　晚日金陵岸草平②。落霞明。水无情。六代繁华③,暗逐逝波声④。空有姑苏台上月⑤,如西子镜⑥,照江城⑦。

【注释】

　　①江城子:此词调应是由咏江城之事而得名。"子"是曲名后缀。本篇用原始题意,咏扬子江畔的古城金陵。
　　②晚日:夕阳。金陵:今南京。战国时,楚威王灭越国,始置金陵邑。三国时,东吴定都于此,名建业。晋时改名建康。东晋、南朝宋、齐、梁、陈等王朝都以此为都城。
　　③六代:即上述六个在金陵建都的封建朝代。
　　④逐:追随。逝波:流走的水波。以上二句是说,六代繁华在不知不觉中随着长江流水一去不复返。
　　⑤姑苏台:故址在今苏州西南姑苏山上。相传为春秋时吴王夫差所

建,三年聚材,五年完工,耗费了巨大的人力物力,致使吴国民不聊生。事见《吴越春秋·勾践阴谋外传》《越绝书·越绝内经九术》。

⑥西子:即西施。参见前薛昭蕴《浣溪沙》词注③。

⑦吴王夫差奢侈好色,终于亡国。而六代的君主中,也不乏相同的典型,如齐东昏侯萧宝卷、陈后主叔宝等。因此,以上三句借助如西子妆镜般的苏台明月,将这两段历史沟通起来,以见淫乐亡国的教训真是千古同辙。

本篇押用一部平韵,韵脚是"平""明""情""声""城"。

【品评】

建都于金陵的"六朝",东吴历时四十三年,东晋一百零三年,南朝宋五十九年,齐二十三年,梁五十五年,陈三十二年,在历史舞台上都是匆匆来去的过客。其统治者多苟且偷安,醉生梦死,镇日沉酣于醇酒美人,不虞内忧外患,一旦祸起萧墙或烽警边场,糊里糊涂地便丢了江山。一切豪华浮艳,转瞬间都化作过眼烟云,徒给后人留下无穷的喟叹。故自唐代起,六朝兴亡之事就成了怀古诗词中长咏不衰的题材。本篇亦是一例。

末尾对大江石城而感喟六朝事,却横空牵入吴越旧春秋,字字出人意料之外,却又字字在人情理之中:吴越兴亡,六朝陵替,虽时隔千年而历史教训略同——有国而骄奢淫逸,不亡何待?正是这样一个逻辑联系,使词人有理由将彼此悬绝的两段史实扯到一起来加以比勘。又,江城金陵,高台姑苏,虽地隔数百里,但日落西山,月上东山,苏州在金陵的东面,那一轮明月难道不是从苏州方向冉冉升起,西来俯照江城的么?构思缜密,有脉络可寻,并非不讲文气,如野马脱缰般疯跑。又,中天朗月,原本娴静超脱,而一经限定在"姑苏台上",形容成"如西子镜",便无可奈何地负载了那个远在数百里外,亡达千年之久的古吴国的全部艳史与恨史。于是它的"照江城",就有了借古吴国以鉴六朝的意味。

唐刘禹锡诗云:"山围故国周遭在,潮打空城寂寞回。淮水东边旧时月,夜深还过女墙来。"(《石头城》)这是单纯的金陵怀古。李白诗云:"旧苑荒台杨柳新,菱歌清唱不胜春。只今惟有西江月,曾照吴王宫里人。"

(《苏台览古》)这是单纯的姑苏怀古。欧阳炯此词,妙就妙在箭贯双鹄,一笔拓开了广大的历史空间和地理空间。

[南唐]冯延巳（903—960）

一名延嗣，字正中，广陵（今江苏扬州）人。年轻时即能文学，多才艺。受到执掌吴国军政大权的李昪（当时名徐知诰，即后来的南唐烈祖）的赏识，与李昪之子李璟（当时名景通，即后来的南唐中主）游处。李昪废吴自立，建南唐国后，他在李璟元帅府掌书记。李璟即位后，特予重用，累官至左仆射同平章事（宰相）。他工诗，善书法，而尤以词著称，与南唐后主李煜齐名，号"冯李"。有《阳春集》。今存词一百二十余首，但有一些与其他作家如温庭筠、韦庄、晏殊、欧阳修等的作品相混。所作能以凄清调和绮丽，风神绵邈，王国维《人间词话》曾拈出其《菩萨蛮》词中"和泪试严妆"句概括其词品。他这种创作风格，对北宋晏殊、欧阳修等影响颇大，清刘熙载《艺概·词曲概》称，晏得其俊，欧得其深。

鹊　踏　枝

萧索清秋珠泪坠①。枕簟微凉②，展转浑无寐③。残酒欲醒中夜起④。月明如练天如水⑤。　　阶下寒声啼络纬⑥。庭树金风⑦，悄悄重门闭⑧。可惜旧欢携手地。思量一夕成憔悴。

【注释】

①萧索：萧条，冷落。珠泪：双关语。既实指女主人公的眼泪，又喻指露水。

②簟：竹席。凉：字面是说入秋后睡竹席已有凉意，实亦暗示女主人公心境凄凉。

③展转：形容人在床上翻来覆去。浑：还。作"全然"解亦通。无寐：

睡不着。

④残酒:残存的醉意。中夜:半夜。起:起床。

⑤月明如练:南朝梁萧绎《春别应令》诗四首其一:"昆明夜月光如练。"练:经过水煮的工艺处理,变得柔软、洁白的熟绢等纺织品。天如水:形容夜空像水一样澄澈。

⑥倒装句,即"阶下络纬啼声寒"。络纬:俗称"纺织娘"。形似蝗虫,斑色,有薄翅数重,夏历六月,振翅发声。与蟋蟀同类,因此古诗词中也混用以指蟋蟀。蟋蟀于初秋七月天气转凉时开始发声,故称"寒声"。同时,"寒"字与前"凉"字一样,也有折射女主人公情绪的功用。

⑦金风:秋风。古人以五行(金、木、水、火、土)配四季,"金"与"秋"相对应。

⑧悄悄:形容寂静。重门:两道以上的门。

本篇押用一部上去声仄韵,韵脚是"坠""寐""起""水""纬""闭""地""悴"。

【品评】

这首小词写离别后的相思。作者为抒情女主人公设置了一个寂寞、凄清的典型环境——秋夜不眠,醉解寒生之际;深院无人,虫声月色之中。此时此地,她披衣出户,徘徊庭园,想起昔日与所爱的人在这里携手漫步的欢会情景,心绪更加悲苦。末句夸张说,一夜相思就使人变憔悴了,自是入骨情语,浑厚而凝重。

[南唐]李璟(916—961)

字伯玉,徐州(今属江苏)人。南唐烈祖李昪长子。公元943年即位,在位十八年。在位期间,对外用兵,攻灭楚、闽二国,扩大了南唐的疆域。晚年因后周南侵,军事抵抗节节失利,不得不割江北之地与周,并削去帝号,改称南唐国主。史称南唐中主。好读书,多才艺,尤擅词。今存词四首,感情真挚,风格清新,语言自然。南宋初人辑录其词,与其子李煜词合刻,名《南唐二主词》。

浣 溪 沙

菡萏香销翠叶残①。西风愁起绿波间②。还与容光共憔悴③,不堪看④。 细雨梦回鸡塞远⑤,小楼吹彻玉笙寒⑥。多少泪珠何限恨⑦,倚阑干⑧。

【注释】

①菡萏(hàndàn):荷花的别名。

②这句是说,秋风与人的愁绪同起于绿波之间。

③容光:人的面容。这句的主语是荷花、荷叶。

④不堪:不能,不忍。

⑤梦回:梦醒。鸡塞:即鸡鹿塞,在今内蒙古磴口西北哈隆格乃峡谷口,是古代贯通阴山南北的交通要冲,汉时筑城于此。这里泛指北方边塞。

⑥吹彻:吹透,吹罢。

⑦此句一作"簌簌泪珠多少恨",文字较胜。何限:多少,即"无限"的疑问语态。

⑧阑干:这里指小楼的栏杆。

本篇押用一部平韵,韵脚是"残""间""看""寒""干"。

【品评】

这是一首代言体思妇词,抒情主人公是一位戍边军人的妻子。作者早年在吴国(杨氏政权)曾任知中外左右诸军事、副元帅等军职;其父李昪代吴建南唐后,又曾任诸道副元帅、判六军诸卫事等军职,比较了解征人思妇的疾苦。其性情又较儒雅善良,故能写出这样具有同情心与人文关怀的好作品来。

作者在位时的宰相、著名词人冯延巳,以"细雨梦回鸡塞远,小楼吹彻玉笙寒"一联为本篇的警策。这固然不错,但"菡萏香销翠叶残,西风愁起绿波间"二句,苍楚遒劲,似更胜一筹。

[南唐]李煜(937—978)

字重光,号钟山隐士,简称钟隐,金陵人。南唐中主李璟之子。宋太祖建隆二年(961)即位。在位十五年,沉湎酒色,政治上无所作为。开宝八年(975),国亡于宋。被掳至东京,度过了几年屈辱的俘虏生活。最终因心怀怨愤,为宋太宗所忌,用毒药杀害。史称南唐后主。他在文学艺术的各个方面都有杰出的才华,能书善画,精通音律,擅长诗词,而词的成就最高。今存词近四十首,见《南唐二主词》《唐宋诸贤绝妙词选》等。

乌 夜 啼

林花谢了春红①。太匆匆。常恨朝来寒重晚来风②。胭脂泪③,留人醉,几时重④。自是人生长恨水长东⑤。

【注释】

①春红:是"林花"的修饰语。春:言其季节。红:言其色彩。

②常恨:一作"无奈",文字较胜。否则与末句"长恨"重复。寒重:一作"寒雨"。朝来雨、晚来风,文字较整饬。

③胭脂泪:女子的泪水。因沾染脸上的胭脂而呈红色,故称。

④几时重:何时才能够再在一起饮酒至醉呢?

⑤东:向东流。

本篇押用两部韵:(一)"红""匆""风""重""东"。以上一部平韵为主韵。(二)"泪""醉"。以上一部上去声仄韵为辅韵。

【品评】

这首词写的是离别相思。好在作者撇去了自己的特殊身分(即位前为皇子,即位后为君主),只以普通词人的口吻抒发人之常情,所用语言高度提纯,清得几乎没有一点渣滓可以沉淀。

乌 夜 啼

无言独上西楼。月如钩。寂寞梧桐深院锁清秋①。　　剪不断,理还乱②,是离愁。别是一番滋味在心头。

【注释】

①锁清秋:院门紧锁,关住了秋天。这是文学表达,强调院内的寂寞与凄清。

②理还乱:指离愁理不顺,理不清。

本篇押用两部韵:(一)"楼""钩""秋""愁""头"。以上一部平韵为主韵。(二)"断""乱"。以上一部上去声仄韵为辅韵。

【品评】

本篇与上篇词调相同,题材相同,风格也相同,当是姊妹篇。不同的是季节背景,上篇为春,本篇为秋。

从写作策略的角度来看,词分两类。一类"有待",即对读者的人生阅历、文化程度、审美能力等有所期待;一类"无待",即对读者无所期待,只要是正常的、有感情的人便可。李煜之词,多属"无待"。它们简单,寻常,本色,不弄辞藻,不掉书袋,不玩技巧,而是直道人情,直指人性,直击人心,故其"人气指数"特别高,很少有词人能够企及。

虞 美 人

春花秋月何时了①。往事知多少②。小楼昨夜又东风③。故国不堪回首月明中④。　　雕阑玉砌应犹在⑤。只是朱颜改⑥。问君能有几多愁⑦。恰似一江春水向东流。

【注释】

①这句是说,春天的鲜花,秋天的明月,周而复始,什么时候才能了结?

②这句承上,谓和鲜花、明月联系在一起的美好往事,追忆起来只能令人感到痛苦的往事,不知有过多少!

③又东风:又刮起了东风。"又"字应重读。怕见春天,无奈春天偏又降临人间。

④月明:即"明月",明亮的月光。为配合乐律而颠倒了语序,定语"明"后置。

⑤雕阑玉砌:雕刻、彩画的栏杆,白玉般的石阶。指故国金陵的华丽宫殿。应犹在:应当还在,没有被破坏。

⑥朱颜:红润的面容。指青春容颜。这句是说自己因忧伤而憔悴衰老了。

⑦问君:"君",古汉语第二人称敬辞,相当于"您"。这里字面是问人,其实是自问。

本篇押用四部韵,两仄两平,仄平相间。韵脚是:(一)上去声仄韵"了""少";(二)换平韵"风""中";(三)换上去声仄韵"在""改";(四)换平韵"愁""流"。

【品评】

十九世纪德国哲学家尼采《苏鲁支语录》中说:"凡一切已经写下的,

我只爱其人用血写下的。"王国维《人间词话》援引此语并曰:"后主之词,真所谓以血书者也。"此词尤为典型。它当作于宋太宗太平兴国三年(978)春,其时词人四十一岁,作为亡国俘虏被软禁在北宋都城东京已经是第三个年头了。当年七月,他就被毒杀。致使他遭此惨祸的因素很多,作此词以抒发沉痛的故国之思,也是他为宋统治者所不容的一个重要原因(详见宋人王铚《默记》)。词的最后两句,用"一江春水"比喻"愁"的浩浩荡荡、永无休止,将一种看不见、摸不着的情绪写得历历如在目前,堪称千古警策。关于对这首词的总体评价,本书前言已详,此不赘述。

[宋] 范仲淹(989—1052)

字希文,苏州吴县(已废入今江苏苏州)人。真宗大中祥符八年(1015)进士。历事真宗、仁宗两朝。庆历三年(1043)任参知政事(副宰相),力图革新政治。因遭守旧派官僚的阻挠,未能成功。五年(1045),出任陕西四路沿边安抚使(西北地区的军政长官)、知邠州(今陕西彬县,知州是州级长官)。后徙知邓(今属河南)、杭等州。六十三岁时病死于赴官途中。谥文正。有《范文正公集》。今存词五首,散见于《范文正公集补编》、宋龚明之《中吴纪闻》、元李治《敬斋古今黈》等。传世作品虽寥寥无几,但多属精品,清婉、悲壮兼而有之。

苏 幕 遮

碧云天,黄叶地。秋色连波,波上寒烟翠①。山映斜阳天接水。芳草无情,更在斜阳外。　　黯乡魂②,追旅思③。夜夜除非,好梦留人睡④。明月楼高休独倚⑤。酒入愁肠,化作相思泪。

【注释】

①寒烟:这里指水气。以上二句是说,秋色与秋水连成一片,水面上氤氲着绿色的寒烟。

②黯乡魂:心情因思乡而抑郁。南朝梁江淹《别赋》:"黯然销魂者,唯别而已矣。"

③追:这里是纠缠萦绕之意。旅思:旅途中的心绪,一般比较郁闷。

④以上二句是说,要想摆脱乡愁、旅思,除非夜夜睡得着觉并做好梦。

⑤此句是说,不要独自一人倚高楼望明月,那只会勾起或加重思乡思家的情绪。

本篇押用一部上去声仄韵,韵脚是"地""翠""水""外""思""睡""倚""泪"。

【品评】

清人焦循《雕雅词跋》记载了与本篇有关的一桩趣事:有位学究对词痛加诋毁,认为词不可作。焦循问他何故云然,回答是"专言情(男女之情)则道(儒家之道)不足也"。焦循又问:如此说来,有道之士一定不作词了? 回答说"是"。焦循便朗诵道:"碧云天,黄叶地……"学究听了,一脸严肃地背过身去吐口水。焦循问他:"范仲淹是什么人?"答曰"是有道之士"。于是焦循告诉他:"这首词正是范仲淹所作!""通儒"焦循就这样巧妙地以本篇为利器批判了那种认为儒家之"道"与男女之"情"相对立的"腐儒"之见。

儒家的先圣孔子、先贤孟子都认为"仁"就是"爱人"(见《论语·颜渊》《孟子·离娄下》)。这当然是泛指对整个人类(不包括率兽食人者)的爱,不专指男女两性之爱。然而两性之爱是人的本能,是最基本的人性之一;两性关系是一切社会、民族、国家的细胞。因此孔、孟所谓"爱人"必然包括两性之爱在内,并以此为重要基础。很难想象一个丝毫没有"儿女情"的人,会爱自己周围的其他人,会爱自己的民族、祖国,会爱整个人类,为之奋斗牺牲,成为"英雄"或仁人志士。清谢章铤《眠琴小筑词序》曰:"人必先有所不忍于其家,而后有所不忍于其国;今日之深情款款者,必异日之大节磊磊者也。"文康《儿女英雄传》亦曰:"有了英雄至性,才成就得儿女心肠;有了儿女真情,才做得出英雄事业。"这观点相同的两段议论,后半或许说得太绝对,但前半却可谓至理名言:凡爱社会,爱祖国,爱人类,能够为之奋斗牺牲的"英雄",必然是富于爱情或富于对爱情之美好向往的人——因为他们最具有人性,最具有爱心,最近于孔、孟之所谓"仁"。明乎此,我们对"先天下之忧而忧,后天下之乐而乐"的范仲淹竟也写有"明月楼高休独倚。酒入愁肠,化作相思泪"的词句,就不会感到奇怪。

渔 家 傲

塞下秋来风景异①。衡阳雁去无留意②。四面边声连角起③。千嶂里④。长烟落日孤城闭。 浊酒一杯家万里⑤。燕然未勒归无计⑥。羌管悠悠霜满地⑦。人不寐⑧。将军白发征夫泪⑨。

【注释】

①塞下:边塞地区。风景异:风光与内地有很大的差异。

②这句是说,大雁离开边塞,向南方飞去,毫不留恋。言下有人不如雁、不能南归之意。衡阳:今属湖南。境内南岳衡山有回雁峰,相传大雁南飞至此而止。

③汉李陵《答苏武书》:"胡地玄冰,边土惨烈,但闻悲风萧条之声。凉秋九月,塞外草衰。夜不能寐,侧耳远听,胡笳互动,牧马悲鸣,吟啸成群,边声四起。晨坐听之,不觉泪下。"本篇意境,与此多同,本句尤为明显,有化用的痕迹。边声:边塞所特有的声响,如风吼、马嘶、胡笳(北方少数民族的一种管乐器)吹奏之类。连角起:伴和着军中号角声响起。古代军号,以牛角为之。

④里:繁体作"裏",与下片首句末的"里"不是同一个字,并非重复押韵。

⑤浊酒:古代用谷物酿酒,酿成后未经滤滤、浑悬有糟粒的酒叫浊酒,质量比滤过的清酒低。

⑥燕(yān)然:山名,即今蒙古国境内的杭爱山。勒:刻。《后汉书·窦宪传》载,东汉和帝永元元年(89),车骑将军窦宪率军大破北匈奴,"登燕然山,去塞三千余里,刻石勒功,纪汉威德"。归无计:没法回家乡。以上二句是说,未能击溃西夏军队,回不了家,只好借酒浇愁。

⑦羌管：羌笛。原出西北羌族。长二尺余，三或四孔。悠悠：形容羌笛声哀怨悠长。

⑧不寐：失眠。

⑨这句是说，将军愁白了头发，士兵伤心落泪。

本篇押用一部上去声仄韵，句句皆叶。

【品评】

自仁宗康定元年（1040）至庆历三年（1043）春，词人率军驻守陕西，抗御西夏党项族政权的军事入侵，这首词应作于康定二年（1041，同年十一月改庆历元年）或庆历二年（1042）秋，当时词人五十二至五十三岁。

唐五代北宋词多写倚红偎翠的男女艳情，范氏此作以边塞景色、军旅生活入乐，境界阔大，格调苍凉，不啻是向充斥着脂粉气息的词坛吹进了一股清风。诚然，同题材的词作，前人偶亦有之，如唐戴叔伦《转应曲》："边草，边草，边草尽来兵老。山南山北雪晴，千里万里月明。明月，明月，胡笳一声愁绝。"前蜀牛峤《定西番》："紫塞月明千里，金甲冷，戍楼寒，梦长安。　乡思望中天阔，漏残星亦残。画角数声呜咽，雪漫漫。"虽也不失为佳作，但属艺术虚构，总不如范词之实写亲身所历所感来得真切。不过，若与盛唐那些意气飞扬的边塞诗相比，则范词又显得衰飒。这与北宋国力远逊盛唐，在民族战争中往往处于劣势，当有一定的关联。

[宋]柳永（985？—1058后）

　　原名三变,字耆卿,建州崇安(今福建武夷山市)人。为举子时,多游狭邪,流连坊曲。精通音律,善制歌词。教坊乐工每得新腔,多求其为词,往往风行天下。仁宗景祐元年(1034)始登进士第,时已年五十余。此后,曾任睦州(今浙江建德)推官(州级长官的助理)、泗州(今江苏盱眙)判官(性质同前)、余杭(今杭州市余杭区)令(县长)等差遣。一生漂泊,很不得志。有《乐章集》。今存词二百一十余首。

雨　霖　铃

　　寒蝉凄切①。对长亭晚②,骤雨初歇。都门帐饮无绪③,留恋处、兰舟催发④。执手相看泪眼⑤,竟无语凝咽⑥。念去去、千里烟波⑦,暮霭沉沉楚天阔⑧。　　多情自古伤离别⑨。更那堪、冷落清秋节⑩。今宵酒醒何处,杨柳岸、晓风残月⑪。此去经年⑫,应是良辰好景虚设⑬。便纵有、千种风情⑭,更与何人说。

【注释】

　　①寒蝉:似蝉而小,初秋始鸣。
　　②长亭:古代城市间交通干道上,每隔一定的里程,建有亭舍,供行人休歇。近郊的长亭,往往是人们的送别之处。
　　③都门:京都的城门。北宋都城为东京(今河南开封)。当时,自东京南下,主要是走水路。其路线是经汴河入淮,再经运河,渡江到江南。宋孟元老《东京梦华录》载,东京东南的东水门,下临汴河。帐饮:在郊外张设帐幕,宴饮饯别。无绪:没有兴致。

④处:时。兰舟:木兰舟,船的美称。发:指开船。

⑤执手:拉着手。

⑥凝咽:哽咽,哭不出声。

⑦去去:重复言之,以示将渐行渐远。

⑧楚天:泛指南方的天空。长江流域战国时期属楚国,故称。

⑨多情:多情的人。伤离别:伤情于离别。

⑩更那堪:哪里更经受得起。清秋节:清秋时节。

⑪杨柳岸:隋炀帝开大运河,沿堤遍植杨柳。白居易《隋堤柳》诗:"大业年中炀天子,种柳成行夹流水。西自黄河东至淮,绿荫一千三百里。"晓风:拂晓时的风。

⑫经年:一年以上。

⑬以上二句是说,我这一走,至少一年。离开心爱的人,良辰美景也失去了意义。

⑭便纵有:即便有,纵然有。风情:恋爱之情。

本篇押用一部入声仄韵,韵脚是"切""歇""发""咽""阔""别""节""月""设""说"。

【品评】

这首词写与恋人的离别,题材、内容还是唐五代词的传统,但形式与艺术表现手法却有了较大的新变。它采用的是长调,篇幅扩大了,乃一变唐五代小令的凝练而为铺陈。又因为它还处于慢词的初起阶段,故其"铺叙"表现为按正常时空顺序自然展开的"平铺直叙",简单明了,不像后来周邦彦等进一步发展了的慢词那样往往时空错位,扑朔迷离。全词熔叙事、写景、抒情于一炉,叙事清清楚楚,写景明明白白,抒情真真切切,风格近似唐代的白居易诗,"老妪能解"(金王若虚《滹南诗话》)。好在语浅情深,不扭捏作态而自能动人。

八 声 甘 州

对潇潇暮雨洒江天①,一番洗清秋②。渐霜风凄紧③,关河冷落④，残照当楼⑤。是处红衰翠减⑥，苒苒物华休⑦。惟有长江水，无语东流。 不忍登高临远⑧，望故乡渺邈⑨，归思难收⑩。叹年来踪迹⑪，何事苦淹留⑫。想佳人、妆楼颙望⑬，误几回、天际识归舟⑭。争知我、倚阑干处⑮，正恁凝愁⑯。

【注释】

①潇潇：形容急雨。

②一番：（另）一种（景象）。以上二句是说，黄昏时伫立楼头，眼前一场飘洒江天的大雨，洗出了别样清朗萧索的秋光。

③霜风：深秋霜降时节的寒风。凄紧：寒意强烈逼人。

④关河：关山、河流。

⑤当：正对着。

⑥是处：处处。红衰翠减：红花衰败，绿叶凋零。唐李商隐《赠荷花》诗："翠减红衰愁杀人。"

⑦苒苒：渐渐。物华：美好的季节景物。休：止息，消亡。

⑧临远：俯对着远方。

⑨渺邈（miǎo）：渺茫、遥远。

⑩归思：回乡的思绪。思，此处读去声。收：收敛，掣回。

⑪年来：近年来。踪迹：行踪。

⑫何事：为什么。苦：偏偏。作"久"解，亦通。淹留：滞留（他乡）。

⑬佳人：美人。颙（yóng）望：抬头凝望。

⑭天际识归舟：用南齐谢朓《之宣城郡出新林浦向板桥》诗成句。以上二句是说，想来妻子正天天在梳妆楼上眺望大江，不知多少次错把天边驶来的船只认作我乘坐着归来的那一艘。唐刘采春《啰唝曲》六首其三："朝朝江口望，错认几人船。"柳词化用其意。

⑮争：怎。阑干：栏杆。处：时。

⑯恁：如此。凝愁：因愁思而发愣。

本篇押用一部平韵，韵脚是"秋""楼""休""流""收""留""舟""愁"。

【品评】

晚清四大词人之一的郑文焯,专赏柳词之"高浑",称赞其长调"尤能以沉雄之魄,清劲之气,写奇丽之情,作挥绰之声"(《郑大鹤先生论词手简》)。这首客里思家之作,将纤细的情思安置在寥阔的背景中,刚柔相济,与前人词写相思多在小楼深院、多用微吟软语的传统作法对比,另有一种审美趣味。苏轼对"霜风"以下十二字推崇备至,认为"于诗句不减唐人高处"(见宋赵令畤《侯鲭录》)。其实"红衰翠减""惟有长江水,无语东流"云云,也都很精警。下片直叙思乡怀人,明白而家常,质朴淳真。"想佳人"一韵,由我思妻子幻出妻子思我,透过一层去写,笔意双绾,包孕的内容与情感就比用正锋刻画自己单方面的思念要丰厚得多。

定 风 波

自春来、惨绿愁红①,芳心是事可可②。日上花梢③,莺穿柳带④,犹压香衾卧⑤。暖酥消⑥,腻云嚲⑦。终日厌厌倦梳裹⑧。无那⑨。恨薄情一去⑩,音书无个⑪。　　早知恁么⑫。悔当初、不把雕鞍锁⑬。向鸡窗、只与蛮笺象管⑭,拘束教吟课⑮。镇相随⑯,莫抛躲⑰。针线闲拈伴伊坐⑱。和我⑲。免使年少,光阴虚过⑳。

【注释】

①自春来:自从入春以来。惨绿愁红:见花草树木而悲伤愁闷。绿:指草和树叶。红:指花。

②芳心:指女子的心。是事可可:指心神恍惚,事事都心不在焉。

③日上花梢:指太阳已升高。

④柳带:柳条,下垂如衣带,故称。

⑤香衾：熏香的被褥。

⑥暖酥消：肌肤消瘦。酥：奶酪，色白，喻指女子的肌肤。

⑦腻云鬌(duǒ)：披头散发。腻云：形容女子美丽的头发。鬌：下垂。

⑧厌厌：形容倦懒、无精打采。倦梳裹：懒得梳妆打扮。

⑨无那：无奈。

⑩薄情：薄情郎。

⑪音书无个：没有一点音信。

⑫恁(nèn)么：如此，这样。

⑬不把雕鞍锁：没有将马鞍锁起来。锁鞍即不放夫婿出门的意思。雕鞍：有雕刻装饰的马鞍。

⑭鸡窗：书窗，代指书房。南朝宋刘敬叔《异苑》载，晋兖州刺史宋处宗尝买得一长鸣鸡，笼置窗间。鸡遂作人语，与处宗谈论，终日不辍。处宗因此在谈论玄理方面有很大的长进。只与：只给。蛮笺象管：指精美的纸和笔。唐刘兼《春宴河亭》诗："蛮笺象管休凝思。"蛮笺：蜀地所出产的彩笺。蛮：古人称南方少数民族。象管：象牙制作的笔管。

⑮拘束：管束。教：让、使。其后省略了宾语"他"。吟课：以写作诗词为功课。

⑯镇：长。

⑰抛躲：谓抛下我而离去。

⑱伴伊坐：陪坐在他旁边。

⑲和我：连我。

⑳以上三句当一气连读，谓不光是他，连我也免得虚度了青春好年华。

本篇押用一部上去声仄韵，韵脚是"可""卧""鬌""裹""那""个""么""锁""课""躲""坐""我""过"。

【品评】

据薛瑞生先生《乐章集校注》，这是仁宗庆历四年(1044)以前，亦即柳永五十九岁以前的作品。

这首词写的是传统题材——闺怨,但写得却很"不传统"。宋张舜民《画墁录》载,柳永做官任期已满,吏部不安排他升职担任新的差遣。他便去找宰相晏殊。晏殊问道:"贤俊(称呼晚辈或地位比自己低很多的人,口吻较客气)作曲子么?"等于委婉地告诉他,此事与他作词有关。柳永回答:"只如相公亦作曲子。"——宰相大人您也作词,怎么我就作不得呢?晏殊说:殊虽作曲子,却不曾道"针线闲拈伴伊坐"。由此可见,像本篇这样站在人道主义立场,代妇女说话(实质上是"为"妇女说话),张扬人性,挑战封建礼教,所塑造的人物性格泼辣,带有市民色彩,而语言又较俚俗、较生活化的词作,在当时是"离经叛道",不为上流社会所喜的。这正是本篇的亮点所在。

望 海 潮①

东南形胜②,三吴都会③,钱塘自古繁华④。烟柳画桥⑤,风帘翠幕⑥,参差十万人家⑦。云树绕堤沙⑧。怒涛卷霜雪⑨,天堑无涯⑩。市列珠玑⑪,户盈罗绮⑫,竞豪奢⑬。　　重湖叠巘清嘉⑭。有三秋桂子⑮,十里荷花⑯。羌管弄晴⑰,菱歌泛夜⑱,嬉嬉钓叟莲娃⑲。千骑拥高牙⑳。乘醉听箫鼓㉑,吟赏烟霞㉒。异日图将好景㉓,归去凤池夸㉔。

【注释】

①望海潮:此调始见于本篇,当是作者的首创。杭州钱塘海潮为天下奇观,词咏杭州而以此为曲名,名、实之间自有一定的联系。

②形胜:地理位置重要、地形险要、山川美丽、物产富饶的地方。

③三吴:吴郡、吴兴、会稽(分别相当于今江苏苏州、浙江湖州、绍兴)。一说为吴郡、吴兴、丹阳(分别相当于今苏州、湖州、南京)。泛指今江浙地区。都会:大城市,区域性政治、经济中心。

④钱塘:即杭州。秦置钱唐县,南朝陈置钱唐郡。隋改杭州,治钱唐县。唐时因其名与国号相犯,遂加"土"旁为"钱塘"。以上三句说,杭州是东南形胜之地,江浙一方重镇,自古以来就很繁华。

⑤烟柳:千万条柳枝飘拂,远望去缥缈如烟雾,故称。画桥:有雕画装饰的桥梁。

⑥风帘:在风中飘摆的帘幕。翠幕:用翠鸟羽毛装饰的帘幕。

⑦参差:形容人家房屋高高低低错落不齐。以上三句写"繁华"。

⑧云树:远望去与云天相接的树林。堤沙:指钱塘江的堤岸和沙滩。

⑨霜雪:喻指雪白的浪花。

⑩天堑:天然形成的壕沟。指钱塘江。涯:水的边际。以上三句写"形胜"。钱塘江在杭州入海,由于入海口呈喇叭形,外宽内狭,海潮倒灌时受到约束,形成涌潮,潮头壁立,波涛汹汹,十分壮观。"怒涛"二句指此。江海相接,望不到海的尽头,所以说"无涯"。

⑪市:市场。列:陈列。玑:不圆的珍珠。

⑫户:门。盈:满。罗绮:本义是两种高级丝织品。因其质地轻柔,且有美丽的花纹,适宜女性穿着,故文学作品中又用以代指美女。这里指妓女。本句是说,花街柳巷中,门边站着许多妓女。倚门卖笑,是妓女的职业特征。

⑬竞:争,赛,攀比。豪奢:豪华奢侈。以上三句,转笔再写"繁华"。

⑭重湖:指西湖。湖被白堤截为里、外两部分,故称。叠巘(yǎn):指西湖周围重叠的山峦。巘:泛指山峰。清嘉:清秀美丽。

⑮三秋:泛指秋天。夏历七月为孟秋,八月为仲秋,九月为季秋,合称"三秋"。桂子:西湖西面,飞来峰前的灵隐寺和天竺山中的天竺寺里,有许多桂花树,相传其种来源于月中之桂。又有传说,中秋月明之夜,往往有桂子从月宫中坠落。说见白居易《留题天竺灵隐两寺》诗自注、宋钱易《南部新书》。

⑯以上三句,转笔再写"形胜"。

⑰弄:吹奏。

⑱菱歌:采菱角的姑娘们唱的歌。泛:本指泛舟,但与前后文词搭配,

53

也生出菱歌浮泛于夜空的妙趣。

⑲嬉嬉：形容戏耍笑乐。钓叟：钓鱼的老翁。莲娃：采莲的姑娘。

⑳千骑：汉乐府《陌上桑》："东方千余骑,夫婿居上头。"后世文学作品中用以特指一方长官的骑从规格。骑：一人一马的合称。高牙：将帅的大旗。牙：牙旗的省略语。古代称将军是帝王的爪牙,故其旗竿上饰以兽牙。这句写知州孙沔出游,仪仗人马,大队簇拥。宋时,知州兼管军事,故可用将军的仪卫。以下各句皆写知州孙沔。

㉑箫鼓：指民间祭神活动中的音乐吹打声。

㉒吟：吟咏诗词。指创作。烟霞：指山林景致。

㉓异日：他日,日后。图：画,作动词用。将：语助词,用于动词后。

㉔凤池：魏晋时,中书省长官掌管朝廷机要,为事实上的宰相,多得皇帝宠任,故这一职位有"凤凰池"的美称。以上二句颂美知州孙沔在杭政绩突出,定能升任宰相,那时可将杭州美景画成图册,回到朝廷中去夸耀。

本篇押用一部平韵,韵脚是"华""家""沙""涯""奢""嘉""花""娃""牙""霞""夸"。

【品评】

宋杨湜《古今词话》载,柳永欲谒见杭州地方长官孙何,因门卫森严不得进,遂作此词交给名妓楚楚演唱于孙何宴席之上,以为进见阶梯。据吴熊和先生考证,此词涉及的地方长官应是孙沔,而非孙何(《唐宋词通论》)。词应作于仁宗至和二年(1055),是年词人约七十岁。

全篇扣紧杭州的"形胜"和"繁华"作文章,两条线索有分有合,交叉写来,秩序井然,一笔不懈。以都市风光入词,以骈赋句格(主要特征是四言对仗)为词,无论是在词的题材方面还是在词的技法方面,都有开拓意义。当然,词中也有粉饰太平、奉承官长的庸俗内容,不无可议;但它讴歌了祖国的锦绣河山,曲折地反映了人民所创造的物质文明,其社会认识价值主要当于此处求索。相传一百六十年后,金主完颜亮之所以大举南侵,就是因为听此歌曲,有慕于杭州的"三秋桂子,十里荷花"(当时南宋建都临安,即杭州)。故南宋谢处厚诗云："谁把杭州曲子讴?荷花十里桂三秋。那知卉木无情物,牵动长江万里愁!"(见宋罗大经《鹤林玉露》)这近似小说家言,不可以为信史,然而柳词流播之广,动人之深,却是毋庸置疑的。

[宋] 张先 (990—1078)

　　字子野,湖州乌程(已废入今浙江湖州)人。仁宗天圣八年(1030)进士。曾任知吴江县(今苏州吴江区,知县为县长)、秀州(今浙江嘉兴)判官(州长官的助理)、通判京兆府(今西安,通判是州、府的次官)、知渝州(今重庆)、知虢州(今河南灵宝)等差遣。在朝曾任都官郎中(刑部的中级官员,主管徒流、配隶及京师各官署吏职补换、更替等事宜)。晚年致仕家居,渔钓自适,往来于湖、杭、苏诸州间。卒年八十八岁。工诗词,尤以词著称,与柳永齐名。有《张子野词》。今存词一百六十余首。所作清出生脆,韵味隽永。有含蓄处,亦有发越处,但含蓄处不似晏殊、欧阳修,发越处不似柳永、苏轼,词风介于其中。

天 仙 子

时为嘉禾小倅①,以病眠②,不赴府会③

　　水调数声持酒听④。午醉醒来愁未醒⑤。送春春去几时回,临晚镜⑥。伤流景⑦。往事后期空记省⑧。　　沙上并禽池上暝⑨。云破月来花弄影⑩。重重帘幕密遮灯,风不定⑪。人初静。明日落红应满径⑫。

【注释】

①嘉禾:秀州的别称。倅(cuì):副职,宋代州府通判、判官的习称。

②以:因。

③府会:州官的宴会。

④水调:曲调名,唐代已流行。杜牧《扬州》诗三首其一:"谁家唱水调,明月满扬州。"原注:"炀(隋炀帝)凿汴河,自造水调。"持酒:端着酒杯。

⑤午醉:中午喝醉了酒。

⑥临晚镜:晚上对着镜子。

⑦流景:如流水般逝去的年华。

⑧后期:日后的约定。记省(xǐng):记忆。

⑨并禽:鸳鸯之类成双成对的鸟儿。暝:昏暗。此处读去声。

⑩弄:戏耍。此句有取于唐刘氏瑶《暗别离》诗:"风动花枝月中影。"

⑪不定:不停。

⑫落红:落花。

本篇押用一部上去声仄韵,韵脚是"听""醒""镜""景""省""暝""影""定""静""径"。

【品评】

这首词约作于仁宗庆历元年(1041)春,是年词人五十一岁。

词写临老伤春的情怀。"云破月来花弄影"一句,在当世即脍炙人口,作者还因此而得了个"'云破月来花弄影'郎中"的雅号(见宋陈正敏《遁斋闲览》)。在后世亦为历代评论家所津津乐道,明杨慎《评点草堂诗余》曰:"景物如画,画亦不能至此。"何以画不能至?盖因画是静止的,无法表现其动态。清李渔《窥词管见》曰:"欲望句之惊人,先求理之服众……古人多工于此技,有最服予心者,'云破月来花弄影'郎中是也。"何谓"理"?盖指事物之自然逻辑。此七字中,实暗含一"风"字:因有风吹,才有"云破";因为"云破",才有"月来";因为"月来",花才有影;又因有风吹,花才能"弄影"。真是丝丝入扣!近代王国维《人间词话》曰:"着一'弄'字而境界全出。"何以一字而有如此魔力?盖因它本是"人"的行为,非"物"所能。今则强加于"物",说花与其影作游戏,一字之炼,不但写活了花,而且写活了整个庭院、园林的夜景。

木 兰 花

乙卯吴兴寒食①

　　龙头舴艋吴儿竞②。笋柱秋千游女并③。芳洲拾翠暮忘归④,秀野踏青来不定⑤。　　行云去后遥山暝⑥。已放笙歌池院静⑦。中庭月色正清明⑧,无数杨花过无影⑨。

【注释】

　　①乙卯:宋神宗熙宁八年(1075)。吴兴:吴兴郡,湖州的别称。寒食:古代节日,在清明节前一二天。节日期间禁火,吃冷食,故名。

　　②龙头舴艋(zéměng):首部作龙头造型的狭长的船。吴儿:湖州一带,春秋时属吴国,因此称这里的男青年为"吴儿"。

　　③笋柱秋千:用粗竹竿为立柱架设而成的秋千。笋:即"笋"。游女:出游的女子。并:指两个女子站在同一块板上荡秋千。以上两句写"龙舟竞渡"和"荡秋千",是寒食节盛行的两种体育活动,分别适合于男、女青年。

　　④芳洲:长有香草和花的水边洲渚。拾翠:拾取翠鸟的羽毛,是古代女子春游中的一项内容。

　　⑤秀野:美丽的郊外原野。踏青:春日郊游。来不定:指游人络绎不绝。

　　⑥行云:流动的云彩,也暗喻美人(指春游的女子),参见前李珣《巫山一段云》注①。暝:天黑下来。

　　⑦放:解散。笙歌:泛指音乐歌舞。笙:古代的一种簧管乐器。池院:有池塘的园林院落。

　　⑧中庭:庭院中。

　　⑨这句是说,无数柳絮飘过庭院,却没有在月光中留下它们的倩影。

本篇押用一部上去声仄韵,韵脚是"竞""并""定""暝""静""影"。

【品评】

作此词时,词人已八十五岁高龄,在家乡闲居养老。

词写寒食节的见闻和感受。上片写人,下片写己;上片写昼,下片写夜;上片写闹,下片写静;上片全是骈句,下片全是散句:对比鲜明,相映成趣。前半是一幅欢快的风俗写生,后半则流露出些许淡淡的寂寞和惆怅。白天,他以乡人春游之乐为乐;夜来,游乐活动已告结束,老人不免有些感到孤独。但总的来说,词的基调还是爽朗的,反映出他对生活的热爱。词人善用"影"字,自称生平所得意者有三:《天仙子》词之"云破月来花弄影",《归朝欢》词之"娇柔懒起,帘压卷花影",《剪牡丹》词之"柳径无人,堕风絮无影"(见宋李颀《古今诗话》)。一说其脍炙人口之"三影"为《天仙子》词之"云破月来花弄影",《华州西溪》诗之"浮萍断处见山影",《青门引》词之"那堪更被明月,隔墙送过秋千影"(见宋曾慥《高斋诗话》)。清朱彝尊《静志居诗话》则认为本篇之"中庭月色正清明,无数杨花过无影",在世所传"三影"之上。合此三者,就有"六影"了。其他诸"影"的好处姑且不论,本篇末二句确实极有神韵,朱氏特为拈出,可谓独具慧眼。

[宋]晏殊(991—1055)

字同叔,抚州临川(今江西抚州市临川区)人。六岁能文章。十三岁时,本路长官将他作为"神童"推荐给朝廷。次年即景德二年(1005),真宗召他与进士千余人一道参加殿试(皇帝亲自主持的进士复试,通过者即正式录取为进士,授予官职),他神气不慑,下笔甚快,为真宗所嘉赏,赐同进士出身。历仕真宗、仁宗两朝,累官至同中书门下平章事(宰相)兼枢密使(最高军事长官)。此外,还先后在宋(今河南商丘)、亳(今属安徽)、陈(今河南淮阳)、颍(今安徽阜阳)、许(今河南许昌)等州,京兆、河南(今河南洛阳)等府担任过知州、知府的差遣。病卒于东京。谥元献。他诗文皆赡丽闲雅,而词名尤高,与欧阳修并称。其经历、官职与南唐冯延巳略同,故喜爱冯词,词风也与冯相近,闲雅而富于情思,以温润秀洁见长。有《珠玉词》。今存词一百三十余首,多为小令。

浣 溪 沙

一曲新词酒一杯①。去年天气旧亭台②。夕阳西下几时回。无可奈何花落去,似曾相识燕归来。小园香径独徘徊③。

【注释】

①白居易《长安道》诗:"艳歌一曲酒一杯。"唐许浑《颍州从事西湖亭燕饯》诗:"一曲离歌酒一杯。"

②唐郑谷《和知己秋日伤怀》诗:"去年天气旧池台。"

③香径:洒满落花的小路。独徘徊:独自一人漫步。

本篇押用一部平韵,韵脚是"杯""台""回""来""徊"。

【品评】

　　历来欣赏这首词的评论家，都对"无可奈何花落去，似曾相识燕归来"一联赞不绝口。宋人宋庠赞其"使后之诗人无复措词"（见宋吴处厚《青箱杂记》）。明王世贞《艺苑卮言》赞其"是天成一段词"；徐士俊《诗余广选评》赞其"难"在"虚处"对仗之"工"，以为"对法之妙无两"。清张宗橚《词林纪事》赞其"情致缠绵，音调谐婉，的是倚声家语"；刘熙载《艺概·词曲概》赞其"句与字有似触着者，所谓极炼如不炼"；沈祥龙《论词随笔》赞其"整炼工巧，流动脱化，而不类于诗赋"。说得都有道理。笔者再补充一点："花落去"而"无可奈何"，堪悲；"燕归来"且"似曾相识"，可喜。拉开情感距离，对仗便有张力。而暗淡之中，着以亮色，颇合哀而不伤的中和之度。晏殊一生仕途通达，故即便是写感伤时序的小词，也只闲愁淡淡，不像许多经历坎坷的词人那样凄凄戚戚。这两句词正体现了其《珠玉词》的典型风格。

破　阵　子

　　燕子来时新社①，梨花落后清明②。池上碧苔三四点③，叶底黄鹂一两声④。日长飞絮轻⑤。　　巧笑东邻女伴⑥，采桑径里逢迎⑦。疑怪昨宵春梦好⑧，元是今朝斗草赢⑨。笑从双脸生⑩。

【注释】

　　①新社：古代春秋两季祭祀土神，一般在立春、立秋后的第五个以天干"戊"标纪的那一天。这里指春社日，在清明节前不久。此时燕子从南方飞来。

　　②清明：农历二十四节气之一，时在三月。其第一天为清明节，约当公历的4月5日。此时梨花已开败。

③池上：池塘边。

④叶底：树叶深处。黄鹂(lí)：黄莺,鸣声婉转动听。

⑤日长：白昼已变长。飞絮：飘飞的柳絮。

⑥巧笑：女子美丽的笑容。东邻：邻居。"东"字是泛指,不必坐实。

⑦逢迎：对面相遇。

⑧春梦：此指与爱情相关的梦。

⑨元：同"原",原来。斗草：古代春夏间女子常做的一种游戏,各自采集花草,以品种的多和奇决定胜负,往往用首饰等物作赌注。

⑩双脸：两边脸颊。以上五句是说,两位(或者更多)采桑姑娘在桑间小路上相遇了。她们是邻居,彼此很熟。其中一位满脸笑容,女伴很奇怪,猜测她是不是昨夜做了个与爱情有关的好梦。那姑娘却辩解说是因为今天早上斗草斗赢了。过去的注家解说"疑怪"二句道：难怪昨夜做了个好梦,原来是今朝斗草赢的预兆呵。但解作一位斗草姑娘的心理独白,总不如解作少女之间的隐秘探询,更显得活泼而情趣盎然。况且心理独白只需要一位少女就够了,何须两位或更多少女"采桑径里逢迎"呢?

本篇押用一部平韵,韵脚是"明""声""轻""迎""赢""生"。

【品评】

这和前选张先《木兰花》词,都是写春天的节令风情,但作法却截然不同。张词中的自然景物描写,仅末尾二句,且是夜色,美得空灵；而晏词整个上片都作景语,又是写白天,美得充实。张词中的民俗活动场面,都在前半,且是全方位的扫描,可作风情画中之长卷看；而晏词写风俗人情,则在后半,只攫取了一个断片,俨然是一出喜剧小品。晏殊词集中,士大夫阶层的高雅作风、闲愁气息颇浓,本篇却有民歌情味,清新而欢快,是个例外。

[宋]李冠

　　真宗、仁宗时期在世,字世英,齐州历城(今山东济南市历城区)人。以文学闻名于京东路(今山东一带)。举进士不第,得同三礼出身(以儒家经典《周礼》《礼记》《仪礼》为内容的三礼科考试的合格者)。曾任乾宁(今河北青县)主簿(县长官的助理)。有《东皋集》,今不传。存词五首,见《唐宋诸贤绝妙词选》《花草粹编》(明陈耀文编)等。

六州歌头
项羽庙①

　　秦亡草昧②,刘项起吞并③。驱龙虎④,鞭寰宇⑤,斩长鲸⑥。扫欃枪⑦。血染彭门战⑧,视馀耳⑨,皆鹰犬⑩,平祸乱,归炎汉⑪,势奔倾⑫。兵散月明风急,旌旗乱,刁斗三更⑬。命虞姬相对⑭,泣听楚歌声。玉帐魂惊⑮。泪盈盈⑯。　　恨花无主⑰,凝愁绪,挥雪刃⑱,掩泉扃⑲。时不利⑳,骓不逝㉑,困阴陵㉒。叱追兵㉓。喑呜摧天地㉔,望归路,忍偷生㉕。功盖世㉖,成闲纪㉗,建遗灵㉘。江静水寒烟冷,波纹细,古木凋零㉙。遣行人到此㉚,追念痛伤情。胜负难凭㉛。

【注释】

　　①项羽庙:在今安徽和县乌江镇东南凤凰山上,不知始建于何时。唐已有之,肃宗时人李阳冰篆书碑额曰"西楚霸王灵祠"。
　　②这句是说,秦亡后,局势混沌未分,英雄开始创业。草昧:草创于冥

昧之时。昧：昏暗。

③刘：刘邦(?—前195)，沛县(今属江苏)人。秦时为泗水亭长(亭在沛县东，亭长约相当于乡长)。前209年(秦二世元年)陈胜举义，他起兵响应，称沛公。前206年，率军攻占秦都咸阳，秦亡。同年项羽入关，封他为汉王，治巴蜀(今四川一带)、汉中(今陕西汉中一带)。不久，出兵与项羽争夺天下。经过五年楚汉战争，于前202年建立大一统的西汉王朝，史称汉高祖。事见《史记·高祖本纪》。项：项羽(前232—前202)，名籍，字羽，下相(今江苏宿迁西南)人。战国楚贵族出身。前209年，从叔父项梁在吴(今江苏苏州一带)起义。项梁战死后，他于前207年(秦二世三年)率军在巨鹿(今河北平乡西南)之战中摧毁秦军主力，威震天下。秦亡后，自立为西楚霸王，并大封诸侯。楚汉战争中，恃血气之勇，刚愎自用，屡犯战略错误，终至兵败自杀。事见《史记·项羽本纪》。下文凡注项羽事迹，均据此《纪》。起吞并：行动起来，图谋吞并天下。据史实，想吞并天下的仅是刘邦一方。并：这里作平声读。

④驱：驱使。龙虎：喻指雄兵。

⑤唐元稹《野节鞭》诗："神鞭鞭宇宙。"寰宇：天下。此句以驾马为喻，言扬鞭催动寰宇，使之剧烈动荡。

⑥唐杨炯《唐右将军魏哲神道碑》："戮封豕而斩长鲸。"此句喻指剪除凶残而强大的敌人。

⑦欃(chán)枪：彗星的别名。彗星有长尾似扫帚。汉崔骃《慰志赋》："运欃枪以电扫兮，清六合之土宇。"本是说以彗星为帚清扫天下，喻指用战争手段收拾乱局。但后人又以"欃枪"为战祸的象征，以扫除它来喻指平息战乱。

⑧彭门：彭城，即今江苏徐州。灭秦后，项羽以彭城为其西楚国的都城。前205年，刘邦乘项羽讨伐齐国之际，率汉军五十六万攻占彭城。项羽闻讯后，率三万精兵赶回，大破汉军，杀汉卒十余万。

⑨馀耳：陈馀(?—前204)、张耳(?—前202)。皆大梁(今河南开封)人。秦末投奔陈胜起义军。后共立旧贵族赵歇为赵王，陈馀为将，张耳为相。见《史记·张耳陈馀列传》。

⑩以上二句是说,陈馀、张耳一类豪杰,在项羽眼里都不过是寻常鹰犬罢了。前207年,秦军主力将赵歇及陈馀、张耳等围困在巨鹿。诸侯援军惧怕秦军,皆不敢战,唯项羽率楚军破釜沉舟,渡黄河来救。楚军以一当十,九战皆捷,大破秦军。战后,项羽召见诸侯军将领,他们无不跪着向前移动,莫敢仰视。

⑪炎汉:古人以金木水火土五行相生相克之说附会历史王朝的命运。汉自称应火德,故云"炎汉"。

⑫奔倾:崩溃。以上三句是说,战祸渐趋平息,项羽所封的诸侯纷纷归附于汉,楚军大势已去。

⑬刁斗:行军锅。白天用来做饭,夜间用来打更。

⑭虞姬(?—前202):项羽的爱姬,常随项羽在军中。

⑮玉帐:军队主帅的营帐。

⑯前202年,汉军将楚军重重围困在垓下(今安徽灵璧南)。项羽兵少粮尽,夜闻四面楚歌,大惊,以为楚地尽失,于是饮酒于帐中,对着虞姬慷慨悲歌:"力拔山兮气盖世,时不利兮骓不逝。骓不逝兮可奈何,虞兮虞兮奈若何!"虞姬以声相和。项羽和左右将士都流下了眼泪。以上七句叙此事。

⑰花:喻美人。无主:没有依靠。

⑱雪刃:剑刃寒光似雪,故称。

⑲掩泉扃:关上地府之门。指死去。泉:黄泉,即地下。扃:门外栓。这里代指门,读平声。以上四句说,项羽保护不了虞姬,她终于挥剑自刎了,真是恨事!《史记》《汉书》对虞姬之死没有明文记载,这里采用的是传说。

⑳时:时势。

㉑骓:黑白色相间的马。项羽所骑的骏马。不逝:指陷入重围,突不出去。逝:往。以上二句化用项羽《垓下歌》,详见注⑯。

㉒阴陵:故城在今安徽定远东南。

㉓叱:大声呵斥。项羽自垓下突围后,逃至阴陵,迷失道路。有一田夫故意指错方向,使他陷入沼泽,被汉军追上。项羽怒叱穷追不舍的汉骑

兵将领杨喜,吓得他人马皆惊,倒退数里。以上二句叙此事。

㉔喑(yīn)呜:发怒。《史记·淮阴侯列传》载汉将韩信语:"项王喑噁叱咤,千人皆废。""喑呜"同"喑噁"。摧:摧折。

㉕忍偷生:怎忍苟且偷生?项羽逃至乌江,乌江亭长已备船相候,劝他渡长江。他说:当初起义反秦,与江东子弟八千人渡江西上,今无一人回还,纵然江东父兄哀怜我,仍奉我为王,我还有什么脸见他们!于是将骓马赐给亭长,持短兵器与汉军接战,杀数百人后自刎而死。以上二句指此事。

㉖这句说,项羽曾率楚军歼灭秦军主力,功劳压倒一世。

㉗司马迁《史记》首创"纪传体",其中"本纪"部分记载历代帝王事迹,为全史之纲。而《秦始皇本纪》后,既有《项羽本纪》,又有《(汉)高祖本纪》。后世以高祖为正统,用汉纪年而不用楚纪年,故称项羽的纪年是"闰纪"。"闰"指可有可无。

㉘指后人为项羽立庙。建:立。遗灵:古人以为凡有影响的历史人物死后皆为神灵。

㉙古木:指项羽庙园的古树。凋零:指秋天树叶败落。

㉚遣:使得。

㉛这句是就项羽一生的悲剧,感慨世间成败没有定准,难以把握。

本篇押用一部平韵,韵脚是"并""鲸""枪""倾""更""声""惊""盈""扃""陵""兵""生""灵""零""情""凭"。其他诸句中,"昧""耳""对""利""逝""地""世""纪""细""此"同韵,"虎""宇""主""绪""路"同韵,"战""犬""乱""汉""乱"同韵,或是有意添押三部上去声仄韵为辅韵,以增加全词的声韵之美。

【品评】

这首词所歌颂的项羽,是中国历史上悲剧英雄的典型。他勇冠三军,在推翻秦王朝暴虐统治的战争中建有不世之勋。但后来代表六国旧贵族利益,开历史倒车,恢复分封制,致使战国兼并之祸重演,最终败给刘邦,自刎于乌江。论千秋功过,自不宜多予肯定。然而就个人品质而言,他豪爽侠义,比狡猾无赖的刘邦来得纯朴可爱。因此自汉司马迁起,文学家们多同情他而很少对刘邦有好感。再者,古代知识分子十之八九尝过政治失意的滋味,项羽这样英雄末路的遭遇,特别容易引起他们的惺惺相惜。宋洪迈《夷坚丁志》载,和州(今安徽和县)士人杜默怀才不遇,酒后谒乌江项羽庙,据神像之颈,拊其首而大恸道:"英雄如大王,而不能得天下;文章如杜默,而进取不得官,好亏我!"这正是个生动的例证。了解以上两点,对领会此词或有所助益。至于它的具体写法,是先以大段文字铺陈项羽事迹,虎啸生风,猿啼下泪;临结束时方由"建遗灵"三字缴出"项羽庙"题面;接以"江静"二句写庙园内外荒寒之景,着墨不多而有以空灵调剂质实的妙用;最后以抒慨作收。章法奇崛腾挪,是北宋早期长调词中较为成熟之作。

[宋] 宋祁(998—1061)

字子京,安州安陆(今属湖北)人,徙居开封雍丘(今河南杞县)。仁宗天圣二年(1024)进士。与兄宋庠同科,人呼"二宋""大小宋"。累官至翰林学士承旨(学士院的主官,皇帝的首席秘书)、群牧使(主管国家马政的长官)。卒谥景文。能文,善议论,主修《新唐书》。今存词六首,见《唐宋诸贤绝妙词选》等。

玉 楼 春

东城渐觉风光好。縠皱波纹迎客棹①。绿杨烟外晓寒轻②,红杏枝头春意闹。　　浮生长恨欢娱少③。肯爱千金轻一笑④。为君持酒劝斜阳,且向花间留晚照⑤。

【注释】

①縠(hú):有皱纹的丝织品,质地轻薄。客棹:客船。棹:桨,代指船。

②绿杨烟:杨柳枝条堆叠飘拂,远望如烟,故称。温庭筠《菩萨蛮》(水精帘里颇黎枕)词:"江上柳如烟。"晓寒:拂晓时的寒气。

③浮生:人生。语本《庄子·刻意》篇:"其生若浮。"这句是说,人生悲恨时多,欢乐时少。

④肯:以此字领起的句式,是反问语气,即"岂肯……""肯……么",表示否定。千金、一笑:汉崔骃《七依》:"一笑千金。"南朝宋鲍照《代白纻歌词》二首其二:"千金一笑买芳年。"

⑤此句用唐李商隐《写意》诗:"日向花间留返照。"晚照:傍晚的光照。

本篇押用一部上去声仄韵,韵脚是"好""棹""闹""少""笑""照"。

【品评】

此词主旨,只是"及时行乐",并不足道。好在"红杏枝头春意闹"的那个"闹"字。很俗,却下得绝妙。枝头红杏开成了堆,其拥挤推排之状举目可见,嬉笑喧嚷之声倾耳可闻。故王国维《人间词话》说:"着一'闹'字,而境界全出。"不止南朝梁刘勰《文心雕龙·明诗》篇所谓"争价一句之奇",直是"争价一'字'之奇"!

[宋]欧阳修(1007—1072)

字永叔,号醉翁,又号六一居士,吉州庐陵(已废入今江西吉安)人。幼年丧父,母亲郑氏亲自教他读书。家贫,以芦秆画地练习写字。仁宗天圣八年(1030)进士。庆历年间知制诰,赞助范仲淹推行新政。新政失败后,谪知滁州(今属安徽)。嘉祐及英宗治平年间,累官至参知政事。神宗即位初,因政见不合求退,出知亳(今属安徽)、青(今属山东)等州。熙宁四年(1071)致仕,次年卒。谥文忠。他是北宋著名的政治家、文学家和历史学家,诗文革新运动的领袖。有《欧阳文忠公集》。曾与宋祁合修《新唐书》并独撰《新五代史》。诗系当时巨匠,文列"唐宋八大家"。词存二百四十余首,词集单行者有《六一词》《欧阳文忠公近体乐府》《醉翁琴趣外篇》等不同名目版本。词风婉丽清深,与晏殊齐名。

生 查 子

去年元夜时①,花市灯如昼②。月上柳梢头,人约黄昏后。
今年元夜时,月与灯依旧。不见去年人,泪湿春衫袖。

【注释】

①元夜:农历正月十五日元宵节夜。自唐代起,就有燃放花灯、通宵游乐的风俗。宋代先是元宵前后三日张灯,后来扩大到前后五日。

②花市:一般指春季卖花、赏花的集市。但元宵节时值正月,尚无花可卖,因此这里当指灯市。下文"灯如昼"已有"灯"字,为避重复,这里将"花灯"一词中的"花"字拆出来使用。

本篇押用一部上去声仄韵,韵脚是"昼""后""旧""袖"。

【品评】

在封建社会里,礼教束缚着男女青年,剥夺了他们自由交往和恋爱的权利。一年之中,只有元宵等为数甚少的几个节日,平时"养在深闺人未识"(白居易《长恨歌》)的城市少女才能获准外出嬉游。"月上柳梢头,人约黄昏后",就在灯夜良宵,不知发生过多少青年男女冲决封建礼教网罗而自择佳偶的动人故事!有的历尽磨难,终成眷属;更多的则酿为悲剧,遗恨百年。本篇所述,即是后者。惟其为悲剧,故有震撼人心的艺术力量。上、下片以"去年元夜"和"今年元夜"构成强烈对比。两幕戏的布景和道具完全一致,后一幕只比前一幕少了一个人。但无论少的是"罗密欧"还是"朱丽叶",这个爱情世界都是残缺的。纵有灯月交辉,抒情主人公泪眼中仍然一片凄黯。

南　歌　子

凤髻金泥带①,龙纹玉掌梳②。走来窗下笑相扶。爱道画眉深浅入时无③。　弄笔偎人久④,描花试手初⑤。等闲妨了绣功夫⑥。笑问双鸳鸯字怎生书⑦。

【注释】

①凤髻:女子的发髻,造型如凤凰,故名。金泥带:束发的缎带,有金屑为饰,故名。

②龙纹玉掌梳:女子发髻上的饰物,手掌形的玉质发梳,刻有龙的花纹。

③爱道:爱说。画眉深浅入时无:用唐朱庆馀《近试上张籍水部》诗:"妆罢低声问夫婿,画眉深浅入时无?"入时无:够得上新潮么?

④弄笔:耍弄着毛笔。

71

⑤描花:在绣绷上勾画出花的轮廓,以便刺绣。

⑥等闲妨了:轻易耽搁了。

⑦双鸳鸯字怎生书:鸳鸯二字怎么写?

本篇押用一部平韵,韵脚是"梳""扶""无""初""夫""书"。

【品评】

　　这首词用白描手法,精选两个典型的生活场景,把一位新嫁娘写得活灵活现,音容笑貌,历历在目。新婚夫妻的相亲相爱,新嫁娘那不加掩饰,也无需掩饰的幸福感,扑面而来,那么健康,那么自然。由于写的是人之常情,所以感动了每一个人。

[宋]王安石(1021—1086)

字介甫,号半山老人,抚州临川人。年轻时就好读书,过目不忘。作文动笔如飞,看似不经心,但写成后,见者服其精妙。仁宗庆历二年(1042)进士。神宗熙宁间,官至同中书门下平章事,主持变法革新。所颁新法,旨在改革北宋建国以来的政治弊端,富国强兵。但由于触犯大官僚地主的利益,遭到保守派的强烈反对,在推行过程中困难重重,终告失败。晚年隐居江宁半山园(在今南京市内)。封荆国公。卒谥文。他不仅是杰出的政治家,在文学领域也卓有建树。诗雄于北宋,文跻"唐宋八大家"之列。有《王文公文集》。今存词近三十首,有《半山词》《临川先生歌曲》等不同名目版本。其中咏史怀古诸作最为雄奇杰出。

桂 枝 香

登临送目①。正故国晚秋②,天气初肃③。千里澄江似练④,翠峰如簇⑤。归帆去棹残阳里⑥,背西风、酒旗斜矗⑦。彩舟云淡⑧,星河鹭起⑨,画图难足⑩。　　念往昔、繁华竞逐⑪。叹门外楼头⑫,悲恨相续⑬。千古凭高对此⑭,谩嗟荣辱⑮。六朝旧事随流水⑯,但寒烟、芳草凝绿⑰。至今商女⑱,时时犹唱,后庭遗曲⑲。

【注释】

①登临:语出宋玉《九辩》:"登山临水兮送将归。"这里指登高。送目:举目远眺。此句化用李白《夕霁杜陵登楼寄韦繇》诗:"登楼送远目。"

②故国:古都。指金陵,当时称江宁府。

73

③肃:萧瑟、肃杀。

④澄江似练:清澄的长江就像一条白绢。南齐谢朓《晚登三山还望京邑》诗:"澄江静如练。"

⑤如簇:形容峭拔。簇:同"蔟",供蚕作茧的麦秸丛。

⑥归帆去棹:来来去去的船只。棹:船桨,这里代指船。

⑦酒旗:酒店的标识旗。

⑧彩舟:结彩的船。彩:彩色丝织品。

⑨星河:银河。借以形容长江。鹭起:白鹭振翅飞起。江宁西长江中旧有白鹭洲,洲上多聚白鹭。

⑩这句是说,以上美景,图画也难充分描绘。

⑪这句是说,想当年,在此建都的六朝帝王多以豪华相尚,愈演愈烈。

⑫门外楼头:唐杜牧《台城曲》诗:"门外韩擒虎,楼头张丽华。"是说隋军攻灭南朝陈之日,隋将韩擒虎已率军杀到宫门外,陈后主叔宝还在高楼上和爱妃张丽华作乐。旧题唐颜师古《隋遗录》载,隋炀帝曾梦见陈后主,后主说当年张丽华正在临春阁上试笔赋诗,韩擒虎跃马拥兵来冲。杜诗用此典,本词又用杜诗。据《陈书》《南史》,后主沉湎女色、不修武备是实,而"门外楼头"之事纯属虚构。但小说家、诗人的艺术夸张,却更典型地反映了历史真实。

⑬以上三句是说,"繁华竞逐"导致亡国,悲剧一场接一场,六朝的历史教训令人嗟叹。

⑭千古凭高:千载之下登高吊古。

⑮谩嗟:徒然嗟叹。荣辱:荣耀和耻辱,指六朝的盛衰兴亡。

⑯这句与前欧阳炯《江城子》"六代繁华,暗逐逝波声"云云,意境相似。

⑰但:惟有。

⑱商女:商船上的女子,指商人的妻妾。唐宋时,商人有娶歌妓的风气。一般辞书、选本释作"歌女",似误。

⑲后庭遗曲:指陈代宫廷歌曲《玉树后庭花》。后主时创制,辞藻艳丽,旨在赞美贵妃张丽华等的姿色(见《陈书·皇后传》)。一说词曰"玉

树后庭花,花开不复久",曲调哀怨,乃亡国之兆(见《隋书·五行志》)。以上三句化用杜牧《泊秦淮》诗:"商女不知亡国恨,隔江犹唱《后庭花》。"

本篇押用同一部入声仄韵,韵脚是"目""肃""簇""蠡""足""逐""续""辱""绿""曲"。其他诸句中,"秋""头"同韵,"里""起""此""水"同韵,虽未必有意为之,但客观上也增添了全词的声韵之美。

【品评】

宋杨湜《古今词话》记载:北宋时,许多作家用《桂枝香》曲调写过金陵怀古词,共三十余首,其中王安石这首最为绝唱。苏轼见了也不由得叹息道:"此老乃野狐精也!"安石自神宗熙宁九年(1076)十月从宰相位置上退下来后,一直隐居在江宁。元丰七年(1084)七月,苏轼过江宁,曾登门拜访他。如此记无误,则本篇或作于熙宁十年(1077)至元丰六年(1083)间某一年的九月(晚秋),约当词人五十六至六十二岁时。词的上片是站在地理的制高点上,视通万里,对空间世界的巡览,充满着向祖国大好河山的衷情礼赞;下片是站在历史的制高点上,神越千古,在时间领域的遨游,贯穿着对前朝兴亡治乱的深沉反思。词中写景文字笔墨酣饱,气韵生动,固然令人叹为观止;而怀古言辞间透露出的那股强烈的参与意识,更值得我们注目。正是在这一点上,作者表现出了他的政治家的个性。

[宋]晏几道(1038—1110)

字叔原,抚州临川人。晏殊之子。幼年丧父,由兄嫂教养成人。性格孤傲,不阿权贵,一生仕途坎坷。神宗元丰年间,曾监颍昌府(今河南许昌)许田镇(在许昌东北。监镇,监管一镇火禁、酒税等事务,相当于镇长)。哲宗元符至徽宗崇宁年间,曾任乾宁军(今河北青县)通判(州、军的次官。军,规格与州相当而稍低)、开封府(今河南开封)推官(刑事审判官)等。以词闻名于世,与晏殊并称"大小晏"。有《小山词》。今存词近二百六十首,以深挚高华见长。北宋后期词坛名家多兼攻令词和慢词,而他却专心致力于小令,犹有唐五代遗风。

临 江 仙

梦后楼台高锁,酒醒帘幕低垂。去年春恨却来时①。落花人独立,微雨燕双飞②。　　记得小蘋初见③,两重心字罗衣④。琵琶弦上说相思。当时明月在,曾照彩云归⑤。

【注释】

①却来:回来。这句是说,自己又与去年一样,为春恨所困扰。
②以上二句,用唐翁宏《宫词》成句。
③小蘋:详见【品评】。
④两重心字:当指罗衣上的图案。取心心相印之义。
⑤彩云:喻指美女。以上二句是说,"明月"还是去年的"明月",而美人一去,至今未能重逢。
本篇押用一部平韵,韵脚是"垂""时""飞""衣""思""归"。

【品评】

作者《小山词跋》说，两位朋友家有莲、鸿、蘋、云等歌姬，自己的词常交给她们歌唱。后来一位朋友病废卧家，一位朋友不幸去世，昔日所写狂篇醉句，遂与两家歌姬一并流转人间。《小山词》里颇有一些深情怀念她们的佳作，这是其中的一篇。

历来的评论家们都对"落花人独立，微雨燕双飞"二句赞不绝口，殊不知它本是唐人翁宏《宫词》五律中的颔联，被词人"偷"来的。全诗见南宋阮阅《诗话总龟前集·雅什门》："又是春残也，如何出翠帷。落花人独立，微雨燕双飞。寓目魂将断，经年梦亦非。那堪向秋夕，萧飒暮蟾辉。"此联本身固然精彩，可惜全首不称。加之原作者诗名不著，故连累到如此佳句也几乎湮没无闻。而一经词人拈用，得其上下左右许多隽语的烘托，遂如众星捧月，焕发出了炫眼的光芒。譬如一位天才足球运动员，不幸身属一支丙级球队，孤掌难鸣，自与奖牌无缘；偶遇名教练慧眼识人，提携他入甲级队踢主力前锋，有众多优秀的队友相配合，传球到位，助攻默契，要风得风，要雨得雨，谁还能阻止他破门得分，脱颖而出呢？这样的"偷"，竟将原本被人忽略的诗句"偷"得大红大紫，"偷"得连名不见经传的"失主"也有了几分知名度，可谓"双赢"——不仅是宋词的光彩，也为唐诗增添了荣耀。

鹧 鸪 天

彩袖殷勤捧玉钟①。当年拚却醉颜红②。舞低杨柳楼心月，歌尽桃花扇底风③。　　从别后，忆相逢④。几回魂梦与君同⑤。今宵剩把银釭照⑥，犹恐相逢是梦中⑦。

【注释】

①彩袖：代指美女。捧玉钟：指劝酒。玉钟：玉制的酒杯。

②拚(pàn)却:甘愿,不顾惜。却:语助词。

③桃花扇:绘有桃花的扇子,是歌女的道具。以上二句是说,通宵歌舞,直到月亮西沉。

④相逢:指当年的欢会。

⑤几回:多少次。

⑥剩:只管,再三。银缸(gāng):银灯。

⑦相逢:指重逢。以上二句,化用杜甫《羌村》诗三首其一:"夜阑更秉烛,相对如梦寐。"

本篇押用一部平韵,韵脚是"钟""红""风""逢""同""中"。

【品评】

这首词写自己与所爱的一位女子久别重逢。上片追怀欢乐的往事,下片写别后的相思以及重逢时的悲喜交集之情。这女子当也是莲、鸿、蘋、云诸姬中的一位。

作者同时代的文坛名流,特别欣赏"舞低杨柳楼心月,歌尽桃花扇底风"两句,或曰"自可知此人不生在三家村中"(晁补之说,见宋赵令畤《侯鲭录》),或曰"定非穷儿家语"(黄庭坚说,见宋阮阅《诗话总龟》前集引《王直方诗话》)——着眼点都在作者的"富贵"身分及其词句的"富贵"气象。这两句词高华雅丽,确实写得精彩。但全词之动人,却不在"富贵",而在"感情",在情之真、情之深。看不到这一点,只赏其华美的"外包装",未免买椟还珠了。

思 远 人①

红叶黄花秋意晚②,千里念行客③。飞云过尽,归鸿无信④,何处寄书得⑤。　　泪弹不尽临窗滴⑥。就砚旋研墨⑦。渐写到别来⑧,此情深处⑨,红笺为无色⑩。

【注释】

①思远人：此调始见于本篇，当是作者首创。调名本身就是词题。远人：指抒情女主人公出远门的夫婿。

②红叶：枫叶。黄花：菊花。

③这句倒装，即"念千里行客"，想念远在千里之外的夫婿。

④归鸿：秋天从北方飞回南方的大雁。无信：不守信用，未准时来。

⑤书：书信。以上三句是说，飞云都已飘走，归雁迟迟未到，它们不能充当信使，叫我到哪里去寄信呢？

⑥弹：挥洒。临窗：紧挨着窗户。

⑦砚：砚台。旋：随即。研：磨。

⑧别来：分别以来。

⑨情：指相思之情。

⑩红笺：红色的信笺。笺：精美的纸张。

本篇押用一部入声仄韵，韵脚是"客""得""滴""墨""色"。

【品评】

这首代言体思妇词，通篇只有一个情节：妻子给远方的丈夫写信。内容虽简单，构思却很新颖。明知写了信无人传递，却仍然要写。这有悖常理的情节安排，恰恰凸现了女主人公拳拳爱心的执着。怀人而落泪是生活的真实，用泪水磨墨给亲人写信则是源于生活而又高于生活的艺术创造。如此结撰，亦匪夷所思。篇末以红笺的颜色为参照系，使本来虚不可测的情感的浓度，竟殷然在目：寓无形于有形，化抽象为具象，更是捕"风"捉"影"手段。

[宋]王观

字通叟,泰州如皋(今属江苏)人,一说高邮(今属江苏)人。仁宗嘉祐二年(1057)进士。神宗熙宁、元丰间,曾守大理寺丞(中央审判机关大理寺内的中级官员),知江都县(今属江苏)。在江都撰《扬州赋》献上朝廷,大蒙褒赏。又著《扬州芍药谱》。后任翰林学士,因作词涉及神宗私生活,被神宗之母高太后认为亵渎,得罪放逐,世称"逐客"。恃才狂放,以词名家,有《冠柳集》,今不传。存词二十八首,散见于宋黄大舆《梅苑》、曾慥《乐府雅词拾遗》、吴曾《能改斋漫录》、黄昇《唐宋诸贤绝妙词选》、赵闻礼《阳春白雪》、明无名氏《诗渊》等。其中部分作品真伪待辨。

卜 算 子

送鲍浩然之浙东①

水是眼波横,山是眉峰聚②。欲问行人去那边③,眉眼盈盈处④。　　才始送春归⑤,又送君归去。若到江东赶上春⑥,千万和春住⑦。

【注释】

①鲍浩然:生平未详。据词意推断,当是浙东人。之:往,赴。浙东:北宋两浙路的东半部分。唐为浙江东道,简称"浙东"。此处沿用旧称,约相当于今浙江东部地区。本篇见宋吴曾《能改斋漫录》:"王逐客送鲍浩然游浙东,作长短句云(词略)。"后人据此为词代拟了标题。词曰"送君归去",可见鲍氏此去是还乡而非漫游。"游浙东"云云与词意不合。后人拟题改用"之"字,或出于这层考虑。

②以上二句是说,浙东山清水秀,水像美人的眼波横流,山像美人的眉峰攒聚。古诗词中常用水的澄澈来形容美女的目光,用山的黛绿来形容美女的眉色(唐五代时女子画眉,还有"小山""五岳""三峰"等样式),这里逆用其喻,化熟常为生新。

③那:哪。

④盈盈:形容女性的美好神态。取喻与上文统一,赞美浙东山水的妩媚。

⑤才始:刚刚,方才。

⑥江东:宋时有江南东路,辖有今长江以南,西自江西九江,东至江苏南京的一段区域。据词意,鲍氏此行是由西(或西北)向东(或东南)走。古人以四方配四季,"东"和"春"相对应。词人设想,春自东方来,还归东方去,它刚去不久,朋友还来得及在江东追上它。相对于友人此行的终点、更东面的浙东来说,江东只是中途。

⑦住:停住,不再往前走。

本篇押用一部上去声仄韵,韵脚是"聚""处""去""住"。

【品评】

自唐五代至北宋前期,爱情的歌声唱彻了词的舞台,而友谊的乐章却寂寂无闻。人们在叹赏那些缠绵悱恻的情侣离别词的同时,不免生出这样的遗憾:词中难道就没有为朋友饯行而能与唐诗中王勃《送杜少府之任蜀州》、王维《送元二使安西》、李白《黄鹤楼送孟浩然之广陵》等佳作媲美的篇什么?读到王观这首清新隽永的小令,人们的憾意可以稍释了。刚刚送走春天,友人又将离去,作者心中的惆怅不难想见。但他对此却未作任何渲染,只用"才始"和"又"两个相关联的虚词,以强调的语气含蓄地传达依依惜别之情。接着突发奇想,叮嘱友人说:如果您在半路追上了春天,千万要和她一块儿停下脚步!这是希望友人和春天都不致离得更远。对春天对友人的眷恋,就通过如此新颖美妙的艺术构思淋漓尽致地表现出来。

[宋]孙浩然

生平不详。宋楼钥《攻媿集》记载,王诜曾画其《离亭燕》词意为《江山秋晚图》。王诜是神宗、哲宗时人,孙氏或与他同时,或年辈稍长。存词二首,见《攻媿集》及《花草粹编》。

离 亭 燕

一带江山如画①。景物向秋潇洒②。水浸碧天何处断③,霁色冷光相射④。橘树荻花洲⑤,掩映竹篱茅舍⑥。 天际客帆高挂⑦。烟外酒旗低亚⑧。多少六朝兴废事,尽入渔樵闲话⑨。怅望倚层楼⑩,红日无言西下。

【注释】

①一带江山:《南史·陈后主纪》载,隋文帝称长江为"一衣带水"。这里借以形容长江远远望去像一条细长的衣带。"山"由"江"牵连而及。

②向秋:近秋。潇洒:清丽疏朗,同"萧洒"。杜甫《玉华宫》诗:"秋色正萧洒。"

③这句是说,水天相接,界线难分。

④霁色:雨后初晴时的天色。霁:雨止。冷光:指秋水的寒光。相射:互相映射。

⑤荻花:荻,与芦同科,叶比芦阔。秋季开花,色灰黄,丛聚如麦穗状。

⑥掩映:遮掩映衬。茅舍:茅草覆顶的农家房屋。

⑦天际:天边。客帆:客船的帆。

⑧烟外:远方烟霭背后。酒旗:见前王安石《桂枝香》注⑦。低亚:低低地堆叠在一起。

⑨以上二句是说，不知有多少六朝兴亡旧事，如今都成了渔父樵夫闲谈的话题。

⑩层楼：高楼。

本篇押用一部上去声仄韵，韵脚是"画""洒""射""舍""挂""亚""话""下"。又"洲""楼"同韵，分别处在上、下片倒数第二句这互相对应的位置上，或是有意添押一部平韵为辅韵，以增加全词的声韵之美。

【品评】

古希腊诗人西蒙奈底斯早就说过："诗是有声画。"此词落笔便称"江山如画"；以下自"水浸碧天"到"酒旗低亚"一连串景语，清丽旷远，无一字不堪入画；而北宋著名画家王诜也真的将它们画成了一幅画。然而，"多少六朝兴废事，尽入渔樵闲话"二句却画不出；"红日无言西下"一句，"无言"二字也画不出。偏偏一篇之神情韵味，全在此二处！末句尤为精彩，正如中国古代哲学家老子所谓"大音希声"。空诸所有，方能无所不有。一切遐想、沉思，无限感慨、怊怅，都以"无言"说尽。虚浑而静穆，自是词中之华严境界。晚清大词人朱祖谋《乌夜啼·同瞻园登戒坛千佛阁》词下片云："吹不断，黄一线，是桑干（桑干河）。又是夕阳无语下苍山。"亦能得此神理。

[宋]苏轼（1037—1101）

　　字子瞻，号东坡居士，眉州眉山（今属四川）人。仁宗嘉祐二年（1057）进士。历官仁宗、英宗、神宗、哲宗四朝。在北宋后期的新旧党争中，几经浮沉。神宗元丰二年（1079）在知湖州任上，当时新党执政，谏官弹劾他作诗讥刺新法、讪谤朝廷，他因此被逮捕入狱。结案后，谪居黄州（今湖北黄冈）。哲宗即位初，祖母高太后垂帘听政，新党失势，他被重新起用，累官至翰林侍读（为皇帝进读书史、讲说经义、具有政治顾问性质的高级文学侍从）。绍圣年间，哲宗亲政，复用新党，罢斥旧党，他再次遭到贬逐，一直被谪至昌化军（今海南西南部）。徽宗立，赦还。不久，病卒于常州（今属江苏）。南宋高宗时，追谥文忠。他博学多才，在文学艺术的各主要领域都作出了卓越的贡献。著有《东坡七集》。为诗清新豪健，雄视北宋，与黄庭坚齐名，号"苏黄"。为文舒卷自如，与父苏洵、弟苏辙合称"三苏"，同属"唐宋八大家"。书法丰腴跌宕，与黄庭坚、米芾、蔡襄并称"宋四家"。亦善绘画，下笔奇古。其词今存三百四十余首，为北宋之最，有《东坡词》《东坡乐府》等不同名目版本。

江 城 子

乙卯正月二十日夜记梦①

　　十年生死两茫茫②。不思量③。自难忘。千里孤坟④，无处话凄凉⑤。纵使相逢应不识⑥，尘满面，鬓如霜⑦。　　夜来幽梦忽还乡。小轩窗⑧。正梳妆。相顾无言⑨，唯有泪千行。料得年年肠断处，明月夜⑩，短松冈⑪。

84

【注释】

①乙卯:神宗熙宁八年(1075)。

②十年:据苏轼《亡妻王氏墓志铭》,他的妻子王弗卒于英宗治平二年(1065)五月,至此已十年。茫茫:隔绝不明。

③思量:想念。

④千里:作此词时,苏轼在密州(今山东诸城)任知州。据《墓志铭》,王氏卒于东京,次年(治平三年,1066)六月归葬眉州彭山县(今四川眉山市彭山区)。眉州与密州距离很遥远。

⑤话:说。

⑥纵使:即使。

⑦以上二句,自伤仕途蹭蹬,未老先衰。苏轼因政见与当权的新党不合,自请离京外任,转徙杭州、密州等地,政治上很不得志。

⑧轩:有排窗的房间。

⑨相顾:相看。

⑩以上二句,化用唐孟棨《本事诗·征异》托名孔氏诗:"欲知肠断处,明月照孤坟。"

⑪短松冈:指亡妻坟墓所在的山冈。古人墓地多植松柏。短松:矮松。

本篇押用一部平韵,韵脚是"茫""量""忘""凉""霜""乡""窗""妆""行""冈"。

【品评】

有宋一代,诗坛是个"被爱情遗忘的角落",爱情的花朵几乎都开放在词的园林。而宋词中所吟咏的爱情,又多是婚外恋——文士与歌妓间的卿卿我我,写夫妻伉俪之情的作品微乎其微。其原因是封建社会讲究门当户对,并不以爱情为婚姻的第一要义。但先结婚后恋爱,在长期共同生活中培养出浓郁情感的例证总还是有。不信请看苏轼为其发妻王夫人所作的这首悼亡词。作此词时,苏轼三十八岁。据其《亡妻王氏墓志铭》,夫人嫁过来时,苏家还很贫寒。她知书达理,聪敏娴静,侍奉公婆谨慎恭敬。后来跟从苏轼在外做官,常用苏轼父亲告诫苏轼的话来提醒苏轼。苏轼与来客谈话,她常站在屏风后听,还不时给苏轼以忠告。例如,有人来与苏轼拉关系套近乎,她对苏轼说:这人恐怕处不长。贴上来快,走得也必然快。结果真是这样。她去世时,才二十六岁。这些内容,不适合往词里写,但读此词者不可不知。知王夫人之贤,我们才能理解为什么词人的伤恸历十年之久还未平复。

有声彻天,有泪彻泉。通篇都是至情至性之言,不必刻意修饰,据实道来,自是世间第一等文字。

江　城　子

密州出猎①

老夫聊发少年狂②。左牵黄③。右擎苍④。锦帽貂裘⑤,千骑卷平冈⑥。为报倾城随太守⑦,亲射虎,看孙郎⑧。　　酒酣胸胆尚开张⑨。鬓微霜⑩。又何妨⑪。持节云中⑫,何日遣冯唐⑬。会挽雕弓如满月⑭,西北望⑮,射天狼⑯。

【注释】

①密州:此词作于神宗熙宁八年(1075)冬。当时词人在密州任知州。

②老夫:词人自呼。古人往往中年起就称"老"称"翁"。聊:且,略。少年狂:打猎这样的剧烈运动,本为精力旺盛的年轻人所喜爱和从事,故云。

③左:左手。黄:黄犬。

④右:右手。擎:举,向上托。苍:苍鹰。鹰的羽毛为苍黑色,故称。与黄犬同有协助猎手追捕猎物的功用。以上二句从《梁书·张充传》"充出猎,左手臂鹰,右手牵狗"云云化出。

⑤锦帽:锦缎制作的帽子。貂裘:貂皮衣。这句夸饰随猎将士服装鲜明。

⑥千骑:见前柳永《望海潮》注⑳。卷:席卷。平冈:平坦的山冈。

⑦为报:替我告知。介词"为"后省略了宾语。倾城:代指美女。参见前薛昭蕴《浣溪沙》注②。宋时,各州府多有官妓,宴会时演出歌舞,侑酒陪欢。太守:本为战国时郡守的尊称。汉景帝时成为郡级长官的正式名称,一直沿用至南北朝。相当的职位,在唐为州刺史,在宋为知州、知府。古人习以前朝专名指代本朝相应专名,故词人自称"太守"。

⑧孙郎:本指三国吴大帝孙权。"郎"是对年轻男子的美称,又是女子对所爱慕男子的昵称。《三国志·吴主传》载,汉献帝建安二十三年(218)十月,孙权亲乘马射虎于废亭(地在今江苏常州市武进区)。马为虎所伤,他用双戟掷刺,在随从协助下将虎猎获。时年三十六岁。词中借用美人的口吻自称。以上三句是说,请通知官妓们随我到郊外去,看"苏郎"我亲射猛虎! 这几句极为传神。上文"牵黄擎苍"云云还只是从外在的动作形态上表现自己的"少年狂",而这里则更深一层地从内在的精神气质上凸现自己的"少年狂"。词人有"文"名而无"武"誉,故急切地欲以"武功"自炫。绘声绘色的心理描写,活画出他的任率天真,使人觉得可亲可爱。

⑨酒酣:放开酒量喝足了酒。尚:还,犹。开张:开扩、张大。宋苏舜钦《舟中感怀寄馆中诸君》诗:"胸胆森开张。"当为苏词所本。

⑩霜:形容鬓发斑白。

⑪以上三句是说自己酒后胸襟胆气还能扩张奋发(不像一般人那样,上了点年纪,酒后便畏寒欲睡),足见精力不衰;鬓发稍微白了些,又有什么大不了呢?

⑫持节:皇帝派出的特使,手持符节,作为证明身分的凭据。云中:汉代郡名,即今内蒙古托克托县一带。

⑬遣:派遣。冯唐:西汉安陵(今陕西咸阳东北)人。文帝时任中郎署长(皇帝的侍卫官长),敢于直言。当时,云中郡守魏尚爱惜士卒,优待军吏,匈奴人远避,轻易不敢靠近其防区。一次,匈奴人入侵,他率车骑阻

击,杀敌甚多,却因报功时的统计数字与实际战果稍有出入(少六颗人头),被削去官爵,罚作劳役。文帝前元十四年(前166),匈奴人又大举入侵,冯唐乘机进谏,认为文帝赏轻罚重,对魏尚的处分不合理。于是,文帝即日命他持节赦免魏尚,恢复原职。同时,还任用他为车骑都尉(战车部队的将领。都尉,级别略低于将军)。事见《史记·冯唐列传》。以上二句字面义是,朝廷何时才会派遣冯唐持节到云中郡去呢?实际上是以冯唐或魏尚自比,希望能到边防前线去任职。

⑭会:定将。挽:拉。雕弓:装饰华美的弓。如满月:弓未拉开时,形如弦月;拉开后,便如满月。

⑮当时西北方的西夏党项族政权常派军队侵入宋境,掳掠人口财物。这是北宋所面临的主要军事威胁。

⑯用屈原《九歌·东君》:"举长矢兮射天狼。"天狼:星名。古人认为它主侵掠。

本篇押用一部平韵,韵脚是"狂""黄""苍""冈""郎""张""霜""妨""唐""狼"。

【品评】

这是词人三十八岁时的作品。唐宋词中写打猎的作品极为罕见,在艺术上达到同样水准的更是凤毛麟角。诚然,精彩的猎诗历代多有,仅以唐人而言,就可举出王维《观猎》、卢纶《和张仆射塞下曲》六首其二、韩愈《雉带箭》等名作。但它们都是写别人打猎,且止于猎事一端。苏词好就好在作者不是以袖手旁观者的身分游离于画面之外,而是以挽弓亲射者的姿态活跃于画面之中;笔触又不滞留在围猎现场,而向着更广大的领域横扫过去,将飞鹰走狗与演兵备战联系在一起,使词的主题升华到矢志投身民族反侵略斗争前线的爱国主义的高度。词人曾就本篇的创作缘起及其独特的审美祈向写过一段自豪的说明:"近却颇作小词。虽无柳七郎(柳永)风味,亦自是一家。呵呵。数日前猎于郊外,所获颇多。作得一阕,令东州(东方)壮士抵掌顿足(拍手跺脚)而歌之,吹笛击鼓以为节(打拍子),颇壮观也。"(《与鲜于子骏书》)可见,他是有意要在盛行于当时,适合妙龄女郎声吻,以婉媚为特色的柳词之外,标新立异,别创一种应由热血男儿揭喉高唱,具有阳刚之气的豪放词。

水 调 歌 头

丙辰中秋①,欢饮达旦②,大醉,作此篇,兼怀子由③

明月几时有,把酒问青天④。不知天上宫阙,今夕是何年⑤。我欲乘风归去⑥,又恐琼楼玉宇⑦,高处不胜寒⑧。起舞弄清影⑨,何似在人间⑩。 转朱阁,低绮户,照无眠⑪。不应有恨,何事长向别时圆⑫。人有悲欢离合,月有阴晴圆缺,此事古难全⑬。但愿人长久⑭,千里共婵娟⑮。

【注释】

①丙辰:神宗熙宁九年(1076)。

②达旦:到(第二天)早晨。

③子由:苏轼弟苏辙(1039—1112),字子由,号颍滨遗老。仁宗嘉祐二年(1057)进士。历官仁宗、英宗、神宗、哲宗、徽宗五朝。政治派别与苏轼一致,在新旧党争中的遭遇也大体相同。哲宗元祐年间旧党执政时,他官至门下侍郎(相当于副宰相)。绍圣年间新党重新得势,他被谪往雷州(今广东海康)等南荒之地。徽宗即位后遇赦北还。著有《栾城集》。以古文闻名于世,文风汪洋淡泊。事见《宋史》本传。苏轼作此词时,他正在齐州(今济南)节度掌书记任。

④把酒:握着酒杯(向"青天"敬酒)。以上二句用李白《把酒问月》诗:"青天有月来几时?我今停杯一问之。"

⑤唐戴叔伦《二灵寺守岁》诗、韦瓘《周秦行纪》托名牛僧孺诗、旧题吕岩《忆江南》词等都有"不知今夕是何年"句,是苏词所本。古人认为天上神仙世界的时间与地下人间世界的时间是不一样的,天上一日不知相

当于人世几百千年,故词人这样发问。

⑥乘风归去:驾着风,回到天上去。词人这里以下凡的神仙自居。

⑦恐:怕,担心。琼楼玉宇:白玉砌成的楼阁。琼:美玉。宇:屋檐。相传月亮上有这样晶莹美丽的建筑。

⑧不胜:忍受不住。胜,这里读平声。

⑨这句是说,在月光下翩翩起舞,自己的影子也翻动不已,仿佛自己和影子在做游戏。弄:戏耍。

⑩何似:哪比得上。以上五句是说,想回到天上去,又怕受不了月宫中的寒冷;还不如留在人间,月下起舞,清影相戏,多么萧闲自在!据宋蔡絛《铁围山丛谈》记载,若干年后的另一个中秋节夜,词人与宾客同登金山(在今江苏镇江),命当时有名的歌手袁绚唱这首词。唱罢,词人起舞,并说:"此便是神仙矣!"这和此词表达的意思是一样的:神仙,在人间也可以做得,不一定非要上天。

⑪以上三句是说,明月转到红楼的另一面,降低到雕花的门窗外,照耀着睡不着觉的人。

⑫以上二句用宋石延年"月如无恨月长圆"(见司马光《温公续诗话》),是说月到中秋,既已圆满,便不应有恨了,可它为什么总在人们离别时变圆呢?

⑬古难全:自古以来就难以全美。

⑭长久:指健康长寿。

⑮南朝宋谢庄《月赋》:"美人迈兮音尘阙,隔千里兮共明月。"唐许浑《怀江南同志》诗:"唯应洞庭月,万里共婵娟。"为苏词所本。谢赋、许诗、苏词都是说,两地相思之人可以从共仰一轮明月的清光中得到千里(万里)如晤的精神慰藉。婵娟:形容阴柔之美。唐孟郊《婵娟篇》诗:"月婵娟,真可怜。"苏词则径用以代"月"字。

本篇押韵格式与前李冠《六州歌头》相似,共交错押用四部韵。其一,"天""年""寒""间""眠""圆""全""娟"。以上一部平韵为主韵。其二,"有""久"。其三,"阙""阁""合""缺"。其四,"去""宇""户"。以上三部仄韵为辅韵,当系有意添押,以增加全词的声韵之美。

【品评】

作此词时,词人三十九岁,仍在知密州任。截至这一年,他与爱妻王弗已死别十一载;与胞弟苏辙的生离也有七个春秋;而其政见又与当权的新党不合:因此无论是在人生旅途中还是在政治道路上,他都踽踽独行,不胜其孤单与寂寞。中秋明月之夜,万家团圆而我则茕茕吊影,词人内心的惆怅可以想见。他在"出世"与"入世"之间,也有过一刹那的彷徨,然而对生活的热爱和执着最终还是占了上风。他以一种豁达的态度直面那"悲""离"多于"欢""合","晴""圆"少于"阴""缺"的忧患人生,于篇末满怀深情地祝福道:"但愿人长久,千里共婵娟!"虽然这祝福只是为自家手足而发,但由于它说出了天下一切离人(可以是兄弟姊妹,也可以是夫妻友朋,等等)的共同心愿,蕴含着人性中丰厚的真、善、美,所以千百年来一直播在人口,至今还是人们在佳节良辰思亲念友之际常用来遥相赠寄的最佳祈祷辞。

全篇清空奇逸,文气挺转。宋胡仔《苕溪渔隐丛话后集》说:"中秋词,自东坡《水调歌头》一出,余词尽废。"

浣　溪　沙

徐门石潭谢雨①,道上作五首。潭在城东二十里,常与泗水增减②,清浊相应③

照日深红暖见鱼④。连村绿暗晚藏乌⑤。黄童白叟聚睢盱⑥。　麋鹿逢人虽未惯⑦,猿猱闻鼓不须呼⑧。归来说与采桑姑⑨。

旋抹红妆看使君⑩。三三五五棘篱门⑪。相排踏破茜罗裙⑫。　老幼扶携收麦社⑬,乌鸢翔舞赛神村⑭。道逢醉叟卧黄昏⑮。

麻叶层层苘叶光⑯。谁家煮茧一村香⑰。隔篱娇语络丝娘⑱。　　垂白杖藜抬醉眼⑲,捋青捣䴵软饥肠⑳。问言豆叶几时黄㉑。

籁籁衣巾落枣花㉒。村南村北响缲车㉓。牛衣古柳卖黄瓜㉔。　　酒困路长惟欲睡㉕,日高人渴漫思茶㉖。敲门试问野人家㉗。

软草平莎过雨新㉘。轻沙走马路无尘㉙。何时收拾耦耕身㉚　　日暖桑麻光似泼,风来蒿艾气如薰㉛。使君元是此中人㉜。

【注释】

①徐门:即徐州,今属江苏。

②泗(sì)水:指古泗水。源出今山东泗水县东蒙山南麓,四源并发,故名。流入今江苏,经徐州东北,最终注入淮河。全长一千数百里,是淮河下游第一大支流。

③以上二句是说,石潭与泗水暗通,水量随着泗水的增减而增减,水质随着泗水的清浊而清浊。

④这句是说,落日映在潭水中,水色深红,水温较暖,游鱼浮现。见(xiàn):显现。作"看见"之"见"解,也可通。

⑤这句是说,茂密的杨柳林将分散的村庄连成一片("绿暗"指入夏树荫已浓,绿色转深),遮藏住了晚来栖息林中的乌鸦。唐司空图《独望》诗:"绿树连村暗。"南朝乐府民歌《阳叛儿》:"杨柳可藏乌。"苏词由此化出。

⑥黄童:黄发儿童。白叟:白发老翁。睢盱(huīxū):瞪大眼睛看。作"喜悦貌"解,亦可通。这句写人们围观向龙神谢雨的祭祀仪式。韩愈《元和圣德诗》:"黄童白叟。踊跃欢呀。"苏词或有取于此。

⑦麋:鹿科动物的一种,俗名"四不像"。

⑧猱(náo):猿类动物。鼓:指谢雨仪式上的乐鼓声。不须呼:用不着召唤。以上二句是说,虽然麋鹿还未见过许多人的大场面,怯怯地不敢走近,但猿猱却爱凑热闹,一听敲鼓便不请自来。也可作比拟句理解:"麋鹿"比拟"白叟",他们纯朴木讷,初见本州长官,有些怯生;"猿猱"比拟"黄童",他们活泼好动,岂肯错过这场好戏? 自然是闻鼓即来。

⑨这句是说,参加了谢雨祭祀活动的人们(特别是那些小孩)回家后定会将盛况说给没能到场的"采桑姑"们听。古有"河伯娶妇"之类淫祀,将漂亮的少女投入水中,以满足水神的淫欲,祈求他造福(至少不要为祸)于人。"采桑姑"们之所以不能在祭祀水神的现场露面,当与此类淫祀的背景传说(即水神好色)有关。此调押用一部平韵。本篇韵脚是"鱼""乌""盯""呼""姑"。

⑩旋抹红妆:临时匆匆忙忙地往脸上抹一点胭脂。使君:汉代对州刺史的尊称。汉代的州是比今天的省范围还大些的监察区。到唐代,州的规格已缩小,略相当于今天的省辖市和地级市,但州长官亦称州刺史,故人们仍沿用汉代"使君"的称谓。宋代的知州相当于唐代的州刺史,故亦称"使君"。这里是词人自指。

⑪棘篱:乡村人家用带刺的荆条编排而成的篱笆围墙。

⑫相排:你挤我,我挤他。排:挤。茜罗裙:绛红色的罗纱裙。茜:茜草,根为橘红色,可作大红染料。以上三句,写乡村姑娘们听说知州大人路过本庄,急忙简单化妆一下,三五成堆地拥到门口来看新鲜,挤得踩破了拖地的裙摆。此情节系从杜牧《村行》诗"篱窥茜裙女"化出,而描写更为细致生动。

⑬老幼扶携:老人被扶着,儿童被搀着。收麦社:麦子(这里指初夏登场的大麦)收割以后举行的报谢土神的祭祀活动。

⑭乌鸢(yuān):乌鸦和老鹰。翔舞:盘旋飞舞。赛神村:正在赛神的村庄。赛神:即上句所谓"社"。用仪仗、箫鼓、杂戏等迎神、送神,并在神祠内神像前供奉各种祭祀食品。以上二句写乡村麦收后社祭活动的热烈场面:人们扶老携幼,熙熙攘攘;祭品丰盛,招惹来成群的乌鸢。

⑮这句是说,黄昏时,归途中遇见醉倒在路上的老汉(显然是因为社祭时多喝了几盅)。本篇韵脚是"君""门""裙""村""昏"。

⑯层层:形容麻叶茂盛。苘(qǐng):麻类植物名。麻、苘的纤维是纺织麻布、搓制麻绳的原料。光:鲜润,有光泽。

⑰煮茧:将蚕茧煮熟,使茧丝上的胶质软化、溶解,以便抽丝。

⑱这句是说,隔着篱笆听见缫丝女子娇媚的说话声。一说,旧时养蚕禁忌甚多,某些特定时期,从事这项劳作的妇女不得到别家串门,故"络丝娘"们只好隔着篱笆说话。

⑲垂白:白发下垂,代指老人。杖藜(lí):杖,此处用作动词,拄。藜:草本植物,其茎可作拐杖。此处即指藜杖。

⑳捋(luō)青捣䴰(chǎo):将尚未黄熟的青小麦穗捋下来,炒熟,捣成粉,可以干吃,也可以加水搅拌成炒麦面糊。软饥肠:抚慰饥肠,即聊以充饥的意思。

㉑这句是说,词人看到有穷老汉不等小麦成熟就捋来作炒麦面吃,便关切地询问豆类什么时候可以收获。因为豆类一黄熟,目前青黄不接时的缺粮状况就能得到缓解。本篇韵脚是"光""香""娘""肠""黄"。

㉒这句倒装,即"枣花簌簌落衣巾"。簌簌:形容连续不断下落。巾:头巾。

㉓缲(sāo)车:缫丝的工具。有手摇转轮,用以收丝。

㉔牛衣:用乱麻或蓑草编织而成,因为多用来披在牛身上,让牛御寒过冬,故称。这里指披着牛衣的乡下人,披牛衣是为了遮太阳的灼晒。古柳:古老的柳树。因其树荫面积大,故卖瓜人坐在它的凉荫下。卖黄瓜:这黄瓜是卖给过路人吃了解渴的。地方官员到郊外来谢雨,跟着看热闹的人很多,有生意可做。

㉕酒困:因喝了酒而感到困倦。

㉖日高:太阳已挂得老高。表明正是中午天气最热的时候。思茶:想喝茶。这句化用唐皮日休《闲夜酒醒》诗:"酒渴漫思茶。"

㉗野人:乡野之人,即农民。本篇韵脚是"花""车""瓜""茶""家"。

㉘平莎:平展的莎草。莎:多年生草本,块茎为纺锤形,称香附子,可

入药。过雨新:雨后焕然一新。指雨后长出了新草,一片鲜绿。

㉙走马:跑马。无尘:雨后沙土湿润,故灰尘扬不起来。

㉚这句是说,什么时候我才能够回家种田呢? 收拾:收取。耦(ǒu)耕:两人各持一耜(古代的翻土工具),并肩而耕。语出《论语·微子》:"长沮、桀溺(春秋时期的两名隐士)耦而耕。"苏词这里只作一"耕"字用。相对于出来做官,将自身交给朝廷支配而言,退隐便是将自身收归己有。

㉛以上二句是说,夏阳晴暖,照耀着桑、麻的叶片,它们的光泽似泼水一般扑向人的眼帘;风儿送来蒿草和艾草的气息,嗅着如同薰香那样浓烈。蒿艾:这两种草同类,茎叶有特殊的气味。艾草晒干后可制艾绒,中医用来灸治病人。

㉜元:原。此中:这里面。此:代指上文所描述的那种恬适的田园境界。词人《题渊明诗》自称"世农",即世代务农。本篇韵脚是"新""尘""身""薰""人"。

【品评】

神宗元丰元年(1078),词人四十一岁,在徐州知州任。这一年春天,当地大旱,他曾到东郊的石潭去向龙神求雨(参见其《起伏龙行》诗自序)。恰巧后来真下了雨。初夏,他又到石潭去谢神,一路将所见所闻所感实录成篇,创作了这组散发着浓郁泥土气息的乡野风情词。此前,词苑的长廊被各色各样的才子佳人们占据着,满眼是青衫红袖,满耳是哀丝豪竹,满鼻是麝烟香尘。而今,苏轼领着"刘姥姥"们走进了"大观园","黄童""白叟","采桑姑""络丝娘","捋青捣㶾"的老汉,傍柳卖瓜的"野人",物质文明的生产者终于在向来拒他们于门外的精神文明产物之一的词中有了自己的一席之地,而广大读者也终于在向来是都市"酒吧"文学和"红灯区"文学的词里看到了"桑麻"的光色,听到了"缫车"的响声,嗅到了"蒿艾"的气味。这在词史上实在是一件很有创新意义的事。

定 风 波

三月七日,沙湖道中遇雨①。雨具先去②,同行皆狼狈③,余独不觉④。已而遂晴⑤,故作此

　　莫听穿林打叶声⑥。何妨吟啸且徐行⑦。竹杖芒鞋轻胜马⑧。谁怕。一蓑烟雨任平生⑨。　　料峭春风吹酒醒⑩。微冷。山头斜照却相迎⑪。回首向来萧瑟处⑫。归去。也无风雨也无晴⑬。

【注释】

①沙湖:在黄州东南三十里。

②雨具:遮雨用具,如伞、蓑衣等。这句是说,保管雨具的人先走了一步。

③同行(xíng):一道走的人。狼狈:慌乱。

④余:我。不觉:不觉得天在下雨。意即根本没把它当一回事。

⑤已而:过了一阵子。遂:终究。

⑥穿林打叶声:雨点穿透树林拍打树叶的响声。这句是说,不管它下什么雨,只做没听见。

⑦吟啸:吟咏、歌啸。啸:吹口哨。徐行:缓缓地、不急不忙地走。

⑧芒鞋:草鞋。这句是说,拄着竹杖,穿着草鞋在雨中行走,轻便胜似骑马。

⑨以上二句是说,我平生以一蓑烟雨自任,还怕眼前的这场风雨吗?言外之意,自己早有归隐之心,并不患得患失,所以政治上的打击无奈我何。一蓑烟雨:披一领蓑衣,在烟雨中垂钓。即隐居江湖。

⑩料峭:形容春寒。吹酒醒:吹散了醉意,使人清醒。

⑪斜照:斜射的阳光,夕阳。

⑫向来：刚才。萧瑟处：指淋雨之地。萧瑟：风雨拂打林木的声音。作"凄凉"解，亦通。

⑬这句是说，风雨也罢，天晴也罢，都不放在心上。雨既不惧，晴亦不喜。言外之意，自己对政治上的升沉荣辱，淡然置之，毫无芥蒂。词人晚年被放逐到蛮荒的海南岛，所作《独觉》诗，结尾再次写道："回首向来萧瑟处，也无风雨也无晴。"可见他对这两句含义深刻的词颇为得意，也可见他这种处世哲学是一以贯之的。

本篇交错押用四部韵。其一，"声""行""生""迎""晴"。以上一部平韵为主韵。其二，"马""怕"。其三，"醒""冷"。其四，"处""去"。以上三部上去声仄韵为辅韵。

【品评】

词人因政见与当权的新党人士不合，竟遭新党中某些政治品质恶劣的人罗织陷害，锒铛入狱，差点丢了性命。幸得新党领袖、退职宰相王安石"岂有圣世而杀才士者乎"一言，方被从"轻"发落（见宋周紫芝《诗谳跋》），谪居黄州。自元丰三年（1080）至七年（1084），他在黄州度过了四年多近似流放的生活，时当四十三至四十七岁。本篇即作于此期间。其"所指"甚小——不过写半路猝然遇雨时的感受，然而"能指"却甚大——竟写出了自己对待人生旅途中风风雨雨的态度。词人一生经历了许多次为常人所难堪的政治打击，但他始终能以旷达的襟怀去迎受，泰然处之。当然，由于时代和阶级的局限，他赖以调节心理平衡的法宝只是佛家和道家的思想，对我们现代人来说，这类世界观并不可取；可是，其词中充溢着的乐观精神和坚强风骨却典型地反映了我们中华民族的优秀气质，读来仍能感受到一种沛然莫御的人格力量。

念 奴 娇

赤壁怀古①

大江东去②,浪淘尽、千古风流人物③。故垒西边人道是④,三国周郎赤壁⑤。乱石穿空⑥,惊涛拍岸⑦,卷起千堆雪⑧。江山如画,一时多少豪杰⑨。　　遥想公瑾当年⑩,小乔初嫁了⑪,雄姿英发⑫。羽扇纶巾谈笑间⑬,强虏灰飞烟灭⑭。故国神游⑮,多情应笑我⑯,早生华发⑰。人间如梦,一尊还酹江月⑱。

【注释】

①赤壁:这里指黄州西长江边的赤壁,一名赤鼻矶。关于三国时赤壁大战的古战场究竟在何处,历来众说纷纭,其中较可信的是今湖北武汉市武昌区、赤壁市两说。但俗传也有以为在黄州者,且早在唐代就已见诗人吟咏,如杜牧《齐安郡(即黄州)晚秋》诗:"可怜赤壁争雄渡,唯有蓑翁坐钓鱼。"

②大江东去:杜甫《成都府》诗:"大江东流去。"

③淘:冲洗。风流人物:指有作为、有影响的英雄人物。

④故垒:昔日驻扎过军队,而今已废弃的营垒、要塞。人道是:人们说是。

⑤三国:继东汉之后出现的魏、蜀、吴三国鼎立的历史时期。自公元220年魏文帝曹丕废汉起,至280年晋武帝司马炎灭吴止,凡六十年。但人们通常也将赤壁大战后、魏蜀吴正式建国前的历史算在三国时期之内。周郎:周瑜(175—210),庐江舒(今安徽舒城)人。汉献帝建安三年(198),江东军阀孙策任命他为建威中郎将(高级将领),时年二十三岁,人们称他为"周郎"。他辅佐孙策创立了孙氏政权。孙策死后,又辅助其弟孙权。建安十三年(208),曹操夺得荆州(辖境主要为今湖北、湖南)

后,率数十万大军沿江东下。孙权部下主降者居多,他则坚决主战,自请以三万精兵迎敌。终与刘备的军队合力,用火攻大破曹军于赤壁。事见《三国志》本传。以上二句,也可读作"故垒西边,人道是、三国周郎赤壁"。

⑥此句一作"乱石崩云"。穿空:刺透天空。

⑦此句一作"惊涛裂岸"。

⑧千堆雪:唐孟郊《有所思》诗:"寒江浪起千堆雪。"雪:比拟洁白的浪花。

⑨这句是说,在周瑜生活的那个年代,一时间不知涌现出多少英雄豪杰!

⑩遥想:追想遥远的过去。公瑾(jǐn):周瑜的字。

⑪小乔:周瑜的妻子。建安三年(198)至建安四年(199)间,周瑜随孙策攻皖(今安徽潜山),得到了桥公的两个女儿,都是绝色美人。孙策娶了大桥,周瑜娶了小桥。事见周瑜本传。"桥"姓,北周宇文泰做大丞相时,命省去"木"旁作"乔",取"高远"之义(见《新唐书·宰相世系表》)。初嫁:赤壁大战时,小乔嫁给周瑜已有十年之久。说"初嫁",是用剪接手法突出周瑜的风流倜傥、年轻有为。

⑫雄姿:本传载,周瑜"长壮有姿貌",即英俊魁梧。英发:指才华外露。孙权对周瑜有"言议英发"的评价(见《三国志·吕蒙传》)。

⑬羽扇纶(guān)巾:手执羽毛扇,头戴丝织巾。这是洒脱儒雅的装束。形容周瑜虽大敌当前而毫无惧色,作为全军主帅,却不着戎装。

⑭强虏:强敌。虏:对敌人的贬称。一作"樯橹"。樯:船桅。橹:摇桨。代指曹军的战舰。灰飞烟灭:语出唐佛陀多罗所译《圆觉经》:"譬如钻火,两木相因,火出木尽,灰飞烟灭。"以上二句是说,周瑜身着便服,在与宾客谈笑之间,毫不费力地用火攻歼灭了曹操的大军。也可读作"羽扇纶巾,谈笑间、强虏灰飞烟灭"。

⑮这句倒装,即"神游故国",是说自己的神思超越了时间,在昔日的赤壁战场遨游。

⑯这句也是倒装,即"应笑我多情",省略了主语"他人"。

⑰华发：花白的鬓发。发：繁体本作"髪"。前"英发"之"发"，繁体本作"發"。二字不同，并非重复押韵。以上二句是说自己感情太丰富，竟为历史人物、历史事件而激动不已，以致过早地生出白发，实在是可笑。

⑱一尊：一杯酒。尊：古代的一种酒杯。酹（lèi）：以酒浇地。江月：江中月亮的倒影。以上二句大意是说，人生像梦一样虚幻，什么也不要想了，还是喝酒吧。"酹江月"是将江月当作酒伴，向它劝酒的意思。

本篇押用一部入声仄韵，韵脚是"物""壁""雪""杰""发（發）""灭""发（髪）""月"。

【品评】

宋傅藻《东坡系年录》系此词于元丰五年（1082）七月。当时词人四十五岁，仍谪居黄州。世道艰难，仕途坎坷，壮志消磨，秋霜点鬓，英雄落魄之际，难免不作"人间如梦，一尊还酹江月"的颓唐语。然而你看他笔下的祖国江山是何等的雄伟壮丽，你看他笔下的历史人物是何等的英姿飒爽，能说词人不执着于人生，没有积极的生活理想与追求吗？龙泉舞罢，敛归鞘中，观者眼边仍然闪动着先前的剑影寒光，很少有人会去注意剑鞘上那色彩古黯的鱼皮。此词之所以能促人奋起而非使人委靡，道理也就在这里。据宋俞文豹《吹剑续录》记载，词人后来做翰林学士时，曾问一位善于唱歌的幕僚："我词比柳（永）词何如？"幕僚答道："柳郎中词，只好十七八女孩儿，执红牙拍板，唱'杨柳岸、晓风残月'（柳永《雨霖铃》词中的名句）；学士词，须关西大汉，执铁板，唱'大江东去'。"词人听了，笑得前仰后合。在当时那样一个以男性为中心的封建社会，因观众多为须眉，故台上独重"女音"，歌坛名星只能是"白牡丹李师师"而不可能是"黑旋风李逵"。那幕僚所云，显然是对词人的善意揶揄。但在今天看来，他那形象鲜明的对比性评述，却也传神地道出了苏轼某些豪放词中有别于婉约派流行歌曲的阳刚之美。

[宋]李之仪(1035？—1117)

字端叔,号姑溪居士,瀛州景城(今河北献县东)人。神宗元丰年间进士。以文才受到苏轼的赏识。哲宗元祐八年(1093),苏轼出任河北西路安抚使(省级军政长官)、知定州(今属河北),辟请他管勾机宜文字(掌管机要文件)。绍圣年间,任枢密院编修官(最高军事机关内负责编纂事宜的官员)、通判原州(今甘肃镇原)。元符年间,监内香药库(掌管宫廷香药库)。当时新党重新执政,旧党骨干多遭贬逐,他因曾为苏轼幕僚,也被劾罢官。徽宗即位初,提举河东常平(掌管本路役钱、义仓、赈济、水利等事宜,并监察各州官吏)。因替旧党重要人物范纯仁起草临终前奏上朝廷的遗表,得罪编管太平州(送今安徽当涂受管制)。年八十余,卒。能诗文,有《姑溪居士文集》。词集名《姑溪词》。今存词九十余首,风格清婉峭蒨。

卜　算　子

我住长江头①,君住长江尾②。日日思君不见君,共饮长江水。　　此水几时休,此恨何时已③。只愿君心似我心④,定不负、相思意⑤。

【注释】

①长江头:长江上游,今四川一带。

②长江尾:长江下游,今江苏一带。

③以上二句是说,这江水什么时候枯竭了,这离愁别恨也就什么时候终止。也可解作问句:这江水何时才能枯竭? 这愁恨何时才能终止? 不管如何理解,都是说"此恨绵绵无绝期"(白居易《长恨歌》诗句)。

④这句措辞近于前蜀顾夐《诉衷情》(永夜抛人何处去)词:"换我心,为你心,始知相忆深。"

⑤定:终。不负:不辜负。以上二句是抒情主人公对恋人的希望:但愿您的心像我的心一样,永远忠实于爱情,切莫辜负了我对您的苦苦思念。

本篇押用一部上去声仄韵,韵脚是"尾""水""已""意"。又,"头""休"同韵,分处在上、下片首句这互相对应的位置上,或是有意添押一部平韵为辅韵,以增加全词的声韵之美。

【品评】

唐人姚合《送薛二十三郎中赴婺州》诗曰:"我住浙江西,君去浙江东。日日心来往,不畏浙江风。"本篇构思即由此得到启发。但又有不少翻换,并非一味剿袭。其一,姚诗写友谊,李词转写爱情,主题已经改变。其二,姚诗中的"江",是将两人隔开的障碍,诗人乃借彼此之"心"对这障碍的逾越,来突出友情的深笃;而李词中的"江",却是联系双方的纽带,词人就让抒情主人公以能与恋人共饮这一江之水的不幸之幸作为精神慰藉,从而凸现爱情的缠绵:表现手法也不雷同。其三,姚诗写满四句便戛然而止,又暗用"心来往"婉言"相思",好在含蓄隽永,节短韵长;而李词则衍为八句,"心""思"迭见,好在明快发越,词浅意深:美学趣味亦迥然有别。比较起来,李词的民歌色彩更重一些。明末毛晋《姑溪词跋》称它"直是古乐府俊语"。所谓"古乐府",就是指汉魏六朝的民歌。

[宋] 黄庭坚 (1045—1105)

　　字鲁直,号山谷道人,又号涪翁,洪州分宁(今江西修水)人。英宗治平四年(1067)进士。神宗时期,曾任北京(今河北大名)国子监(国家级学府)教官、知太和县(今江西泰和)等差遣。哲宗时期,累官至秘书丞(国家图书、档案馆的中级官员),兼国史院编修(职责是编撰国史)。因属旧党,被当政的新党加以修神宗朝国史多诬的罪名,谪居黔州(今重庆彭水)等地。徽宗时期,更除名羁管宜州(流放今广西宜山,交地方官管制),死于羁所。他是宋代著名文学家、书法家。早年以诗文受到苏轼的赏识,与张耒、晁补之、秦观并称"苏门四学士"。其诗瘦硬奇崛,为江西诗派开山祖师,对南宋诗坛影响很大。其词与秦观一时齐名,但从现存词作来看,成就实不如秦。部分篇什超逸绝尘,风格接近苏轼。也有些作品俗陋亵诨,受到历代词学评论家的非议。著有《豫章黄先生文集》。词集有《山谷词》《黄先生词》《山谷琴趣外篇》等不同名目版本。今存词近一百九十首。

望　江　东①

　　江水西头隔烟树。望不见、江东路②。思量只有梦来去③。更不怕、江阑住④。　　灯前写了书无数⑤。算没个、人传与⑥。直饶寻得雁分付⑦。又还是、秋将暮⑧。

【注释】

　　①望江东:此调在宋词中仅见此首,当是作者的自度曲。调名本身就是词题。

②以上二句是说,由于江对岸茂密的树林隔断了视线,在江水西面望不见江水东面的道路(抒情女主人公的夫婿或恋人就是沿着这条路远去的)。

③思量:寻思。

④更:绝。阑:同"拦"。

⑤书无数:不知多少封信。

⑥传与:传递给(他)。介词"与"后省略了宾语。这句是说,想来想去,竟没有一个能帮着捎信的人。

⑦直饶:即使。寻得:找到。分付:交付,委托。

⑧以上二句是说,就算等到大雁南飞时,把信交给它们代为传递,秋天已接近尾声,未免太晚了!(据首句"烟树"二字,可知作者为词中人物设定的分手时节为春季。)

本篇押用一部上去声仄韵,韵脚是"树""路""去""住""数""与""付""暮"。

【品评】

这首词的题材与前面李之仪那首《卜算子》大体相同,且上片也是从姚合诗化出。不过,词人有意"反弹琵琶",凡姚诗直处,他偏改用曲笔;姚诗曲处,他却改用直笔。具体地说,姚诗前两句言我住浙西、君去浙东,直截了当;黄词前两句原也是我住江西、君去江东的意思,却以烟树微茫遮断望眼为言,便显得曲折婉转;又变姚诗之单纯叙事为以事见情,更多一层含蕴。第三句,姚诗言"日日心来往",亦干脆利落;而黄词则用虚无缥缈的"梦"替换了虚实参半的"心",又出以"思量只有"的忖度语气,就别有一种悱恻缠绵。第四句,姚诗的"不畏浙江风"与黄词的"不怕江阑住",语意并无二致。但姚诗是以空灵去融化上文的质实,黄词则是用显豁来调剂上文的委婉,各因其不同之势而采取相反的作法加以利导。总而言之,姚诗是以男性的身分实写友朋间一次具体的离别,粗犷而有阳刚之气;黄词却是以女性的口吻泛写情侣间往往有之的暌违,细腻而备阴柔之美。下片跳出姚诗的范围,又增一写信无数、传书无人的情节,更使全词波澜迭起,婀娜多姿。

[宋]秦观(1049—1100)

字少游,一字太虚,号淮海居士,扬州高邮(今属江苏)人。神宗元丰八年(1085)进士。授蔡州(今河南汝南)州学教授(本州学府的教官兼主管)。哲宗元祐年间,被召入京,累官至国史院编修。绍圣、元符年间,因属旧党,遭新党执政者打击,一贬再贬,直至编管横州(今广西横县)、雷州(今广东海康)等地(编管,交地方官管制)。徽宗即位后赦还,中途猝死于藤州(今广西藤县)。才思敏捷,落笔如飞,有"对客挥毫秦少游"(黄庭坚《病起荆江亭即事》诗十首其一)的美誉。在"苏门四学士"中,最受苏轼的爱重。著有《淮海集》。为文长于议论,词丽而思深。诗作格调偏于纤巧柔弱。词则和婉醇正,平易近人,情韵兼胜,一时享有重名,甚至被后人推许为婉约派的正宗。词集单行者有《淮海居士长短句》等。今存词近九十首。

满 庭 芳

山抹微云①,天连衰草②,画角声断谯门③。暂停征棹④,聊共引离尊⑤。多少蓬莱旧事⑥,空回首、烟霭纷纷⑦。斜阳外,寒鸦万点⑧,流水绕孤村⑨。　　销魂⑩。当此际⑪,香囊暗解⑫,罗带轻分⑬。谩赢得、青楼薄幸名存⑭。此去何时见也,襟袖上、空惹啼痕⑮。伤情处⑯,高城望断⑰,灯火已黄昏。

【注释】

①山抹微云:山峰被抹上一道淡淡的云彩。

②连:一作"粘"。

③画角:有彩绘装饰的号角。古代军号,以牛角为之。谯(qiáo)门:

建有瞭望楼的城门。

④征棹：远行的船。棹：船桨。这里代指船。

⑤引：伸手取物。离尊：饯别宴席上的酒杯。

⑥蓬莱：传说中的海上仙山。蓬莱旧事：指男女相恋的往事。古诗词中习以仙人喻指美女，以游仙喻指冶游。又，宋胡仔《苕溪渔隐丛话后集》引（宋严有翼）《艺苑雌黄》：“程公辟守会稽（今浙江绍兴），少游客焉，馆之蓬莱阁。一日，席上有所悦，自尔眷眷不能忘情，因赋长短句，所谓‘多少蓬莱旧事，空回首、烟霭纷纷’是也。”则“蓬莱”一语双关，兼指蓬莱阁。阁在绍兴卧龙山上，五代十国时吴越国主钱镠所建。命名有取于唐元稹《以州宅夸于乐天》诗：“我是玉皇香案吏，谪居犹得住蓬莱。”见宋祝穆《方舆胜览·绍兴府》。

⑦空：徒然。

⑧万点：一作“数点”。

⑨以上二句，《苕溪渔隐丛话后集》引《艺苑雌黄》谓用隋炀帝诗：“寒鸦千万点，流水绕孤村。”

⑩销魂：因悲伤而心神恍惚。南朝梁江淹《别赋》：“黯然销魂者，唯别而已矣。”

⑪当此际：当此时。

⑫香囊：香袋。可用为男女定情之物。三国魏繁钦《定情诗》：“何以致叩叩，香囊系肘后。”

⑬罗带轻分：指轻易分别。

⑭谩：空，徒然。赢得：博得。薄幸：薄情。此句用唐杜牧《遣怀》诗：“十年一觉扬州梦，赢得青楼薄幸名。”

⑮啼痕：女子啼哭的泪痕。

⑯伤情处：正伤心时。

⑰高城望断：用唐欧阳詹《初发太原途中寄太原所思》诗：“高城已不见，况复城中人。”

本篇押用一部平韵，韵脚是“门”“尊”“纷”“村”“魂”“分”“存”“痕”“昏”。

【品评】

神宗元丰二年(1079)五月至岁暮,秦观客游越州(今浙江绍兴),时年三十岁。此词作于离越返乡时(见徐培均先生《淮海集笺注》)。在越期间,他与一位歌妓相恋,词即写临别时难分难舍的凄楚之情。题材与前选柳永《雨霖铃》相同,艺术上也工力悉敌,都以感情真挚,景物烘托、渲染得宜而见长。但柳词用的是入声韵,故声情比较激越;而秦词用的是平声韵,故声情要和婉一些。

满 庭 芳

红蓼花繁①,黄芦叶乱,夜深玉露初零②。霁天空阔③,云淡楚江清④。独棹孤篷小艇⑤,悠悠过、烟渚沙汀⑥。金钩细,丝纶慢卷⑦,牵动一潭星⑧。　时时横短笛⑨,清风皓月⑩,相与忘形⑪。任人笑生涯,泛梗飘萍⑫。饮罢不妨醉卧,尘劳事、有耳谁听⑬。江风静,日高未起⑭,枕上酒微醒⑮。

【注释】

①红蓼(liǎo)花:蓼,草本植物,多生于水边,其中有一种秋季开花,淡红色,花序呈穗状。繁:茂盛。

②零:落。

③霁天:雨后初晴的天空。

④楚江:南方地区江河的泛称。长江中下游一带,战国时期属楚国。

⑤棹:可作名词"桨"解,亦可作动词"划(船)"解。因下文"篷""艇"都是名词,故这里作动词较为生动。篷:船舱上覆顶的芦席或竹席。

⑥烟渚:水气弥漫的小洲。沙汀:沙滩。

⑦丝纶:钓鱼用的丝绳。慢:同"漫",不经心的意思。卷:指转动钓

轮,往回收掣钓线。

⑧一潭星:倒映水中的满潭星影。潭:深水湖。这里用作量词。

⑨横短笛:横持短笛吹奏。

⑩皓月:明月。皓:白、明亮。

⑪以上二句是说,和清风明月作朋友,彼此不拘形迹。

⑫泛梗飘萍:喻指漂泊不定的水上生涯。泛梗:古代寓言说,有木偶人与土偶人互相挖苦。木偶笑话土偶遇水就将残废;土偶则笑话木偶系由桃梗(桃树棍)刻削而成,遇水将漂流他乡(见《战国策·齐策》)。飘萍:飘,同"漂";萍,浮萍。以上二句是说,任随他人笑话我的漂泊生涯,我全不在意。

⑬尘劳事:指为满足各种欲望而劳苦身心的一切世俗之事。尘劳:本佛家语。佛家称色、声、香、味、触、法为"六尘",它们作用于人的眼、耳、鼻、舌、身、意等"六根",便引出种种劳苦来。这句是说,虽有耳朵,可谁要听那些俗事!

⑭这句是说自己悠闲安适,太阳升得老高还未起床。

⑮醒:这里读平声。

本篇押用一部平韵,韵脚是"零""清""汀""星""形""萍""听""醒"。

【品评】

中国古代知识分子的人生奏鸣曲,往往都是由"进仕"和"退隐"这两种不同的旋律交织而成。一般说来,他们是天下有道时则思进仕,天下无道时则思退隐;年富力强时则思进仕,年老力衰时则思退隐;官运亨通时则思进仕,仕途滞塞时则思退隐。由于封建机制不可能相对充分而均等地向他们提供实现个人价值的机会,所以,因政治失意而隐居江湖,藉放浪山水以平复精神创伤者,历来大有人在。明白这一点,我们对古诗词中何以有如此之多的隐逸篇章,就不会感到惊讶。这类题材的优秀之作,大都能创造出一种恬静优美的意境,使读者恍若置身于清纯淡远的岚光水色之中,性情得以澡雪,心灵为之净化。前选张志和《渔父》词如此,这里所录秦观《满庭芳》亦复如此。不过张词为小令,逸笔草草,但求神似;秦词则为长调,线条遂细,颇能穷形:譬之于画,便有写意与工笔的区别。"丝纶慢卷,牵动一潭星"九字,尤有灵气。元人乔吉曾将它嵌进自己的散曲《中吕满庭芳·渔父词》二十首之十六(其中"卷"字为押韵而改作"整")。穿窬入室,别无所取,偏"盗"此二句,这"偷儿"的眼光也忒狠得紧。

鹊 桥 仙①

　　纤云弄巧②,飞星传恨③,银汉迢迢暗度④。金风玉露一相逢⑤,便胜却、人间无数⑥。　　柔情似水,佳期如梦⑦,忍顾鹊桥归路⑧。两情若是久长时,又岂在、朝朝暮暮⑨。

【注释】

　　①鹊桥仙:此调有令词和慢词两种。本篇为令词体。此体现存之作,欧阳修"月波清霁"一首最早,即咏七夕牛女故事,词中且有"鹊迎桥路接天津"句,当是首创。牛郎、织女本为银河两侧的两个星座,早在汉代,就有七夕(夏历七月初七夜)乌鹊填河成桥让织女渡银河(与牛郎相会)的神话传说(见唐韩鄂《岁华纪丽》引汉应劭《风俗通》、宋陈元靓《岁时广记》引《淮南子》)。词调命名,有取于此。本篇是咏这词调的原始题意。

　　②这句是说,纤柔的云彩作弄出许多巧妙的花样。传说织女能织作云锦天衣,故人间女子有七夕"乞巧"(祈求织女赐予巧艺)的风俗。是为词人构思所本。

　　③这句是说,流星为牛郎织女传递彼此间的离愁别恨。夏秋之际,夜空中多见流星。

　　④银汉:银河。由无数颗恒星组成的光带,从地球上看去像一条银色的河流,故名。暗度:指织女星在人们不知不觉中过了银河。度:过。亦

同"渡"。

⑤金风玉露：唐李商隐《辛未七夕》诗："由来碧落银河畔，可要金风玉露时。"金风：见前冯延巳《鹊踏枝》注⑦。玉露：白色的露珠。

⑥胜却：胜过。以上二句是说，牛郎织女在美好的秋天里的一次相逢，就比人间夫妇的无数次欢会更为甜蜜。

⑦佳期：情侣的约会。如梦：像梦一样美妙，也像梦一样虚幻和短暂。

⑧顾：回头看。这句是说，织女怎么忍心掉头去看那条返程的鹊桥路呢？

⑨朝朝暮暮：语出宋玉《高唐赋》，见前李珣《巫山一段云》注①。以上二句是词人就牛女相会一事所发的议论：双方的爱情如果地久天长，又何必定要朝夕厮守！意即真正的爱情并不取决于能否在一起生活，更要看是不是经得起长期离别的磨难。

本篇押用一部上去声仄韵，韵脚是"度""数""路""暮"。

【品评】

汉无名氏《古诗十九首》其十曰："迢迢牵牛星，皎皎河汉女。纤纤擢素手，札札弄机杼。终日不成章，泣涕零如雨。河汉清且浅，相去复几许？盈盈一水间，脉脉不得语！"咏牛郎织女故事的诗篇，今可见者以这首为最早。自此下迄北宋，同题材作品历代多有，不可胜数。但大都沿袭汉诗古意，写伤离恨别的主题。这已成为七夕诗词的一种创作定势。秦观此词，好就好在打破陈陈相因的传统模式，笔酣墨饱地歌颂经受得住任何时间考验、历久而弥坚的忠贞不移的爱情，化腐朽为神奇，令人耳目一新。"两情若是久长时，又岂在、朝朝暮暮！"欲编爱情格言辞典，它应在首选之列。山可倒，海能翻，而此情、此辞，足与天地永恒。

[宋] 贺铸(1052—1125)

　　字方回,号庆湖遗老,卫州共城(今河南辉县)人。宋太祖贺皇后的五代族孙。神宗熙宁初,因门荫(贵族、官僚子弟享有的一种特权,不经选拔,直接授官)入仕,任低级侍卫武官。哲宗元祐年间,由苏轼等荐举,改为文官。历事神宗、哲宗、徽宗三朝,曾任徐州宝丰监钱官(负责铸造钱币)、和州管界巡检(负责当地军训、治安等)、通判泗州(今江苏盱眙)、太平州(今安徽当涂)等差遣。晚年隐居于苏、常二州。他才兼文武,但秉性刚直,不阿权贵,故一生屈居下位,未能施展抱负。能诗,有《庆湖遗老诗集》。尤以词著称于世,与晏几道、秦观、周邦彦等先后齐名。其词题材较丰富,风格也多所变化,盛丽、妖冶、幽洁、悲壮兼而有之,又擅长融化前人诗文成句,用韵特严,富有节奏感和音乐美。今存词二百八十余首,有《东山词》《贺方回词》等不同名目版本。

六 州 歌 头

　　少年侠气,交结五都雄①。肝胆洞②。毛发耸③。立谈中④。死生同⑤。一诺千金重⑥。推翘勇⑦。矜豪纵⑧。轻盖拥⑨。联飞鞚⑩。斗城东⑪。轰饮酒垆⑫,春色浮寒瓮⑬。吸海垂虹⑭。间呼鹰嗾犬⑮,白羽摘雕弓⑯。狡穴俄空⑰。乐匆匆⑱。　　似黄粱梦⑲。辞丹凤⑳。明月共。漾孤篷㉑。官冗从㉒。怀倥偬㉓。落尘笼㉔。簿书丛㉕。鹖弁如云众㉖。供粗用㉗。忽奇功㉘。笳鼓动㉙。渔阳弄㉚。思悲翁㉛。不请长缨㉜,系取天骄种㉝。剑吼西风㉞。恨登山临水㉟,手寄七弦桐㊱。目送归鸿㊲。

111

【注释】

①五都：汉、唐皆有五处都城，一为首都，四为陪都。这里泛指北宋的各大都市。以上二句，有取于唐李益《从军有苦乐行》诗："侠气五都少。"

②肝胆洞：肝胆相通。解作肝胆明彻，亦可通。

③毛发耸：发怒时，毛发上指。形容有血性，富于正义感。

④立谈：不待坐下来谈。喻指顷刻间。

⑤以上二句是说，立谈之顷，便结为生死之交。

⑥一诺千金重：《史记·季布栾布列传》载，楚、汉之际，楚人季布为人侠义，楚人有谚语："得黄金百斤，不如季布一诺。"

⑦推：众人推重。翘勇：出众之勇。

⑧矜：自矜。豪纵：豪放。

⑨轻盖拥：轻车簇拥。盖：车上遮阳蔽雨的伞篷，这里代指车。

⑩联飞鞚（kòng）：并马飞驰。鞚：有嚼子的马络头，这里代指马。

⑪斗城：汉长安城的俗称。其城南为南斗形，北为北斗形。见《三辅黄图·汉长安故城》。这里代指北宋都城东京。

⑫轰饮：喧闹地喝酒。酒垆：酒肆。垆：酒肆里安放酒瓮的土墩。

⑬春色：指酒的颜色。古代以五色配四季，与春相对应的颜色是青。

⑭吸海垂虹：形容酒量大，开怀豪饮。南朝宋刘敬叔《异苑》载，晋时，有虹饮于薛愿家，顷刻间便吸干了锅。薛愿用车拉了酒来往锅里灌，随灌随涸。

⑮间（jiàn）：间或，时或。呼鹰嗾（sǒu）犬：指出猎。《后汉书·袁术传》："少以侠气闻，数与诸公子飞鹰走狗。"嗾：唤狗声。

⑯白羽摘雕弓："摘雕弓白羽"的倒装。唐贾至《咏冯昭仪当熊》诗："白羽插雕弓。"白羽：白羽箭。摘：抽取。雕弓：有雕画装饰的弓。

⑰狡穴：狡兔的洞穴。《战国策·齐策》："狡兔有三窟。"俄：一会儿。

⑱作者十六七岁至二十三岁间，在东京。上片追忆这一段生活。宋程俱《贺方回诗集序》："方回少时，侠气盖一座，驰马走狗，饮酒如长鲸。"

⑲黄粱梦：唐沈既济《枕中记》载，唐卢生困居邯郸道旅舍，道士吕翁

授他一枕,枕之入梦,历尽荣华富贵,直至寿终正寝。睡时旅舍主人刚开始蒸黄粱作饭,等卢生睡醒,黄粱尚未蒸熟。

⑳辞丹凤:告别京城。唐东方虬《昭君怨》诗:"掩泪辞丹凤。"丹凤:丹凤城。杜甫《夜》诗宋赵次公注:"秦穆公女吹箫,凤降其城,因号'丹凤城'。"本指秦国都城,后用为京城的泛称。

㉑漾孤篷:泛孤舟。漾:漂荡。

㉒冗从:汉代官有冗从,即随侍在皇帝身边的散职官。作者当时的官阶属于皇家侍卫武官,性质近似于汉代的冗从。从,读去声。

㉓怀倥偬(kǒngzǒng):南朝齐孔稚珪《北山移文》:"牒诉倥偬装其怀。"倥偬:形容事务纷繁迫促。

㉔尘笼:尘网。喻指污浊的、不自由的官场。

㉕簿书:官署簿籍文书。丛:堆。

㉖鹖弁(hébiàn):武官官帽,有双鹖尾竖左右。鹖:与雉(野鸡)相类的鸟,好斗。见《后汉书·舆服志》。这里代指武官。如云:形容众多。

㉗供粗用:只供朝廷粗粗使唤,不派大用场。

㉘忽:忽视。

㉙笳鼓:胡笳和鼙鼓,皆军乐器。前者是起源于北方少数民族的一种管乐器,后者是骑兵用的小鼓。动:起。这句指有战事发生。

㉚渔阳:鼓曲名,属军乐。弄:奏。

㉛思悲翁:《晋书·乐志》载,汉铙歌曲有《思悲翁》,列于鼓吹,多叙战阵之事。悲翁:双关语,亦为作者自呼。

㉜请长缨:指主动请求重大任务。《汉书·终军传》载,汉武帝时,欲令割据岭南的南越王入朝。终军自请道:"愿受长缨,必羁南越王而致之阙下。"长缨:指捆人用的长绳。

㉝系(jì)取天骄种:唐郑锡《出塞曲》诗:"会当系取天骄入。"系:用绳索拴住敌人的脖子,好牵着走。即擒获敌人的意思。天骄种:指北方少数民族入侵者。《汉书·匈奴传》载,匈奴单于自称"天之骄子"。种:人种,种族。

㉞剑吼:晋王嘉《拾遗记》载,上古帝王颛顼有曳影之剑,未用之时,

113

常于匣里如龙虎之吟。

㉟登山临水：战国楚宋玉《九辩》："登山临水兮送将归。"

㊱手寄：将手托付于某事某物。七弦桐：七弦琴。桐：桐木是制琴的好材料，故以代指琴。这句是说，有手只能鼓琴，没有机会持剑杀敌。

㊲归鸿：南归的鸿雁。以上二句，用三国魏嵇康《赠兄秀才入军》诗："目送征鸿，手挥五弦。"

本篇押用一部韵，平与上去声仄通叶，韵脚是"雄"（平）"洞"（仄）"耸"（仄）"中"（平）"同"（平）"重"（仄）"勇"（仄）"纵"（仄）"拥"（仄）"鞚"（仄）"东"（平）"瓮"（仄）"虹"（平）"弓"（平）"空"（平）"匆"（平）"梦"（仄）"凤"（仄）"共"（仄）"篷"（平）"从"（仄）"偬"（仄）"笼"（平）"丛"（平）"众"（仄）"用"（仄）"功"（平）"动"（仄）"弄"（仄）"翁"（平）"种"（仄）"风"（平）"桐"（平）"鸿"（平）。

【品评】

本篇作于哲宗元祐三年（1088）秋，当时词人三十六岁，在和州任管界巡检。

西夏党项族是中华民族大家庭的成员之一。北宋开国初，其首领李彝兴接受宋太祖授予的太尉官衔，其政权性质相当于少数民族自治区。仁宗时，其首领李元昊叛宋分裂，建国称帝，号"大夏"，随即不断侵扰北宋，掳掠人口、财物，给汉族和党项族人民都带来深重灾难。宋军屡战屡北，朝廷只好向西夏岁"赐"银绢，换取和平。神宗时，王安石变法革新，整军抗战，苟安局面一度改观。不料神宗死后，旧党复辟，尽反王安石变法之所为，竟提议将西北战略要地拱手让与西夏，一时间妥协气氛甚嚣尘上。元祐三年春、夏，夏军两度寇边。消息传到僻远的和州，已是秋天。身为低级军官的词人，人微言轻，又远离京城，自然不可能有机会上朝廷慷慨陈词；但他将自己请缨无路的一腔忠愤吐为此词，发出了爱国军人反对妥协、主张抗敌的强烈呼声。

自唐五代以迄北宋，词中多倚红偎翠，极少直接反映国家、民族的大事件。北宋开国伊始就不断遭受北方少数民族政权的军事威胁，但北宋

114

词人笔下,涉及爱国、抗战的词作,仅见十余首,只占现存北宋词总数的千分之二三。而像贺铸这样以戎马报国为主题,并用第一人称唱出的壮歌,又只苏轼《江城子·密州出猎》可相伯仲。因此,它在北宋词坛上显得格外珍贵。此外,它还是由苏轼豪放词向南宋辛弃疾派爱国词嬗变的重要枢纽,在词史上也有着不可忽略的特殊地位。

就艺术造诣而言,本篇不但以笔力雄健、神采飞扬见长,"不为声律所缚,反能利用声律之精密组织,以显示其抑塞磊落,纵恣不可一世之气概"(龙榆生《论贺方回词质胡适之先生》),也是一大特色。本调长达三十九句、一百四十三字,他人所作,用韵较疏;而本篇却平上去三声通叶,连珠炮也似一气用韵三十四句,句短韵密,管急弦繁,读来恰如天风海雨飘然而至,惊涛骇浪此伏彼起,激越的声情在跳荡的旋律中得到了近乎完美的体现。

鹧 鸪 天
半 死 桐①

重过阊门万事非②。同来何事不同归③。梧桐半死清霜后④,头白鸳鸯失伴飞。　　原上草,露初晞⑤。旧栖新垅两依依⑥。空床卧听南窗雨⑦,谁复挑灯夜补衣⑧。

【注释】

①半死桐:这是词人根据词的主题与内容,为所用词调改题的新名,性质属于词题。宋本贺铸《东山词》每首皆如此。词之初起,词调名与词题往往相一致。后来,调名与词题逐渐分离,调名仅表示所用的乐曲,词题才反映词的内容。为了解决这一矛盾,贺铸采用了这种即事名篇的新形式。这其实是唐人新乐府诗的做法。汉枚乘《七发》载,龙门有桐,其根半死半生。斫以为琴,声音为天下之至悲。唐李峤《天官崔侍郎夫人吴

115

氏挽歌》："琴哀半死桐。"

②阊门：苏州城西门。万事非：对一切事都感到不顺心。

③何事：为什么。

④梧桐半死：喻指丧偶。唐刘肃《大唐新语》载，安定公主初嫁王同皎；同皎死，复嫁崔铣。后夏侯铦论此事，有"公主初昔降婚，梧桐半死"语。

⑤露初晞(xī)：汉乐府丧歌《薤露》："薤上露，何易晞。露晞明朝更复落，人死一去何时归？"晞：晒干。

⑥旧栖：旧日的住所。新垅：新坟。依依：形容留恋，不忍分离。此句化用陶渊明《归田园居》诗五首其四："徘徊丘垄间，依依昔人居。"

⑦空床：此指因丧偶而一人独宿。

⑧复：再。

本篇押用一部平韵，韵脚是"非""归""飞""晞""依""衣"。

【品评】

哲宗元符元年(1098)六月后至徽宗建中靖国元年(1101)九月前，贺铸为母亲服丧，曾停官闲居苏州。其间曾于元符三年(1100)冬离苏州北上。结发妻子赵夫人约死于其北行前后，而此词则作于其南返苏州时。词人时年约四十九岁。

贺铸一生屈居下僚，家庭经济并不宽裕。而赵夫人虽是皇族千金，但嫁给词人后却不惮劳苦，勤俭持家，且对丈夫十分体贴。因此，夫妻二人感情甚笃。神宗元丰三年(1080)，词人二十八岁，在磁州(今河北磁县)都作院(军器制造机构)任职时，写有《问内》诗，说的是妻子早在夏天就忙着给他补缀冬衣。糟糠夫妻，情逾金石，无怪词人当此空床听雨，辗转反侧之际，最不能忘怀的便是妻子"挑灯夜补衣"的淳朴形象。

此词与前选苏轼《江城子》(十年生死两茫茫)，可称宋代悼亡(自晋潘岳《悼亡》诗始，"悼亡"即特指悼念亡妻)词中的双璧。它们同以真挚、沉痛见长。就艺术而言，苏词三四五七言交错，一唱三叹，较基本为七言句式的贺词更为回肠荡气；就内容而言，贺词写出了夫妇之间同甘共苦的感情基础,这一要素,恰为苏词所缺如。诚所谓"梅须逊雪三分白,雪却输梅一段香"(宋卢梅坡《雪梅》诗)!

古捣练子^①(六首录五)^②

夜捣衣

收锦字^③,下鸳机^④。净拂床砧夜捣衣^⑤。马上少年今健否^⑥,过瓜时见雁南归^⑦。

杵声齐^⑧

砧面莹^⑨,杵声齐。捣就征衣泪墨题^⑩。寄到玉关应万里^⑪,戍人犹在玉关西^⑫。

夜如年^⑬

斜月下,北风前。万杵千砧捣欲穿^⑭。不为捣衣勤不睡,破除今夜夜如年^⑮。

剪征袍^⑯

抛练杵,傍窗纱^⑰。巧剪征袍斗出花^⑱。想见陇头长戍客^⑲,授衣时节也思家^⑳。

望书归

边候远^㉑,置邮稀^㉒。附与征衣衬铁衣^㉓。连夜不妨频梦见,过年惟望得书归^㉔。

【注释】

①古捣练子:古代一般纺织品质地较粗硬,制衣之前或成衣之后,须用木杵在石砧上反复捶捣,使其柔软,以利穿着。妇女们多在秋天捣衣,为远行的夫婿准备冬装。《捣练子》这个词调,创始之作或即咏此事,因而得名。贺铸这组词咏此调的原始题意。特意标出一"古"字,是为了和近世那些改写其他题材的《捣练子》词相区别。

②这组词第一首已残缺,故未录。

③锦字:《晋书·列女传》载,前秦时,窦滔被流放边疆,其妻苏蕙思念不已,遂织锦为回文旋图诗寄给他。诗图共八百四十字,文词凄惋,宛转循环皆可以读。这里是用典,写思妇满怀惦念之情,为夫婿织锦。

④鸳机:织机的美称。

⑤净拂床砧:掸去石砧上的尘土,将石砧擦拭干净。床砧:捣衣用的大石板。以上三句写思妇白天忙着织锦,晚上收拾好织成的锦缎,起身下机,趁着月色,连夜捣衣。

⑥马上少年:指从军的年轻夫婿。马:指战马。健否:安康么?

⑦瓜时:指兵役期满之时。《左传·庄公八年》载,春秋时,齐襄公派将军连称、管至父去戍守葵丘(在今山东淄博境内)。当时正值瓜熟(即"瓜时",夏历七月),襄公许诺明年瓜熟时就派人来替换他们。谁知一年期满,襄公却自食其言,不准他们返回。以上二句写思妇一边劳作,一边忐忑不安地思忖:不知夫婿现在可健康活着?为什么役期已过,却只见大雁南归,不见征人北返呢?此调押用一部平韵。本篇韵脚是"机""衣""归"。

⑧杵:捣衣用的木棒槌。

⑨砧面:石板的表面。莹:形容磨得很光滑。此处读去声。

⑩捣就:就,用于动词后,表完成状态。征衣:军衣,出征人穿的衣服。泪墨题:用泪水研墨,在裹衣服的包袱上题写夫婿的名字。

⑪玉关:玉门关。故地在今甘肃敦煌附近,北宋时属西夏。它在汉唐时期是通往西域的重要关口,故这里借用来泛指西北边塞。

⑫戍人:戍守边疆的军人。以上二句是说,衣裳寄到玉门关,该有迢迢万里路吧?可夫婿戍守的地方,还在玉门关的西面(比玉门关更远)!本篇韵脚是"齐""题""西"。

⑬夜如年:一夜好像一年那样长。极言长夜难熬。

⑭这句是说,木杵在石砧上捣了千下万下,石板都快捣穿了。

⑮以上二句说,不是为了捣衣,勤奋得顾不上睡觉;实是因为思念亲人而睡不着,这才借捣衣来打发漫漫长夜。本篇韵脚是"前""穿""年"。

⑯剪:裁剪。征袍:战袍。袍:特指装有丝绵的长衣,即御寒的冬衣。

⑰窗纱:即"纱窗",为押韵而倒文。

⑱斗:拼合。以上三句写思妇丢开练和木杵,坐到窗边来缝制战袍。开片时,她巧运心思,设法使不得不剪破的花朵图案,能够在缝纫时拼接复原。

⑲陇头:即陇山,在今陕、甘两省交界处。这里也是西北边塞的泛称。长戍客:长期戍守边关的军人。客:离家在外的人。

⑳授衣时节:《诗·豳风·七月》:"九月授衣。"农历九月,已是深秋。以上二句写思妇心里念道:长戍边塞的夫婿,到了这授冬衣的时节,也一定在想家吧?本篇韵脚是"纱""花""家"。

㉑边候:边防线上的土堡,用来侦伺敌情。略同于今天的"哨所"。

㉒置邮:驿车、驿马、驿站。古代的邮递设施。

㉓铁衣:铠甲。以上三句是说,边关遥远,官家的驿车马却配备甚少,难得今天见到驿使。寄信之外,还附上自己赶制的寒衣,有它衬在里面,夫婿披上铁甲便不会感到寒冷。

㉔过年:跨年度。惟望:只盼。以上二句写思妇哀叹道:一夜之间尽可以频繁地梦见夫婿,可事实上呢,明年能收到他的回信,也就算如愿了。古诗中写思妇与征夫互通音讯之难,每有类似语句。如南朝梁刘孝先《春宵》:"敦煌定若远,一信动经年。"唐刘希夷《捣衣篇》:"缄书远寄交河曲,须及明年春草绿。"本篇韵脚是"稀""衣""归"。

【品评】

北宋自开国伊始就不断遭到北方、西北方少数民族政权的侵扰(先是契丹族的辽,后来是党项族的西夏),远离家乡、亲人,驻守北陲荒寒之地的戍卒为数众多。他们既时刻面临战争和死亡的威胁,又得不到朝廷的爱恤,亲人对他们揪心的担忧和思念,具有相当的社会普遍性。贺铸这组词,为思妇们代笔,诉其哀怨,同时也从侧面反映征人的疾苦。无论就社会认识价值抑艺术审美价值而言,它们都称得上是古诗词中的优秀之作。

首先,它们沉痛的笔调下,隐藏着对封建统治者的讽谴。观"马上少年今健否,过瓜时见雁南归"二句,朝廷言而无信,随意延长役期的行径,岂不昭然?又如《望书归》云云,边关再远,也不是"十书九不到,一到忽经年"(唐贾岛《寄远》诗)的充足理由。思妇之所以今秋寄衣而不敢奢望年内能有回信,根本原因还在于当局对戍人及其亲属的苦痛漠不关心。这层意思,尽在"置邮稀"淡淡三字中。苏轼写那专供帝王后妃享用的新鲜荔枝、龙眼如何不远万里,及时贡进,不是有"十里一置飞尘灰,五里一堠兵火催"(《荔枝叹》诗)之句吗?用它来作反村,愈见贺词之轻描淡写中有微词在,不可等闲看过。

其次,组词没有浪费一点笔墨去描写思妇的体态、容貌(如梁武帝《捣衣》诗"轻罗飞玉腕,弱袖低红妆"),乃至照明设施(如梁王僧孺《咏捣衣》诗"雕金辟龙烛")、裁缝工具(如北周庾信《夜听捣衣》诗"龙文镂剪刀")等无关宏旨的物事,而将所有的篇幅都用来展示思妇的感情波澜,这就产生了叩开读者心扉的艺术感染力量,不像上举南北朝时期的同题材作品,徒以华丽的词藻眩人眼目。在具体刻画思妇的内心世界时,词人也力避陈俗,全不用那些描绘人物面部表情和身体形态变化(如泪眼愁眉、衣宽带减)的程式,而将思妇的复杂情感有机地糅进捣衣、裁衣、寄衣的一举一动,且这一举一动又无不经过精心选择和提炼,具有可观的艺术张力。如"巧剪征袍斗出花",一方面,它把思妇对征人的柔情蜜意表现得十分细腻;另一方面,思妇所欲拼接的又岂只是衣料上剪破的花朵?这难道不是她渴望花好月圆、夫妻团聚的象喻么?又如"不为捣衣勤不睡,破除今夜夜如年",写思妇夜捣征衣通宵达旦,若着眼于她关切征人冷暖,不惮一己辛劳,原也合乎情理,但失之于浅;词人偏让思妇自吐胸臆,明言这是为了宣泄内心的积郁,挨过不眠的长夜,真可谓入木三分。因为,他的目的不是写一篇"女儿经"来宣扬妇功、妇德,而是要写出封建兵役制度的残酷,写出一个在悲惨中挣扎的灵魂!近代学者夏敬观指出,这组词系"唐人绝句作法"(手批《东山词》)。是的,它们确实不类宋调,丰神直追唐音。南宋杨万里《颐庵诗稿序》赞晚唐诗有《诗经》遗味,所举名句,第一联便是"寄到玉关应万里,戍人犹在玉关西"。但《全唐诗》及其补编中并无这两句,惟贺词有之,可能是他记错了。果真如此,则证明贺铸此词之酷肖唐诗,已到了可乱楮叶的地步。

最后,我们将这组词纳入唐宋词发展史的范围加以考察。早期民间词里,同题材作品并不鲜见。如敦煌曲子词:"孟姜女,杞梁妻。一去燕山更不归。造得寒衣无人送,不免自家送征衣。"词调正是《捣练子》!艺术上是粗糙了些,反苛政的思想火花却很耀眼。到了文人手里,此长彼消,向着否定的方向发展。今存文人词中最早的一首《捣练子》系南唐李后主作:"深院静,小庭空。断续寒砧断续风。无奈夜长人不寐,数声和月到帘栊。"写作技巧大有提高,内容却换成文士夜听捣衣声时的悲秋情绪,可谓鸠占鹊巢。至于贺铸这组词,又来了个否定之否定。它们标明是"古"《捣练子》,五首中且有三首与敦煌《捣练子》同韵,看来词人是有意汲取民间词的营养并向其复归。不过,他在学习和继承民间词的同时,扬弃了它们质木无文的弱点,益之以文人词的成熟技法,做到了内容之"善"与形式之"美"的和谐统一。这个螺旋形的上升,缩影了词的整个演进历程,自有典型示范的意义。

[宋]周邦彦(1056—1121)

字美成,号清真居士,杭州钱塘(已废入今杭州)人。神宗元丰二年(1079)入京为太学生(国家最高学府的学员)。六年(1083),献《汴都赋》万余言,得到神宗的赏识,拔为太学正(最高学府中执掌学规、辅助教学的低级官员)。哲宗时期,出任庐州(今安徽合肥)州学教授,知溧水县(今南京市溧水区),累迁至秘书省正字(国家图书、档案馆内负责校勘典籍等事宜的低级官员)。徽宗时期,曾知隆德府(今山西长治)、明州(今浙江宁波)、顺昌府(今安徽阜阳)等,并曾在朝中任秘书监(国家图书、档案馆的长官),提举大晟府(主管国家音乐机关)。他精通音律,创制新曲甚多,对于词调的蕃衍有卓越的贡献。今存词一百八十余首,有《清真词》《片玉词》《美成长短句》等不同名目版本。

六　丑

蔷薇谢后作

正单衣试酒①,恨客里、光阴虚掷②。愿春暂留,春归如过翼③。一去无迹④。为问家何在⑤,夜来风雨,葬楚宫倾国⑥。钗钿堕处遗香泽⑦。乱点桃蹊⑧,轻翻柳陌⑨。多情更谁追惜⑩。但蜂媒蝶使⑪,时叩窗隔⑫。　　东园岑寂⑬。渐蒙笼暗碧⑭。静绕珍丛底⑮,成叹息。长条故惹行客⑯。似牵衣待话⑰,别情无极⑱。残英小、强簪巾帻⑲。终不似、一朵钗头颤袅⑳,向人欹侧㉑。漂流处,莫趁潮汐㉒。恐断红、尚有相思字㉓,何由见得㉔。

【注释】

①试酒:初尝新酒。

122

②客里:客居他乡期间。光阴虚掷:时光迅速流逝,自己一事无成。

③如过翼:像鸟一样疾飞而过。

④无迹:没有痕迹。

⑤为问:问。为:无实义。家何在:(花儿的)家在哪里?

⑥楚宫:楚国的王宫。春秋时,楚灵王好细腰。见《晏子春秋·外篇》。后遂以为楚宫多美女。倾国:参见前薛昭蕴《浣溪沙》注②。这里是以绝代佳人喻指花。以上二句化用唐韩偓《哭花》诗:"夜来风雨葬西施。"

⑦钗:女子的首饰。钿:女子的面饰。钗钿:偏义指钿,喻指花瓣。唐徐夤《蔷薇》诗:"晚风飘处似遗钿。"香泽:香气。

⑧点:成点状散布。桃蹊:桃树林间的小路。

⑨翻:翻飞。柳陌:柳树林间的小路。

⑩这句是说,更有谁多情能追惜落花呢?

⑪但:只,只有。蜂媒蝶使:古诗词中常把蜂、蝶看作花的媒人和使者。

⑫时:时时,不时。叩:这里指触、碰。窗隔:窗槅,窗格。

⑬东园岑寂:苏轼《东园》诗:"岑寂东园可散愁。"(此诗一作黄庭坚《次韵黄斌老晚游池亭》二首其二。)岑寂:寂静。

⑭蒙笼:形容草木茂密。暗碧:呈现为深暗的碧绿色。

⑮静绕珍丛:唐韩偓《大庆堂赐宴元珰而有诗呈吴越王》诗:"却绕珍丛烂漫看。"珍丛:花丛。

⑯故惹:故意招惹。

⑰牵衣:唐储光羲《蔷薇》诗:"低边绿刺已牵衣。"

⑱以上三句是说,长而带刺的蔷薇枝条钩住了我的衣服,像是含着无尽的离别之情,拉着我有话要说。

⑲残英:残花。强:勉强。巾帻(zé):头巾。

⑳终不似:终究不如。颤袅:轻轻地摇摆。

㉑欹侧:倾斜。

㉒趁:追随。潮:早潮。汐:晚潮。

123

㉓断红：落花。

㉔以上四句是说，希望落花不要随着潮汐漂走，恐怕花上还有人题了相思的诗句，漂远了就看不到了。按，唐孟棨《本事诗·情感》载，顾况在洛阳，游苑中，得大梧叶于流水，上有题诗："一入深宫里，年年不见春。聊题一片叶，寄与有情人。"又，范摅《云溪友议·题红怨》载，卢渥偶临御沟，得红叶，上有诗："水流何太急，深宫尽日闲。殷勤谢红叶，好去到人间。"后来唐宣宗放一批宫女出宫，在红叶上题诗的那位宫女恰巧嫁给了卢渥。周词构思有取于此。

本篇押用一部入声仄韵，韵脚是"掷""翼""迹""国""泽""陌""惜""隔""寂""碧""息""客""极""帻""侧""汐""得"。

【品评】

这首词藉吟咏凋谢的蔷薇，表达惜春之情与迟暮之感，是周邦彦咏物题材的名作之一。如此长调，一笔不懈，一字不苟，精雕细刻，功夫下到了极点，反不见斧凿的痕迹。"长条故惹行客，似牵衣待话，别情无极"云云，拟蔷薇于人而情态依依如活，最是神来之笔。又，通篇格律奇峭，如"愿春暂留"之为"仄平仄平"，"时叩窗隔"之为"平仄平仄"，"一去无迹""莫趁潮汐"之为"仄仄平仄"，"多情更谁追惜"之为"平平仄平平仄"，"长条故惹行客"之为"平平仄仄平仄"，皆能拗怒健举，调剂其他诸句之平顺和婉。全词句短韵密，全词二十八句中押韵竟达十七句之多，且为入声韵，一韵到底，声情幽咽而急促。这些都是清真词的典型作风，充分展示了他作为格律派开山祖师的杰出技艺。

兰 陵 王

柳阴直①。烟里丝丝弄碧②。隋堤上、曾见几番③，拂水飘绵送行色④。登临望故国⑤。谁识京华倦客⑥。长亭路⑦，年去岁

124

来,应折柔条过千尺⑧。　　闲寻旧踪迹。又酒趁哀弦⑨,灯照离席⑩。梨花榆火催寒食⑪。愁一箭风快,半篙波暖⑫,回头迢递便数驿⑬。望人在天北⑭。　　凄恻⑮。恨堆积。渐别浦萦回⑯,津堠岑寂⑰。斜阳冉冉春无极⑱。念月榭携手⑲,露桥闻笛⑳。沉思前事㉑,似梦里,泪暗滴。

【注释】

①柳阴直:柳树排列整齐,延伸到远方,树阴连缀成一条直线。

②丝丝:一丝丝柳条。弄:炫耀。

③隋堤:参见前柳永《雨霖铃》注③、注⑪。这里主要指汴河东京段的河堤。几番:多少次。

④拂水:指柳条拂扫水面。飘绵:绵,指柳絮。送行色:即送行。行色:行人出发时的情状。

⑤故国:故乡。

⑥京华:京都。此指北宋都城东京。倦客:已厌倦漂泊、宦游的人。词人自指。

⑦长亭:见前柳永《雨霖铃》注②。

⑧以上三句是说,自己在汴河上多次送别,年复一年,折下的柳条,总长度应该超过一千尺了吧。宋时汴上送别,犹唐时灞上送别。参见前李白《忆秦娥》注④。

⑨趁:随着。哀弦:悲凉的弦乐声。

⑩离席:饯别的筵席。

⑪榆火:用榆木钻取的新火。古代风俗,寒食节熄灭旧火,节后启用新火。寒食:见前张先《木兰花》注①。这句是说,梨花已开,榆火将钻,寒食节就要到了。

⑫半篙:指水只有半篙深。篙:撑船用的竹篙。

⑬迢递:形容远。驿:见前皇甫松《梦江南》注⑥。这句夸张说,顺风船走得快,一会儿便过了几个驿站。

⑭这句是说,船上的行人遥望岸上的送行人,已远在天北,看不见了。

125

⑮凄恻(cè):悲伤。

⑯别浦:水流分支处。

⑰津堠(hòu):渡口上的瞭望所。岑寂:寂静。

⑱冉冉:缓缓移动。无极:没有尽头。

⑲月榭:月光下的亭榭。榭:建在平台上的敞屋。携手:指携手同游。

⑳露桥闻笛:夜深露水凝结时,在桥上听到笛声。

㉑前事:往事。

本篇押用一部入声仄韵,韵脚是"直""碧""色""国""客""尺""迹""席""食""驿""北""恻""积""寂""极""笛""滴"。

【品评】

本篇原有题曰"柳",显然不能涵括其主题与内容,当系后人所加,故删。

据宋毛开《樵隐笔录》,南宋高宗绍兴初,都城临安(今杭州)盛行此词,"西楼南瓦(泛指秦楼楚馆、酒楼及其他游艺场所)皆歌之"。词分三段,"至末段声尤激越,惟教坊老笛师能倚之以节歌者"(转引自龙榆生《唐宋名家词选》)。今其乐曲虽已失传,但看其"津堠岑寂"句之为"平仄平仄","念月榭携手"句之为"仄仄仄平仄","似梦里,泪暗滴"二句之为"仄仄仄,仄仄仄",皆属拗怒,可知《笔录》所言不虚。而第二段"灯照离席""人在天北"诸句之为"平仄平仄","一箭风快"句之为"仄仄平仄","回头迢递便数驿"句之为"平平平仄仄仄仄",当亦属"声尤激越",又不止末段为然。凡此都应是音律吃紧之处,不如此则不能美听。

至于全词的主题内容与章法结构,清周济《宋四家词选》评曰:"客中送客。一'愁'字代行者设想。以下不辨是情是景,但觉烟霭苍茫。'望'字'念'字尤幻。"也就是说,词叙自己在京城送别友人,作者是"送行者"而非"行者"。自"愁一箭风快"直至篇末,都是"代行者设想",纯然游刃于"虚","虚"意"实"作。这看法很有道理。如以作者为"行者",以"愁"字至篇末为实写自己旅程中的感受,就无法解释第二段开头之所谓"闲寻旧踪迹"。自己离京南下,绝不是件小事,如何着得轻描淡写、漫不经心的

"闲寻"二字！尽管如此，我们还是得承认，能将他人旅程中的感受写得那样真切，是应有词人自己的生活经验作为基础的。从这个意义上来说，所"代行者设想"的那一切，归根到底还是词人自己的所历、所见、所感。

西 河

金 陵①

佳丽地②。南朝盛事谁记③。山围故国绕清江④，髻鬟对起⑤。怒涛寂寞打孤城⑥，风樯遥度天际⑦。　断崖树⑧，犹倒倚⑨。莫愁艇子曾系⑩。空余旧迹郁苍苍⑪，雾沉半垒⑫。夜深月过女墙来⑬，伤心东望淮水⑭。　酒旗戏鼓甚处市⑮。想依稀、王谢邻里⑯。燕子不知何世⑰。入寻常、巷陌人家相对⑱。如说兴亡，斜阳里⑲。

【注释】

①金陵：见前欧阳炯《江城子》注②、王安石《桂枝香》注②。

②佳丽地：语本谢朓《入朝曲》诗："江南佳丽地，金陵帝王州。"是说金陵这地方十分美好。

③南朝：自公元420年宋武帝刘裕废晋至589年隋文帝杨坚灭陈，我国南方共经历了宋、齐、梁、陈四朝，皆建都于建康（古金陵），史称南朝。盛事：兴盛时的事迹。谁记：还有谁记得？

④山围故国：化用刘禹锡《石头城》诗："山围故国周遭在。"故国：古都。金陵周围多山。

⑤髻鬟：女子的发髻。鬟：环形的发髻。这句是说，长江两岸的青山犹如美人的髻鬟，相对耸起。

⑥这句化用刘禹锡《石头城》诗："潮打空城寂寞回。"

⑦风樯：乘风张帆的船只。樯：桅杆。这里代指船。这句是说，帆船

远远地从天边驶过。

⑧断崖:陡峭的江岸山壁。

⑨倒倚:指断崖老树的枝干紧挨石壁倒挂着,横生斜长。

⑩莫愁艇子:南朝乐府民歌《莫愁乐》:"莫愁在何许? 莫愁石城西。艇子打两桨,催送莫愁来。"莫愁本是当时竟陵石城(在今湖北钟祥)一位善唱歌谣的女子(见《旧唐书·音乐志》),后"竟陵石城"讹传为"金陵石城"。艇子:小划子。以上三句是说,当年莫愁系过船的老树至今犹存。

⑪空余:只剩下。郁苍苍:三国魏曹植《赠白马王彪》诗七首其二:"山树郁苍苍。"形容树木葱茏。

⑫垒:指石头城军垒。故址在今南京城西清凉山,古时面临长江(今山下已成陆地),南抵秦淮河口。战国时,楚威王在此建金陵邑。东吴孙权时,加以整修,改名石头城。城依山而立,以江为护城河,地形险要,历来为兵家必争之地。以上二句是说,雄踞一时的石头城垒今已毁废,仅有遗迹残留;雾沉江面,遮住了城垒的下半部分,上端郁郁葱葱的林木则依稀可见。

⑬女墙:古城墙上呈凹凸状的小墙,有射击孔,供守军隐蔽、射击用。此指石头城上的女墙。

⑭淮水:指秦淮河。源出今江苏溧水东北,西北流至南京东南,横贯城中,西出汇入长江。相传秦始皇东游,望气者说"五百年后金陵有天子气"(指那里将有帝王兴起),于是秦始皇便下令凿断金陵郊外的方山,让淮水流通,为的是破坏那"王气"。见晋孙盛《晋阳秋》。以上二句化用刘禹锡《石头城》诗:"淮水东边旧时月,夜深还过女墙来。"是说夜深时,明月向西越过石头城垣,伤心地回望东面的秦淮河。

⑮戏鼓:杂技、戏曲演出时敲奏的锣鼓声。甚处:什么地方?

⑯依稀:仿佛。王谢邻里:指乌衣巷一带。本是东吴军队乌衣营的驻地,东晋时,王、谢等名门贵族居住于此。故址在今南京城中、秦淮河畔。邻里:泛指邻近街巷、住家。以上二句说,那酒旗招展、戏鼓喧嚣的街市是什么地方? 想来大概是当年王、谢等贵族居住的乌衣巷一带吧。借昔日贵族豪门住宅区而今沦为平民游乐场所这一重大历史变迁,反映人世

沧桑。

⑰不知何世：不知如今是什么朝代。

⑱陌：街道。以上二句化用刘禹锡《乌衣巷》诗："旧时王谢堂前燕，飞入寻常百姓家。"

⑲以上二句说，双燕呢喃，好像是在夕阳中谈论着历史的兴亡。里：繁体本作"裏"，与前"邻里"之"里"字不同，并非重复押韵。

本篇押用一部上去声仄韵，韵脚是"地""记""起""际""倚""系""垒""水""市""里""世""对""里（裏）"。

【品评】

哲宗元祐八年（1093）至绍圣三年（1096），词人在江宁府（今南京）溧水县（今南京市溧水区）任县令，时年三十七至四十岁。本篇当作于此期间（参见孙虹《清真集校注》）。

北宋时期的金陵怀古词，王安石的《桂枝香》独步于前，周邦彦这首《西河》踵武其后，异曲同工，并臻妙境。而细察其视野文心、声情词采，又各有鲜明的艺术个性。王词充溢着对祖国江山的赞叹，对历史兴亡的感慨，见出强烈的参与意识；且选用入声韵，高亢激越，飞扬蹈厉：是叱咤风云的政治家之词。周词则通篇为寂寥衰飒之景，不胜其怀古伤逝之悲；又用上去声啮齿音入韵，低回唱叹，幽咽苍凉：是沧桑人世的诗人之词。体段精神，互不相袭；一颦一笑，各肖其人。作家身分与性格对其文学创作的影响，由此可以概见。

[宋]朱敦儒(1081—1159)

　　字希真,号岩壑老人,河南洛阳人。志行高洁,有名望。钦宗靖康年间,召至东京,将授以学官,他推辞不受。金人南侵,北宋覆亡,他逃难客居南雄州(今广东南雄市)。高宗绍兴年间,因大臣荐举,被召见,议论明畅,得到高宗的赏识,赐进士出身,为秘书省正字。累迁至两浙东路提点刑狱公事(掌管本路司法、刑狱,监察地方官员)。因主张抗金,与主战派大臣李光交结,遭到秦桧党徒的弹劾,被罢官。晚年畏惧秦桧的权势,受其笼络,出任鸿胪寺(掌管外交、祭祀、皇族及大臣丧葬等事务的机构)少卿(副长官)。秦桧死后,再次罢官。他擅长诗词,词名尤卓著。词集名《樵歌》。今存词二百四十余首。多隐逸之作,清旷明洁。南渡初期,也写过一些忧伤国事的词篇,沉郁而悲凉。

鹧　鸪　天

西　都　作①

　　我是清都山水郎②。天教分付与疏狂③。曾批给雨支风券④,累上留云借月章⑤。　　诗万首,酒千觞⑥。几曾着眼看侯王⑦。玉楼金阙慵归去⑧,且插梅花醉洛阳⑨。

【注释】

　　①西都:北宋的西京,即洛阳。

　　②清都:传说中天帝居住的地方,天国的京城。山水郎:词人编造的天国官名。郎:皇帝的侍从官。

　　③教:让,使,令。分付:给予。与:给。疏狂:狂放,不守礼法。这句

130

是说,老天爷将狂放不羁的权利赐给我,意即本人天性狂放。

④给(jǐ):供应。支:领取。券:证券。指官员从官库领取生活供给物品时须持有的一种特别凭证。

⑤累上:多次向皇帝呈递。章:臣下给皇帝的书面报告。以上二句互文见义,说自己曾一再向天帝请求享受风雨云月等特殊供给,蒙天帝恩准,批给了支取此类物品的文券。风雨云月,都是江湖、山林间的自然景致。两句不过是申明自己热爱隐逸生活,享有上苍赋予的欣赏大自然之美的权利,却写得十分诙谐。

⑥觞:古代的一种酒杯。这里用作量词。

⑦几曾:何曾。用反诘语气表示从来不曾。着眼:注目。侯王:即"王侯",为押韵而倒文。封给皇亲国戚、大臣功臣的两种高级爵位。以上三句写自己纵情于诗酒,蔑视权贵。

⑧玉楼金阙:白玉楼台,黄金宫阙。指天庭的华丽殿堂。慵(yōng):懒。

⑨插梅花:将梅花簪在发髻上。这是一种豪放不羁的名士风流。

本篇押用一部平韵,韵脚是"郎""狂""章""觞""王""阳"。

【品评】

这首词作于北宋末年,约是词人四十五岁以前的作品。当时徽宗信用一班奸臣,穷奢极欲,弄得民不聊生,是北宋历史上最腐败的时期。因此,词人之自任"疏狂",高歌隐逸,颇有洁身自好,不与堕落的统治集团同流合污的意味。上片原只是东晋大诗人陶渊明《归田园居》诗所谓"少无适俗韵,性本爱丘山"。类似话头,不知有多少骚人墨客说过,但词人换了一种极浪漫、极奇谲的构思来表达,便横生出全新的妙趣。你看他一落笔就不同凡响,径以天国中主管山水的仙官自封;下文愈益匪夷所思:既任"清都山水郎"矣,少不得要费心擘划些逢山开路、遇水搭桥的旅游开发事宜罢? 偏不,只顾自家"给雨支风""留云借月"而已。原来他杜撰的这个仙职,竟是个专业从事游山逛水的美差! 天帝果真用他管山管水,不啻是任命美猴王管蟠桃园了! 词人的隐逸情怀,就通过这超现实的独特狂想,活泼泼地抒发出来。论此词艺术上的创造性,固然要数上片,但一篇之主旨,还须向下片去探求。封建社会,等级森严,官爵之有无与高低,在世俗心目中成为判断人的价值大小的唯一尺度。因而,一切敢于发现和认识自我价值,藐视封建秩序的人,人们或以为"狂",他们往往也索性以"狂"自居。这"狂",在当时正是思想解放的一种标志。词人连天国的"玉楼金阙"都懒得归去,又怎肯拿正眼去看尘世间的王侯权贵?由此愈加清楚地见出,上片云云,与其说是对神仙世界的向往,毋宁认作对玉皇大帝的狎弄。这倒也不难理解:感觉到人世的压抑,渴望到天国去寻求精神解脱的痴人虽所在多有;而意识到天国无非是人世在大气层外的翻版,不愿费偌大气力,换一种海拔高度来受束缚的智者也不可谓无,词人就是一个。那么他竟向何处去寄托身心呢?山麓水湄而外,惟有诗境与醉乡。于是乎乃有"诗万首,酒千觞",于是乎乃有"且插梅花醉洛阳"。洛阳盛产牡丹,他不说"插牡丹",偏说"插梅花",是有深意的。牡丹者,花中之王侯;梅花者,花中之隐士。去取之间,不正透露出词人的志行与品格么?

[宋]无名氏

九 张 机①

一张机②。采桑陌上试春衣③。风晴日暖慵无力,桃花枝上,啼莺言语,不肯放人归④。

两张机。行人立马意迟迟⑤。深心未忍轻分付⑥,回头一笑,花间归去,只恐被花知⑦。

三张机。吴蚕已老燕雏飞⑧。东风宴罢长洲苑⑨,轻绡催趁⑩,馆娃宫女⑪,要换舞时衣⑫。

四张机。咿哑声里暗颦眉⑬。回梭织朵垂莲子⑭,盘花易绾⑮,愁心难整,脉脉乱如丝⑯。

五张机。横纹织就沈郎诗⑰。中心一句无人会⑱,不言愁恨,不言憔悴,只凭寄相思⑲。

六张机。行行都是耍花儿⑳。花间更有双蝴蝶,停梭一晌㉑,闲窗影里㉒,独自看多时㉓。

七张机。鸳鸯织就又迟疑。只恐被人轻裁剪,分飞两处,一场离恨,何计再相随㉔。

八张机。回纹知是阿谁诗㉕。织成一片凄凉意,行行读遍,厌厌无语㉖,不忍更寻思㉗。

九张机。双花双叶又双枝。薄情自古多离别㉘,从头到底,将心萦系,穿过一条丝㉙。

【注释】

①九张机：这组词录自南宋初曾慥编《乐府雅词》，应是北宋的作品。《乐府雅词》共收两组《九张机》，另一组前有"勾队辞"（相当于"开场白"），开头就说："《醉留客》者，乐府之旧名；《九张机》者，才子之新调。"据此推断，它当是用《醉留客》曲九叠而成。可惜《醉留客》一调，别无单独的词篇流传。

②一张机：仅表示这是第一章，与文意不相关。以下各章首句皆属此类序号性质，不具注。

③采桑陌：郊野路旁植有桑树，可供饲蚕女子采摘，故称。试春衣：初次换上轻盈的春装。

④以上三句是说，黄莺在桃花枝头啼啭，像是在和女主人公说话，不肯放她回家。（其实是写女主人公为鸟语花香的美好春光所吸引，流连忘返。）

⑤立马：勒马站住。意迟迟：有所顾恋，不肯继续前行的情态。这句写一位过路的男子看见并爱上了女主人公。

⑥深心：内心的隐秘。未忍：未肯。轻分付：轻易表示。

⑦以上四句是说，女主人公也爱上了那位男子，却羞于公开表露，慌忙穿过桃花林往家走，然而又忍不住回头向那男子送去一个微笑，同时不免心意怦怦，惟恐被花儿窥见了秘密。

⑧吴蚕：今江苏南部地区，自古以来蚕桑丝织业就很发达。该地区春秋时是吴国的腹心之地，故称其地之蚕为"吴蚕"。燕雏：小燕子。这句是说，老蚕已吐丝结茧，雏燕已开始学飞，时节已进入初夏。

⑨长洲苑：春秋时吴国的著名园林，故址在今苏州西南、太湖之北。其地本是一块狭长的洲渚，故名。苑：畜养禽兽，种植林木，供帝王及贵族游猎、宴饮的场所。

⑩轻绡：轻柔的薄绸。催趱：催赶，督促。

⑪馆娃宫：春秋时吴王夫差为西施建造的宫殿，故址在今苏州西南的灵岩山上。"馆娃"是"藏娇"的意思。古代吴地称美女为"娃"。

⑫以上四句是说,吴王已结束了春天在长洲苑的宴饮游乐,转到灵岩山上的馆娃宫中来避暑,西施及宫女们要换着更新更美更轻柔的夏日舞衣,因此官府便催逼农家女赶织轻绡,供给宫廷。文义中的吴王、西施、宫女等等,都是代指,不必坐实。总之,只是泛说由于封建统治者的奢侈,农家女子被迫织作不息。

⑬咿哑:象声词。织机的响声。颦眉:皱眉。

⑭回梭:机织的一种手法。即用织梭回环往复地穿织,以期织出复杂的图案。梭:引导纬纱与经纱交织的器件,两头尖,体腔中空,容纳缠有纬纱的纡子(卷纱管)。垂莲子:垂倒的莲花。语义双关,谐音为"垂怜子",即"垂怜"于"子"。参见前皇甫松《采莲子》注④。

⑮盘花:回梭盘旋织成的花朵。绾(wǎn):盘结。

⑯脉脉(mòmò):形容含情欲吐。本章写女主人公一边织绡一边在想心事。她织出垂莲花以表示对心上人的爱恋,自觉再复杂的花儿也不难绾织,倒是心中的愁绪难以整理,情思脉脉,纷乱如丝。

⑰沈郎诗:疑指南朝梁沈约《夜夜曲》诗:"河汉纵且横,北斗横复直。星汉空如此,宁知心有忆!孤灯暧不明,寒机晓犹织。零泪向谁道?鸡鸣徒叹息。"是为织机女子代拟的相思之辞。

⑱中心一句:疑指沈诗中央"宁知心有忆"一句。会:领悟。

⑲以上三句是说,沈约的诗道出了女主人公的心声,不说自己如何愁恨,也不说自己如何憔悴,却充满了对心上人的思念。恁:如此。这里表示强调语气。

⑳耍花儿:活生生的花儿。

㉑一晌:不太长的一段时间。

㉒闲窗影里:在闲静的窗影下。

㉓以上四句是说,女主人公织出了在花丛中双飞的蝴蝶,因美慕它们雌雄相伴,感伤自己孤独无偶,她不由得中断了织作,在窗下呆呆对着那双蝶出了好一会儿神。

㉔何计:有什么办法。本章写女主人公织出了成双作对的鸳鸯,却又有些后悔,惟恐他人制衣开片时轻易地将它们剪散了,无法再团圆。与上

章合起来看,真切而细腻地表现了女主人公既渴望能与所爱男子结合,又担心将来会有鸳鸯分飞的别离之恨,那样一种充满矛盾的微妙心理。

㉕回纹:即"回文"。参见前贺铸《古捣练子》注③。阿谁:即"谁"。"阿"是发语词,没有实义。

㉖厌厌(yānyān):形容精神不振。

㉗本章写女主人公效法苏蕙,织出了凄凉的回文诗,表达对心上人的苦苦思念。她一行行地读遍这些诗,蔫蔫神伤,默默无语,再也不忍心去想它。

㉘薄情:"薄情郎"的省略语。

㉙本章写女主人公织出了象征情侣好合的双枝双叶双花,有感于自古以来薄情郎不恋家,往往抛下妻子出门远游的社会现象,她又特意用一根丝线从上到下将那双花双叶双枝的中心缠系在一起。"心"字双关花心和人心。"丝"字谐音"思"字。

这组词九首押用一部平韵,韵脚分别是:其一,"机""衣""归"。其二,"机""迟""知"。其三,"机""飞""衣"。其四,"机""眉""丝"。其五,"机""诗""思"。其六,"机""儿""时"。其七,"机""疑""随"。其八,"机""诗""思"。其九,"机""枝""丝"。

【品评】

在宋代,词调不仅用于单支抒情歌曲的演唱,还用于"鼓子词"(有说有唱)、"大曲"和"转踏"(亦歌亦舞)等的演出。这《九张机》组词,便是"转踏"类中的歌词。它由九首同一曲调的小词构成,以农家少女的口吻叙说自己恋爱的喜悦和相思的烦忧。第一章和第二章,写女主人公春日在采桑陌上邂逅了一位过路的男子,两人一见钟情。"回头一笑,花间归去,只恐被花知"三句,刻画少女初恋时的羞怯情态,极为传神。第四章至第九章,具体结合女主人公的机织劳作,反复渲染她对爱情生活的憧憬,对笼罩在爱情生活上空之阴影的忧惧,以及对爱情的坚贞,对生活的执着。一唱三叹,缠绵凄婉。第三章是前后两幕剧情的过场。因蚕老茧成,夏来春去,女主人公的劳作遂由采桑转入机织。因宫廷奢侈,官府勒索,女主人公乃不得不中止采桑陌上的幽会,关在家里紧张地飞梭。这样,就自然地收束上文的恋爱,启动下文的相思。而前章数二,后章数六,此章正处在组词的黄金分割点,关节设置,亦颇见匠心。更值得注意的是,全篇主旨虽不在揭露残酷的封建剥削,但这里侧戈稍稍一击,却也未必是无心的闲笔。清末著名词论家陈廷焯对此具有准民歌性质的创作评价极高,他说:"词至《九张机》,高处不减《风》《骚》(《诗经》中的十五国《风》和屈原的《离骚》),次亦《子夜》《怨歌》(汉魏六朝乐府民歌曲名)之匹,千年绝调也。"又说:"词至是,已臻绝顶,虽美成(周邦彦)、白石(姜夔)亦不能为。"(《白雨斋词话》)

御 街 行①

　　霜风渐紧寒侵被②。听孤雁、声嘹唳③。一声声送一声悲④,云淡碧天如水。披衣起告,雁儿略住,听我些儿事⑤。　　塔儿南畔城儿里。第三个、桥儿外。濒河西岸小红楼⑥,门外梧桐雕砌⑦。请教且与⑧,低声飞过,那里有、人人无寐⑨。

【注释】

　　①本篇见明陈耀文纂《花草粹编》,纂者注明录自《古今词话》。《古今词话》,南宋初杨湜撰。因此,这词当是北宋时的作品。

　　②紧:急。寒侵被:寒气侵入被褥。

　　③嘹唳(lì):形容声音曼长而尖厉。

　　④这句是说,孤雁的叫声接连不断地传送来同一种悲凉的音调。

　　⑤以上三句是说,抒情主人公披衣起床,请求雁儿稍停一下,听他说几句话。下文直到篇末,都是对雁儿的具体叮嘱。告:求。些儿:一点点。

　　⑥濒河:紧靠着河边。

　　⑦雕砌:雕花的石阶。以上四句是向雁儿详细交代妻子(或恋人)居

137

所的具体方位和特征。

⑧请教：即"请"的意思。后面省略了宾语"您"。且：表示委婉语气，略相当于"姑且"。与：为，替。后面省略了宾语"我"。

⑨人人：对亲爱者的昵称，多用于男性指称女性。"有人人"，有个人儿。

本篇押用一部上去声仄韵，韵脚是"被""唉""水""事""里""外""砌""寐"。

【品评】

深秋的夜晚，霜风凄紧，寒气袭人。一只失群的大雁在空中哀叫。正因离别而无寐的游子听了，倍觉伤心。他希望雁儿能解人意，飞过妻子（或恋人）的居处时，不要这样声嘶力竭地悲鸣，因为她一定也在床上翻来覆去，难以成眠。相思怀人的主题，在古诗词中早就被成百上千知名或不知名的作家写得烂熟，但对生活现象作直观反映者居多。本篇则不然。在现实生活中，有谁会真的向不通人语的雁儿作如此奇特的请求呢？然而正是这种看似违反生活真实的荒诞构思，从艺术的层面上更为灵动地表现了生活的真实。明代文学家兼文学理论家袁宏道说："天下之物，孤行（指独特、与众不同）则必不可无，必不可无，虽欲废焉而不能；雷同则可以不有，可以不有，则虽欲存焉而不能。"（《叙小修诗》）在数以万计的同题材作品中，本篇之所以能脱颖而出，未因作者无名而被湮没，关键就在于它绝不与人雷同，想落天外而生面别开。

全篇多为精炼纯熟的口语，亲切有味，俚而不俗。下片絮絮道来，不嫌琐碎，愈见其郑重。

[宋]李清照(1084—1155?)

号易安居士,齐州章丘(今属山东)人。年轻时即有才名。徽宗建中靖国元年(1101),嫁太学生赵明诚。明诚后以门荫入仕,历任知州,是著名的文物收藏家和文物考古学家。清照与他情趣相投,夫妇二人共同致力于金石书画等的搜集和整理,生活恩爱美满。金人入侵,占领中原,明诚又仕宦于南宋高宗政权。建炎三年(1129)在建康(今南京)病卒。清照前此二年已从北方逃难南下,家藏珍贵文物损失大半,至此又遭丧夫之痛,心境更加悲凉。晚年孤苦无依,转徙于浙东、浙西各地,寄人篱下,郁郁而终。她是古代最有才华的女作家之一,善诗文,能书画,而尤以词名世。今存词近六十首。有《漱玉词》《李易安词》等不同名目版本。清王士禛《花草蒙拾》推许她是宋词婉约派之宗。她本人也曾撰有一篇总结婉约派词学观点的《词论》。

如 梦 令

昨夜雨疏风骤①。浓睡不消残酒②。试问卷帘人③,却道海棠依旧④。知否。知否⑤。应是绿肥红瘦⑥。

【注释】

①疏:稀落。骤:迅猛。

②这句是说,沉沉地睡了一觉,残存的醉意却还未能完全消除。

③卷帘人:指早晨正在卷起门窗帘幔的婢女。

④以上二句写词人关切地问婢女:一夜风雨,庭院里的海棠花怎么样了?婢女却答道:还是老样子。

⑤本词调的五、六两个二字短句,通常多用叠句。

⑥以上三句写词人纠正婢女的答话:知道么? 知道么? 海棠应是叶儿肥了,花儿瘦了!

本篇押用一部上去声仄韵,韵脚是"骤""酒""旧""否""否""瘦"。

【品评】

宋词化用唐诗意境者颇多,具体分析,约有三类:一类是东施效颦,画虎成犬;一类是旗鼓相当,平分秋色;一类是踵事增华,后来居上。李清照此词是这最后一类的典范。它脱胎于晚唐韩偓《懒起》诗末尾四句:"昨夜三更雨,今朝一阵寒。海棠花在否? 侧卧卷帘看。"但稍加对读,我们就会感觉到,这位中国文学史上的杰出才女,好似一个魔术师般的导演,竟将一部平常的小说异常出色地搬上了银幕,并攫得了奥斯卡金像奖! 你看,在韩诗为美人惜花、卷帘自看的一幕哑剧,到李词中却演绎成感情细腻的女主人公与粗心大意的小丫环之间饶有生活气息的一场对白,情境是不是变得更生动、更活泼、更有趣味了呢?"知否,知否"二短句,巧用《如梦令》一调特殊的叠句格,表现女主人公纠正小丫环之错误观察时的急切语气,真是惟妙惟肖。此等处,一般作者往往为格律所苦,勉强凑拍趁韵;而李清照乃能因难见巧,妙语天成,不愧为斫轮高手。结句"绿肥红瘦",写雨后海裳花叶的不同变化,新警而妥贴。"肥""瘦"二字委实下得好,以俗为雅,正是词中本色语。读者试请闭目冥搜,看能找出更为传神的两个字来么?

渔 家 傲

天接云涛连晓雾①。星河欲转千帆舞②。仿佛梦魂归帝所③。闻天语④。殷勤问我归何处⑤。 我报路长嗟日暮⑥。学诗谩有惊人句⑦。九万里风鹏正举⑧。风休住⑨。蓬舟吹取三山去^⑩。

【注释】

①云涛:指海涛。汹涌如云翻卷,故称。晓雾:拂晓时的雾气。

②星河:银河。

③帝所:天帝所居之处。

④闻天语:李白《飞龙引》诗二首其二:"造天关,闻天语。"天:指天帝。

⑤殷勤:形容关注。归何处:回到哪里去。

⑥报:回答。嗟:叹。日暮:喻指年岁已晚。

⑦谩:徒然。惊人句:杜甫《江上值水如海势聊短述》诗:"为人性僻耽佳句,语不惊人死不休。"

⑧举:飞起。《庄子·逍遥游》:"鹏之徒于南冥也,水击三千里,抟扶摇而上者九万里。""扶摇"即大风。这句是说,大鹏正展翅高飞,掀起了九万里大风。

⑨休住:不要停下来。

⑩蓬舟:当作"篷舟",有篷席覆盖舱顶的船。吹取:吹得。三山:传说渤海上有蓬莱、方丈、瀛洲等三座神山。以上五句,是对"天帝"问语的回答,说自己要回到海上三神山去(这俨然是以"谪仙人"自居)。嗟叹自己学诗徒有惊人之句,无奈前面的路还很长,而自己已年纪老大,恐时不我待。故希望鹏鸟掀起的大风不要停息,好快些将我的船吹到目的地。

本篇押用一部上去声仄韵,句句皆叶。

【品评】

这首词,别本有题曰"记梦"。徐培均先生《李清照集笺注》以为,词人于高宗建炎四年(1130)正月三日以后至章安(在今浙江台州境内),十八日随高宗御舟从海上至温州(今属浙江)。此词所写,即此一段航程中生活,而以梦境出之。是年词人四十六岁。

全词由晨起所见之景写起,自"仿佛"句以下直至篇终,均借梦境以言志抒慨。构思恢奇放诞,气概豪迈健举,显现出词人性格中雄爽的另一面。清沈曾植《菌阁琐谈》评价李清照词:"自明以来,堕情者醉其芳馨,飞想者赏其神骏。易安有灵,后者当许为知己。"这首《渔家傲》,正是其"神骏"词风的代表作。

永　遇　乐

　　落日熔金①,暮云合璧②,人在何处③。染柳烟浓④,吹梅笛怨⑤,春意知几许⑥。元宵佳节,融和天气,次第岂无风雨⑦。来相召、香车宝马,谢他酒朋诗侣⑧。　　中州盛日⑨,闺门多暇⑩,记得偏重三五⑪。铺翠冠儿⑫,捻金雪柳⑬,簇带争济楚⑭。如今憔悴,风鬟雾鬓⑮,怕见夜间出去⑯。不如向、帘儿底下⑰,听人笑语。

【注释】

　　①落日熔金:唐杜牧《金陵》诗:"日落水浮金。"宋廖世美《好事近》词:"落日水熔金。"按,廖氏,北宋人,生平不详。不知与李清照谁先谁后。

　　②暮云合璧:疑当作"暮云合碧",用南朝梁江淹《杂体》诗三十首其三十《休上人怨别》:"日暮碧云合,佳人殊未来。"

　　③人:当指已故的丈夫赵明诚。

　　④染柳烟浓:柳仿佛在浓雾中浸染。

　　⑤吹梅笛怨:唐段安节《乐府杂录》:"笛者,羌乐也,古有《梅花落》曲。"

　　⑥知几许:不知有多少。

　　⑦次第:接下去。

　　⑧以上二句是说,常在一起饮酒作诗的朋友,乘着华丽的车马来召我

同游,却都被我辞谢了。

⑨中州:今河南省居古九州之中,故称。此处指北宋都城东京。盛日:兴盛时期。

⑩闺门:内室之门,借指女子。多暇:很空闲。

⑪三五:十五日,指农历正月十五元宵节。

⑫铺翠冠儿:用翠鸟羽毛装饰的帽子。

⑬捻金雪柳:用白色的绢或纸杂以金线制成的一种柳条状头饰。

⑭簇带:插戴,打扮。济楚:齐整,漂亮。

⑮风鬟雾鬓:发髻蓬乱。这里是说无心修饰打扮。

⑯怕见:怕得,懒得。

⑰向:去,在。底下:后面。

本篇押用一部上去声仄韵,韵脚是"处""许""雨""侣""五""楚""去""语"。

【品评】

本篇当是高宗绍兴九年(1139)以后,亦即词人五十五岁以后的作品。词用自己南渡前后元宵节夜两种截然不同的心情与表现作对比,抒发了对于故国沦亡的悲慨。宋张端义《贵耳集》盛赞它"以寻常语度入音律",并由此生发议论:"炼句精巧则易,平淡入调者难。"张炎《词源》却说:"此词亦自不恶,而以俚词歌于坐花醉月之际,似乎击缶《韶》外,良可叹也。"(击缶,敲瓦盆以为节拍,指俚俗的音乐。《韶》,相传为上古虞舜时的乐曲,指高雅的音乐。)两位张先生的评价悬隔如霄壤,是审美观念不同使然。比较起来,还是前一位张先生见识高明,尽管他在南宋词坛上的名气不如后一位张先生大。理由很简单:精心打扮出来的美固然好,但总不如"清水出芙蓉,天然去雕饰"(李白《经乱离后天恩流夜郎忆旧游书怀赠江夏韦太守良宰》诗)。

声　声　慢

寻寻觅觅①。冷冷清清,凄凄惨惨戚戚②。乍暖还寒时候③,

最难将息④。三杯两盏淡酒,怎敌他、晚来风急⑤。雁过也,正伤心,却是旧时相识⑥。 满地黄花堆积。憔悴损⑦,如今有谁堪摘⑧。守着窗儿,独自怎生得黑⑨。梧桐更兼细雨,到黄昏、点点滴滴⑩。这次第⑪,怎一个愁字了得⑫。

【注释】

①寻寻觅觅:像是在寻找什么。写精神上的失落感。

②戚戚:形容悲哀。

③乍暖还寒:指气候冷暖不定。

④将息:调理,调养。

⑤敌:抵抗。以上二句是说,喝了几杯淡薄的水酒,产生不了多少热力,怎抵挡得住晚风一阵紧似一阵的侵袭?

⑥旧时相识:大雁从北方飞来,而词人家乡在北方,所以称雁为"旧时相识"。

⑦损:煞,极。用如程度副词。

⑧以上三句是说,满地菊花开成了堆,但如今我已憔悴不堪,哪有心情去摘它?(在和平时期,生活美满、心境愉悦的情况下,每当重阳节前后菊花盛开的时候,仕女们是要摘花插戴在头鬓上的。)

⑨以上二句是说,呆站在窗前,孤零零一个人,怎么挨得到天黑?

⑩以上二句是说,梧桐树的枯叶在风中飒飒作响,已经够凄凉的了;再加上绵绵细雨,到黄昏时分,点点滴滴地顺着梧桐叶片坠落下来,那就更让人难受。

⑪次第:情形,光景。

⑫以上二句是说,这一系列境况,岂是一个简单的"愁"字能够说得尽的!

本篇押用一部入声仄韵,韵脚是"觅""戚""息""急""识""积""摘""黑""滴""得"。

【品评】

这首词是词人寡居南方时抒写国破家亡之恸的作品。虽然只是倾诉一己的孤苦无告,却负荷了整个时代、整个民族的深哀巨痛,故具有震撼人心的力量。它纯用白描,以千锤百炼的口语度入音律,而字字皆从血管中流出。大量舌尖音和齿音的交错摩擦,嘈嘈切切,幺弦细语,更突出了幽咽的声情效果。秋雁这一意象,诗词中屡见不鲜,但多用作信使以发怀人之思,或视为岁序将暮的标志以伤流年。本篇独取其家在北方而因寒流侵逼,被迫南迁的命运,以关合自己被金兵夺去家园的北方难民身分。漂泊人对流浪雁,旧时故乡相识,而今异乡相怜,怎不伤心欲绝?如此则熟常的物象便用出了生新的意义。"守着窗儿,独自怎生得黑","黑"字押险韵而妥溜入妙,也是一奇。至于篇首连下十四叠字,篇末又加四叠字相照映,更是前无古人的出格创新,历来为词学批评家们所津津乐道。

[宋] 吕本中 (1084—1145)

字居仁,寿州(今安徽寿县)人。哲宗元祐宰相吕公著的曾孙,以门荫入仕。高宗绍兴六年(1136)赐进士出身。历事哲宗、徽宗、钦宗、高宗四朝,累官至中书舍人(掌起草诏令,参与机密),兼侍讲(为皇帝讲经史,备顾问)、权直学士院(掌起草诏令等)。因得罪秦桧而被罢免。卒谥文清。以诗名家。亦能词,今存二十七首,集名《紫薇词》。

采 桑 子

恨君不似江楼月①,南北东西。南北东西。只有相随无别离。 恨君却似江楼月②,暂满还亏③。暂满还亏。待得团团是几时④。

【注释】

①君:指称妻子。

②却似:正似,还似。

③暂满还亏:暂时圆了,旋即又缺了。

④待得:等到。团团:一作"团圆",文字较胜。

本篇押用一部平韵,韵脚是"西""西""离""亏""亏""时"。

【品评】

这首词的抒情主人公应是男性,因为"南北东西"月"相随"是行者口吻。词中惯例,"行者"一般为男性,"居者"一般为女性,这是封建时代的社会常态。

其妙处在"矛盾诉求"。"似月"不是,"不似月"也不是,动辄得咎,还有理可讲么?然而此词好就好在"不讲理"。文学第一要讲的是"情",讲不讲"理"则无可无不可。责之切,正见出爱之深。虽然"无理",却是"有情"。不但"有情",而且"有趣"。

[宋]陈与义(1090—1138)

　　字去非,号简斋,洛阳人。徽宗政和三年(1113)登上舍甲科(国家最高学府太学里最高级的学生为上舍生,考试优等,即可授官)。授开德府(今河南濮阳)教授。累迁至符宝郎(掌管皇帝玉玺等重要印信的官员)。南渡后,事高宗,累官至参知政事。长于诗。亦能词,今存十八首,集名《无住词》,皆小令,风格清新明快,造语自然奇丽。

临 江 仙

夜登小阁,忆洛中旧游①

　　忆昔午桥桥上饮②,坐中多是豪英③。长沟流月去无声④。杏花疏影里⑤,吹笛到天明。　　二十余年如一梦,此身虽在堪惊。闲登小阁看新晴⑥。古今多少事,渔唱起三更⑦。

【注释】

①洛中:即洛阳,是北宋的西京,陈与义的家乡。

②午桥:在洛阳城南。唐宰相裴度建有别墅,花木万株。见两《唐书》本传。

③坐:同"座"。豪英:英豪。

④长沟流月:月光倒映在河水中,仿佛随着河水流淌。

⑤疏影:疏朗的树影。

⑥新晴:雨后初晴。

⑦以上二句是说,古往今来多少史事,也不过让渔父编作歌儿唱唱罢了。

本篇押用一部平韵,韵脚是"英""声""明""惊""晴""更"。

148

【品评】

这首词作于高宗绍兴五年(1135)或六年(1136),词人四十六至四十七岁,退居湖州时。上片追忆南渡前太平时节在故乡与友朋作长夜之饮的欢快;下片折回现实,写南渡后国家多事之秋独自夜登小阁时的悲慨。字里行间充满着今昔盛衰之感。"杏花疏影里,吹笛到天明"的俊爽豪迈,与"古今多少事,渔唱起三更"的抑郁苍凉,构成了强烈的对比,艺术张力很大,读来令人震撼。陈与义以诗名家,与黄庭坚、陈师道等同被尊为江西诗派"一祖"(杜甫)之下的"三宗"。其词虽不及诗,但此作颇能沉郁,约略可见杜诗的影响。

[宋]张元幹(1091—1161)

　　字仲宗,号芦川居士,福州永福(今福建永泰)人。徽宗时为太学生,以优等入仕。曾任陈留县(已废入今河南开封)丞。钦宗靖康元年(1126),被著名爱国大臣亲征行营使(由皇帝亲任名义统帅的抗金军队的实际指挥官)李纲辟请为属官,参加了保卫东京的抗金战斗。高宗建炎年间,官至将作监(主管宫室、都城、桥梁、舟车营造修缮事宜之机构的长官)。绍兴元年(1131),愤于奸佞当道,国事不可为,遂致仕归隐。著有《芦川归来集》。诗文词皆高,而尤以词擅一时之名。今存词一百八十余首,有《芦川词》单行。其词本多忧国愤时、讥刺朝政之作,可惜由于晚年遭秦桧等迫害,凡此类批判现实的作品悉被搜去,大都散佚,故集中吟咏风月的清丽妩秀之词占有较大的比重。但从流传下来的部分爱国主义名作,尚可想见他当时喑呜叱咤、磊落不平的英雄之气。

贺　新　郎

送胡邦衡赴新州①

　　梦绕神州路②。怅秋风、连营画角③,故宫离黍④。底事昆仑倾砥柱⑤。九地黄流乱注⑥。聚万落千村狐兔⑦。天意从来高难问,况人情老易悲难诉⑧。更南浦,送君去⑨。　　凉生岸柳催残暑⑩。耿斜河、疏星淡月⑪,断云微度⑫。万里江山知何处。回首对床夜语⑬。雁不到、书成谁与⑭。目尽青天怀今古⑮,肯儿曹恩怨相尔汝⑯。举大白⑰,听金缕⑱。

【注释】

　　①胡邦衡:即胡铨。详见下篇作者介绍。新州:今广东新兴。

150

②神州:《史记·孟子荀卿列传》载,战国时齐人邹衍说中国名曰"赤县神州"。在南宋词里,多用指被金人占领的中原地区。这句是说自己的梦魂萦绕着沦陷了的北方大地。

③怅:懊恼。连营:连延不断的军营。画角:有雕饰的牛角军号。

④故宫离黍:《诗·王风》中有《黍离》篇,小序称,周王朝东迁后,有臣子路过镐京(西周的都城,故址在今西安西),见西周"故宗庙宫室"已废为农田,长满了庄稼,哀伤不已,乃作此诗。诗共三章,首句都是"彼黍离离"。黍:小米,古代北方地区主要粮食作物之一。离离:形容茂盛。这个典故,后世诗词中常用来感慨故国兴亡。以上二句紧承"梦绕神州"语意,说自己仿佛听到了金兵军营里的号角声在秋风中回荡,仿佛看到了东京的宫殿已被夷为野田,禾黍在秋风中摇曳,因此而怅恨,心情难以平静。

⑤底事:为什么。昆仑:山名。在今新疆、西藏间,西接帕米尔高原,东延入青海境内。山势高峻雄伟。其脉南支巴颜喀拉山是黄河的发源地。倾:倒塌。砥柱:亦为山名。原在今河南三门峡市东北黄河中,因立于水中如石柱,故名。新中国成立后为修三门峡水库,已将它炸毁。

⑥九地:本指根据不同地质、地形划分的九种地面,这里泛指遍地。黄流:黄河泛滥的水流。注:灌。以上二句是说,为什么昆仑山、砥柱山都倒塌了,塞满了黄河,使得河水四溢,到处乱流?喻指金兵在北方各地横行,如黄河泛滥成灾。

⑦这句是说,金兵洗劫之下,中原无数村落已荒无人烟,成为狐兔聚集的野地。

⑧以上二句嵌用杜甫《暮春江陵送马大卿公恩命追赴阙下》诗"天意高难问,人情老易悲"一联。字面意是:苍天高高在上,它的意旨从来就难以询问;况且人到老来心情容易悲伤,难以诉说。言外则上句隐然有皇帝的心思一向捉摸不透之意(在古代,"天"往往是最高统治者的代名词);下句也不单纯是说老人易悲,主要还是指国事令人痛心。

⑨以上二句用南朝梁江淹《别赋》"送君南浦,伤如之何"语歇后。南浦:南边的水滨,泛指送别之地。句意承上而递进:天高难问、人老易悲这两点已够我愁惨的了,更加上送您远谪蛮荒,那伤心就有三重之多了。

⑩凉生岸柳:指秋风乍起,送来凉意。风儿无形,从岸边柳条的摇摆中见出,故云。催残暑:催促夏日残留的暑气离去。这句实纪送别胡铨时的节令。史载胡铨谪新州事在初秋七月。

⑪耿:形容闪亮。斜河:斜贯夜空的银河。

⑫断云:片段云彩。度:过,渡。以上三句是说,夜色渐深,耿耿银河已转斜,星光疏朗,月华淡淡,偶有断云在不知不觉中漂过银河。这也是初秋景象。

⑬回首:回忆。对床夜语:两人同睡在一间屋里,床对着床,谈心直到深夜。指彼此亲密无间。以上二句预想分别后的情形:江山如此之大,谁知道您究竟在哪里呢?(担心秦桧等对胡铨的迫害不会到此为止,他未必能够在新州安居。事实也正是这样,后来胡铨又被流放到更为荒远的吉阳军。)只好靠回忆对床夜语的往事聊慰相思了。

⑭雁不到:旧传大雁南飞,至衡阳为止。新州更在衡阳的南方,故有此语。书成谁与:书信写好了,交给谁代为传递呢?谁与:即"与谁"。与:给。当时很少有便人到荒远的新州去;就算有人去,谁又敢替在那里受管制的罪人送信呢?"雁不到"云云,是这种情况的文学表达。

⑮目:望。用如动词。

⑯肯:见前宋祁《玉楼春》注④。儿曹:儿辈,年轻的人们。恩怨相尔汝:用韩愈《听颖师弹琴》诗:"昵昵儿女语,恩怨相尔汝。"原诗形容琴声婉转低回,好像小夫妻或年轻的情侣在亲昵地说着话。"相尔汝",彼此以"尔""汝"(都是"你"的意思,口气较随便)相称呼,是亲近的表现。

⑰大白:本是古代用来罚人喝酒的大杯,这里"举大白"只是大杯豪饮的意思。

⑱金缕:即《金缕曲》,《贺新郎》的别名。以上四句大意是说,我们都是眼界远大、胸怀宽广的爱国志士,关心的是古今兴亡,哪肯在分别之际像小儿女那样软语缠绵?还是举杯喝它个一醉方休,听我唱这首悲凉慷慨的《贺新郎》吧!

本篇押用一部上去声仄韵,韵脚是"路""黍""柱""注""兔""诉""浦"(此字恐系撞韵)"去""暑""度""处""语""与""古"(此字恐系撞

韵)"汝""缕"。

【品评】

　　这是词人五十一岁时的作品。高宗绍兴八年(1138),枢密院编修官胡铨上书反对与金人议和,并请斩秦桧等奸贼之头以谢天下,因此得罪,于次年被谪至福州(今属福建)任威武军签书判官(州军长官的助理)。当时,词人已致仕,正寓居福州。二人都是坚定的抗战派,志同道合,遂交游酬唱,成为挚友。十二年(1142)秋,胡铨遭到秦桧等变本加厉的迫害,被除名编管新州。一时亲友多怕受牵连,避之惟恐不及,而词人却毅然挺身而出,挥毫写下这首惊天地、泣鬼神的悲愤词作,为胡铨饯行。后来,他也为此招致秦桧等的构陷,一度受到大理寺的传讯,最终被削籍为民。像这类置个人安危荣辱于度外,惟民族存亡兴衰是殷忧的爱国词章,自有特殊的政治意义,非一般友朋间的赠别之作可同日语;更何况它通篇沉郁苍凉,慷慨掩抑,如回风摩荡于峡谷,如湍流奔突于冰河,又具备着极高的审美价值呢!

[宋] 胡铨 (1102—1180)

字邦衡,号澹庵,吉州庐陵人。高宗建炎二年(1128)进士。次年,金兵渡江南下,他在虔州(今江西赣州)组织民众,抗敌有功。绍兴年间,因坚决反对向金人屈膝求和,请斩宰相秦桧、副宰相孙近等投降派大臣的首级,获罪一贬再贬,直至编管吉阳军(今海南岛的最南端)。秦桧死后,方得以解除管制。孝宗即位初,欲北伐收复中原失地,起用一批抗战派人士,他也复出任职。"隆兴北伐"失败后,朝廷又与金人议和,参预讨论咨询的十四名官员中,主和者与态度暧昧者约各占半数,惟独他一人坚执不可。和约既成,他虽仍受孝宗器重,但见中原恢复无望,遂无心继续参政,终于获准回乡著书立说。累官至端明殿学士(皇帝的高级政治顾问和文学侍从)。卒,谥忠简。著有《澹庵集》。今存词十六首,集名《澹庵长短句》。

好 事 近

富贵本无心,何事故乡轻别①。空使猿惊鹤怨②,误薜萝秋月③。　囊锥刚要出头来④,不道甚时节⑤。欲驾巾车归去⑥,有豺狼当辙⑦。

【注释】

①以上二句是说,自己本来无心追求富贵,为什么竟轻易辞别故乡,出来做官?这是发牢骚的话。词人之所以出仕,是想为国家、民族贡献力量。

②空使:白白地让,徒然使得。猿惊鹤怨:语出南朝齐孔稚珪《北山移文》:"蕙帐空兮夜鹤怨,山人去兮晓猿惊。"是说隐士本与山林中的猿猴、

154

仙鹤朝夕相伴,忽然离开山林去做官,猿、鹤为此而震惊、怨恨。

③误:耽误、辜负。薜(bì)萝秋月:泛指山林中的景致。薜:薜荔,常绿藤本植物。萝:松萝,地衣类植物,常大批悬垂于高山针叶林木枝干间。以上二句是说,自己出仕后非但事业无成,而且牺牲了隐居生活的乐趣。

④囊锥:放在袋子里的锥子。战国时,秦国围攻赵国,赵公子平原君赴楚国求援,欲挑门下食客文武俱备者二十人随行。毛遂自荐,平原君说:有才能的人处在世上,好比锥子装在袋子里,锥尖立刻就露出来。("譬若锥之处囊中,其末立见。")而先生您在我门下已经三年,却没有什么名气,可见您无能,您还是留下吧。毛遂则说:我现在才请求您把我装进袋子。假如早把我装进袋子,整个锥子都脱落出来了,岂止是锥尖露头呢? 于是平原君便让他随行。在这次外交活动中,毛遂果然大显身手,全靠他的胆略,平原君才得以完成使命。事见《史记·平原君列传》。刚要:硬要、强要。

⑤不道:不顾。甚:什么。以上二句为自嘲语气:想当初,自家硬是要在政治上出头露角(指别人多缩头缩脑,自己却挺身而出,反对与金人议和,并抨击秦桧等奸贼),也不看看是什么时候,什么世道! 这是用特殊方式来发泄自己因忠心为国反遭迫害而窝着的一腔怒火。

⑥巾车:有帷幔遮蔽车厢的车子。

⑧豺狼当辙:东汉顺帝时,大将军梁冀等专权,张纲斥之为"豺狼当路"。事见《后汉书·张纲传》。后人用来指称凶恶的坏人把持政权。当辙,横在车轮前。辙:本指车轮碾出的痕迹。以上二句是说,想驾车回乡隐居,可是秦桧等奸贼当道,自己被编管在新州,失去了人身自由,有家归不得。

本篇押用一部入声仄韵,韵脚是"别""月""节""辙"。

【品评】

本篇作于高宗绍兴十二年(1142)至十八年(1148)间,词人时当四十至四十六岁,在新州贬所。

胡铨因上书反对与金人议和,请斩秦桧等奸贼而得罪编管新州一事始末,参见上篇【品评】。据《宋史》本传记载,绍兴十八年(1148),新州守官又告发他"与客唱酬,谤讪怨望",于是他"罪"上加"罪",被谪往更为僻远蛮荒的吉阳军。宋朝制度,不许诛杀文臣,这已经是秦桧们所能采取的最严厉的迫害手段。所谓"谤讪",也就是诽谤,"罪"证何在?与词人之子同辈并有交往的学者王明清在所撰《挥麈后录》一书中作了披露——即这首词。词的末句骂秦桧等是"豺狼",他们阅后,怎不暴跳如雷?当时秦桧久为宰相,权势熏天,谁敢说他半句坏话!陆游《老学庵笔记》里录有一则趣事,颇能发人一噱:狂生毛文好议论时事,直言大骂,无所忌讳。不料有人在茶馆里凑近了来悄声问他可敢把"秦太师"怎么样,竟吓得他捂住耳朵,连道"放气(屁)放气(屁)",拔腿溜之大吉。时人慑于秦贼淫威而钳口噤声之状,由此可见一斑。将本篇放到这样的背景中去考察,我们便愈加清楚地看出:词人不愧是那个时代民族脊梁上的一节硬骨头!他这首词也不啻是刺向民族败类们心脏的一柄匕首、一杆投枪!

[宋]岳飞(1103—1142)

　　字鹏举,相州汤阴(今属河南)人。世代务农,家贫而力学。北宋末,应募投军,因战功由士兵升为军官。南宋高宗建炎元年(1127)至绍兴十年(1140),率所部南征北战,屡败金兵及金人傀儡政权的军队,金人也不得不承认:"撼山易,撼岳家军难。"累官至河南北诸路招讨使(河南、河北战区的司令官)。由于力主北伐,反对与金人议和,为推行投降政策的高宗、秦桧集团所忌,于绍兴十一年(1141)被解除兵权,"升"任徒有空名的枢密副使(最高军事机关的副长官)。金人酋长兀术对他既恨又怕,写信给秦桧说,一定要杀岳飞,才能与宋媾和。于是,秦桧等便诬陷他谋反,以"莫须有"的罪名将他秘密杀害在狱中。孝宗时,始平反昭雪,追谥武穆。宁宗时,追封鄂王。理宗时,改谥忠武。他不仅以军事著称,亦能文。有《岳武穆遗文》《岳忠武王集》等不同名目辑本。今存词三首,散见于本集、手书墨迹及其孙岳珂所纂《金陀粹编》。

满 江 红

　　怒发冲冠①,凭阑处、潇潇雨歇②。抬望眼,仰天长啸③,壮怀激烈④。三十功名尘与土⑤,八千里路云和月⑥。莫等闲、白了少年头⑦,空悲切⑧。　　靖康耻⑨,犹未雪⑩。臣子恨⑪,何时灭。驾长车踏破⑫,贺兰山缺⑬。壮志饥餐胡虏肉⑭,笑谈渴饮匈奴血⑮。待从头、收拾旧山河⑯,朝天阙⑰。

【注释】

　　①怒发冲冠:语出《史记·廉颇蔺相如列传》"怒发上冲冠"。形容怒

气冲天。夸张说头发直竖起来,冲顶住冠帽。冠:泛指帽子。

②凭阑:凭靠着(楼台的)栏杆。处:时。

③长啸:聚拢嘴唇,吐气发出长长的哨音。这是宣泄胸中愤懑的举动。

④壮怀:壮心,壮志。以上三句是说,抬头仰望天空,长吁胸中之气,心绪激烈不平。

⑤三十功名:指自己三十来岁便取得的功名成就。

⑥八千里路:泛指多年南北转战中走过的漫长路程。

⑦等闲:轻易,平常。

⑧空悲切:徒劳无益地悲哀悔恨。以上二句是自励语气:千万不要虚度青春年华,(否则)到老来追悔莫及!

⑨靖康耻:指钦宗靖康二年(1127)金人灭北宋,掳走徽钦二宗、后妃宫女、百官工匠以及大批文物珍宝、国库积蓄,给汉民族造成的奇耻大辱。

⑩犹未雪:还未洗刷干净。

⑪臣子:封建时代的官员称皇帝为"君父",与此对应,自称"臣子"。

⑫长车:战车。春秋时期,战争主要是车战。后来逐渐被步战、骑战代替。这里"驾长车"云云,是沿用古典而非纪实。

⑬贺兰山:在今宁夏与内蒙古交界处,长约三百里。古代北方民族称驳马(毛色斑杂的马)为"贺兰",此山林木青白相间,远望如驳马,故名。当时在西夏境内。在金人入侵之前,西夏曾是侵扰北宋边疆地区的主要的少数民族政权,双方战事频繁,故北宋姚嗣宗有"踏破贺兰石"的诗句(见宋洪迈《容斋随笔》等多种笔记杂著)。本篇"踏破贺兰山缺"云云,即从姚诗化出。不过,"贺兰山"已转用为金人本土内军事屏障的代名词。这句句式比较特殊,"破""缺"二字同义反复,即把贺兰山踏破缺的意思。指不但要把金兵驱逐出境,还要乘胜突破其本土内的防线,彻底摧毁他们的军事力量。

⑭餐:(当饭)吃。胡虏:对金兵的蔑称。古代汉人将北方少数民族统称为"胡"。

⑮匈奴:古代北方的一个少数民族。两汉时期曾多次南侵,是汉王朝

的心腹大患。这里借指金人。王莽篡汉改称新朝期间,校尉韩威自请率军抗击匈奴,并说不用带一斗军粮,"饥食虏肉,渴饮其血"。事见《汉书·王莽传》。以上二句即由韩威语化出。

⑯从头:重新。收拾:收复。旧山河:过去属于大宋的国土。

⑰朝:朝拜。指臣子拜见君王。天阙:皇城宫阙。这里指北宋故都东京的宫阙。以上二句是说,等着吧,我一定要夺回中原失地,在东京的宫阙朝见天子(意即要让君王能够回到原先的都城)!在封建时代,皇帝和京都是国家的象征,爱国和忠君是联系在一起的。

本篇押用一部入声仄韵,韵脚是"歇""烈""月""切""雪""灭""缺""血""阙"。

【品评】

高宗绍兴四年(1134)八月,三十一岁的岳飞因赫赫战功升任清远军节度使(高级将领的虚衔)、湖北荆襄潭州制置使(湖北、湖南战区的司令官)。词中有"三十功名"语,当作于此后不久。其时,一场急雨刚刚止息,但词人伫立高楼,凭栏远眺之际,却心潮澎湃,久久不能平静。回顾多年来千里转战的艰苦历程,他将在别人眼里如泰山般巍峨的功名富贵看得像尘土一样微不足道;展望前面的人生之路,他对自己所坚持的抗金大业充满了必胜的信念。他要趁着年富力强的时候,率领他的"岳家军"杀开敌人的重重防线,直捣侵略者的巢穴,雪洗祖国横遭金兵铁蹄蹂躏的耻辱,从强盗手中夺回沦陷的北方领土。这首气壮山河的词,是他的心声,也是当时汉族全体人民的共同心声。时过境迁,词中所反映的民族矛盾斗争的具体内容已成为历史旧账,两个仇杀达一世纪之久的民族,其后世子孙早就握手言欢,融洽地共处于中华民族大家庭里。正因为如此,这词强烈的爱国主义精神,已不属于汉民族独有,而上升为我们整个中华民族的精神财富。在鸦片战争以来中国各族人民反对外来侵略的历次生死搏斗中,特别是在抗日战争那八年峥嵘岁月里,此词曾经起到过巨大的激励人心的作用。这个确定无疑的事实,就是明证。

小 重 山

　　昨夜寒蛩不住鸣①。惊回千里梦②,已三更。起来独自绕阶行。人悄悄③,帘外月胧明④。　　　　白首为功名。旧山松竹老⑤,阻归程⑥。欲将心事付瑶琴⑦。知音少,弦断有谁听。

【注释】

　　①寒蛩(qióng):深秋时的蟋蟀。

　　②惊回:惊醒。千里梦:远行的梦。这里当指梦回故乡。当时,作者的故乡在金人占领区。

　　③人悄悄:静寂无人声。

　　④月胧明:指月为微云所遮,朦朦胧胧,不很明亮。

　　⑤旧山:故乡的山。

　　⑥阻归程:回乡的道路被阻隔。

　　⑦瑶琴:有玉石为装饰的琴。瑶:美玉。

　　本篇押用一部平韵,韵脚是"鸣""更""行""明""名""程""琴""听"。又,"悄""老""少"同韵,或是有意添押一部上去声仄韵为辅韵,以增加全词的声韵之美。

【品评】

　　本篇约作于高宗绍兴十一年(1141)九月,是年岳飞三十八岁。当时,在高宗支持下,秦桧等卖国贼正紧锣密鼓地与金人议和,岳飞等力主抗战的爱国将领被解除了兵权。他因忧国、怀乡而难以安眠,半夜从梦中惊醒,起身独自一人在朦胧月色中徘徊。恢复中原,功业无望;故乡沦陷,无田可归;忠愤填膺,无处倾诉,只能发一声长叹:"欲将心事付瑶琴,知音少,弦断有谁听?"千载之下,读之令人泫涕。

[宋] 朱淑真

南宋高宗绍兴年间在世,号幽栖居士,杭州钱塘人。聪慧好学,才貌俱佳。但被父母嫁给了一个俗吏,婚姻十分不幸,抱恨终身。她能诗擅词,多抒写抑郁伤感的情怀,凄惋动人,在宋代便传诵不辍。又工书画,明清时期尚有零星墨宝流传。有《断肠诗集》《断肠词》,均为后人所辑。"断肠"之名,也是辑者据其作品的内容和情调而代拟。今存词二十余首。

清 平 乐

风光紧急①。三月俄三十②。拟欲留连计无及③。绿野烟愁露泣。　　倩谁寄语春宵④。城头画鼓轻敲⑤。缱绻临歧嘱咐⑥,来年早到梅梢⑦。

【注释】

①紧急:指迅速流逝。

②俄:顷刻。以上二句是说,春光过得太快,转眼间便到了三月三十日。古以农历的正、二、三月为春季,小月二十九天,大月三十天,三月三十日是春季的最后一天。唐贾岛《三月晦日寄刘评事》诗:"三月正当三十日,风光别我苦吟身。劝君今夜不须睡,未到晓钟犹是春。"朱词由此化出。

③拟欲:想要。留连:阻滞。这里是使动用法,且省略了宾语"春光"。意即让春光滞留住,不要匆匆离去。计无及:无法办到。

④倩(qìng):请,央求。寄语:传话,捎口信。春宵:春夜。

⑤画鼓:装饰华美的鼓。古代城楼上设钟鼓,用以向大众报告时间。

由于"春宵"是被"画鼓"声声送走的,故词人设想,就请那鼓声替我向"春宵"叮嘱几句。

⑥缱绻(qiǎnquǎn):形容情意缠绵。临歧:临别。歧:分叉。同行的人由于终极去向不同,就在岔路口分别,"临歧"本指这种情况;后来语义范围扩大,送行而分别,也用此语。

⑦梅梢:梅树的枝梢。梅:初春即开花,而最先开放的蓓蕾又在树梢,故词人嘱咐"春宵"说:"来年早到梅梢!"

本篇上片押用一部入声仄韵,句句皆叶;下片改用一部平韵,韵脚是"宵""鼓""梢"。

【品评】

春天,是一年四季中最美好的时光。古今中外,不知有多少诗人为它的到来而欢唱,为它的离去而悲吟。朱淑真这首清婉的小词,属于后者。在春天的最后一个白昼和夜晚,词人以女性特有的那份缠绵,用她那支纤柔细腻的笔,写下了自己惜春、送春的一往深情。上片的场景是清晨郊陌,绿茵般的原野铺向天边,烟霭氤氲,珠露晶莹,似乎大地也在愁苦着、哭泣着与春天诀别。这种移情于物的对象化描写,比用主观的口吻直接抒情,韵味更加隽永。况且绿野无垠,景象阔大,借用它来作为载体,也使女词人那本来难于测量的无限惜春愁情得以充分而形象地展现。下片的场景转到深夜闺阁,艺术手法愈出愈奇了:将春天拟人化,欲向它寄语,这是一奇;而所请的传话者,竟是城上报时的更鼓,这又是一奇;至于口信的内容,则更为想入非非,居然央求春天明年务必早早降临人间!如此构思,波诡云谲,环环相扣,句句精彩,不由你不拍案叫绝。

[宋]甄龙友

字云卿,温州永嘉(今属浙江)人。高宗绍兴二十四年(1154)进士。曾任知县、添差州通判、国子监主簿(国家最高学府内掌管账簿、钱谷收支等事务的官员)等。放浪形骸,滑稽善谈谑。今存词四首,散见于宋赵闻礼编《阳春白雪外集》、何士信编《草堂诗馀后集》、元刘应李辑《新编事文类聚翰墨大全》、盛如梓撰《庶斋老学丛谈》。

霜 天 晓 角

题 赤 壁①

峨眉仙客②。四海文章伯③。来向东坡游戏④,人世间、着不得⑤。　　去国⑥。谁爱惜。在天何处觅⑦。但见尊前人唱⑧,前赤壁、后赤壁⑨。

【注释】

①赤壁:见前苏轼《念奴娇》注①。

②峨眉仙客:谓苏轼。其家乡眉山(今属四川)在峨眉山东北。宋曾敏行《独醒杂志》载,徽宗时,有道士说苏轼本是天上主宰文章的奎宿星官。

③四海文章伯:唐孙逖《故右丞相赠太师燕文贞公挽词》:"海内文章伯。"文章伯:文学宗师。

④东坡:神宗时,苏轼因政见与当权的新党不合,遭到新党中某些品质恶劣的人罗织陷害,以作诗讽刺新法、讪谤朝政的罪名,于元丰二年(1079)被逮入狱。次年贬往黄州。在黄州,因经济拮据,饮食不足,友人为他申请到了几十亩荒地,耕种自给。地在城东,有一高垅,故苏轼称它

为"东坡"。参见苏轼《东坡》诗自序及宋施元之、顾禧《注东坡先生诗》。

⑤着不得：安放不下。以上四句说，苏轼是大文豪、谪仙人，来黄州东坡，不过是偶然游戏罢了，人世间本来就容纳不了他。

⑥去国：离开京城。指遭到贬谪。

⑦以上三句是说，苏轼在世时得不到朝廷的爱惜，竟被逐出京师；如今他已回到天上，无处寻觅了。

⑧但见：只见。尊前：指宴会上。尊：酒杯。

⑨神宗元丰五年（1082）七月十六日和十月十五日，苏轼两次泛舟游赤壁，创作了传诵千古的《前赤壁赋》和《后赤壁赋》。按，南宋时，这两篇赋多次被词人改编入乐，广为传唱。如曹冠尝以《哨遍》词调隐括《前赤壁赋》，见其《燕喜词》；林正大尝以《酹江月》词调隐括前后《赤壁赋》，见其《风雅遗音》；又有无名氏以《秋霁》《贺新郎》二调隐括前后《赤壁赋》，见《类编草堂诗馀》。

本篇押用一部入声仄韵，韵脚是"客""伯""得""国""惜""觅""壁"。

【品评】

黄州赤壁本非"三国周郎赤壁"，世俗讹传，冒名顶替，毕竟是"山寨版"，诳不过门槛忒精的历史考据家们。然而北宋文坛泰斗苏轼的二赋一词，却为它赢得了"文赤壁"的美称，其知名度绝不在周瑜一把火烧得曹操"樯橹灰飞烟灭"的"武赤壁"之下。可见政治、军事固然是重要的历史活动，而文学创作的历史功能也不容忽视。因此，登临历史文化胜地，缅怀历史文化名人，亦是诗词创作的一项特别内容。甄龙友这首小令，便是此类题材中的优秀之作。

下片的笔法尤为隽妙。"去国谁爱惜"，为一代文宗生前的坎坷遭遇而愤愤不平，这是一条线索；"在天何处觅"，为哲人其萎，今不可见而怅怅不已，这又是一条线索。"但见尊前人唱，前赤壁、后赤壁"，两条线索至此绾作一股，加以收束：统治集团不惜，自有社会士庶爱重——东坡先生九泉之下可以瞑目矣！其人虽驾鹤西去，而文字却长留天地之间——

东坡先生之文学精神为不死矣！寥寥二十余字,竟能一波三折,可谓善于顿挫。

[宋]陆游（1125—1210）

字务观,号放翁,越州山阴(已废入今浙江绍兴)人。生当北宋灭亡之际,少年时期就深受父辈爱国思想的熏陶。高宗绍兴二十三年(1153)至二十四年(1154),参加进士考试,成绩优异,在秦桧之孙秦埙之上,因此遭到秦桧的嫉恨,竟被黜落。孝宗时,始蒙赐进士出身。历事高宗、孝宗、光宗、宁宗四朝,曾多次被罢免,又重新得到起用,官至秘书监。他一生力主北伐抗金,但屡遭当政者的压制,壮志未酬。他是南宋,也是整个中国历史上最伟大的爱国主义诗人之一。著有《剑南诗稿》《渭南文集》《南唐书》《老学庵笔记》等。他的词,成就虽未可与其诗相提并论,但也不愧为名家手笔。今存词一百四十余首,有《放翁词》《渭南词》等不同名目版本。其中爱国之作悲壮慷慨,隐居之作飘逸高妙,爱情之作流丽缠绵,题材较广泛,风格也富于变化。

卜 算 子

咏 梅

驿外断桥边,寂寞开无主①。已是黄昏独自愁,更着风和雨②。　　无意苦争春③,一任群芳妒④。零落成泥碾作尘⑤,只有香如故⑥。

【注释】

① 开无主:杜甫《江畔独步寻花七绝句》诗其五:"桃花一簇开无主。"唐李群玉《山驿梅花》诗:"生在幽崖独无主。"

②更着:更值,更遇到。

166

③苦:用如程度副词,"竭力"的意思。争春:喻指争宠于君王。

④一任:听凭,任随。群芳妒:宋扬无咎《蓦山溪·和婺州晏倅酴醾》词:"天姿雅素,不管群芳妒。"喻指朝中各种小人的嫉恨。

⑤碾作尘:王安石《北陂杏花》诗:"纵被春风吹作雪,绝胜南陌碾成尘。"

⑥如故:依旧,和过去一样。

本篇押用一部上去声仄韵,韵脚是"主""雨""妒""故"。下片"春""尘"亦同韵,虽未必是有意为之,但客观上也造成了平仄两部韵错综交织的声情效果。

【品评】

偏僻的驿站外,荒凉的断桥边,一株梅花寂寞地开放着。它野生野长,没有人栽培,没有人护理,没有人爱惜,也没有人欣赏。在苍茫的暮色中,它独自默默地咀嚼着愁苦,这已经够辛酸的了,可偏偏更遭到风雨的摧残!它本无心与百花争夺春光,因此,任凭它们妒嫉而毫不介意。它的花瓣将随着风吹雨打凋零陨落,化为泥土并被路上的车轮碾作尘埃,惟有它那清幽的香气还会一如既往,永不改变!"似花还似非花"(苏轼《水龙吟·次韵章质夫杨花词》)。词人"咏"的是"梅",但所"咏"不仅在"梅","梅"实是他人格的化身。驿外断桥,黄昏风雨,正象喻着他一生的艰难政治处境和他所遭受的严酷政治打击;争春无意,妒任群芳,正写照了他不屑媚俗邀宠,有别于一般官僚政客们的傲岸性格;成泥作尘,香犹如故,正凸印出他即便粉身碎骨也还是要坚持爱国理想、民族气节、君子操守的顽强意志。中国古代的咏物诗,自屈原《橘颂》开始,就有以贞木劲草比拟正人直士,借嘉卉幽芳歌颂高风亮节的优良传统。这种优良传统,在陆游此词中又得到了一次完美的体现。

[宋] 范成大 (1126—1193)

字致能,号石湖,平江府人。绍兴二十四年(1154)进士。历事高宗、孝宗、光宗等三朝,累官至参知政事。素有文名,尤工诗,与尤袤、杨万里、陆游并称"中兴四大诗人"。著有《石湖集》。亦能词,今存词一百余首,集名《石湖词》。

秦 楼 月①

楼阴缺②。阑干影卧东厢月③。东厢月。一天风露④,杏花如雪。　　隔烟催漏金虬咽⑤。罗帏暗淡灯花结⑥。灯花结。片时春梦⑦,江南天阔⑧。

【注释】

①秦楼月:《忆秦娥》的别名。因李白所作有"秦娥梦断秦楼月"句,故称。本篇咏及"楼"与"月",内容与调名有一定关联。

②楼阴缺:从楼的背光面看,楼体有缺口(实即楼上屋檐下的廊台)。

③阑干影:楼上廊台栏杆的投影。东厢:楼东面的厢房。厢:正房左右两边的偏屋。

④一天:满天。

⑤漏:古代计时装置"铜壶滴漏"的漏滴。金虬:金龙。铜壶滴漏上的造型,漏水即由金龙口中滴下。虬:没有角的龙。咽:指滴漏的声音断断续续。

⑥罗帏:罗帐。灯花结:灯芯残烬蜷曲如花。在这种情况下,灯光会变暗。

⑦片时:片刻。

⑧以上二句,用唐岑参《春梦》诗:"枕上片时春梦中,行尽江南数千里。"

本篇押用一部入声仄韵,韵脚是"缺""月""月""雪""咽""结""结""阔"。

【品评】

如果要拎出几个关键字来标示这首词,那么该是"春夜闺思"。这是唐五代以来的传统题材,好比竞技体操的"规定动作"。难得他每个动作都如此完美,几乎无懈可击。上片写室外的夜景,警策是"阑干影卧东厢月"。月光从楼阴缺处射下,将阑干投影到东厢房前的地面。这意境已很美了;却不直说,用一"卧"字,化"阑干影"之被动为主动,更美得令人心醉。下片转入室内。"灯花"在古代风俗中是报喜的吉兆,屡见唐宋诗词,如唐韩愈《咏灯花同侯十一》诗:"更烦将喜事,来报主人公。"宋彭汝砺《和济叔灯花》诗:"羁妇争持喜信归。"黄庭坚《阮郎归》(退红衫子乱蜂儿)词:"夜来算得有归期,灯花则甚知。"皆是其例。"灯花结"矣,则远行的夫婿归来在即;而女主人公却等不及,梦中还去寻他。其情感之浓烈,就含蓄在这一关节的设置之中。通篇没有花一点笔墨对思妇形象作正面描摹,只从景物、环境等侧面去渲染,烘托。末二句化用唐诗以叙事,而所叙之事又属虚无缥缈的梦,迷离惝恍,艺术手法十分别致。

[宋] 张孝祥 (1132—1169)

字安国,号于湖居士,和州乌江(今安徽和县乌江镇)人,寓居芜湖(今属安徽)。高宗绍兴二十四年(1154)进士,殿试第一。尚未授官,即上书请求昭雪岳飞冤案,为秦桧所忌恨。高宗朝,累官至知抚州(今属江西)。孝宗朝,历知平江府(今苏州)、建康府(今南京),因力主抗金,遭主和派弹劾罢官。后被重新起用,累官至知荆南府(今湖北江陵)兼荆湖北路安抚使(本路军政长官),在任兴修水利,政绩颇著。致仕归乡,病卒,年仅三十七岁。著有《于湖居士文集》。工诗文,善书法,而尤长于词。今存词二百二十余首,有《于湖先生长短句》《于湖居士乐府》《于湖词》等不同名目版本。其词清旷潇洒处酷似苏轼,而爱国诸作悲壮激越,堪称辛(弃疾)派的前驱。

六 州 歌 头

长淮望断①,关塞莽然平②。征尘暗,霜风劲,悄边声③。黯消凝④。追想当年事⑤,殆天数⑥,非人力,洙泗上⑦,弦歌地⑧,亦膻腥⑨。隔水毡乡⑩,落日牛羊下⑪,区脱纵横⑫。看名王宵猎⑬,骑火一川明⑭。笳鼓悲鸣⑮。遣人惊⑯。　　念腰间箭⑰,匣中剑,空埃蠹⑱,竟何成⑲。时易失⑳,心徒壮㉑,岁将零㉒。渺神京㉓。干羽方怀远㉔,静烽燧㉕,且休兵㉖。冠盖使㉗,纷驰骛㉘,若为情㉙。闻道中原遗老㉚,常南望、翠葆霓旌㉛。使行人到此㉜,忠愤气填膺㉝。有泪如倾㉞。

【注释】

①长淮:即淮河。自从"绍兴和议"签订,它已成为宋金双方的东部

170

分界线。望断:望极。

②莽然:形容草木茂盛,野色迷茫。以上二句是说,极目远望淮河一线,边防关塞隐没在茫茫草色树影中,看不分明。

③以上三句是说,军队调动中人马蹴起的尘土昏暗一片,秋风劲吹,边防线上寂静无声。这是渲染金人重兵压境时宋军前沿阵地上肃杀、凝重的氛围。

④黯:形容人的神情悲哀暗淡。消凝:消魂、凝魂的缩语,指伤心发愣。这句写自己默默神伤。

⑤当年事:指钦宗靖康年间金人南侵、北宋覆亡之事。

⑥殆:大概是,恐怕是。天数:天意,命运。

⑦洙(zhū)泗:古代洙、泗二水自今山东泗水县北合流西下,至曲阜北,又分为二水。曲阜:春秋时为鲁国的都城。洙、泗之间,是孔子当年聚徒讲学的地方。上:边。

⑧弦歌地:相传孔子曾整理编订过《诗经》,并用来教育学生,在琴、瑟等弦乐器的伴和下歌唱。由于孔子的教化,鲁地礼乐教育之风甚盛,据《史记·儒林列传》记载,汉高祖刘邦攻灭项羽后举兵围鲁时,鲁地的儒生还在讲习礼乐,"弦歌之音不绝"。

⑨膻腥:羊臊气。金人本是游牧民族,以羊肉为主食。以上六句是说,回想当年中原落入金人之手一事,或许是天命注定,并非人的力量所能左右,就连当年孔子讲学的文明之地,如今竟也弥漫着金人的臊臭气息!前三句未必是词人由衷之言,由于不便公然提出北宋君主应对神州沦亡之事负责,他只好这样说。"殆"字的不确定语气很值得玩味。后三句是举一鲁地作典型,概言本朝文明礼义之邦,凡金人所到之处,无不横遭玷污,是可忍,孰不可忍!

⑩毡乡:毡,指用羊毛毡制作的帐篷,游牧民族所居,易建易拆,便于迁徙。

⑪这句从《诗·王风·君子于役》篇"日之夕矣,羊牛下来"二句化出,指太阳落山时牛羊归圈。

⑫区(ōu)脱:匈奴语,侦察、警戒用的土室。这里指金军的哨所。以

上三句是说,淮河对岸已成了金人聚居之地,金兵的哨所纵横密布。

⑬名王:本指匈奴族中有名的王,这里借指金人的酋长、将帅。宵猎:夜间出猎。

⑭骑火:骑兵队伍的火把。一川明:照亮了整个川原。川:平陆。

⑮笳鼓:见前贺铸《六州歌头》注㉙。这里指金人的军乐。

⑯遣:使。以上四句写金军的骑兵在淮河北岸耀武扬威。古代军队出猎,往往带有军事演习的意味。

⑰念:想到。腰间箭:腰带上悬挂着的箭袋里的箭。

⑱埃蠹:被尘埃封裹,被蛀虫蛀蚀。指长久搁置不用。

⑲竟何成:《后汉书·耿弇传》载汉光武帝刘秀说:"有志者事竟成也。"这里反用其语,说自己虽报国有志,却事业无成。竟:终究。何成:做成了什么事?以上四句自伤英雄无用武之地,不能在抗金斗争中建立功勋。

⑳时易失:时间容易流失,或时机容易错过。

㉑心徒壮:空有雄心壮志。

㉒岁将零:一年将要结束。解作"年岁将暮",似亦可通。以上三句感叹流年似水,壮志难酬。

㉓渺:形容遥远。神京:京城。这句是说,离故都东京还很远。指收复中原的事业未能有所进展。

㉔干(gān):盾牌。羽:翟羽,即野鸡的长尾。都是古代舞蹈者手执的道具。相传上古时,南方的有苗族叛乱,舜帝派禹去征伐,历时三十天,却未能平服。后停止用武,改修文德,"舞干羽"(使舞蹈者手执盾牌、翟羽而舞),七十天后,有苗族终于归顺。事见《尚书·虞书·大禹谟》。方:正。怀远:安抚边远地区的民族或民众。

㉕静烽燧(suì):止熄烽火。烽燧:古代军事报警信号。有敌军来犯时,前方守军在高台上点燃烟火。稍后方烽火台上的军士望见后,也照此办理。这样一站站地迅速将信号传报给后方,便于军事指挥系统及时派兵驰援。

㉖且休兵:姑且罢兵停战。以上三句是说,朝廷正在改变政策,暂停

对金人用兵,而以文德去感化敌人。因不便直接指斥朝廷放弃抗战的方略,向金人屈膝求和,故只好用婉词微加讽刺。

㉗冠盖使:戴着官帽、乘坐马车的外交使臣。盖:车上的遮伞,这里代指车。

㉘驰骛(wù):奔驰忙碌。

㉙若为情:何以为情。以上三句是说,朝廷派去向金人求和的使臣们纷纷往来奔走,不知他们是怎样的心情!(难道不羞耻么?)

㉚闻道:听说。遗老:前朝遗留下来的老人。北宋灭亡已三十多年,当时的成年人在金人统治下挣扎了这么多个春秋,而今已老,更不用说当时的老人了。

㉛南望:向着南方盼望。翠葆霓旌:指皇帝的车驾。翠葆:用翠鸟羽毛为装饰的车伞。霓旌:有云霓图案的旗帜。以上二句用转述语写沦陷区的父老们迫切希望南宋皇帝能带着本朝的军队打回北方来,拯救他们,赶走金人。后若干年出使金邦的范成大、韩元吉等爱国诗人,在自己的作品里描写过同样的情形。范诗《州桥》曰:"州桥南北是天街,父老年年等驾回。忍泪失声询使者,几时真有六军来?"韩诗《望灵寿致拜祖茔》曰:"殷勤父老如相识,只问天兵早晚来。"可与本篇对读。

㉜北宋李冠有两首《六州歌头》,《骊山》一首末云:"使行人到此,千古只伤歌。事往愁多。"《项羽庙》一首末云:"遣行人到此,追念痛伤情,胜负难凭。"与张孝祥同时的袁去华也有《六州歌头·渊明祠》,末云:"使行人到此,感叹不胜悲,物是人非。"这三首词,此句略同,"行人"都指过路人。张词亦用此句格,但"行人"可作双关语理解。解作"过路人"(与前引三词一样,实际是指自己),可通。取其另一义项,解作"外交使节",亦可通,因为上文"闻道"三句就是转述入金执行外交任务者的见闻。

㉝填膺:塞满胸腔。膺:胸。

㉞如倾:像泼水一样,极言伤心之甚、眼泪之多。

本篇押用一部平韵,韵脚是"平""声""凝""腥""横""明""鸣""惊""成""零""京""兵""情""旌""膺""倾"。

【品评】

此词约作于孝宗隆兴元年(1163)秋,是年词人三十一岁。

自高宗绍兴十一年(1141)与金人签订第二次"绍兴和议"后,南宋朝廷已接受了金人占领中原的既成事实,向金人俯首称臣,岁贡大批银、绢,换取苟安。孝宗即位初,力图改变这屈辱状况,起用抗战派大臣张浚,于隆兴元年兴师北伐。由于准备不足,加上前线将帅失和,北伐军先胜后败,溃于符离(今安徽宿州)。遭此挫折,孝宗便动摇起来,朝中主和派势力重占上风,又开始派遣使臣与金人谈判,酝酿新的"和议"。词人本是坚定不移的主战派,他眼见金军铁骑猖狂驰骋于淮上,耳闻中原父老日夜盼望着王师,想到自己有志报国却无路请缨,不禁痛心疾首,热泪夺眶,于是写下了这首令人热血为之沸腾的悲壮词篇。如此一百四十三字的长调,词人濡染如椽大笔,一气呵成,激动的心潮与跳荡的旋律配合得非常完美。据宋无名氏《朝野遗记》,词人在"建康留守(南宋在建康有行宫,设"留守"一职,由知府兼领)席上"赋此词,"歌阕,魏公(即张浚)为罢席而入"。可见其艺术感染力之强烈。清代著名文学理论家刘熙载在其所撰《艺概·词曲概》中倡言"词莫要于有关系"(即词篇没有比关系到国家、民族大事更重要的),所标举的两个典范,一个是前选张元幹《贺新郎》,另一个就是张孝祥此篇《六州歌头》。

念 奴 娇

过 洞 庭①

洞庭青草②,近中秋、更无一点风色③。玉鉴琼田三万顷④,着我扁舟一叶⑤。素月分辉⑥,明河共影⑦,表里俱澄澈⑧。悠然心会⑨,妙处难与君说⑩。　　应念岭海经年⑪,孤光自照⑫,肝胆皆冰雪⑬。短发萧骚襟袖冷⑭,稳泛沧浪空阔⑮。尽吸西江⑯,

细斟北斗^⑰,万象为宾客^⑱。扣舷独啸^⑲,不知今夕何夕^⑳。

【注释】

①洞庭:中国第二大淡水湖。在今湖南北部、长江南岸,与长江相通。

②青草:青草湖,在洞庭湖南,水涨时则与洞庭相接。湖之南有青草山,故名。

③更无:绝没有。风色:风的迹象。如树枝摇动、水波荡漾之类。

④玉鉴:鉴,本义是青铜制的大盆。在铜镜未问世前,古人以鉴贮水,观察仪容;战国以后,铜镜盛行,人们亦称镜为"鉴"。琼田:琼,美玉。

⑤着:点缀,安置。扁(piān)舟一叶:唐虞世南《北堂书钞·舟部》引《湘州记》:"绕川行舟,遥望若一树叶。"苏轼《前赤壁赋》:"驾一叶之扁舟。"扁舟:小船。

⑥素月:素,白色的生绢,引申指白色。分辉:月亮倒映水中,光辉分身为二,故云。

⑦明河:银河。共影:银河与它在水中的倒影共存并见,故云。

⑧表:外,指天空。里:内,指湖水。澄澈:纯净透明。

⑨悠然:形容闲适。心会:心领神会。

⑩与:为、向。以上二句是说,洞庭仲秋夜色的美妙,以及其所包含的玄机,我已领悟于心,却难以用语言来向别人述说。君:指词人意念中的今后将读到这首词的友人。

⑪应念:这里主语、宾语都省略了。揣摩其语气,似承上片结句,仍用第二人称,即"君应念我"。岭海:广南西路地区,在五岭和南海之间。经年:满一年以上。词人于孝宗乾道元年(1165)出知静江府(今广西桂林)并兼广南西路安抚使,七月到任,二年(1166)六月罢官离任。

⑫孤光:月光。自照:以明月为镜,照见自我。

⑬以上三句是说,自己在广西远宦一年,虽然孤独,却坚持操守,襟怀坦白,肝胆皆如冰雪一般明洁。这一点,知心的朋友当能想见并理解。词人此次因遭谗言而罢官,不是正常调离,故在这里剖明自己的心迹。

⑭短发:自言衰老,头上的长发多已脱落。萧骚:萧疏。形容稀落。

⑮泛：泛舟，乘船浮行。沧浪：形容水色青苍。浪，这里读平声。这句是说自己安稳地航行在青苍而空阔的洞庭湖上。

⑯唐代高僧马祖有"一口吸尽西江水"之语，指融贯万法（佛教所谓一切事理）。见宋僧道原撰《景德传灯录》。这里借用其字面，说自己要把西江之水当作酒浆，全部喝干。西江：指长江。长江自西来，与洞庭湖相会于今湖南岳阳。

⑰《诗·小雅·大东》篇云："维北有斗，不可以挹酒浆。"是说天上的北斗七星形状虽像一把长柄勺，却不能用来舀酒。屈原《九歌·东君》篇反其意而用之："援北斗兮酌桂浆。"这里从《九歌》化出，说自己要用北斗为勺来细细地斟酒。

⑱万象：泛指宇宙间的一切物象。

⑲扣舷：敲打船帮。扣，同"叩"。啸：这里是因适意而歌啸，与前选岳飞《满江红》因悲愤而"长啸"，情绪相反。

⑳《诗·唐风·绸缪》篇云："今夕何夕？见此良人！"是新婚之词，诗人赞美新娘道：不知今夜是什么好日子，我竟见到了这样的好人儿！苏轼《念奴娇·中秋》云："起舞徘徊风露下，今夕不知何夕！"张词与苏词意同，如仿《诗》例为它们补出下句，应是：今夕何夕？见此美景！

本篇押用一部入声仄韵，韵脚是"色""叶""澈""说""雪""阔""客""夕"。又，"顷""冷"同韵，分处在上、下片相互对应的位置上，或是有意添押一部上去声仄韵为辅韵，以增加全词的声韵之美。

【品评】

孝宗乾道元年，词人出知静江府并兼广南西路安抚使，在任颇有声绩。但由于朝中政敌进谗言攻击，次年便被罢官。北归途中，他于仲秋时节过洞庭湖，作此词纪游述志，时年三十四岁。

看，词人笔下的洞庭夜色是多么寥廓，多么美丽：秋高气爽，风平浪静。皎如玉镜、莹若琼田的三万顷湖面上，点缀着词人的一叶扁舟。银盘似的月亮，素练般的银河倒映在碧水中，天光湖影，上下空明，表里澄澈。置身在这样一个纯净无邪的境界，还有什么世俗人生的得失和烦恼不能消释呢？他想到自己年来在岭南海北的所作所为，无不是为了国家、民族，孤忠耿耿，一如眼前的中霄朗月，顿觉心安神怡，宠辱不复芥蒂于胸。于是，他要援北斗以为勺，挹西江以为酒，揖天地万物以为宾客，开怀畅饮，扣舷长啸，对彼清景，醉此良宵。从客观之构图来看，是万顷波光之大吞没了一叶孤舟之微，人在自然面前显得像芥子粒那么渺小；但就主观之抒情而言，却是词人的方寸心房吐纳着整个宇宙，万象受其调度，供其驱遣，"自然"匍匐在大写的"人"脚下。就在这虚、实两幅画面所呈现的"人"和"自然"的不同比例关系的对照中，本篇元气淋漓地展示了一种天人合一而人为主、天为奴的特殊的崇高美。

[宋] 京镗（1138—1200）

字仲远,号松坡居士,洪州(今江西南昌)人。高宗绍兴二十七年(1157)进士。历事高宗、孝宗、光宗、宁宗四朝,官至左丞相(宰相)。卒谥文穆,改文忠,复改庄定。著有《松坡集》。今存词四十余首,多长调,多次韵、和韵及咏岁时节令,词风与苏轼比较接近。集名《松坡词》。

水 调 歌 头

伏蒙都运、都大、判院以某新建驷马楼落成有日①,宠赐佳词②,为郡邑之光③。辄勉继严韵④,以谢万分⑤

百堞龟城北⑥,江势远连空⑦。杠梁济涉⑧,浑似溪涧饮长虹⑨。覆以翚飞华宇⑩,载以鱼浮叠石⑪,守护有神龙⑫。好看发源水⑬,滚滚尽流东⑭。　　司马氏⑮,凌云气⑯,盖群公⑰。当年题柱⑱,从此奏赋动天容⑲。果驾轺车使蜀⑳,能致诸蛮臣汉㉑,邛筰道仍通㉒。寄语登桥者,努力继前功㉓。

【注释】

①伏蒙:敬语,犹言"承蒙",而语气更加恭敬。伏:拜伏。都运:"都转运使"的简称。宋代各路(略相当于今天的"省")设转运使,经管本路财政赋税,监察本路地方官吏,并以官吏违法、民生疾苦等情况上报朝廷。兼管数路者,或其路战略地位重要而长官高配者,为都转运使。这里指成都府路转运使司的长官。都大:"都大主管成都府利州等路茶事兼提举四川等路买马监牧公事"的简称,主管以茶与西南少数民族交换马匹等事

宜。判院：中央某些具体事务（特别是财经事务）管理机构主管官员的泛称。这些机构及其主管官员的级别高下不等。宋代朝中官员出京担任地方上的差遣，每带有中央机构的虚衔。官场习惯，称其虚衔以示尊重。某：作者自指，犹言"镗"。驷马楼："楼"当是"桥"字形讹。成都城北原有清远桥，相传即古代的升仙桥。此桥至南宋时业已破旧，孝宗淳熙十六年（1189）十二月至光宗绍熙元年（1190）四月，身为四川安抚制置使兼知成都府（四川及成都地区的军政长官）的京镗将其翻修一新，改名驷马桥，并亲自撰写了《驷马桥记》。《记》见宋扈仲荣等编《成都文类》。按，晋常璩《华阳国志·蜀郡州治》载，升仙桥有送客观，汉司马相如初离蜀赴长安时，曾题词于此："不乘赤车驷马，不过汝下也。"意即不做大官誓不还乡。驷马：四马共套一车。京镗所改桥名，即用此事。落成有日：谓新桥竣工之日在望。

②宠：厚爱。

③郡邑：郡城。

④辄：特。勉：勉强，竭力。严韵：恭维对方的词用韵一丝不苟。据文义，京镗此词当是次韵之作，惜原唱今已不传。

⑤以上词序交待写作缘起，是一篇客套话，谓多蒙都运等同僚厚爱，写了优秀的词篇赐给我，先期祝贺新桥的建成。诸位的大作为本郡城增添了光彩。我特勉力步诸位后尘，写了这篇和词。深深谢意难以言表，这首词仅仅是其万分之一而已。

⑥百堞：形容成都城垣雄伟绵长。堞：城上凹凸状的矮墙。龟城：成都的别称。相传战国时，秦国大臣张仪初筑成都城，屡筑屡坍。后有大龟从江中出来，巫师教张仪按龟的行迹筑城，果然成功。见宋祝穆《方舆胜览·成都府》。

⑦江：指郫江，长江上游的支流，经成都北，折向南，与都江会合。

⑧杠梁：桥。济涉：徒步过水。这里是用拟人手法，将桥墩比作人的腿。

⑨浑似：简直像是。溪涧饮长虹："长虹饮溪涧"的倒文。旧题晋陶潜《续搜神记》有虹化为美丈夫，用金瓶汲水而饮的神话传说。

⑩翚(huī)飞:《诗·小雅·斯干》:"如翚斯飞。"翚:五彩的野山鸡。中国传统古建筑檐角翘起,犹如翚鸟振翅飞翔。华宇:华美的屋檐。这句是说,桥上有廊屋覆盖,屋角是华丽的飞檐。

⑪鱼浮:相传古高离国王侍婢生子名曰东明,善射箭。国王怕他夺位,要杀他。东明逃亡,用弓击水,鱼鳖浮而为桥,乃得以渡水当上扶馀国的国王。见唐欧阳询《艺文类聚·鳞介部·鳖》引晋鱼豢《魏略》。这句说,负载着桥身的是石块垒成的桥墩。

⑫南朝陈徐孝克《仰同令君摄山栖霞寺山房夜坐六韵》诗:"餐迎守护龙。"盖用佛教《孔雀王经》《大云经》中诸龙王护持佛法之说。京词转以龙为驷马桥的守护神。按,《隋书·高祖纪》开皇八年(588)伐陈诏中说,隋军益部(即成都)战船东下时,"有神龙数十,腾跃江流"。此说亦是京词之所本。

⑬发源水:自《尚书·禹贡》开始,古人即以为长江发源于蜀中的岷山。晋郭璞《江赋》:"惟岷山之导江,初发源于滥觞。"苏轼是蜀人,其《金山寺》诗亦曰:"我家江水初发源。"

⑭以上二句是说,站在驷马桥上,可以观赏刚发源不久的江水滚滚东流。

⑮谓司马相如(前179—前117)。相如字长卿,成都人。西汉著名文学家。

⑯《史记·司马相如列传》载,相如撰《大人赋》进献给汉武帝,武帝大悦,"飘飘有凌云之气"。这里借以形容相如气概轩昂,有雄心壮志。

⑰盖:压倒。

⑱题柱:见注①。按,宋李昉等编《太平御览·地部·桥》引《华阳国志》作司马相如题桥柱云云,与单行本不同。

⑲奏赋:《史记》本传载相如早年曾作《子虚赋》,武帝读后很赞赏,并叹恨自己与作者生不同时。狗监杨得意告诉武帝,此赋作者是他的同乡。于是武帝便召见相如。相如又作《上林赋》奏上,武帝大悦,任用相如为郎官(侍从)。动天容:使皇帝动容(内心有所激动,因而面部表情发生变化)。

⑳果：果真。轺（yáo）车：皇帝派出的使者所乘坐的轻车。使蜀：出使巴蜀。

㉑致：招来。诸蛮：指西南各少数民族。蛮：古代对南方民族的泛称。臣汉：向汉王朝称臣。

㉒邛（qióng）：邛都，在今四川西昌东南。筰（zuó）：筰都，在今四川汉源东南。都是汉代西南少数民族统治区。按《史记》本传，相如任郎官数年后，武帝派他作使者去安抚巴蜀地区；后又派他出使西南少数民族统治区，改善了汉王朝和这些民族之间的关系。诸少数民族首领都请求成为汉王朝的臣属，汉与邛、筰间已经断绝的道路自此重新畅通。以上三句叙此事。本传又载，他以天子使者身分乘车返蜀，地方官员自太守以下到郊外迎接，县令背负弓箭为他开道，蜀人以为荣耀。他终于实现了当年离蜀时发下的誓言。

㉓以上二句，词人寄语后来的登桥者，希望大家效法司马相如，奋发努力，继承前贤，再建功业。

本篇押用一部平韵，韵脚是"空""虹""龙""东""公""容""通""功"。

【品评】

本篇作于光宗绍熙元年（1190），是年词人五十二岁。

唐宋词里咏及司马相如其人其事的作品甚多，大抵皆着眼于他的文学才华以及他与卓文君的风流韵事；而本篇独取他在政治活动中的建树加以歌颂——见仁者仁，见智者智，如果说他人之词乃词人之词，那么京镗此词可谓政治实干家之词。词中所表现出的大汉族主义倾向，还有追求个人功名利禄的价值观念等，固不足取；但从另一个角度来看，作者是将个人奋斗放在顺应历史潮流，客观上符合国家和民族利益的大前提下来宣扬的，彼时彼地，词中充溢着的奋发进取精神，仍有一定的积极意义。

推崇前贤，目的在于激励后进；表彰古之登桥者，正是为了促使今之登桥者奋起。"寄语登桥者，努力继前功"，卒章显志，画龙点睛，词人重修此桥之旨，以"驷马"名桥之旨，并撰制此词之旨，遂昭然揭出。为山九仞,得此一篑土封顶,便耸出云霄之上,可以"一览众山小"(杜甫《望岳》诗)了。

以"长虹"拟"桥",是夸大;以"溪涧"拟"江",是夸小。"人定胜天"的主旨,就从这"大"和"小"的夸饰性对比中突出出来。他如"济涉"二字、"饮"字,也是词眼所在。就事实而言,江动而桥静,但果真据实道来,便无诗意。词人竟把桥写得能够迈开大步涉水过江,把桥写得似在张开大嘴吮吸湍流——"静"物"动"写,以"动"制"动",于是整个画面都活起来。

又,桥以"马"名,而词人在具体摹写与渲染时,更调动"翚""鱼""龙"等动物字面,且与上文"龟城"之"龟"字遥遥相应,亦见出他的匠心。尽管这些飞禽和水族均非真实的存在("翚""鱼""龟"分别物化,附属于"华宇""叠石"与"城","龙"则纯然出于虚拟),但它们作为一种语言符号,却能够顽强地自我表现,引发读者的丰富想象,使人仿佛看见翚飞于天,龟行于陆,鱼浮江面,龙潜水底,这就加倍地给"郫江长虹图"增添了勃勃生机。

有宋一代是封建社会文明与文化发展的一个新阶段,其表现形式之一就是州郡长官颇留意于整修古迹,新辟名胜;一旦大功告成,还要延请名士或亲自动手挥毫作记。因此,这类散文佳作层出不穷,如范仲淹的《岳阳楼记》,欧阳修的《丰乐亭记》,苏轼的《超然台记》,陆游的《铜壶阁记》等皆是。我们说南宋豪放派有"以文为词"的倾向,仅仅盯着他们词中的散文句法是不够的,还应当注意到散文题材对其词作的渗透。即以此词为例,它难道不是一篇协律押韵、入乐可歌的《驷马桥记》么?

[宋]杨冠卿(1139—1193后)

字梦锡,江陵(今属湖北)人。孝宗时,曾举进士。淳熙十年(1183)前后,任江州(今江西九江)都统制司掾官(当地屯驻大军总司令部里的文职辅佐官)。还做过某地知州,不知因何事被罢免。晚年曾侨居京城临安。他才华清隽,尤擅长于骈文,所作流丽浑雅。著有《客亭类稿》。张孝祥赞其"精深雄健"。今存词三十余首。

卜 算 子

秋晚集杜句吊贾傅①

苍生喘未苏②,贾笔论孤愤③。文采风流今尚存④,毫发无遗恨⑤。　　凄恻近长沙⑥,地僻秋将尽⑦。长使英雄泪满襟⑧,天意高难问⑨。

【注释】

①秋晚:秋暮,即农历九月。集杜句:集杜甫诗句。集句是古诗词中的一个特殊品种,作法为摘取前人诗文单句,拼集成篇。取资范围,可大可小,可以杂糅经史子集,也可以单用其中一部;可以广收上下古今,也可以只取某一断代;可以博撷百家群籍,也可以专采一人一书。总的要求是文意必须联贯,读起来如同自铸新词的创作。杜甫诗博大精深,向来为集句者所乐于取资。本篇八句依次摘自《行次昭陵》《寄岳州贾司马六丈巴州严八使君两阁老五十韵》《丹青引赠曹将军霸》《敬赠郑谏议十韵》《入乔口》《秦州杂诗》(二十首其十八)《蜀相》《暮春江陵送马大卿公恩命追赴阙下》等八首杜诗。吊:悼念死者。贾傅:即西汉著名政论家、文学家贾谊(前200—前168)。他是洛阳人,年少时就能通诸子百家之书。二十余

183

岁便得到汉文帝的赏识,被召为博士(职责是掌管典籍,在古今史事等方面接受皇帝的咨询)。一年之中,越级升为太中大夫(高级政治顾问)。文帝一度打算任用他为公卿(泛指高级执政官),但由于某些元老大臣进谗言加以排斥,他渐渐遭到文帝的疏远,终于被派到偏僻的长沙国(今湖南长沙一带)去做王太傅(诸侯王的辅佐官)。赴长沙途中渡湘水时,他曾作赋吊屈原,自抒政治失意之感。后改任梁怀王太傅。死时年仅三十二岁。事见《史记·屈原贾生列传》和《汉书》本传。因为他两次任诸侯王太傅,故称"贾傅"。

②苍生:百姓。喘未苏:在沉重的压迫下喘息而未能缓过气来。苏:劳苦困顿之后的休息。

③贾笔:贾谊的文笔。孤愤:本指因耿直孤行、不容于世而愤懑。战国时,韩非子曾撰《孤愤》篇。这里借用来说惟独贾谊一人为百姓的困苦而愤慨。《汉书》本传载,贾谊屡次上书议论政事,说当时事势"可为痛哭者一,可为流涕者二,可为长太息(长叹)者六"。其中论及民生疾苦道:"百人作之不能衣一人(供统治者一人穿衣),欲天下亡(无)寒,胡(何)可得也?一人耕之,十人聚而食之(指不劳而食者甚多),欲天下亡饥,不可得也。饥寒切于民之肌肤,欲其亡为奸邪(不干违反统治阶级利益的'坏'事),不可得也。"以上二句,指此事。

④文采风流:指贾谊的作品富有文采和神韵。今尚存:贾谊的名作,保存下来的计有《吊屈原赋》《鹏鸟赋》《过秦论》《陈政事疏》等。

⑤毫:毫毛。发:头发。以上二句是说,贾谊的文章十分完美,没有一丝一毫的遗憾。

⑥凄恻(cè):悲伤。

⑦以上二句是说,当此秋天行将结束的萧瑟之时,又步步接近长沙——贾谊过去贬谪所至的僻远之地,不禁悲从中来。

⑧长使:长久地使得。

⑨以上二句是说,像贾谊这样杰出的政治家、文学家,皇帝却不能充分信用,苍天又不肯赐他长寿,遂使历代英雄豪杰为之洒下同情的热泪,沾满衣襟,悲愤天意高远,捉摸不定。天意:参见前张元幹《贺新郎》注⑧。

184

本篇押用一部上去声仄韵,韵脚是"愤""恨""尽""问"。

【品评】

孝宗乾道四年(1168)秋至五年(1169)春,张孝祥知荆南府期间,词人从交广(今广州)前来,张氏为他的《客亭类稿》写了跋(见《于湖居士文集》)。据此推测,词人在由广州赴荆南府治所在地江陵的途中,当于乾道四年九月经过长沙。词或作于此时。词人时年二十九岁。

倘若将赋诗填词比作建房造屋,那么一字一字地写就好像是一砖一瓦地砌,而成句成句地搬用则俨然是现代化建筑施工,配套单元,整块吊装。如此说来,似乎"自撰"难而"集句"易。其实不然。因为现代化建筑中的成套单元,乃是按设计要求定做的,尺寸丝毫不差;而"集句"不啻是从各种不同规格的一幢幢楼房里去拆"单元",当然费事得多。勉强拼装成形,已属不易;更求其浑然一体,如之何不戛戛乎其难哉! 因此,清人贺裳曾说过:集句,作得好是"斑斓衣(彩衣)",作得不好则是"百补破衲(衲,僧衣)"(清邹祗谟《远志斋词衷》引述)。然而,学饱才富,以写集句诗词擅名的作家,历代仍不乏其人。南宋杨冠卿便是一个。他这首《卜算子》八音克谐,一气呵成,不愧为此体中的上乘之作。他在戴着镣铐打拳,抬手举足,动辄受掣的情况下,乃能招招中式,踢打自如,真令人赞叹。全词从字面上看是吊贾谊,底蕴则是自伤怀才不遇。贾谊的悲剧,包括词人自己在内的历代众多政治失意者的悲剧,往往就悲在封建帝王们好恶无常,不能真正信用那些忧国忧民而又多才多艺的志士仁人。"长使英雄泪满襟,天意高难问!"全词以此二句作结,可谓图穷而匕首见。杜甫之诗,达到了"沉郁顿挫"的极致。本篇"集杜句",虽章法平直,不足以当"顿挫",但"沉郁"二字还是作到了的。

[宋]辛弃疾(1140—1207)

字幼安,号稼轩居士,济南历城(今济南市历城区)人。出生于金占领区。高宗绍兴三十一年(1161),聚众两千,参加耿京所领导的北方农民抗金义军,为掌书记。次年,耿京被叛徒张安国等杀害,义军瓦解,他带领五十名骑兵突袭金营,在五万敌军中生擒张安国,并率部众渡淮河南归于宋。历事高宗、孝宗、光宗、宁宗四朝,担任过湖北、江西、湖南、福建、浙东等路的安抚使。他是当世难得的文武全才,南归后曾向朝廷提出一系列抗金北伐、收复中原的大计方略,但都未被采纳。在地方官任上,他勉力整顿经济,储备粮草,组建抗金武装,旨在积蓄力量,以应北伐之需,却一再遭到排斥打击,先后数次被降职罢官,闲居带湖(在今江西上饶)、瓢泉(在今江西铅山)乡里达二十余年之久。至韩侂胄执政,主持"开禧北伐",又不能委他以重任,仅用他作点缀。由于准备不足,仓促出兵,北伐招致惨败。为此奋斗一生的词人,终于因病抱恨而殁,享年六十七岁。他博学多识,善诗能文,而词名雄冠有宋一代。今存词六百二十余首,数量为两宋之最。有《稼轩词》《稼轩长短句》等不同名目版本。其中涉及抗金爱国的作品最为突出。间有山水田园、言情咏物、说理谈玄等多种题材,内容丰富。风格以悲壮雄浑为基调,亦不乏清新隽永、昵狎温柔、诙谐风趣、生动活泼等种种变化。刘克庄评其词曰:"大声鞺鞳(洪亮如钟声),小声铿锵(钟鼓杂奏之声),横绝六合(天地四方),扫空万古,自有苍生以来所无。"(《辛稼轩集序》)

青 玉 案

元 夕①

东风夜放花千树②。更吹落、星如雨③。宝马雕车香满路④。

186

凤箫声动⑤,玉壶光转⑥,一夜鱼龙舞⑦。 蛾儿雪柳黄金缕⑧。笑语盈盈暗香去⑨。众里寻他千百度⑩。蓦然回首⑪,那人却在,灯火阑珊处⑫。

【注释】

①元夕:即"元夜",见前欧阳修《生查子》注①。

②放:(吹)开。花千树:喻指满城到处是一簇簇彩灯,如千树繁花。唐张鷟《朝野佥载》载唐睿宗时元宵之夜,京城有灯轮高二十丈,燃五万盏灯,"簇之如花树"。

③星如雨:喻指焰火缤纷,自天而降。一说亦指灯火之盛。语本《春秋·庄公七年》:"星陨如雨。"

④宝马雕车:富贵人家装饰华美的车马。

⑤凤箫:古代管乐器有排箫,由许多根竹管组成,长短参差,形如凤翼,故称"凤箫"。又,《列仙传》有弄玉吹箫声如凤鸣的传说,参见前李白《忆秦娥》注②。这里泛指音乐。动:起。

⑥玉壶:喻指明月。唐朱华《海上生明月》诗:"轮抱玉壶清。"

⑦鱼龙舞:古代的一种杂戏,汉时已有之。据《汉书·西域传》唐颜师古《注》,戏所表演的是鱼龙变化。这里泛指元宵节夜的种种舞蹈杂耍演出。

⑧蛾儿雪柳:元宵节人们头上插戴的两种饰物,造型分别为飞蛾和柳条,用彩绢或彩纸制成。黄金缕:形容雪柳如金线。李清照《永遇乐》(落日熔金)词咏元宵,提到"捻金雪柳",可知雪柳又实有用金线搓捻而成者。

⑨盈盈:形容女性仪容姿态之美。暗香:隐隐、幽幽的香气。指女子所用化妆品、所穿熏香之衣、所佩香囊等散发出的气息。

⑩他:她。千百度:无数次。

⑪蓦然:突然。

⑫阑珊:零落,稀疏。以上六句是说,一拨拨打扮得漂漂亮亮、身上飘出香气的姑娘,有说有笑地走过。我在她们当中一遍遍地寻找自己所爱

的那一位,但怎么也找不着。没想到猛一回头,原来她却站在灯火冷清、僻静人少的地方!这个情节,应属虚构。

本篇押用一部上去声仄韵,韵脚是"树""雨""路""舞""缕""去""度""处"。

【品评】

本篇约作于孝宗乾道六年(1170)至八年(1172)间,当时辛弃疾三十至三十二岁,在临安任司农寺(掌粮食积储、仓廪管理及京朝官禄米供应等事务的机构)主簿(低级事务官)。参见邓广铭《稼轩词编年笺注》及《辛稼轩年谱》。本书辛词系年皆据此,下不具注。

这首词的美学价值,不但在于它栩栩如生地再现了南宋大都市元宵节夜火树银花、车水马龙的狂欢场景,更在于它匠心独运,塑造出了一个自甘寂寞,不趋炎附势,"众人皆醉我独醒"(《楚辞·渔父》假托屈原之语)的典型人物。当时满朝文恬武嬉,大大小小的官僚们醉生梦死于以屈膝投降为代价,用民脂民膏向敌人买来的"和平"之中,像词人这样坚持主张北伐的抗战派为数甚少,在政治上处于孤立。然而,他不恤不悔,我行我素,执着于自己的理想和追求。词中那独立在"灯火阑珊处"的美人,不正是他的化身吗?

水 龙 吟

登建康赏心亭①

楚天千里清秋②,水随天去秋无际。遥岑远目③,献愁供恨,玉簪螺髻④。落日楼头,断鸿声里⑤,江南游子⑥。把吴钩看了⑦,栏干拍遍⑧,无人会、登临意⑨。　　休说鲈鱼堪鲙⑩。尽西风⑪,季鹰归未⑫。求田问舍⑬,怕应羞见,刘郎才气⑭。可惜流年⑮,忧愁风雨⑯,树犹如此⑰。倩何人、唤取红巾翠袖⑱,揾英雄泪⑲。

【注释】

①赏心亭:在建康西城上,俯瞰秦淮河,是观览风景的胜地。北宋真宗时,知升州(即后来的建康)丁谓所建。今已不存。

②楚天:泛指南方的天空。战国时,长江流域曾属楚国所有。

③遥岑远目:从唐韩愈、孟郊《城南联句》诗"遥岑出寸碧(韩愈),远目增双明(孟郊)"二句化出。岑:小而高的山。目:这里用作动词"望"。

④玉簪螺髻:形容远山像是美人头上的碧玉发针和螺旋形发髻。韩愈《送桂州严大夫》诗:"山如碧玉簪。"唐皮日休《缥缈峰》诗:"似将青螺髻,撒在明月中。"以上三句是说,遥望远山,虽然秀丽,却不能给我以抚慰,反而更增添了我的愁恨。(因为它们使词人联想到了沦入金人手中的北方大好河山。)说青山能够向人"献愁供恨",是艺术的表达方法。

⑤断鸿:失群的大雁。以上二句似有取于柳永《玉蝴蝶》(望处雨收云断)词:"断鸿声里,立尽斜阳。"

⑥江南游子:词人的故乡在北方,如今为了抗金复国,客宦江南,故这样自称。

⑦吴钩:春秋时吴国出产的名剑,剑端弯作钩状,故称。这里代指自己的佩剑。杜甫《后出塞》诗五首其一有"含笑看吴钩"句,辛词由此化出。这句是感慨有剑而无用武之地。

⑧北宋刘概因不得志而作诗有"几回醉把栏干拍"之句(见宋王辟之《渑水燕谈录》),辛词此意略同。

⑨北宋王琪登赏心亭作诗有"残蝉不会登临意"之句(见宋僧文莹《湘山野录》),为辛词所本。这句是说,没有人理解我登楼时的心思。会:领会。以上六句应一气连读。"江南游子"四字是"把吴钩看了"两句的主语。

⑩鲈鱼:体形狭长,大口,银灰色,背部有小黑斑。苏州松江一带所产的鲈鱼,以味美著称。鲙(kuài):细切的鱼肉。这里用作动词,将鱼肉切细。

⑪尽:尽管。

⑫季鹰:西晋时吴(今苏州)人张翰,字季鹰,本在京城洛阳做官,见秋风起,想到了家乡的莼菜羹、鲈鱼鲙,于是便弃官归隐。事见南朝宋刘义庆等《世说新语·识鉴》。归未:归隐没有呢? 以上三句反用张翰故事,大意是:不要说鲈鱼已经肥美到了可以细切作鲙的时候,尽管现在刮起了秋风,可张翰有没有归隐呢? 这里是以张翰自指,表示自己还不愿退出政治舞台,还要为抗金事业而奋斗。

⑬求田问舍:向人打听,欲购买田产房舍。

⑭刘郎:指三国时蜀汉的开国君主刘备。才气:指才略、志气。《三国志·陈登传》载,东汉末,许汜在刘备面前抱怨陈登对他很不客气,说他逃难到陈登那里,陈登自己睡大床,却让他睡矮床。刘备听后对许汜说:如今天下大乱,您不能忧国忘家,反而"求田问舍"。如果换了我,就要睡到百尺高楼上去,让您睡地下,岂止是高床、矮床的区别! 以上三句用此典,说倘若自己在这国家有难的时候抽身归隐,买房买地,恐怕没脸去见有雄才大志的刘备一类英雄人物。

⑮流年:像流水一样逝去的年华。

⑯忧愁风雨:用苏轼《满庭芳》(蜗角虚名)词中成语。

⑰《世说新语·言语》篇载,东晋桓温北征,经过金城(故地在今江苏句容北),见往年亲手栽植的柳树已长得十分粗壮,慨叹道:"木犹如此,人何以堪!"(树木尚且这样老大了,人怎么禁得住岁月的消磨呢!)辛词这里是"歇后"用法,只引上句,而了解这典故的读者自会联想到下句,明白词人感叹时光不等人的深意。

⑱唤取:召唤。红巾翠袖:美人的红色手帕和绿色衣袖。这里既代指歌妓,又与下句搭配,指她们可以用来为英雄揾泪的是巾、袖。宋时官员宴会,往往有官妓侑酒并表演歌舞。

⑲揾(wèn):揩拭。英雄:词人自指。

本篇押用一部上去声仄韵,韵脚是"际""髻""里"(此字或系撞韵)"子""意""鲙""未""气""此""泪"。

【品评】

本篇约作于孝宗淳熙元年(1174)秋,是年词人三十四岁,在建康任江南东路安抚使司参议官(本路军政长官的军事参谋)。这时,他南归已十二年。由于朝廷与金人妥协,他一直未能得到重用,北伐中原的壮志蹉跎成空,故心情十分抑郁。高楼远眺,但见夕阳惨淡,但听孤雁嘹唳,千里清秋,千里清愁,水天无际,愁亦无际,就连妩媚的青山,也成了苦恨的堆砌。他看剑拍栏,为世间知音难觅而惆张,为岁月流逝不居而嗟叹,为人生风雨莫测而哀伤。何以解忧?惟有呼酒招妓,请她们用红巾翠袖一拭英雄之泪了。然而可贵的是,词人报国之心,九死未悔。无论如何失意,他终不肯轻弃自己的理想与追求,去经营个人的安乐窝。读"求田问舍"三句,我们仿佛又一次听到了汉代名将霍去病的豪言:"匈奴未灭,无以家为也!"(见《史记·卫将军骠骑列传》)

菩 萨 蛮
书江西造口壁①

郁孤台下清江水②。中间多少行人泪。西北望长安③。可怜无数山④。　　青山遮不住。毕竟东流去。江晚正愁余⑤。山深闻鹧鸪⑥。

【注释】

①书……壁:写在某地的墙壁上。江西:南宋时的江南西路。范围包括今江西省的大部分地区。造口:在今江西万安西南。亦作皂口,有皂口溪,水入赣江。

②郁孤台:在今江西赣州西北隅田螺岭,始建于唐。因其地势为小山郁然孤耸,故名。唐李勉任虔州(南宋改称赣州)刺史时,曾登此台北望

长安,并将台匾改为"望阙"(望京城)。清江:指赣江。

③这句化用杜甫《小寒食舟中作》诗:"愁看直北是长安。"又,宋刘敞《九日》诗:"可怜西北望,白日远长安。"长安:汉、唐的京都,后世用为京城的代名词。这里指北宋故都东京。东京在赣州的正北方,"西北望"是切字面"长安"而言。

④可怜:可惜。以上二句是说,北望东京,可惜视线被重山叠岭隔断。喻指要收复故都,道路上有着数不清的障碍。

⑤余:古汉语第一人称代词,即"我"。

⑥鹧鸪:鸟名。羽毛黑白相杂。分布于我国南方山地。古人将其鸣声象拟为"行不得也哥哥"。南宋罗大经《鹤林玉露》认为,此句"谓恢复(中原)之事行不得也"。以上二句是说,傍晚时我正在赣江边愁思,又听得深山里传来了鹧鸪的叫声,仿佛在告诉我北伐之事难以实行。

本篇押用四部韵,两仄两平,仄平相间。韵脚是:(一)上去声仄韵"水""泪";(二)换平韵"安""山";(三)换上去声仄韵"住""去";(四)换平韵"余""鸪"。

【品评】

本篇约作于孝宗淳熙二年(1175)至淳熙三年(1176)间,词人时年三十五至三十六岁,在赣州(今属江西)任江南西路提点刑狱公事。

清周济《宋四家词选》指出此词的写作脉络是"借水怨山"。四字下得十分精炼而准确。词人笔下的"水",混和着爱国志士忧时之泪的赣江水,要冲破重重障碍,一往无前地奔向大海,它是百折不挠的抗战派力量的化身。而其笔下的"山",则象征着抗金复国大业所面临的种种困难和阻力,它们既来自外部的强大敌人,也来自朝中的妥协派。外敌虽强,并不可怕;但朝廷内部的妥协势力既占着上风,北伐的雄图便寸步难行了。词人理想地怀抱着一战而收中原的热烈希望,同时又理智地正视着半壁惟守东南的冷酷现实。因此,尽管他在词中一度高唱出"青山遮不住,毕竟东流去"的激越,然而词情最终仍归于"江晚正愁余,山深闻鹧鸪"的苍凉。全篇呈现为"抑—扬—抑"的大振幅心电脉冲,一波三折,沉郁顿挫。

小令而能跌宕如此,可谓尺水兴澜。

摸 鱼 儿

淳熙己亥^①,自湖北漕移湖南^②,同官王正之置酒小山亭^③,为赋^④

更能消、几番风雨^⑤。匆匆春又归去。惜春长恨花开早^⑥,何况落红无数^⑦。春且住^⑧。见说道、天涯芳草迷归路^⑨。怨春不语^⑩。算只有殷勤^⑪,画檐蛛网^⑫,尽日惹飞絮^⑬。 长门事^⑭,准拟佳期又误^⑮。蛾眉曾有人妒^⑯。千金纵买相如赋^⑰,脉脉此情谁诉^⑱。君莫舞^⑲。君不见、玉环飞燕皆尘土^⑳。闲愁最苦。休去倚危楼^㉑,斜阳正在,烟柳断肠处^㉒。

【注释】

①淳熙己亥:孝宗淳熙六年(1179)。

②湖北:宋时荆湖北路的简称。范围包括今湖北省大部,湖南省北部(岳阳、常德)及河南省信阳市。漕:宋代路转运使司长官的习称。其职责为掌管本路财赋,监察本路官吏。移:平行调任。湖南:宋时荆湖南路的简称。范围包括今湖南省大部及广西壮族自治区全州市。按,当时辛弃疾由荆湖北路转运副使平调荆湖南路转运副使。

③同官:同僚。王正之:王正己,字正之,时任荆湖北路转运判官。见宋楼钥《朝议大夫秘阁修撰致仕王公墓志铭》。置酒:设宴。为词人饯别。小山亭:在湖北转运使司衙内。

④为赋:为王正己赋此词。

⑤这句是说,还能经受得住几番风雨呢?

⑥长恨花开早:花早开便会早谢,故云。

⑦落红:落花。以上二句是说,刚开花的时候尚且怜惜春天,更何况现在花儿已经快落完了。

⑧春且住:春天啊,你暂且停下脚步。

⑨见说道:听说。芳草迷归路:苏轼《桃源忆故人》(华胥梦断人何处)词:"楼上望春归去,芳草迷归路。"又《点绛唇》(红杏飘香)词:"凤楼何处,芳草迷归路。"这句是说,芳草已长到了天尽头,你(春天)已找不到归去之路。

⑩怨春不语:怨恨春天不说话,不回答我。

⑪算:盘算。

⑫画檐蛛网:苏轼《虚飘飘》诗三首其一:"画檐蛛结网。"画檐:有彩绘的屋檐。

⑬以上三句是说,算来只有屋檐下的蜘蛛网,成天在粘纷飞的柳絮,仿佛殷勤挽留春天。柳树飘絮是春天快要结束时的景象,故粘住飞絮也算是留住了春天的一点点痕迹。

⑭长门事:旧题汉司马相如《长门赋序》载,汉武帝陈皇后失宠,废居长门宫(冷宫)。听说司马相如文章写得好,于是奉黄金百斤,请相如作赋,终使武帝回心转意,陈皇后乃复得亲幸。按,据《汉书·外戚传》,陈皇后废居长门宫后并未再得武帝亲幸,《长门赋序》纯属文学虚构。

⑮准拟:希望,预备。佳期:指汉武帝和陈皇后相会的日子。

⑯蛾眉:古代女子画眉,细长如蛾的触须。这里代指美人。曾有人妒:屈原《离骚》:"众女嫉余之蛾眉兮,谣诼谓余以善淫。"是以美人自喻,而以"众女"喻指朝中嫉妒他的人;说自己之所以被君王疏远,是因为遭到了嫉妒者的谣言攻击。按,《王公墓志铭》载,王正己在任湖北转运判官之前,曾多次遭弹劾,被罢官。

⑰纵:纵然。买相如赋:见注⑭。

⑱脉脉:形容含情。谁诉:对谁诉说。

⑲君:称王正己。

⑳玉环:杨玉环,唐玄宗宠妃。安史之乱中,被玄宗赐死于马嵬坡。详见后陈德武《水调歌头》注①、注⑲。飞燕:赵飞燕,汉成帝皇后。汉平

帝时被废为庶人,自杀而死。见《汉书·外戚传》。两人都善舞。以上二句是说,您不要跳舞了,您难道没看见,善舞的杨玉环、赵飞燕最终还不是都化作了尘土?舞:喻指刻意去邀宠于君王。

㉑危楼:高楼。

㉒以上三句是说,不要登楼望远,因为夕阳烟柳的衰飒景象令人伤心。

本篇押用一部上去声仄韵,韵脚是"雨""去""数""住""路""语""絮""误""妒""赋"(此字恐系撞韵)"诉""舞""土""苦""处"。

【品评】

作此词时,辛弃疾三十九岁。他自二十二岁(高宗绍兴三十二年,1162)南渡归宋,十七年来,报国无地,壮志难酬,其心情之郁闷可想而知。而置酒为他饯行的同僚王正己,仕途坎坷,屡遭贬黜,应也有种种委屈与牢骚。此词虽为王正己而作,却不无一壶酒浇两家胸中块垒之意。全篇采用比兴手法,含蓄地表达两人共同的幽愤,外柔婉而内激越。宋罗大经《鹤林玉露》言其"词意殊怨",并记载道:"闻寿皇(孝宗)见此词颇不悦。"

明张𫄧《草堂诗余别录》曰:"词有二体:巧思者贵精工,宏才者尚豪放。人或不能兼。若幼安……'怨春不语,算只有殷勤,画檐蛛网,尽日惹飞絮'之类,绸缪情语,虽少游无以过;若'君莫舞,君不见、玉环飞燕皆尘土'……之类,高怀跌宕,则又东坡之流亚也。"可见稼轩词虽以"豪放"著称,但也能"婉约",甚且能熔二者为一炉。

丑 奴 儿

书博山道中壁①

少年不识愁滋味②,爱上层楼③。爱上层楼。为赋新词强说愁④。　　而今识尽愁滋味,欲说还休⑤。欲说还休。却道天凉好个秋⑥。

【注释】

①博山：山名，在今江西广丰西南。

②少年：年轻时。不识愁滋味：宋陈恗《无愁可解》(光景百年)词："生来不识愁味。"

③层楼：高楼。

④强说愁：明明没有"愁"却硬要说自己"愁"。

⑤欲说还休：想说而终于不说。李清照《凤凰台上忆吹箫》(香冷金猊)词："多少事、欲说还休。"

⑥却道：却说。

本篇押用一部平韵，韵脚是"楼""楼""愁""休""休""秋"。

【品评】

孝宗淳熙八年(1181)十二月，词人遭弹劾，被罢去两浙西路提点刑狱公事的新任差遣。此后直至光宗绍熙三年(1192)，闲居信州上饶(今属江西)凡十年，时当四十二至五十二岁。本篇即作于这段时期。

作为一名爱国志士，中原(包括自己的故乡)沦陷已久，可愁；自己南归后所提出的一系列北伐方略不为当局所理会，英雄用武无地，可愁；有将相之才且正当英年，却得不到朝廷的赏识与重用，长期被呼来遣去，奔走各地，蹉跎岁月，可愁；而今索性投闲置散，连无关紧要的差遣也不再给与，益发可愁。这许多愁叠加在一起，说不得，说不尽，说了也是白说。于是只好不说。而好就好在"不说"：一"说"便"浅"，便"露"，便"有限"；惟其"不说"，反倒有无穷的含蕴，意味深长。

《尚书大传》曰："秋者，愁也。"自战国宋玉《九辩》以来，经过一千几百年的积淀，"悲秋"已成为古代文学创作的"思维定势"。"却道天凉好个秋"，骨子里虽然也还是"悲秋"，但"陌生化"了"熟悉"，便使人耳目一新。

完全不用艺术"形象"(或曰"意象")，只用含有哲理的"现象"来写词，且写得如此妙趣横生，这在文学史上是个特例。大家毕竟是大家！

八 声 甘 州

夜读李广传①,不能寐②。因念晁楚老、杨民瞻约同居山间③,戏用李广事赋以寄之④

故将军饮罢夜归来⑤,长亭解雕鞍⑥。恨灞陵醉尉⑦,匆匆未识,桃李无言⑧。射虎山横一骑,裂石响惊弦⑨。落魄封侯事⑩,岁晚田园⑪。　　谁向桑麻杜曲⑫,要短衣匹马⑬,移住南山⑭。看风流慷慨,谈笑过残年⑮。汉开边⑯、功名万里,甚当时、健者也曾闲⑰。纱窗外,斜风细雨,一阵轻寒。

【注释】

①李广传:《史记》有《李将军列传》,《汉书》有《李广传》。李广(?—前119),陇西成纪(今甘肃秦安东)人。擅骑射。汉文帝十四年(前166)从军击匈奴,因战功得任中郎、武骑常侍(皇帝的侍从武官)。景帝、武帝时期,历任北方诸边郡太守。前后与匈奴大小七十余战,英名远播,匈奴人称他为"飞将军"。治军简易,宽厚仁爱,与部下将士同甘苦,得赏赐辄分众人,深受部众爱戴。武帝元狩四年(前119)随大将军卫青出征匈奴,中途迷失道路,未能如期到达集结地,当受军法处分。他不愿受辱,遂自刭而死。

②不能寐:指因心情波动,有许多感慨而不能入睡。

③因念:于是想到。晁楚老、杨民瞻:都是作者的友人,生平不详。约同居山间:约我一道隐居山林。

④戏:打趣地。这是词人的谦辞,其实他作此词的态度很严肃。赋以寄之:作词寄给他们。

⑤故将军:往日的将军。饮罢:喝完酒。

⑥长亭：古代道路上每隔一定里程便建有长亭、短亭，供行人歇息。一般是十里一长亭，五里一短亭。解雕鞍：卸下华贵的马鞍。指驻马止宿。

⑦灞陵：即"霸陵"，汉文帝刘恒的陵墓，在今西安东。尉：军官。这里指霸陵警卫军士的头目。

⑧桃李无言：《史记》《汉书》本传后有赞语，说李广虽不善言辞，但忠实诚信，颇为士大夫所爱重，正如谚语所云："桃李不言，下自成蹊。"（桃李尽管不会说话，但它们有花有果实，深受人们喜爱，树下自然被人踩出路来。）本传记载，李广一度被罢去将军职位，降为庶人（平民）。这期间，有天夜里外出饮酒，回家时经过霸陵亭，霸陵尉醉醺醺地呵止他，不许通行。李广的随从说："（这是）故李将军！"尉答道，现任将军尚且不许夜行，何况是"故"将军！于是李广只好在亭下过夜。以上五句纪此事，对一代英雄竟遭小人的欺侮，表示愤慨。

⑨本传记载，李广曾外出打猎，误将草丛中的一块大石头当成老虎，张弓射之，箭镞竟嵌入石中。以上二句纪此事，突出李广的勇武：单人独骑，山中射虎，惊弦响处，巨石裂开。

⑩落魄：形容失意。

⑪以上二句写李广平生不得志，始终未能封侯，晚年还曾罢官闲居田园。本传记载，李广曾对人说：每次出击匈奴我都参加战斗，那些才能低下的将军都有几十人被封为侯爵，而我却不得封侯，是不是命该如此呢？又载，武帝元光六年（前129），李广与匈奴人作战，由于寡不敌众，负伤被擒，后来夺马逃回。为此受军法审判，当斩。因出钱赎罪，才幸免一死，但被削职为民。此后，他在家闲居了好几年。

⑫桑麻：棉花未推广前，古人植桑种麻，以蚕丝、麻纤维为纺织的主要原料。杜曲：在今西安市长安区东少陵原的东南端。本是西周贵族杜伯的领地，唐代贵族杜氏居住于此，故名。

⑬短衣：源于古代北方游牧民族的一种服式，窄袖，衣摆也比汉族士人所服的长衫要短，便于骑马格斗。匹马：单人独马。

⑭南山：即终南山，在今西安市南郊。本传载，李广被废为庶人后，曾

射猎于此山中。

⑮残年：晚年，余生。以上五句化用杜甫《曲江三章》诗其三："自断此生休问天，杜曲幸有桑麻田。故将移住南山边。短衣匹马随李广，看射猛虎终残年。"杜甫壮年时困居长安，政治上很不得意，因此发牢骚说下半生要回乡隐居，并借追随李广，看射猛虎的艺术表达（两人生活的时代相差八九百年）宣泄自己失路的悲愤。词人的遭遇与李广有相似之处，故自上片"落魄封侯事"至此，隐以李广自比。又因晁、杨二友人相约同居山间，故与杜甫欲"移住南山"之事相提并论。

⑯开边：开拓疆域。

⑰甚：为什么。健者：勇武刚毅的人。以上三句是说，汉代开边拓土，将士们每每在万里之外的战场上取得功名，正好大显身手，可为什么当时像李广这样的壮士竟也曾被闲搁在一边呢？言外之意，汉代尚且有这等事，何况今日！

本篇押用一部平韵，韵脚是"鞍""言""弦""园""山""年""闲""寒"。又，"尉""骑""事""里""外"同韵，或是添押一部上去声仄韵为辅韵，以增加全词的声韵之美。

【品评】

本篇与上篇是同时期的作品。全词围绕西汉名将李广一生的坎坷遭遇组织文字，上片剪裁史传，下片隐括杜诗，兼史家传神之笔、诗家曳韵之文而有之。"汉开边，功名万里，甚当时、健者也曾闲"一问，意味深长，背面文章是：本朝儒弱，只知保守南国半壁江山，不思北伐以收复中原，英雄就更无用武之地了！末尾"纱窗外，斜风细雨，一阵轻寒"三句，意境与苏轼《和刘道原咏史》诗"独掩陈编吊兴废，窗前山雨夜浪浪"（掩，合上。陈编，旧书。浪浪，雨流不止之状）云云相似，以景结情，悠然神远，有悲歌已歇而余音绕梁的艺术效果。

破 阵 子

为陈同甫赋壮词以寄之①

　　醉里挑灯看剑②，梦回吹角连营③。八百里分麾下炙④，五十弦翻塞外声⑤。沙场秋点兵⑥。　　马作的卢飞快⑦，弓如霹雳弦惊⑧。了却君王天下事⑨，赢得生前身后名⑩。可怜白发生⑪。

【注释】

　　①陈同甫：即陈亮。详见后文陈亮生平介绍。

　　②挑灯看剑：宋刘斧《青琐高议》载高言诗："男儿慷慨平生事，时复挑灯把剑看。"挑灯：挑起油灯的灯芯，使灯光加亮。看剑：是渴望杀敌立功之意。

　　③梦回：梦醒。这句是说，一座连一座的军营中，号角齐鸣，将词人从梦中唤回。以上二句，一句写前一天夜晚，一句写后一天清晨。

　　④八百里：晋人王恺有爱牛名"八百里驳"（夸言其行走速度快，能日行八百里），王济和他赌射箭，将这牛赢到手后，竟当场命随从杀牛取心炙烤了送上来吃。事见《世说新语·汰侈》。这里仅用作牛的代名词。麾（huī）下：部下。麾：古代用以指挥军队的旗帜。炙：烤肉。这句是说，将烤牛肉分给手下将士饱餐。

　　⑤五十弦：即瑟，古代的一种弦乐器，有二十五根弦。相传本为五十弦，上古时泰帝因其音太悲，故破为二十五弦。说见《史记·封禅书》。翻：旧曲翻新。塞外声：指长城以北地区的音乐，以悲壮苍凉著称。这句是说，军乐队奏起了新翻制的塞外曲调。

　　⑥点兵：集中军队，检阅部署，准备战斗。古人见植物春生秋杀，认为春季天意主生育，秋季天意主杀伐，因此大的军事行动多选择秋天进行，故这里说"秋点兵"。以上三句紧承上文，写后一天的白天杀牛犒军，战

地点兵,军乐齐奏,行将向敌人发动进攻。

⑦的卢:骏马,额头有白色条块直贯口齿。

⑧霹雳:炸雷的巨响。南朝梁名将曹景宗回忆年轻时与同伴射猎的豪侠生活,有"拓弓弦作霹雳声"之语。见《梁书》本传。又,隋代名将长孙晟抗击北方突厥人有功,突厥降官说,突厥人很惧怕他,"闻其弓声,谓为霹雳"。见《隋书》本传。以上二句仍紧承上文,写跃马张弓,出击金人。

⑨了却:完成。君王天下事:君主、国家的大事。指收复中原。

⑩赢得:获得,博得。

⑪可怜:可惜。

本篇押用一部平韵,韵脚是"营""声""兵""惊""名""生"。

【品评】

本篇作年无考。但陈亮卒于光宗绍熙五年(1194),故本篇至迟不晚于此年。

陈亮为词人之挚友,也是一位毕生为抗金大业奔走呐喊的爱国志士。因此,词人特地创作了这首以"北伐"为题材的"壮词"寄赠给他。一般分上下片的双调词,多按自然段谋篇布局,语意群均衡地切作前后两大板块;本篇却打破常规,以前九句为一层次,末五字为另一层次,章法非常奇特。具体来说,自"醉里挑灯看剑"至"赢得生前身后名"一大段文字,是写理想中的"北伐",纯然游刃于"虚"。但由于词人青年时期确曾有过军旅战阵的生活实践,故写来气酣墨饱,形象逼真,读者几乎不疑其幻。结句一笔叫醒,我们才恍然大悟,原来所谓醉灯看剑,梦惊画角,麾下分炙,瑟翻边声,点兵沙场,挽弓驰马,种种壮举豪情,都只存在于作者的神往之境。而究其现实,则朝廷畏敌如虎,不敢越雷池一步,英雄如词人者,蹉跎岁月,无所事事,鬓发已染秋霜!这末尾寥寥五字,与前九句相抗,乍看似轻重失权,然而细细品味,便知它下语镇纸,正所谓"秤砣虽小压千斤"。由此可见,本篇名曰"壮"词,其实甚"悲"。这"悲壮"二字,是辛词的基调,也是南宋绝大多数爱国词的基调。

西 江 月

夜行黄沙道中①

明月别枝惊鹊②,清风半夜鸣蝉。稻花香里说丰年。听取蛙声一片③。 　　七八个星天外,两三点雨山前④。旧时茅店社林边⑤。路转溪桥忽见⑥。

【注释】

①黄沙:黄沙岭,在今江西上饶西。

②别枝:树木主干外斜生的枝条。这句可参看苏轼《杭州牡丹开时仆犹在常润周令作诗见寄次其韵复次一首送赴阙》诗其二:"月明惊鹊未安枝。"其《次韵蒋颖叔》诗亦有此句。

③听取:这里是"试听取"的语气,即"请听"。

④以上二句,化用唐卢延让《松寺》诗:"两三条电欲为雨,七八个星犹在天。"

⑤茅店:茅草盖顶的乡村旅店。社林:土神祠庙所属的树林。

⑥以上二句是说,过了溪水上的小桥,转了个弯,社林边旧有的那个小客店忽然在望了。见:同"现",出现。作看见之"见"解,也可通。

本篇用一部韵平仄通押,韵脚是"蝉"(平)"年"(平)"片"(仄)"前"(平)"边"(平)"见"(仄)。

【品评】

本篇与前《丑奴儿》《八声甘州》是同一时期的作品。读着这首轻快活泼的小词,我们仿佛被作者带到了朦胧月色中的旷野,只觉清风习习,迎面拂来。上下片前二句写鹊影蝉声、星光雨滴,固然盈手如掬,倾耳可闻;而两阕的后半部分,诗趣苞含,更耐人寻味。稻花香里,酝酿着丰收,词人为之欣喜,却不露声色,转借一片欢快的蛙语代为诉说,你看妙也不妙? 趱行入夜,人困马乏,自然很想找个地方落脚歇宿。此意如照实述说,不免有损前文闲适、愉悦的氛围。词人聪明地选择了昔日曾经住过的乡村小客店忽然出现在眼前的那一瞬间,仍从欣喜一面着笔,这就保持了全词情调的统一和谐。且这欣喜也不是直截了当地诉诸读者,而是通过"旧时""忽见"之类寻常字眼,使那"茅店"显得既熟悉又陌生,使它的出现既在情理之中又在意想之外。如此则虽然平平道来,不加任何摄有感情色彩的词语,但词人那份惊喜的神态,却呼之欲出,宛然若见。

最 高 楼

吾拟乞归①,犬子以田产未置止我②,赋此骂之

吾衰矣③,须富贵何时④。富贵是危机⑤。暂忘设醴抽身去⑥,未曾得米弃官归⑦。穆先生,陶县令,是吾师⑧。 待葺个园儿名佚老⑨,更作个亭儿名亦好⑩,闲饮酒,醉吟诗⑪。千年田换八百主⑫,一人口插几张匙⑬。便休休⑭,更说甚⑮,是和非⑯。

【注释】

①吾:古汉语第一人称代词,即"我"。乞归:请求归隐。

②犬子:古人对自己儿子的谦称、贱称。以田产未置:用"田产未置"为理由。止:阻止。

③吾衰矣:用《论语·述而》篇孔子语:"甚矣吾衰也。"是自叹衰老之词。矣:古汉语语气词。

④汉代杨恽在给孙会宗的一封回信中说:"人生行乐耳,须富贵何时?"见《汉书》本传。须:等待。

⑤东晋末,诸葛长民官至都督豫州扬州之六郡诸军事、豫州刺史(省

级军政长官），权倾一时。他贪婪奢侈，多聚珍宝美女，大建府第住宅。但显赫的富贵并未给他带来多少安乐，相反，由于时时担心遭杀身之祸，连觉也睡不安稳。他曾叹息道："贫贱常思富贵，富贵必履危机。"后来终被当政的大军阀刘裕杀害。事见《晋书》本传。这里化用其语。又，苏轼《宿州次韵刘泾》诗："早知富贵有危机。"机：设有机关的捕兽木笼。以上三句是说，我老啦，等富贵要等到哪一天呢？就算能得到富贵又怎样？爬得高，跌得重，危险得很呐！由于"犬子"劝阻词人的理由是他还不够"富贵"，未置办像样的"田产"，故词人针锋相对，抓住"富贵"二字作文章。

⑥设：陈放。醴（lǐ）：度数不高的米汁甜酒。抽身去：抽出身来离开官场。《汉书·楚元王传》记载，西汉时，楚王刘交重用穆生、白生、申公等三人，礼遇十分恭敬。穆生不爱喝酒，刘交每开宴，特为他"设醴"。到刘交之孙刘戊为楚王时，有一次忘了为穆生设醴，穆生认为这说明刘戊已开始怠慢他，自己如若不走，终将获罪遭殃，于是称病去职。后来刘戊果然日益淫暴，白生、申公劝谏无效，都被罚作苦役。本句用此典故。

⑦东晋末，陶渊明任彭泽县（故城在今江西湖口县东）令，郡太守派督邮（郡长官的属吏）来县视察，他叹道："我不能为五斗米折腰向乡里小人！"（不能为了微不足道的俸禄而弯腰给小人行礼。）当天便弃官归隐。事见《宋书·陶潜传》。本句用此典故。

⑧是吾师：是我的老师，是我效法的榜样。以上五句，用穆先生故事是紧承上文"富贵是危机"；用陶县令故事则是为了应付格律，与"穆先生"对仗。但"陶县令"弃官的动机与"穆先生"不同，因此他的出场又使词意翻出新的内容，即除了避祸之外，自己的"拟乞归"还有不愿牺牲人格尊严去博取"富贵"的意思。

⑨待：待要。葺：本义是用茅草覆盖房屋，引申为修建。名：取名。佚老：语出《庄子·大宗师》篇："夫大块（大地）载我以形，劳我以生，佚我以老，息我以死。"大意说人生劳碌，只有老来才得安逸。佚：同"逸"。

⑩更：再。亦好：语出唐戎昱《长安秋夕》诗："在家贫亦好。"即今俗语所谓"金窝银窝，不如自家的草窝"。

⑪以上四句设想退休后的生活:辟它一处园林,建它一座亭阁,闲来喝酒,醉后吟诗。从他打算给园起名"佚老",给亭起名"亦好"来看,他退休后的生活宗旨是安贫乐道,颐养天年。

⑫宋释道原《景德传灯录》载五代时高僧如敏禅师曾说:"千年田,八百主。"类似的话还可以追溯到唐王梵志诗:"年老造新舍(屋),鬼来拍手笑。身得暂时坐(住),死后他人卖。千年换百主,各自循环改。前死后人坐(住),本主何相(何厢,即'哪里')在?"意思是田地、房产不可能永远为一人一姓所保有,总在不断地更换着主人。

⑬几张匙:几把勺子? 这句化用当时谚语:"一口不能着两匙。"(见宋范成大《丙午新正书怀》诗十首其四自注)意思是说,一人只有一张嘴,插得下几把勺子? 以上二句教训儿子说,多置田产又有何用? 只能害你们弟兄成为"败家子";有几亩薄田,就够维持生活了,一张嘴巴能吃多少东西呢?

⑭便:就此。休休:罢休。

⑮甚:什么。

⑯以上三句呵斥儿子说:你就给我住口吧,再不要说三道四了!

本篇交错押用三部韵。其一,"时""机""归""师""诗""匙""非"。以上一部平韵为主韵。其二,"老""好"。其三,"去""主"。以上二部上去声仄韵为辅韵,当系有意添押,以增加全词的声韵之美。

【品评】

光宗绍熙五年(1194),词人五十四岁,在知福州兼福建安抚使任。由于壮志难酬,官场失意,词人打算申请退休,但不晓事的"犬子"却极力反对,(田地房产还未购置齐全,老爷子倒想洗手不干了,一旦他老人家呜呼哀哉,叫咱哥几个喝西北风去?)于是词人便作了这词去骂他。全篇既具备历史的思辨,又富有人生的哲理;既充满着书斋里的睿智,又洋溢着生活中的风趣;亦庄亦谐,亦雅亦俚;高雅庄重而不病于迂腐,俚俗诙谐而不阑入油滑;句句显出词人胸襟之大、学养之深,字字显出他驾驭各种类型语言艺术的非凡能力。尤其最后五句,口角生风,活脱脱是老子数落儿子的现场录音,写神了,写绝了!有宋一代,封建帝王用较优厚的待遇笼络臣下,换取他们的忠勤服务。因此,官僚地主们置田庄、营第宅、蓄家妓的风气极盛。而城市商业经济的发达,色情业的畸形繁荣,又大大刺激了纨绔子弟们的享受欲望。红烛呼卢,千金买笑,顷刻间荡尽祖产的不肖子孙比比皆是。时人沈括《梦溪笔谈》中记载了一个发人深省的故事:将军郭进新建府第落成,大开筵席,不但请木工瓦匠与宴,而且让他们坐在自家子弟的上首。有人质疑这样的座次安排,郭进却指着工匠说:这是造房子的。又指着子弟们说:这是卖房子的,当然该坐在下风。郭进死后不久,府第果然落入他人之手。此公看问题不可谓不透彻,然而明知如此,仍要大兴土木,还是未能免俗。相比之下,稼轩先生要明智得多了。这在封建时代固然难能可贵,对今天的人们,恐怕也有一定的教育意义吧?

沁 园 春

灵山齐庵赋①,时筑偃湖未成②

叠嶂西驰③,万马回旋,众山欲东④。正惊湍直下⑤,跳珠倒溅;小桥横截,缺月初弓⑥。老合投闲⑦,天教多事⑧,检校长身十万松⑨。吾庐小⑩,在龙蛇影外⑪,风雨声中⑫。　　争先见面重重⑬。看爽气朝来三数峰⑭。似谢家子弟⑮,衣冠磊落⑯;相如庭户⑰,车骑雍容⑱。我觉其间,雄深雅健⑲,如对文章太史公⑳。新堤路㉑,问偃湖何日,烟水濛濛㉒。

【注释】

①灵山:在上饶西北。齐庵:灵山中的一处胜境,有长松茂林。

②时:当时。偃(yǎn)湖:词人作此词时,灵山中正在修筑的一个水库。

③叠嶂:重叠的高大山岭。

④东：此处用作动词。向东行进。以上三句是说，巍峨不断的群山像万马狂奔，先向西驰骋，最后又折转过来，要向东反扑。

⑤惊湍：指迅急的涧水。湍：急流。

⑥弓：用作动词，指呈现为弓背状的弧形。以上四句是说，湍急的涧水从高处直泻而下，冲击着山石，水花如珍珠弹跳溅起；小桥拦腰横架在涧水之上，拱形的侧影宛若弯成一张弓似的初弦月。

⑦合：应当，该。投闲：被抛掷在闲散境地。

⑧多事：管闲事。

⑨检校(jiào)：核查，察看。又，宋时有"检校官"，是正官外的加官，虚衔而已。原官加"检校"二字，仅标志地位的提高，实际职权并没有扩大。以上三句是说，我老了，合该被朝廷罢官，置于闲散；可老天爷偏让我多事，来管这片松林。这是发牢骚，却出之以幽默。

⑩吾庐：我的小屋。自指其坐落在灵山齐庵的别墅。

⑪龙蛇：喻指松树。松树枝干天矫，树皮斑驳块裂如鳞片，形似龙蛇，故称。

⑫风雨声：喻指松涛。松林受风摇动时发出的飒飒响声，听起来像是风雨交加。以上二句，有取于宋石延年《古松》诗："影摇千尺龙蛇动，声撼半天风雨寒。"

⑬见面：露面。

⑭爽气：山林间清爽的空气。朝来：早晨前来。三数：三四、三五。《世说新语·简傲》篇载，东晋时，王徽之在车骑将军桓冲手下当参军(将军的幕僚)，桓冲对他说，打算关照他，让他升官。他却不答理，眼睛望着高处说："西山朝来，致有爽气。"辛词即从王徽之语化出。以上二句是说，晨起看山，云雾开处，群山争先恐后地露出重重面容。其中有三五座峰峦最为突出，清爽之气向人扑来。

⑮谢家子弟：指东晋及南朝首屈一指的名门望族谢家的青年男子。他们多风流倜傥，仪表出众，气质高雅，不同凡俗。

⑯磊落：指形象俊伟。

⑰相如：汉代著名文学家司马相如。庭户：门庭。

⑱车骑(jì):车马。雍容:从容不迫,很有气派。《史记·司马相如列传》载,相如客游临邛(今四川邛崃),"从车骑,雍容闲雅甚都"(有车马随从,气度从容大方,人也标致丰美)。以上二句用此典故。

⑲雄深雅健:雄伟,深邃,高雅,健拔。

⑳对:面对。太史公:指汉代著名史学家司马迁。他曾任太史公(主管记载史事、编纂史书的官员)。他的名著《史记》,原名也作《太史公书》。唐代韩愈评论柳宗元的文章"雄深雅健,似司马子长"(司马迁字子长),见《新唐书·柳宗元传》。以上二句,由韩愈此语化出。自"似谢家子弟"到这里,都是赞美"三数峰"之词。

㉑新堤路:新筑的堤坝,坝上是路,故称。

㉒以上三句是说,走在新堤上,很关心偃湖蓄水工程何时才能竣工,好让山间平添一番烟水濛濛的新景致。

本篇押用一部平韵,韵脚是"东""弓""松""中""重""蜂""容""公""濛"。

【品评】

本篇约作于宁宗庆元二年(1196)前后,当时词人五十六岁左右,罢官闲居上饶。它是稼轩山水词中的精品和代表作。起三句用奔腾旋折的万马来状写群山磅礴回转的气势,化静为动,先声夺人。下片采取博喻的手法,叠用谢家子弟、相如车骑、太史公文章等一连串比拟句为姿态横生的林峦传神写照,使得自然景观也染上了人文色彩。历来的文学作品多以山喻人,辛词反过来以人喻山,便有"熟悉的陌生感"这样一种美学效果。全篇重在写山,于水着墨不多,仅上片中、下片末两处稍作点缀。但一为溪涧,一为湖泊;一出于纪实,一出于虚想;一以险急跳荡见奇,一以平缓潋滟称胜——亦相映成趣。模山范水之外,作者也没有忘记写人。"检校长身十万松"七字,见出词人的将军本色。即便是解甲归田了,看到魁梧密集的长松茂林,他仍情不自禁地联想而及自己往日统帅过的精兵悍将。然而如今所能提领者,惟此无知之林木耳。戏谑的言语背后,又潜藏着一片悲凉。可见他英雄失路的愤懑不平,并未能消释在山光水色之中。这是他的山水词与忘怀世事的高人逸士的山水诗词在"质"上的根本区别。

沁 园 春

将止酒①,戒酒杯使勿近②

杯汝来前③,老子今朝④,点检形骸⑤。甚长年抱渴⑥,咽如焦釜⑦;于今喜睡⑧,气似奔雷⑨。汝说刘伶⑩,古今达者⑪,醉后何妨死便埋⑫。浑如此⑬,叹汝于知己⑭,真少恩哉⑮。 更凭歌舞为媒⑯。算合作平居鸩毒猜⑰。况怨无大小,生于所爱;物无美恶,过则为灾⑱。与汝成言⑲,勿留亟退⑳,吾力犹能肆汝杯㉑。杯再拜㉒,道麾之即去㉓,招则须来㉔。

【注释】

①止酒:戒酒。

②戒:告诫。使勿近:让它别靠近我。"使""近"二字后都省略了宾语。

③杯汝来前:酒杯,你过来。来前:前来。汝:你,古汉语第二人称代词。

④老子:老年男子自称,犹"老夫"。

⑤点检形骸:检点自己的身体。韩愈《赠刘师服》诗:"谁能点检形骸外。"

⑥甚:是,正。长年抱渴:常年感到口渴。

⑦咽如焦釜:喉咙像烧焦了的锅。

⑧于今:如今。

⑨气似奔雷:打鼾气势如雷。

⑩刘伶:晋"竹林七贤"之一,嗜酒。

⑪达者:通达之人。

⑫《世说新语·文学》篇引(晋袁宏)《名士传》载,刘伶常乘鹿车,携一壶酒,使人荷锸(带锹)随之,说:"死便掘地以埋。"

⑬浑:竟。

⑭于:对。

⑮真少恩哉:韩愈《毛颖传》:"秦真少恩哉。"以上六句斥责酒杯:你说刘伶是古往今来最想得开的人,醉死了不妨就地埋葬。你对知己竟然如此,真是刻薄寡恩哪!

⑯更凭:更凭仗。歌舞为媒:古代酒宴上多有歌舞助兴,故云。媒:媒介。

⑰合作:该作为。平居:日常。一作"人间"。鸩毒:毒药。鸩鸟羽毛有剧毒,可浸制毒酒,饮之致人死命。猜:忌恨。以上二句说,"酒"再加上"色",更是杀人的毒药了。

⑱过则为灾:《左传·昭公元年》:"过则为菑。""菑"即"灾"。以上四句是说,何况"怨"不论大小,都由"爱"引起;"物"本身没有好坏之分,过度了它才会成为灾祸。

⑲与汝成言:和你说定,和你订个协议。成言:订约,定议。

⑳勿留:不要留下来。亟退:赶紧退下去。

㉑用《论语·宪问》:"吾力犹能肆诸市朝。"肆:古代将人处死后暴尸示众。这句是说,我还有力量将你酒杯处以极刑。

㉒再拜:拜了又拜,表示敬畏。

㉓麾:挥。

㉔则:一作"亦",不与上文重复"则"字,较胜。以上二句虚拟酒杯说道,您一挥手,我就离开;您一招手,我还会来。

本篇押用一部平韵,韵脚是"骸""雷""埋""哉""媒""猜""灾""杯""来"。

【品评】

本篇与上篇是同时期的作品。能将个人日常生活中一件不大不小的事——"戒酒",写得那么风趣,真不愧是"幽默"大师!上下片中段循此调惯例而做的两个"扇面对",一以描绘自己嗜酒成瘾的症状,活灵活现;一以阐发自己从饮酒之害中悟出的生活哲理,入深出浅。固然都很精彩,但最妙的还数词末他为"酒杯"设计的戏剧化动作与道白。"杯再拜,道麾之即去,招则须来。"将那"酒杯"写得何等识趣,何等世故,何等狡黠!词人也明白,自己"酒"入膏肓,已"戒不了"了,故借"酒杯"之口给自己留了一条活路。果不其然,没过多久,他用此词原韵,又写了一首《沁园春》,序中说:"城中诸公载酒入山,余不得以止酒为解,遂破戒一醉。"

木兰花慢

中秋饮酒,将旦①,客谓前人诗词有赋"待月",无"送月"者,因用天问体赋②

可怜今夕月③,向何处、去悠悠。是别有人间,那边才见,光影东头。是天外,空汗漫④,但长风浩浩送中秋⑤。飞镜无根谁系⑥,姮娥不嫁谁留⑦。 谓经海底问无由⑧。恍惚使人愁⑨。怕万里长鲸⑩,纵横触破,玉殿琼楼⑪。虾蟆故堪浴水⑫,问云何玉兔解沉浮⑬。若道都齐无恙⑭,云何渐渐如钩⑮。

【注释】

①将旦:即将天亮。旦:这里用作动词。

②天问体:《天问》,屈原创作的一篇长诗,是对"天"的质问。全篇由一百七十多个问题组成,这些问题包括自然现象、神话传说、历史故事等各个方面,表现出诗人对旧的传统观念的怀疑,以及对科学、文化、宗教、历史的深刻的探索精神。《天问》体,即类似此诗,纯以对天发问的形式构思结撰而成篇的一种特殊的文学创作模式。以上三句意思是:有宾客

说,前人咏中秋节的诗词,有写"待月"(等候月亮升现)的,没有写"送月"(送别月亮离去)的。于是,我就用《天问》体写了这首"送月"词。

③可怜:可爱。唐孟郊《婵娟篇》诗有"月婵娟,真可怜"句。

④汗漫:形容寥廓无边。

⑤但:只,仅。浩浩:形容广大。以上六句二韵,构成一组选择疑问,承上"月向何处去"的问题,进一步揣测道:是天外另有一个人类世界,那边的人们刚刚看到月亮的光影出现在东方呢?还是天外什么都没有,空荡荡无际无涯,只有一股大风在吹送着中秋的明月?关于"是别有人间"三句,王国维《人间词话》说:"词人想象,直悟月轮绕地之理,与科学家密合,可谓神悟。"这是误解。这三句不能与后三句割裂开来单独加以诠释。从后三句"是天外"云云,可知前三句的着眼点也是"天外",只不过探后省略了"天外"两字。要之,不是词人无意中悟得了月亮绕着地球转的道理,而是他大胆地想到了宇宙间是否还有外星人类的问题。

⑥飞镜:满月团圆明亮如镜,又运行在天,故古人拟之为"飞镜"。李白《把酒问月》诗:"皎如飞镜临丹阙。"系:拴缚。

⑦姮(héng)娥:即"嫦娥"。神话传说中远古英雄羿的妻子,因偷吃了西王母给她丈夫的不死之药,飞升到月亮中,成为月神。说见《淮南子·览冥》篇及汉高诱注。以上二句是问:飞镜般的圆月没有根蒂,是谁把它拴系在空中?嫦娥仙子总不出嫁,是谁将她留在月宫?

⑧谓:(人们)说。经海底:古人以为月亮是从海里升出的。唐卢仝《月蚀》诗:"烂银盘从海底出。"无由:无从。

⑨恍惚:形容捉摸不透,又形容神思不定。以上二句是说,相传月亮在运行过程中要经由大海深处,属实与否,无从查问。这弄不清的问题令我发愁。

⑩万里长鲸:夸张语,长达万里的大鲸鱼。

⑪玉殿琼楼:参见前苏轼《水调歌头》注⑦。以上三句是说,我担心鲸鱼在海里横冲直撞,会撞坏了月亮中那些精美的宫殿楼阁。

⑫虾蟆(háma):即"蛤蟆",蟾蜍的俗称。传说月亮中有蟾蜍。故:同"固"。

212

⑬云何：如何，为何。玉兔：白兔。传说月亮中有玉兔。解：会。以上二句仍承上"月经海底"一说而发问：蛤蟆固然是可以在水里洗澡的，请问怎么那玉兔竟也能游泳呢？

⑭若道：如果说。都齐：一切，一齐。无恙：平安无事。恙：疾病，伤害。

⑮以上二句退一步问难：如果说月亮中的一切都完好无损，那它为什么会从圆满渐渐亏蚀，最终变成为细细弯弯的一钩？

本篇押用一部平韵，韵脚是"悠""头""秋""留""由""愁""楼""浮""钩"。

【品评】

本篇与上篇是同一时期的作品。

月亮、太阳和地球在无边无际的宇宙中已不知捉了几千万亿年的迷藏。地球上的人们面对亘古以来此出彼没、运行不止的月亮和太阳，也不知有过多少沉思和遐想。在蒙昧的童年，人类不能科学解释日月升沉的奥秘，便充分驰骋他们那丰富的想象力，为之编织出一件件光怪陆离的神话彩衣。也许是因为太阳的威力使人敬而远之而月亮的魅力使人亲而近之的缘故吧，中国古代神话里，月亮神话的数量大大超过了太阳神话。辛弃疾这首词，就集中了几乎是所有的关于月亮的主要神话传说，并一一加以探询，发出种种妙趣横生的质问来。诚然，对于月亮神话的刨根问底，前人诗歌里早已有之。如屈原就曾质询道：月亮中为什么会有小兔？（《天问》："厥利维何，而顾菟在腹？"）李白也曾追问：月亮中的白兔捣成了仙药，给谁吃呢？（《古朗月行》："白兔捣药成，问言与谁餐？"）嫦娥孤独地住在月宫，有邻居吗？邻居是谁？（《把酒问月》诗："嫦娥孤栖与谁邻？"）但在一篇之中提出这许多类似幼儿园里小朋友向阿姨提出的天真烂漫的问题，却是词人的首创。浓郁的浪漫主义情味，活泼泼地向我们展示了他那颗不泯的童心。

西 江 月

遣　兴①

　　醉里且贪欢笑②,要愁那得工夫③。近来始觉古人书④。信着全无是处⑤。　　昨夜松边醉倒,问松我醉何如⑥。只疑松动要来扶⑦。以手推松曰去⑧。

【注释】

　　①遣兴:抒写一时的情致。遣:排遣。兴:意兴。

　　②且:聊且,暂且。贪:不知满足地追求。

　　③那得:哪有。工夫:空闲的时间。以上二句是说自己饮酒寻乐还忙不及呢,哪来闲工夫发愁? 其实他是借酒浇愁。

　　④始觉:才开始感觉到。

　　⑤信:相信。着:动词后的语助词。全无是处:没有一点对的地方。以上二句是说自己近来才发觉古人书统统信不得。这里的意思并非否定古人,而是有慨于古代的圣贤之道在当今昏黑腐败的政治环境中无法实行。

　　⑥我醉何如:我醉得怎么样了?

　　⑦这句是说自己醉眼朦胧,看那松树晃动着活了起来,以为它要来搀扶自己。

　　⑧这句是说自己用手推开松树,呵斥道:“去!”(走开! 老子自个儿站得起来!)《汉书·龚胜传》:“胜以手推常(夏侯常)曰:‘去!’”辛词用此句格。

　　本篇用一部韵平仄通押,韵脚是“夫”(平)“书”(平)“处”(仄)“如”(平)“扶”(平)“去”(仄)。上、下片首句“笑”“倒”亦同韵,当是有意添押一部上去声仄韵为辅韵,以增加全词的声韵之美。

【品评】

　　本篇与前两篇是同一时期的作品。

　　上片不可从正面读，而须从背面读。说"醉贪欢笑"，可见他醒时极为苦闷。说"愁无工夫"，其实是愁不可解，真正无忧无虑的人，决想不到宣称自己无愁。说"古人书不可信"，也无非是因为他笃信古代圣贤之教，身体力行，一心要治平天下，恢复神州，但在现实社会中却处处碰壁。愤激之余，发发牢骚，不必当真的。正话反说，词情就多一层曲折，耐人咀嚼。

　　下片可以作韵文读，更应该作散文读。如采用新式标点，便是一段绝妙的短文——昨夜松边醉倒，问松："我醉何如?"只疑松动要来扶，以手推松曰："去!"——"以文为词"本是辛弃疾的拿手好戏，此段运用尤为纯熟，真到了出神入化的地步。特别是末句，只一个动作加上一个字的挥斥语，就写活了词人倔强的性格。若按词的句法六字连读，便觉平淡；惟有按散文句法，前五字一顿，最后那"去"字用重音冲口喷出，方才有味。读者不妨将两种读法都试一试，作个比较。

南　乡　子

登京口北固亭有怀①

　　何处望神州②。满眼风光北固楼。千古兴亡多少事，悠悠。不尽长江滚滚流③。　　年少万兜鍪④。坐断东南战未休⑤。天下英雄谁敌手⑥，曹刘⑦。生子当如孙仲谋⑧。

【注释】

　　①京口：今江苏镇江。汉献帝建安十四年(209)，孙权曾以此为京城。十六年(211)，迁都建业(今南京)，改此地为京口镇。南宋时为镇江

府。北固亭:又名北固楼。在镇江东北、长江南岸的北固山上。天色晴明时,楼上可望见江北的扬州城。见宋祝穆《方舆胜览·镇江府·楼观》。有怀:有所感怀。据词意,他感怀的是孙权及其英雄业绩。

②神州:见前张元幹《贺新郎》注②。

③杜甫《登高》诗:"无边落木萧萧下,不尽长江滚滚来。"

④兜鍪(móu):古代军人的头盔。这里代指战士。

⑤坐断:占住。以上二句是说,孙权自年轻时起就统帅千军万马,占据东南地区,北与曹魏抗衡,西与蜀汉争锋,征战不止。孙权为吴主时,年仅十八岁。

⑥这句问道:天下英雄谁是孙权的对手?

⑦曹刘:《三国志·蜀先主传》载,曹操曾对刘备说:"今天下英雄惟使君(称刘备)与操耳。"(当今天下的英雄,只有你我两人而已。)

⑧汉献帝建安十八年(213),曹操率军攻濡须(故地在今安徽巢湖市),孙权亲自提兵迎敌。曹操见孙权军容整肃,喟然叹道:"生子当如孙仲谋。刘景升儿子若豚犬耳!"(生儿子就应生像孙权这样有出息的。刘表的儿子简直像猪狗!)事见《三国志·吴主传》南朝宋裴松之《注》引《吴历》。按,荆州军阀刘表死后,他的儿子刘琮不能固守基业,不战而降,拱手将荆州之地奉送给曹操。因此曹操在赞叹孙权英武的同时,对刘琮嗤之以鼻。

本篇押用一部平韵,韵脚是"州""楼""悠""流""鍪""休""刘""谋"。

【品评】

宁宗时期,外戚韩侂胄执政,谋划北伐中原以建树千秋功业,于是起用了一批被闲置的抗战派人士。嘉泰三年(1203)夏,词人在罢官隐居铅山九年之后,复出知绍兴府(今浙江绍兴)兼浙东安抚使。四年(1204)春,改知镇江府(今江苏镇江)。开禧元年(1205)六月,改知隆兴府(今江西南昌),七月即被劾罢官。本篇即作于嘉泰四年至开禧元年间在镇江任,词人当时六十四至六十五岁。

全词四个语意层次，竟设置了三问三答，章法十分别致。上片结句拈用杜诗"不尽长江滚滚来"，旨在说明千古兴亡乃是一个波澜壮阔、奔腾无已的活的历史流程。仅为押韵而更动一字，便化无形为有形，宕出远神。且大江本为北固楼上登临送目时眼前实有之景，不劳他求，自然凑泊。下片结句整用史书成语，信手拈来，天衣无缝，益发妙不可言。特别有味的是，他只用曹操赞孙权语的上半句"生子当如孙仲谋"，却将下半句"刘景升儿子若豚犬耳"留给读者去补充联想。歇后成文，于是正面的道白之外就有了潜台词，个中深意，耐人寻思。当今之世，谁是"刘景升儿子"？词人不便明说，读者自可于言外心领神会。

永 遇 乐

京口北固亭怀古①

千古江山，英雄无觅，孙仲谋处②。舞榭歌台③，风流总被，雨打风吹去④。斜阳草树，寻常巷陌，人道寄奴曾住⑤。想当年，金戈铁马⑥，气吞万里如虎⑦。 元嘉草草⑧，封狼居胥⑨，赢得仓皇北顾⑩。四十三年⑪，望中犹记，烽火扬州路⑫。可堪回首⑬，佛狸祠下⑭，一片神鸦社鼓⑮。凭谁问，廉颇老矣⑯，尚能饭否⑰。

【注释】

①京口、北固亭：见上篇注①。

②孙仲谋：即三国时吴国开国君主——吴大帝孙权，字仲谋。他自建安五年（200）起继承父兄遗业，据有江东。十三年（208），与刘备合力大败曹操的军队于赤壁。黄武元年（222），又大败刘备的军队于彝陵（今湖北宜昌东）。详见《三国志·吴主传》。以上三句是说，江山千古犹存，而孙仲谋那样的英雄已无处寻觅。

217

③舞榭歌台:供饮宴、观看歌舞的豪华建筑。

④以上三句是说,自孙权之后,统治江东的历朝君主大多是征歌逐舞、醉生梦死、苟且偷安之辈,他们的政权都不长久,或因政变而王朝更迭,或因战争而江山失守,作为其"风流"生活象征的"舞榭歌台",总被历史的风风雨雨摧为陈迹。宋刘一止《踏莎行·游凤凰台》词:"六代豪华,一时燕乐,从教雨打风吹却。"辛词似有取于此。

⑤寄奴:刘裕(356—422),小名寄奴。祖籍彭城(今江苏徐州),迁居丹徒(今镇江市丹徒区)京口里。家贫而有大志。初为东晋北府兵将领,后掌握东晋大权。晋安帝义熙五年(409)至六年(410)北伐,攻灭南燕鲜卑族慕容氏政权。十二年(416)至十三年(417)又北伐,攻灭后秦羌族姚氏政权,收复洛阳、长安。元熙二年(420)代晋称帝,国号宋。在位三年,史称宋武帝。详见《宋书》本纪。

⑥金戈铁马:后唐李袭吉《谕梁文》:"金戈铁马,蹂践于明时。"金戈:泛指精良的兵器。戈:一种长柄兵器,似枪而有横刃,可击可钩。铁马:身披铁甲的战马。

⑦这句形容刘裕北伐灭南燕、后秦时的磅礴气势。以上六句承上而转折,说六朝历史上固然是庸碌的君主居多,但也还有一位起家于京口,从寻常街巷里走上政治舞台的英雄刘裕,其当年北伐时的赫赫声威,令人神往。

⑧元嘉:南朝宋文帝刘义隆的年号,共三十年(424—453)。草草:形容辛劳。又可形容仓促、匆忙。此处都说得通。

⑨封:聚土为坛而祭天。狼居胥:古山名,约在今内蒙古或蒙古国境内,具体地点不详。汉武帝元狩四年(前119),骠骑将军霍去病率五万骑兵远征匈奴,歼敌七万余人,"封狼居胥山"而还。见《史记·卫将军骠骑列传》。南朝宋时,王玄谟屡次向文帝陈说讨伐北魏的方略,文帝曾对人说,听了王玄谟的议论,"使人有封狼居胥意"(使人想北伐建立汉代霍去病那样的功业)。见《宋书·王玄谟传》。

⑩仓皇:形容慌张。北顾:北望。元嘉二十七年(450),宋文帝派遣宁朔将军王玄谟等分水陆数路大举北伐,北魏太武帝拓跋焘亲率大军渡

黄河迎战,宋军败走。魏军一直追击到长江北岸的瓜步(在今南京市六合区境内),扬言要渡江攻取宋都城建康,因宋军沿江防守甚严,乃于次年正月退兵。在这场战争中,魏军一路烧杀,宋方人民财产损失惨重。见《宋书·索虏传》。以上三句纪此事,承上再转,说刘义隆远不及他父亲刘裕,元嘉北伐,辛苦一场,结果只落得"仓皇北顾"。同上书记载,元嘉八年(431)宋军在滑台(故城在今河南滑县东)与魏军作战失利后,文帝赋诗有"北顾涕交流"之句。词人移用来刻画十九年后文帝隔江面对北魏骄兵时慌乱痛惜的神情。又,南宋孝宗隆兴元年(1163),枢密使张浚主持北伐,亦因事起仓促,加上前线将帅不和,招致溃败。金人反乘机胁迫南宋签订"隆兴和约",割地称侄。词人拈出"元嘉北伐",正是影射"隆兴北伐",以此为枢纽,词情便自然地由怀古转入感慨本朝的政治现实。

⑪四十三年:自"隆兴北伐"失利至词人作此词时,共四十三个年头(1163—1205)。

⑫扬州路:指淮南东路。辖境为淮河以南、长江以北的东部地区,治所在扬州。以上三句是说,"隆兴北伐"失败后,淮南东路报警的烽火,至今还历历在目,记忆犹新。"隆兴北伐"的主战场在淮北,距淮南东、西二路最近。北伐军溃败后,二路处于金军的直接威胁之下。当时词人正在江阴军(今江苏江阴市)任签判(州军长官的助理),江阴与扬州地区隔江相望。

⑬可堪:哪堪。回首:回顾,回想。

⑭佛(bì)狸祠:拓跋焘字佛狸。见《宋书·索虏传》。陆游《入蜀记》载,瓜步山顶有魏太武帝庙,庙前大树约已三百年。按,《魏书·世祖纪》载,当年拓跋焘挥师追击宋军至长江边,曾在瓜步山上建行宫。其祠庙当系后人就其行宫而改建。

⑮神鸦:祠庙里啄食祭品的乌鸦。社鼓:民间祭祀土神时的乐鼓声。拓跋焘是北方少数民族侵略军的首领,在历史上以残杀汉族人民而恶名昭著,如今其祠庙内却香火旺盛,足见自"隆兴和议"以来,朝廷的苟安政策已造成了严重的后果,长期的和平环境,淡漠了人们的家国之仇。以上三句,为此而叹息。

⑯廉颇：战国时赵国的名将。赵惠文王时，他大破齐国之军，以勇气闻名于诸侯。赵悼襄王时，不得志，流亡到魏国。后赵国屡遭秦国侵略，赵王想重新起用他，就派使者去探望。他当着使者的面一顿吃了一斗米的饭、十斤肉，又披铠甲上马，显示自己还能上阵杀敌。但使者受了他仇人的贿赂，回去报告赵王说："廉将军虽老，尚善饭（还很能吃饭），然与臣坐，顷之三遗矢矣（一会儿就拉了三次屎）。"赵王以为他老而无用，于是便不再召他回国。见《史记·廉颇蔺相如列传》。

⑰尚能饭否：还能吃饭么？饭：这里用作动词。以上三句是说，朝廷有谁关心、重视我们这些老将呢？

本篇押用一部上去声仄韵，韵脚是"处""去""树"（此字或系撞韵）"住""虎""顾""路""鼓""否"。

【品评】

本篇作于宁宗开禧元年（1205），词人六十五岁，在镇江知府任。

其时正值韩侂胄当政。韩氏志大才疏，寡谋躁进，不等条件成熟，就想用兵伐金。又不真正倚重像词人这样有经验的老将，仅用作点缀而已。词人对此，感慨良多。词中引述刘宋"元嘉北伐"的历史教训，既是对四十三年前失败了的"隆兴北伐"的影射，又是为迫在眉睫而并无胜算的"开禧北伐"而担忧。篇终以廉颇自比，见出他有感于英雄迟暮而用不能尽其才的悲愤心情。尤为可哀的是，就在这年秋天，词人竟又遭罢免。明年即开禧二年（1206）夏，韩氏贸然下令出师，终于重蹈了"隆兴北伐"的覆辙。词人不幸而言中了。

此词是稼轩集里的压卷之作，其沉郁顿挫，可与杜甫诗媲美。它的沉郁显而易见，不必细说，且看它如何顿挫。千古江山，何其壮哉；而英雄无觅，又何其悲也。这是一顿挫。歌舞风流，繁华已极；而风吹雨打，扫地成空。这又是一顿挫。残阳陋巷，好不衰飒；而豪杰曾居，便当刮目。这又是一顿挫。以上还只是一韵之内前波后澜的小顿挫。如大段而论，则先怀孙权之英武而继叹六朝之孱弱，是一顿挫；复于六朝碌碌无能之辈中拈出一个气吞中原的刘寄奴，这又是一顿挫；刚赞罢刘裕北伐之大捷，旋即悲叹其子刘义隆北伐之惨败,这又是一顿挫;以"元嘉北伐"指"隆兴北伐",悲哀之中犹有对于当年战斗气氛的怀念,这又是一顿挫;怀念之余更以佛狸祠下之一片神鸦社鼓为不堪回首,仿佛是说与其要和平时期的麻木,毋宁要战败之际的惕厉,这又是一顿挫。黄河九曲,终注大海。本篇百折千回,总将一腔抑塞难平的英雄气,吐向浩浩太空,真能令风云变色,星月无光!

贺 新 郎

别茂嘉十二弟①。鹈鴂、杜鹃实两种②,见离骚补注③

绿树听鹈鴂。更那堪、鹧鸪声住④,杜鹃声切⑤。啼到春归无寻处,苦恨芳菲都歇⑥。算未抵、人间离别⑦。马上琵琶关塞黑⑧,更长门、翠辇辞金阙⑨。看燕燕,送归妾⑩。　　将军百战身名裂⑪。向河梁、回头万里⑫,故人长绝⑬。易水萧萧西风冷⑭,满座衣冠似雪⑮。正壮士、悲歌未彻⑯。啼鸟还知如许恨⑰,料不啼清泪长啼血⑱。谁共我,醉明月⑲。

【注释】

①茂嘉:词人的族弟,生平不详。十二:辛茂嘉在堂兄弟中的排行。

②鹈鴂(tíjué):暮春时节啼鸣的一种鸟,与杜鹃相类。杜鹃:相传是失去了王位的古蜀国国君杜宇死后魂魄所化。见旧题汉扬雄《蜀王本纪》。实两种:其实是两种不同的鸟。

③离骚补注:南宋洪兴祖所撰《楚辞补注》中,对屈原《离骚》所作的"补注"。《楚辞》是中国第一部辞赋总集,汉刘向编。原收战国楚屈原、宋玉及汉淮南小山、东方朔、王褒、刘向等人辞赋共十六篇。东汉王逸增入己作《九思》,遂成十七篇。因其运用楚地(今湖南、湖北、安徽西部一带)的文学样式、方言声韵,具有浓厚的楚文化色彩,故名。王逸《楚辞章

句》是《楚辞》的第一个注本。洪兴祖对王逸注作了较多的补充,故名《补注》。

④鹧鸪:见前辛弃疾《菩萨蛮》注⑥。声住:叫声停止。

⑤声切:叫声急切。

⑥苦:程度副词,很、甚。芳菲都歇:指百花凋零。

⑦算:估计。未抵:比不上。

⑧马上琵琶:用汉王昭君出塞和亲远嫁匈奴事。晋石崇《王明君辞序》说:汉代公主(刘细君)远嫁乌孙,皇帝"令琵琶马上作乐(奏乐),以慰其道路之思"。送王昭君远嫁匈奴,想必也是这样。关塞黑:杜甫《梦李白》诗:"魂返关塞黑。"黑:指天地昏暗。

⑨翠辇:用翠鸟羽毛装饰的宫中小车。金阙:指皇帝居住的宫殿。此句用陈皇后失宠于汉武帝后,黜居长门宫事。参见前辛弃疾《摸鱼儿》注⑭。

⑩燕燕:《诗·邶风·燕燕》:"燕燕于飞,差池其羽。之子于归,远送于野。"毛《传》说此诗乃"卫庄姜送归妾也"。《左传》隐公三年、四年载:卫庄公夫人庄姜无子,以庄公妾陈国女子戴妫所生子完为己子。庄公薨,完继位,即桓公。后来,庄公与另一名宠妾所生子,亦即桓公的异母弟州吁政变,杀桓公,庄姜乃不得不将戴妫送回陈国。

⑪将军:指汉武帝时名将李陵。《史记·李将军列传》载,李陵率五千兵士与匈奴八万人作战,杀伤匈奴万余人,终因寡不敌众,败降匈奴。身名裂:身败名裂。

⑫河梁:河上的桥。

⑬故人:指苏武。长绝:永别。汉代苏武出使匈奴,遭扣留,历经磨难而坚贞不屈,十九年后方被放还。李陵置酒饯别苏武,有"异域之人,壹别永绝"之语。见《汉书·苏武传》。旧题李陵《与苏武诗》三首其三:"携手上河梁,游子欲何之。"

⑭易水:在今河北易县境内。萧萧:形容风声。

⑮衣冠似雪:衣帽皆白如雪。

⑯壮士:指荆轲。彻:结束。《史记·刺客列传》载,燕国太子丹使荆

轲谋刺秦王,临行,太子丹及宾客皆白衣冠,在易水边相送。荆轲歌曰:"风萧萧兮易水寒,壮士一去兮不复还!"

⑰还:如果,倘若。如许恨:这么多的恨。

⑱啼血:杜鹃鸟啼声悲切,喙上又有血红色的斑点,故有是说。白居易《琵琶行》:"杜鹃啼血猿哀鸣。"

⑲以上二句是说,茂嘉弟离去后,谁与我一道在明月下畅饮,一醉方休呢?

本篇押用同一部入声仄韵,韵脚是"鸪""切""歇""别""阕""妾""裂""绝""雪""彻""血""月"。

【品评】

宋岳珂《桯史》载,宁宗开禧元年(1205),辛弃疾知镇江府,刘过亦至镇江。刘过《龙洲集》中有《沁园春·送辛幼安弟赴桂林官》词曰:"天下稼轩,文章有弟,看来未迟。正三齐盗起,两河民散,势倾上国,泛泛如杯。猛士云飞,边人灰灭,机会之来人共知。何为者,望桂林西去,一骑星驰。"此"辛幼安弟"或即辛茂嘉。所述金国内乱、北伐机会到来的政治形势,也与开禧初相合,当即作于此年。辛弃疾此词或亦同时之作,是年词人六十五岁。据辛词中所描写的节令,时在春夏之交。

此词采用了南朝梁江淹《别赋》《恨赋》、唐李白《拟恨赋》的作法,集取历史上一系列典型的离别恨事,联缀成文,藉以表达自己与族弟分袂的惆怅。所胪列的那些故事,除"别""恨"这两个关键词外,彼此之间再也没有其他逻辑关联。但由于作者气魄大,才情高,笔力扛鼎,故能挥洒自如,做到浑然一体,天衣无缝。

[宋]陈亮（1143—1194）

　　字同甫，号龙川，婺州永康（今属浙江）人。才气超迈，喜谈论军事，作文下笔如飞。孝宗隆兴年间与金人议和，他持反对态度。乾道五年（1169），向朝廷献《中兴五论》，未被采纳。淳熙五年（1178），赴京城临安，十日内三次上书陈说恢复中原之计。孝宗欲授以官职，他笑道：我上书是为了国家，不是为了博取功名。乃渡江而归。十五年（1188），又上书激励孝宗北伐，仍如石沉大海。光宗绍熙四年（1193），中进士，名列第一，被授予建康府签判的差遣，未到任即于次年卒。他一生力主抗金，直言不讳，颇遭当权者嫉恨。三次被诬入狱，始终未能施展抱负。著有《龙川文集》，以哲学家、政论家名世，是永康学派的代表人物。今存词七十余首，集名《龙川词》。平生爱国之志、济世之怀，词中多有反映。

念 奴 娇

登多景楼①

　　危楼还望②，叹此意、今古几人曾会③。鬼设神施④，浑认作、天限南疆北界⑤。一水横陈⑥，连冈三面⑦，做出争雄势⑧。六朝何事⑨，只成门户私计⑩。　　因笑王谢诸人⑪，登高怀远⑫，也学英雄涕⑬。凭却江山⑭，管不到、河洛腥膻无际⑮。正好长驱⑯，不须反顾⑰，寻取中流誓⑱。小儿破贼⑲，势成宁问强对⑳。

【注释】

　　①多景楼：在镇江北固山上甘露寺内，故基是唐代的临江亭。唐李德裕《题临江亭》诗有"多景悬窗牖"之句，楼名有取于此。南宋初，楼废于

224

兵火。孝宗初,寺僧重修。登楼凭眺,江山胜景荟萃于目前。详见宋张邦基《墨庄漫录》、张孝祥《题陆务观多景楼长句》)。

②危楼:高楼。还望:向四面眺望。还:同"环"。

③会:领悟,理解。

④鬼设神施:《旧唐书·孟郊传》:"(孟)郊为诗鬼设神施。"这里移用来形容长江天险非人工所能做到。

⑤浑:直。认作:看成。天限南疆北界:三国时,魏文帝曹丕欲伐东吴,至广陵(今江苏扬州),见长江波涛汹涌,叹道:"嗟乎!固天所以隔南北也。"遂退兵。见《三国志·吴主传》裴松之《注》引晋张勃《吴录》。限:隔。

⑥一水横陈:指长江横卧于前。

⑦连冈三面:镇江东、西、南三面皆有山,故云。

⑧争雄势:进取中原,与北方争雄的地理形势。词人《戊申再上孝宗皇帝书》中说:"京口连冈三面,而大江横陈,江旁极目千里,其势大略如虎之出穴,而非若穴之藏虎也。"以上三句意同。

⑨何事:为什么。

⑩门户私计:为家族谋私利的打算。以上二句是说,六朝统治者既有镇江这样宜于北伐的战略要地,却为何只考虑家族私利,偏安江东,不思收复中原!词人《戊申再上书》中说到自己"尝一到京口、建业(今南京),登高四望,深识天地设险之意",认为古今论者都只知拘守长江,殊不知这一带天生是进取中原的形势。此词整个上片就申述这古今无人能领会的"天地设险之意"。

⑪因:因而。笑:笑话。王谢:东晋执政的两大家族。

⑫怀远:怀念远方(指中原)。

⑬也学英雄忧国流泪的模样。《世说新语·言语》篇载,东晋初,自北方南渡来的一些士族官员常在新亭(故址在今南京市南)聚会。有一天,周颛叹道:"风景不殊,正自有山河之异!"(当时中原包括晋的故都洛阳都沦陷于匈奴等北方少数民族,故周颛有此悲叹。)在座诸人皆相视流泪。陈词以上三句,针对此事而发。但原典中流泪的人并不是王、谢,相

225

反,同上书记载,当时丞相王导还曾沉下脸来批评了周颛等人这种消极的情调。词人这里不过是借王、谢诸人指称东晋那些身居高位而无所作为的士大夫罢了。也可能他记忆有误,以致张冠李戴。

⑭凭却:凭据得。

⑮河:黄河。洛:洛水,黄河下游南岸的一大支流,在今河南西部。二水连称,泛指中原地区。腥膻:同"膻腥",见前张孝祥《六州歌头》注⑨。以上二句嘲讽东晋暨南朝空占有如此险要的江山,却照管不到中原,只能听任它被胡人盘踞,沾染上无边无际的膻臭气。词人《戊申再上书》中也有"河洛腥膻"之语。自"六朝何事"句至此,字面上是议论东晋暨南朝的历史,而实际上却也影射着南宋的政治现状。

⑯长驱:长驱而入,直捣中原。

⑰反顾:回头看。

⑱寻:同"燖",重温。中流誓:晋愍帝建兴元年(313),奋威将军祖逖率领部众自京口渡江北伐,"中流击楫而誓"(在江中心敲打着船桨,对着江水发誓),说自己如不能扫清中原,决不渡江南归。见《晋书》本传。以上三句是说,现在就应出兵北伐,奋勇直进,重温当年祖逖中流击楫的誓言,而不要瞻前顾后,畏首畏尾。

⑲小儿破贼:东晋孝武帝太元八年(383),前秦氐族政权的首领符坚亲率约九十万大军南侵,东晋宰相谢安命侄儿谢玄等以八万人拒敌,在淝水(今安徽寿县一带的东肥河)之战中将秦军击溃。当谢玄派人送上报捷的书信时,谢安正与宾客围棋,看完信默然无语,继续对弈。客问战况如何,他淡淡地回答说:"小儿辈大破贼。"事见《世说新语·雅量》篇。

⑳宁问:哪管。强对:强敌。以上二句据文义当读作"小儿破贼势成,宁问强对",是以东晋谢玄大败秦军一事为例,申说后生小辈自有锐气,可破强敌,这种形势已成,还怕什么金人!词人《戊申再上书》中建议孝宗任命太子赵惇为抚军大将军,主持北伐的战略大计。词中"小儿"云云,似有将赵惇比谢玄的意思。当时赵惇四十一岁,而谢玄指挥淝水大战时是四十岁,年纪正相当。

本篇押用一部上去声仄韵,韵脚是"意""会""界""势""事""计"

"涕""际""誓""对"。

【品评】

孝宗淳熙十五年(1188)春,词人赴建康、镇江观览山川形势,写出了著名的《戊申再上孝宗皇帝书》,又一次慷慨陈说北伐中原的大计方略,时年四十五岁。本篇即作于此次游镇江时(参见夏承焘先生《龙川词校笺》),与《戊申再上书》互为表里,可以对读。作者用政治战略家的眼光指点江山,审视历史,破除长江乃天限南北的旧说,发表京口可争雄中原的宏论,嗟叹六朝贵族只为门户私计,哂笑南渡士人空效英雄挥泪,进而大声疾呼,鼓吹北伐。全篇高屋建瓴,势不可当,颇有战国纵横家之气,充分体现了他以策论为词的创作特色。同属镇江怀古之作,辛弃疾的《永遇乐》沉郁顿挫,是百炼精钢,柔能绕指;而陈亮这首《念奴娇》痛快淋漓,则如宝剑出匣,寒光逼人。

[宋]刘过（1154—1206）

字改之，号龙洲道人，吉州太和（今江西泰和）人。多次参加进士考试而未能登第。屡曾上书朝廷，陈述北伐恢复中原的方略，都不为当政者所采纳。长期流浪江湖间，以诗词游谒达官贵人。酒酣耳热，出语豪放。晚年得到辛弃疾赏识，被延为座上客。卒于昆山（今属江苏）。著有《龙洲集》。诗文粗豪亢厉，才气纵横。今存词近八十首，集名《龙洲词》。所作学辛弃疾，颇多爱国壮语，虽不及辛词沉着，但狂逸之中自有俊致，足以名家。

沁 园 春

寄稼轩承旨①

斗酒彘肩②，风雨渡江③，岂不快哉④。被香山居士⑤，约林和靖⑥，与东坡老⑦，驾勒吾回⑧。坡谓西湖⑨，正如西子⑩，浓抹淡妆临镜台⑪。二公者⑫，皆掉头不顾⑬，只管衔杯⑭。　　白云天竺飞来⑮。图画里峥嵘楼阁开⑯。爱东西双涧，纵横水绕；两峰南北⑰，高下云堆⑱。遁曰不然⑲，暗香浮动⑳，争似孤山先探梅㉑。须晴去㉒，访稼轩未晚，且此徘徊㉓。

【注释】

①稼轩：见前辛弃疾名下作者介绍。承旨：枢密院都承旨（国家最高军事机关枢密院的内部事务总管）的简称。据《宋史》本传，辛弃疾被授予此官，在宁宗开禧三年（1207），且未受命即病卒。而刘过死于前一年，不可能预知朝廷对辛弃疾的这项任命，并在作此词时称辛弃疾为"承旨"。这称呼应是后人妄加，不足为据。

②斗酒彘(zhì)肩:《史记·项羽本纪》载,刘邦部下勇将樊哙护卫刘邦去出席项羽设下的鸿门宴,项羽赐他"斗卮酒"(容量约一斗的一大杯酒),他站着一饮而尽;又赐他"一生彘肩"(一条生猪腿),他放在盾牌上用剑切了吃下去。词人用此典故形容自己的豪放。

③江:指钱塘江。自临安赴绍兴须渡此江。

④岂不快哉:用《汉书·外戚传》成语。快:痛快,惬意。

⑤香山居士:即白居易。见前白居易名下作者介绍。他曾在杭州做过刺史。

⑥林和靖:即林逋(967—1028),字君复,杭州钱塘人。性情恬淡,不趋荣利。在西湖孤山结庐隐居,二十年不入城市。卒后,宋仁宗赐谥"和靖先生"。见《宋史》本传。他是北宋著名的隐士诗人,有《林和靖诗集》。终身不娶,种梅养鹤为伴,人称"梅妻鹤子"。

⑦东坡老:即苏轼。见前苏轼名下作者介绍。他曾在杭州任通判、知州。

⑧驾勒:用驾车勒马为喻,是强拖硬拉的意思。以上六句说,大杯喝酒,大块吃肉,冒着风雨渡江去拜望您辛大帅,难道不是件快意的事么?可硬被白居易约了林逋、苏轼,三人合伙把我给拖回来了。

⑨坡谓:苏东坡说。

⑩西子:即西施。参见前薛昭蕴《浣溪沙》注③。

⑪浓抹淡妆:古代女子面部化妆的两种不同方式。"浓抹"指眉毛画得黑,胭脂涂得艳,"淡妆"则正相反。临镜台:对着镜子。以上三句隐括苏轼《饮湖上初晴后雨》诗:"水光潋滟晴方好,山色空濛雨亦奇。欲把西湖比西子,淡妆浓抹总相宜。"(大意是说,西湖晴天美,雨天也美;好像西施,无论浓妆或淡妆都很漂亮。)

⑫二公:指白居易和林逋。者:语助词,在这里的作用是表示停顿。

⑬掉头不顾:转过头去,不予答理。

⑭衔杯:用嘴衔住酒杯,指喝酒。以上六句是说,苏轼提议去游西湖,但白、林二位却只管饮酒,未作出响应。

⑮白云:白居易说。天竺飞来:西湖西北灵隐山麓灵隐寺前有灵鹫

峰,一名飞来峰。相传东晋成帝时,印度高僧慧理见此峰,惊诧道:"此乃天竺国(古印度的别称)灵鹫山之小岭,不知何以飞来?"故名。一本作"天竺去来"。"天竺"则指灵隐寺南的天竺山及山中的天竺古寺。"去来","来"为语气词。

⑯峥嵘:形容高峻。

⑰两峰南北:指灵隐寺后的北高峰及与之遥相对峙的南高峰。

⑱高下:高低。云堆:云彩堆叠。以上四句隐括白居易《寄韬光禅师》诗:"东涧水流西涧水,南山云起北山云。"自"白云"至此一段文字,写白居易提议到灵隐山、天竺山、飞来峰一带去游览,因为那里寺庙依山而建,楼阁高耸,如在画中一般;更有东、西涧水纵横缭绕,可见南、北高峰直插云天。

⑲遄曰:林逋说。不然:不,不好。

⑳暗香浮动:林逋《山园小梅》诗:"暗香浮动月黄昏。"是写梅花幽香飘泛。

㉑争似:怎比得上。孤山:在西湖的里湖和外湖之间,一山孤峙湖中,故名。探梅:探赏初开的梅花。以上三句写林逋反对白居易的提议,并说孤山的梅花已开始飘香,不如先到那里去赏梅。

㉒须:等待。

㉓徘徊:盘桓,流连。以上三句是词人自己的心理活动:等天晴了再到绍兴去拜访辛弃疾也不晚,我就暂且在此逗留一段时间吧。

本篇押用一部平韵,韵脚是"哉""回""台""杯""来""开""堆""梅""徊"。

【品评】

宁宗嘉泰三年(1203),词人四十九岁,在临安。当时辛弃疾知绍兴府兼浙东安抚使,闻其名,派人来请他去作客。他因事不能即刻前往,便仿效辛词的特殊风格赋此词作为答复。辛弃疾读后大喜,最终还是将他邀了去,待若上宾(见宋岳珂《桯史》)。此词构思极为新颖奇妙,它打破了现实生活中的时空界限,让三位虽然时代不同但都与杭州有着密切关系的著名文人起死回生,来演出一场挽留作者,不放他离开杭州赴绍兴的喜剧;又匠心独运地隐括他们诗作中与杭州景物相关的佳句,编排了一段他们相互争执首先应游杭州哪处名胜的精彩对白。如此鲜活生动、风趣盎然的谲幻情节,有词以来,实不多见,一读便豁人耳目,给人留下深刻的印象。古代的文士很讲究人格尊严,尤其是寒士。对于达官贵人的招请,一呼即来,似有失身价;屡邀不至,又高傲得过了头(当然,那主人须是贤良,如系奸恶,又作别论)。通常的作法是稍稍拿点架子,再请或三请而后行。刘过与辛弃疾都是坚定的抗战派,彼此敬重,因此,词人对待辛氏的首次邀约,既表示盛情难却,又婉言暂不能至(从词中可以看出他并没有什么要事脱不开身),措辞不卑不亢,态度不即不离,处理方式还是很得体的。

糖 多 令

安远楼小集①,侑觞歌板之姬黄其姓者②,乞词于龙洲道人③,为赋此糖多令④,同柳阜之、刘去非、石民瞻、周嘉仲、陈孟参、孟容⑤,时八月五日也

芦叶满汀洲。寒沙带浅流。二十年、重过南楼。柳下系舟犹未稳⑥,能几日、又中秋⑦。　　黄鹤断矶头⑧。故人今在不⑨。旧江山、浑是新愁⑩。欲买桂花同载酒⑪,终不是、少年游⑫。

【注释】

①安远楼:即词中“南楼”。宋祝穆《方舆胜览·鄂州》载,在郡治南黄鹤山顶。按,黄鹤山在今武汉市武昌区。小集:小聚,小型宴集。

②侑(yòu)觞:陪酒助兴。歌板之姬:歌妓。板:拍板,唱歌时用来打拍子。黄其姓者:补充说明该歌妓姓黄。

③乞词:请求他人作词。

④为赋:为她作词。"为"字后省略了宾语。

⑤柳阜之、刘去非、石民瞻、周嘉仲、陈孟参、孟容:皆词人之友,生平不详。

⑥系舟:泊船。这句是说,刚到武昌没多久。

⑦这句是说,过不了多少天,又是中秋节了。

⑧黄鹤断矶头:黄鹤山悬崖顶上。断矶:形容山矶石壁陡峭。

⑨故人:老朋友。不:同"否"。

⑩旧江山:黄鹤山下临长江。由于作者二十年前到过这里,对他来说,此"江山"并不新鲜,故称为"旧江山"。浑是:全是。

⑪载酒:在车或船上带着酒出游。

⑫终:终究。不是:一作"不似",不重复"是"字,较胜。

全篇押用一部平韵,韵脚是"洲""流""楼""秋""头""不""愁""游"。

【品评】

据宋姜夔《翠楼吟》(月冷龙沙)词序记载,武昌安远楼落成于孝宗淳熙十三年(1186)冬。按"南楼"北宋就有,并非新建,当是重修,且改名"安远"而已。刘过初至安远楼,不应早于此年。假定即在此年,当时他三十二岁,那么下推二十年,是宁宗开禧二年(1206),亦即他去世那年,当时他五十二岁。重过此楼并作此词,不得晚于是年。当然,词中"二十年"云云也有可能是举成数而非实数,如此则本篇或作于宁宗嘉泰四年(1204)前后,词人约五十岁时,亦未可知。

词人负一世之才名,却科场蹭蹬,屡试不第,只得游走江湖,干谒达官贵人,以为生计。他那些干谒之词,固然风格豪放,气势恢宏,但那是写给仕途得意者看的,不完全能反映其真实的心境。像本篇这样为自己而写的作品,才是其生存状态与精神面貌的自然呈现。年轻人虽也遭遇挫折,因为有的是时间,所以还不会很在意,还能够"但将酩酊酬佳节,不用登临叹落晖"(唐杜牧《九日齐山登高》诗);一旦"老冉冉其将至"而"修名之

232

不立"（屈原《离骚》），心情就不一样，也"潇洒"不起来了。凡与词人有相似生活经验的读者，谁读到"柳下系舟犹未稳，能几日、又中秋"，"欲买桂花同载酒，终不似、少年游"，能不悲凉，能不惊心呢？

[宋] 姜夔(1155？—1221？)

　　字尧章,号白石道人,饶州鄱阳(今属江西)人。幼年跟随父亲宦游,往来于汉阳(今武汉市汉阳区)二十余年。后来在长沙(今属湖南)结识著名诗人萧德藻,德藻欣赏他的诗,将他带到湖州,并把侄女嫁给了他。他参加过进士考试,但未及第,长期客游于达官贵人之门,与杨万里、范成大、辛弃疾等前辈名作家都有交往。晚年寓居临安,以布衣终身。他精通音乐,工诗,善书法,著有《白石道人诗集》《诗说》等。今存词八十余首,有《白石道人歌曲》《白石词》等不同名目版本。其自度曲十七首缀有音乐旁谱,是研究宋代词乐的珍贵文献。

扬　州　慢①

　　淳熙丙申至日②,予过维扬③。夜雪初霁④,荠麦弥望⑤。入其城,则四顾萧条⑥,寒水自碧,暮色渐起,戍角悲吟⑦。予怀怆然⑧,感慨今昔,因自度此曲⑨。千岩老人以为有黍离之悲也⑩

　　淮左名都⑪,竹西佳处⑫,解鞍少驻初程⑬。过春风十里⑭,尽荠麦青青⑮。自胡马、窥江去后⑯,废池乔木⑰,犹厌言兵⑱。渐黄昏,清角吹寒,都在空城⑲。　　杜郎俊赏⑳,算而今、重到须惊㉑。纵豆蔻词工㉒,青楼梦好㉓,难赋深情㉔。二十四桥仍在㉕,波心荡、冷月无声㉖。念桥边,红药年年㉗,知为谁生㉘。

【注释】

　　①扬州慢:这个词调是作者的首创。因词咏扬州,故名。慢:慢曲子,

234

节奏较舒缓,篇幅也较长。

②淳熙丙申:孝宗淳熙三年(1176)。至日:冬至日。一般在农历十一月中。

③予:我。维扬:扬州的别称。

④霁:雨雪初晴。

⑤荞麦:一种野麦。弥望:满眼,塞满视野。

⑥四顾:四面打量。

⑦戍角:戍军的号角声。悲吟:凄凉地拖着长音。

⑧予怀:我的情怀。怆然:形容哀伤。

⑨自度此曲:精通音律的词人自作新曲并填词,或自作新词并谱曲,叫做"自度曲"。

⑩千岩老人:萧德藻,字东夫,号千岩老人,福州人。宋高宗绍兴二十一年(1151)进士。曾知乌程县(已废入今浙江湖州)、峡州(今湖北宜昌)。以诗著称于时。有《千岩择稿》,今不传。见宋陈振孙《直斋书录解题》等。以为:认为。黍离:参见前张元幹《贺新郎》注③。据夏承焘先生《姜白石词编年笺校》考证,词人识萧德藻在作此词后十年。因此,这小序的末句当系后来所增写。

⑪淮左:淮东,即淮南东路。名都:著名的大城市。

⑫竹西:杜牧《题扬州禅智寺》诗:"谁知竹西路,歌吹是扬州。"后人在此建竹西亭,遂为当地名胜。据宋王象之《舆地纪胜》,亭在当时扬州北门外五里。

⑬解鞍:卸下马鞍。少驻:稍稍停留。初程:旅途刚开始的一段路程。以上三句写自己旅经扬州,因久慕其名胜,故略事逗留。

⑭春风十里:语出杜牧《赠别》诗:"春风十里扬州路。"

⑮尽:全是。以上二句写自己经行之处,只见唐诗中描绘过的繁华街道,如今已变成荒凉的野田。

⑯胡马:指金人的铁骑。窥江:窥视长江,指侵扰到长江边。

⑰废池:荒废的园林池沼。

⑱言兵:谈论战争。唐钱珝《江行无题一百首》诗其十二:"翳日多乔

木，维舟取束薪。静听江叟语，俱是厌兵人。"姜词"废池"八字，由此化出。以上三句是说，自从高宗绍兴三十一年（1161）金主完颜亮大举南侵，扬州又一次遭受浩劫以来，虽已过了十六年，但就连废池边的老树也不愿再提起那场战祸。"废池乔木"是战祸受害者、目击者的象征。说无情的乔木"犹厌言兵"，则当地人民的惨痛心情，自在言外。

⑲以上三句是说，天色渐晚，戍军的号角声凄清地回荡着，将寒意散布在这座空城。"空城"是极言其衰微破败，人烟稀落。

⑳杜郎：晚唐著名诗人杜牧（803—852），字牧之，京兆万年（今西安市长安区）人。进士及第。宣宗时累官至中书舍人。著有《樊川集》。详见新、旧《唐书》本传。他年轻时曾在扬州任淮南节度府推官、掌书记，狎妓游冶，颇多风流韵事。集中有一定数量的艳情诗即作于扬州。称"杜郎"，是为了强调他的年少风流。俊赏：爱美。这里指对美人有特殊的鉴赏力。

㉑算：料想。须：应。以上二句是说，倘若那风流多情的杜牧如今重到扬州，想必会大吃一惊。

㉒纵：纵然。豆蔻词：杜牧《赠别》诗："娉娉袅袅十三余，豆蔻梢头二月初。"所赠对象是扬州的一名雏妓，"豆蔻"句赞其年少而美丽。豆蔻：花名。丛生，叶瘦如芦苇。初开时先抽一茎，有箨包裹，箨解花见，一穗数十蕊，淡红色，鲜妍如桃、杏花。详见宋范成大《桂海花木志》。工：精妙。

㉓青楼梦：杜牧《遣怀》诗："十年一觉扬州梦，赢得青楼薄幸名。"青楼：指妓院。

㉔以上三句是说，即便杜郎当年在扬州的浪漫情事是那样缱绻，在扬州写的赠妓诗是那样工妙，如今也难以作诗来表达他的一往深情了。（因为如今的扬州，青楼已所剩无几，美人也多风流云散。）

㉕二十四桥：扬州在唐代最为富盛，有二十四座著名的桥梁。五代时，后周与南唐争夺淮南之地，扬州旧城被毁。周世宗命大将韩令坤别筑新城，二十四桥或存或废，北宋时已不可考。参见宋沈括《补梦溪笔谈》、王象之《舆地纪胜》。下文说"仍在"，是文学，不是实录。

㉖杜牧《寄扬州韩绰判官》诗："二十四桥明月夜，玉人何处教吹箫？"

236

是调侃友人,问他当此明月之夜,在二十四桥中的哪座桥畔,与哪处青楼的妓女相好。姜词以上二句,有意与杜诗作今昔对比,说二十四桥还在,但玉人已不知去向,箫声也不复可闻,只剩下一弯冷月在桥下水波中荡漾。在杜诗为"明月",在此词为"冷月",亦有乐景与哀景的显著区别。

㉗红药:红芍药花。宋彭乘《墨客挥犀》载:"扬州芍药,名著天下郡国。"

㉘以上三句用秦观《满庭芳》(碧水惊秋)词"问篱边黄菊,知为谁开"句格。是说自忖桥边红药年年不知为谁而生。按《诗·郑风·溱洧》:"维士与女,伊其相谑,赠之以勺药。""勺药"即"芍药"。可知古代早就将芍药用作男女定情之物。词中即取这种含义。扬州残破,佳人流散,男欢女爱之事既已罕见,则芍药虽生,也无所用了。这三句,一般选本多断作"念桥边红药,年年知为谁生"二句,亦通。但上下片末韵字数、字声全同,句法当画一,故笔者读为三句。如这里读作上五下六二句,那么上片末韵也应改读作"渐黄昏清角,吹寒都在空城"。

本篇押用一部平韵,韵脚是"程""青""兵""城""惊""情""声""生"。又"寒""年"同韵,且分处在上、下片相对应的位置上,或是有意添押一部平韵为辅韵,以增加全词的声韵之美。

【品评】

作此词时,姜夔二十来岁。

扬州,是我国东南地区的一座历史文化名城。自春秋末吴王夫差初筑邗城,至南朝宋时,经过劳动人民千余年来的辛勤建设,这里已是"车挂辖,人驾肩,廛闬扑地,歌吹沸天"(见南朝宋鲍照《芜城赋》,大意是说街上车碰车,人挤人,民宅密集,音乐喧闹)。然而宋孝武帝大明三年(459)的一场内战,却使它荡为废墟。当时著名的文学家鲍照,曾痛心地为此而撰写了一篇传诵千古的《芜城赋》。此后,由于隋开运河而扬州恰在运河与长江的十字交叉点上,得天独厚的地理位置又使它如凤凰涅槃,从灰烬中重新崛起。发展到唐代,它成了全国最繁荣的商业都市,以至民谚有"扬一益二"(扬州第一,成都第二)之称(见宋洪迈《容斋随笔》)。虽然五代十国时期的战乱对它也有所破坏,但在北宋一百数十年的和平环境里,扬州得到充分的休养生息,仍不失为淮东的雄藩大邑。可是,南宋高宗建炎三年(1129)和绍兴三十一年(1161),金人南侵时两次洗劫了它,使它再度大伤元气,在相当一个时期内尚未能恢复。读姜夔这首自度曲,我们不啻又看到了一篇《芜城赋》。不同的是,词人并没有像鲍照那样平铺直叙地由扬州昔日之盛写到今日扬州之衰,他一落笔便将兵燹后扬州的荒凉破败景象以及自己的黍离麦秀之悲掷于读者面前,令人怵目惊心;接下去仍不置一词以追溯扬州的辉煌历史,却别具匠心地请出当年亲历扬州繁华的唐代诗人杜牧作为见证,虚拟他如今重游故地将有何感想,借用其扬州诸诗为事典,使此古城盛时之风情一一得以由背面反观出来,无形中与今日之衰飒构成反差强烈的对比——应该说,这种表现技巧比起质朴平正的《芜城赋》来,是要复杂新奇得多。同题材的作品怎样才能让人读来不嫌重出呢?惟有在创作手法上另辟蹊径,推陈出新。本篇的成功经验值得我们很好地揣摩。

踏 莎 行

自沔东来①,丁未元日至金陵江上②,感梦而作

燕燕轻盈③,莺莺娇软④。分明又向华胥见⑤。夜长争得薄情知⑥,春初早被相思染。　　别后书辞⑦,别时针线⑧。离魂暗逐郎行远⑨。淮南皓月冷千山⑩,冥冥归去无人管⑪。

【注释】

①沔(miǎn):指汉阳军(今湖北武汉市汉阳区、蔡甸区)。隋唐时期称沔州。

②丁未:孝宗淳熙十四年(1187)。元日:农历正月初一。金陵:见前欧阳炯《江城子》注②、王安石《桂枝香》注②。南宋时称建康府。江上:

长江上。

③燕燕轻盈:谓女子体态轻盈如燕。

④莺莺娇软:谓女子口音娇软如莺。

⑤华胥:指梦、梦境。《列子·黄帝》篇载,黄帝"昼寝而梦游于华胥氏之国"。

⑥争得:怎得。薄情:薄情郎。

⑦书辞:书信。

⑧别时针线:临分别时女子为男子做的针线活,如缝制、缝补的衣服等。

⑨离魂:梦魂。因为别离,故称。逐:追随。

⑩淮南:南宋有淮南东路、淮南西路,皆在淮河之南。皓月:明月。

⑪冥冥:形容夜色昏暗。管:照管,照顾。

本篇押用一部上去声仄韵,韵脚是"软""见""染""线""远""管"。

【品评】

作此词时,姜夔三十来岁。此前,他在淮南西路的首府庐州(今安徽合肥)有过一段恋情。此词因别后于客途中梦见伊人,有感而作。全篇抒情口吻人、我混用,缠绵悱恻,惝恍迷离。"离魂暗逐郎行远",不说我思伊人,反说伊人梦魂随我远行,透过一层来写,更见两情缱绻。结以"淮南皓月冷千山,冥冥归去无人管",益发匪夷所思。伊人既有梦中之来,理当有梦中之归,虚无缥缈的梦境,却用重笔实写,对伊人的关爱、怜惜之情,溢出字里行间。若非感情深挚,才情高妙,绝写不出这样动人的词句来。无怪王国维《人间词话》说,白石之词,他最爱的就是这两句。

点 绛 唇

丁未冬过吴松作①

燕雁无心②,太湖西畔随云去③。数峰清苦。商略黄昏雨④。

239

第四桥边⑤,拟共天随住⑥。今何许⑦。凭阑怀古⑧。残柳参差舞⑨。

【注释】

①丁未:孝宗淳熙十四年(1187)。吴松:即吴淞江,源于太湖,自今苏州吴江区东流,穿过江南运河,在今上海市汇入黄浦江。

②燕雁:北方飞来的大雁。燕:春秋战国时的燕国,其核心地区为今北京及河北北部。

③太湖:中国五大淡水湖之一,横跨江苏、浙江两省,大部分水域在江苏南部。

④商略:本义为"商量",这里引申为"酝酿"之意。

⑤第四桥:故址在今苏州吴江区吴松江。桥下水因特宜烹茶而著称,见宋范成大《吴郡志·土物》。

⑥拟:打算。天随:陆龟蒙(? —881),字鲁望,号天随子,唐苏州吴县人。曾任湖州、苏州刺史幕僚。后隐居松江(今苏州市吴江区)。朝廷以高士召,不至。嗜茶。不喜与流俗交,虽登门拜访,不肯见。常携书、茶灶、笔床、钓具,篷舟往来,时称江湖散人。见《新唐书·隐逸传》。擅诗文,有《甫里先生文集》。以上二句是说,愿在第四桥边安家,与唐代高士陆龟蒙作邻居。

⑦今何许:现在何处?谓陆龟蒙已作古,无处寻觅。

⑧阑:此指桥栏。怀古:怀念古人,指陆龟蒙。

⑨残柳:时已冬季,柳叶凋残,故称。参差:形容柳条长短不齐。

本篇押用一部上去声仄韵,韵脚是"去""苦""雨""住""许""古""舞"。

【品评】

作此词时,姜夔三十来岁。唐代隐居松江的高士陆龟蒙,是他平生所仰慕的先贤之一,屡见于他的诗词。除此词外,其《除夜自石湖归苕溪》诗十首其五曰:"三生定是陆天随,又向吴松作客归。"《三高祠》诗曰:"沉思只羡天随子,蓑笠寒江过一生。"也都是途径陆龟蒙隐居之地时所写下的缅怀之作。

　　清陈廷焯《白雨斋词话》对本篇推崇备至:"白石长调之妙,冠绝南宋,短章亦有不可及者。如《点绛唇》一阕,通首只写眼前景物,至结处云:'今何许,凭栏怀古,残柳参差舞。'感时伤事,只用'今何许'三字提唱,'凭栏怀古'下,仅以'残柳'五字咏叹了之。无穷哀感,都在虚处,令读者吊古伤今,不能自止。洵推绝调。"此后至今,论者多沿其说,以本篇主旨为"感时伤事"。其实,他们都把"今何许"误解为"今何时"了,不知此句是对上句"拟共天随住"的转折——天随子今在何处呢?要之,本篇只是思古人而不见,与时事无关。

　　"数峰清苦,商略黄昏雨"二句,用拟人手法写傍晚云山欲雨景象,传神如活。

[宋]程珌(1164—1242)

字怀古,号洺水遗民,徽州休宁(今属安徽)人。童年作诗,出语惊人。光宗绍熙四年(1193)进士,主考官见其文,称为"天下奇才"。历事光宗、宁宗、理宗三朝,在京累官至翰林学士、知制诰;在外差遣终于知福州兼福建安抚使(福建暨福州地区的军政长官)。立朝以经时济世自任,心系国计民瘼,尝上书论备边、蠲税。著有《洺水集》。今存词四十余首,集名《洺水词》。词风出入于苏轼、辛弃疾之间。

水调歌头

登甘露寺多景楼望淮有感①

天地本无际,南北竟谁分②。楼前多景,中原一恨杳难论③。却似长江万里④,忽有孤山两点⑤,点破水晶盆⑥。为借鞭霆力⑦,驱去附昆仑⑧。 望淮阴⑨,兵冶处⑩,俨然存⑪。看来天意,止欠士雅与刘琨⑫。三拊当时顽石⑬,唤醒隆中一老⑭,细与酌芳尊⑮。孟夏正须雨⑯,一洗北尘昏⑰。

【注释】

①甘露寺:在今江苏镇江北固山上,唐李德裕建。相传其时甘露降此山,故名。见宋祝穆《舆地纪胜·两浙西路·镇江府》。多景楼:见前陈亮《念奴娇》注①。淮:淮河。

②以上二句说,中国大地本是一个整体,究竟是谁将她分为南、北两半?

③中原一恨:指中原地区沦陷于金的恨事。杳难论:年代久远,难以

评说。

④长江万里:李白《赠升州王使君忠臣》诗:"长江万里清。"

⑤孤山两点:指金、焦二山。金山:因唐代裴头陀开山得金而得名。焦山:因东汉焦光隐居于此而得名。宋时二山皆在镇江附近长江中。见《舆地纪胜·镇江府》。按,金山今已与江南岸相连。

⑥水晶盆:喻指长江。

⑦鞭霆力:雷电之力。鞭:喻闪电。汉扬雄《河东赋》:"奋电鞭。"霆:迅雷。

⑧昆仑:昆仑山,西起帕米尔高原东部,横贯新疆、西藏间,东延入青海境内。其支脉唐古拉山是长江的发源地。

⑨淮阴:今江苏淮安。

⑩兵冶处:锻铸兵器之处。《晋书·祖逖传》载,祖逖率部众北伐,渡江后屯兵于淮阴(原文作"江阴",《资治通鉴》作"淮阴"),"起冶铸兵器",募得二千余人,又继续北进。冶:指铸铁炉。

⑪俨然:形容整齐。

⑫止欠:只缺。士雅:祖逖(266—321)字士雅,范阳遒县(今河北涞水北)人。晋代名将。西晋末年,匈奴入侵,中原大乱,他率亲党数百家南渡,居京口(即镇江)。后来他自告奋勇,请命北伐,收复河南地区。当时匈奴刘曜与羯族石勒火并,形势对晋有利,但东晋统治集团内部纠纷迭起,对北伐军不甚支持,他因忧愤而病死。见《晋书》本传。刘琨(271—318)字越石,中山魏昌(今河北无极)人。西晋末年,任大将军、都督并州诸军事(并州地区的军事长官),长期坚守并州(今太原),与侵占北方的刘聪(匈奴族)、石勒相对抗。因孤军悬于河北,终被石勒击破。投奔鲜卑族段匹磾,后遭段氏杀害。见《晋书》本传。以上二句感叹南宋缺乏祖逖、刘琨那样敢与北方少数民族入侵者作斗争的英雄人物。

⑬拊:拍击。顽石:甘露寺有"狠石",形状如羊。相传三国时,诸葛亮曾坐在此石上与孙权讨论联合抗击曹操之事。见苏轼《甘露寺》诗序。

⑭隆中一老:指诸葛亮。隆中:在今湖北襄阳城西三十里。诸葛亮未出山辅佐刘备时,寓居于此。见《三国志·诸葛亮传》南朝宋裴松之《注》

引晋习凿齿《汉晋春秋》。

⑮酌:斟酒。芳尊:芳,指酒的香气。以上三句是说,自己要三击狠石,唤起九泉之下的诸葛亮,与他把酒共商北伐大计。

⑯孟夏:初夏。

⑰北尘:北方遮蔽天日的尘土。喻指金人统治下的恶浊气氛。

本篇押用一部平韵,韵脚是"分""论""盆""仑""存""琨""尊""昏"。

【品评】

在程珌之前,南宋词人赵善括过镇江时,也写了一首怀古伤今、鼓吹北伐的《水调歌头》。其下片曰:"问兴亡,成底事,几春秋。六朝人物,五胡妖雾不胜愁。休学楚囚垂泪,须把祖鞭先着,一鼓版图收。惟有金焦石,不逐水漂流。"对于长江中的金、焦二山,他取其峭然屹立、不肯随波逐流的傲岸气质,将其看作抗战派的象征而加以歌颂。程珌却因有慨于国家之金瓯碎裂而触景生情,恨其点破了水晶盆一般美好的长江,欲借雷电之力,将其驱逐到昆仑山那里去。两者构思相反而各有其趣。比较起来,程词的想象更新奇,个性更强烈,气势更磅礴,当然艺术感染力也就更大一些。

上片是"瞰江",下片才过渡到"望淮"。由淮阴祖逖"兵冶"遗迹,引发读者联想而及祖逖当年的北伐就是从京口渡江的,这便切定了此词"镇江怀古"的主题。由于刘琨与祖逖是志同道合的挚友,又都是两晋之交民族斗争中的爱国勇士,一时齐名,故连类而称引。说天意止欠祖逖、刘琨,既是慨叹时无英雄,又以当仁不让自任。于是下文乃有欲击狠石,唤卧龙,酌酒论兵云云。其所以略去孙权而独欲唤醒诸葛亮,盖以诸葛亮一生尽瘁于北伐大业,而孙权但知保守江东的缘故。前文增一刘琨,后文减一孙权,取舍之间,有深意焉。结尾设喻申说恢复神州之志,并于不经意间补出写词的具体时令。以上一路实叙实议,至此忽用孟夏须雨一洗北尘的比况之辞收束全篇,济以空灵,尤见返虚入浑之妙。

沁 园 春

读史记有感①

　　试课阳坡②,春后添栽,多少杉松。正桃坞昼浓③,云溪风软④,从容延叩⑤,太史丞公⑥。底事越人⑦,见垣一壁⑧,比过秦关遽失瞳⑨。江神吏⑩,灵能脱罟⑪,不发卫平蒙⑫。　　休言唐举无功⑬。更休笑丘轲自阨穷⑭。算汨罗醒处⑮,元来醉里⑯,真敖假孟⑰,毕竟谁封⑱。太史亡言⑲,床头酿熟⑳,人在晴岚杳霭中㉑。新堤路,喜樛枝鳞角㉒,夭矫苍龙㉓。

【注释】

　　①史记:汉司马迁著。中国第一部纪传体通史,记载了从黄帝到汉武帝太初年间三千多年的历史。其规模宏大,体系完备,此后历朝正史皆以它为典范,按其体例撰写。它叙述历史情节生动,塑造人物个性鲜明,不仅有很高的史料价值,而且有很高的文学价值。鲁迅先生《汉文学史纲要》称赞它是"史家之绝唱,无韵之《离骚》"。

　　②课:核检。阳坡:向阳的山坡,南面山坡。

　　③桃坞:种植桃树的山坞。坞:四面高、中间低凹的地方。昼浓:白天阳光浓烈。

　　④云溪:云烟缭绕的山溪。软:轻柔。

　　⑤延叩:延请并叩问。

　　⑥太史丞公:指司马迁。据《汉书·百官公卿表》,汉代史官有太史令、太史丞。司马迁所任为太史令,而非太史丞。这里或是词人误记,或是为调声律而故改。按,辛弃疾《沁园春·灵山齐庵赋》曾说看山林"如对文章太史公"。程词即用其意,以眼前的山林为司马迁,对他加以叩问。

　　⑦底事:为什么。越人:春秋时的名医秦越人。

⑧垣:墙。一壁:另一方,另一面。

⑨比:及至。秦关:指函谷关,在今河南灵宝北,是自东方入秦的必由之路。遽:立即。失瞳:眼珠失灵。《史记·扁鹊仓公列传》载,秦越人服了神人长桑君的灵丹妙药,从此能"视见垣一方人",即隔墙见人。凭着这双神眼,为人看病,尽见五脏症结之所在。后入秦国都城咸阳,秦太医令李醯自知医术不如,遂使人将他刺杀。以上三句,质疑此事:越人既能洞察他人肺腑,为什么看不出李醯有谋杀他的用心? 难道说他的神眼一进入秦国便不灵了?

⑩吏:当作"使"。详见注⑫。

⑪罟(gǔ):渔网。

⑫发……蒙:启发蒙昧。《史记·龟策列传》载,长江神龟出使黄河,中途被宋国的渔人用网捕获。龟乃托梦给宋元王,向他求救。元王派使者从渔人处求得此龟,正要放生,宋博士卫平却说此龟乃天下之宝,不可轻易放过。于是元王便剥龟甲为占卜之具。以上三句,质疑此事:龟为江神的使者,其神异乃能托梦给元王,从而逃脱渔人之网,却为何不能令卫平开窍,使自己免遭杀身之祸呢? 按,《史记·龟策列传》并非司马迁的原著,而是汉褚少孙补述。词人未必不知。其所以叩问司马迁,是为了做文章。读者不必以文害意。

⑬唐举:战国时人,精通相面术。《史记·范睢蔡泽列传》载,战国时,燕国人蔡泽四处干谒诸侯,皆不见用,遂请唐举相面。唐举见他形象奇丑而戏笑他。但蔡泽自信必能富贵,并不因此而沮丧,继续游说不止,后来终于得到秦昭王的赏识,拜他为丞相。这句是说,不要因为蔡泽的富贵而去评说唐举的相面术没有"功效"。(至少,唐举的戏笑刺激了蔡泽,促使他更加努力。)

⑭丘:孔丘,即孔子。轲:孟轲,即孟子。两人都是先秦时期的著名思想家,儒家的代表人物。阨穷:困厄不逢时。《史记·孔子世家》及《孟子荀卿列传》载,孔子与孟子都曾周游列国,竭力宣传自己的政治主张,却劳而无功,只好退而著书。这句是说,更不要因为孔、孟的困穷而去笑话他们没有本事。合上句串解,是说政治上的显达也罢,沉沦也罢,都不值得

计较。

⑮算:盘算来。汨罗:汨罗江,在今湖南东北部,是湘江的支流。战国时,楚国的爱国诗人屈原投此江自杀而死。这里指代屈原。处:这里相当于"时"。

⑯元来:原来。《史记·屈原贾生列传》载,屈原忠于楚国,直言极谏,先后遭到楚怀王、楚顷襄王的放逐。他披发行吟于洞庭湖畔,有渔父问他何故至此,他答道:"举世混浊而我独清,众人皆醉而我独醒,是以见放(因此被放逐)。"以上二句本此。

⑰真孬假孟:《史记·滑稽列传》载,春秋时,楚国贤相孙叔敖为官廉洁,死后家无余财,其子只好靠背柴度日。于是滑稽演员优孟便装扮成孙叔敖模样,往见楚庄王。庄王大惊,以为孙叔敖复生,欲用他为宰相。优孟诈言回家与妻子商议,三日后答复庄王:我妻子说楚国的宰相当不得。孙叔敖当楚相,尽忠为廉以治楚国,使楚王得以称霸诸侯,但他死后,儿子却没有立锥之地。与其做孙叔敖,还不如自杀呢。庄王闻言而惭愧,乃赐孙叔敖之子封地四百户。

⑱毕竟:究竟。谁封:封谁? 以上四句,语意紧承上文,略谓细细想来,屈原自以为清醒,其实这正说明他的沉醉,因为他还没有看破红尘,还执着于政治。从政有什么意思? 君王们向来妍媸不分,请看,真孙叔敖与假孙叔敖优孟,楚王到底封的是谁?

⑲亡(wú)言:无言。

⑳床头酿熟:辛弃疾《清平乐·检校山园书所见》词:"白酒床头初熟。"床:糟床,榨酒的器具。酿:酿造中的酒。

㉑晴岚:天晴时的山岚。岚:山林中的雾气。

㉒樛(jiū)枝:弯曲绞结的树枝。鳞:指杉、松树皮如龙鳞。角:指杉、松树枝的丫杈如龙角。

㉓天矫苍龙:喻指杉、松形态如龙。陆游《双松》诗:"东冈天矫两苍龙。"天矫:形容姿态伸展纵恣而有气势。以上六句写自己在人与大自然的和谐中暂时止息了对于世事的不平之鸣。

本篇押用一部平韵,韵脚是"松""浓"(此字或系撞韵)"公""瞳"

"蒙""功""穷""封""中""龙"。

【品评】

据《宋史》本传,词人晚年因受奸相史弥远的猜忌,无法施展自己的政治才干,因此屡请退休养老。知人论世,我们不难理解作者在读《史记》时何以会有下片所发的种种牢骚与感慨。

此词以记叙文的笔法写议论文的题材,把容易流于呆板的内容写得极其活泼;以旷达的笔调写愤懑的心胸,把容易失之浅露的情怀写得十分深敛。笔力遒劲,笔势飞舞,笔锋犀利,笔墨停匀。以叙事起,以绘景结,缓缓步入,徐徐引去。而中间说理,过片不变,反复问难,纵横捭阖。结构奇特,章法别致,波澜迭起,妙趣横生。

[宋]史达祖

　　字邦卿,号梅溪,祖籍东京。宁宗时,外戚韩侂胄当政,他在韩氏手下为吏,颇得倚重,一时公文多由他起草。韩氏主持"开禧北伐",失败后遭投降派谋杀,他也受到株连,被黥(在脸上刺字)放逐。他是当时著名的词人,今存词一百一十余首,集名《梅溪词》。所作奇秀清逸,甚得姜夔等推许。

满 江 红
九月二十一日出京怀古①

　　缓辔西风②,叹三宿、迟迟行客③。桑梓外④,耞耰渐入⑤,柳坊花陌⑥。双阙远腾龙凤影⑦,九门空锁鸳鸯翼⑧。更无人、抚笛傍宫墙⑨,苔花碧⑩。　　天相汉⑪,民怀国⑫。天厌虏⑬,臣离德⑭。趁建瓴一举⑮,并收鳌极⑯。老子岂无经世术⑰,诗人不预平戎策⑱。办一襟、风月看升平⑲,吟春色⑳。

【注释】

　　①京:指东京。
　　②缓辔:放松缰绳。
　　③三宿:《孟子·公孙丑下》载,战国时,孟子千里往见齐王,谈话不投机,遂离去。但仍在齐国都城附近的一个小邑留宿三夜,希望齐王能改变态度,派人将他追回。本词用此典,仅取其滞留不忍离去之意。迟迟行客:《孟子·万章下》载,孔子离开祖国鲁时说:"迟迟吾行也。"以上二句是写自己在秋风中信马慢慢地走,不忍离开已沦陷多年的故国旧京。
　　④桑梓:古人家宅旁常植的两种树木,后亦用指故乡。东京是词人祖

籍所在,也可以说是他的故乡。

⑤耡(chú):锄头。耰(yōu):农民用来碎土平地的木榔头。

⑥柳坊花陌:指旧日的繁华街巷。以上三句是说,东京已衰败不堪,部分城区竟废为农田。

⑦宋孟元老《东京梦华录·大内》载,东京宋故宫正门宣德楼壁上"镌镂龙凤飞云之状",有"两阙亭相对"。

⑧九门:泛指皇宫的重重门户。鸳鸾翼:指宫殿的飞檐,形似凤凰的翅膀。鸳:同"鹓"。鹓、鸾,与凤凰同类。以上二句写回望宋故宫。说"远瞻",是在郊外遥瞻时口吻。说"空锁",是强调其荒寂。

⑨捩(yè)苗傍宫墙:语出唐元稹《连昌宫词》:"李謩捩笛傍宫墙,偷得新翻数般曲。"原作者自注,唐明皇曾于正月十四日夜在宫中用笛吹奏新曲,被长安少年李謩听见,偷记曲谱,第二天便到酒楼上去演奏。捩:按。

⑩苔花:青苔。以上二句用典,说如今宋故宫中已不再有美妙的音乐歌舞,到处长满了碧绿的苔藓。

⑪相(xiàng):辅助。汉:汉族国家。指南宋。

⑫怀国:心向故国。即怀宋。

⑬厌:厌弃。虏:对金的蔑称。

⑭离德:有二心。

⑮建瓴:《史记·高祖本纪》载,田肯对刘邦说:秦地地势便利,用兵对付诸侯,好比"居高屋之上建瓴水"。即在高屋上往下倒水,势不可当。建:倾倒。瓴:盛水的瓶。

⑯鳌:传说中的大海龟。极:屋脊的栋梁。古代神话传说,天有四极,后来倒塌了,于是女娲便"断鳌足以立四极"(砍下鳌足当作柱子,撑起天的四极)。见《淮南子·览冥》篇。这里指极远的地方。以上六句是说,中原民心怀宋,金统治集团内部分裂,天赐我北伐良机。应乘此一举,连同边远之地,一并收归版图。

⑰老子:老夫。词人自呼。经世术:治理天下的手段。

⑱不预:不得参预。平戎策:指剪灭金人的谋略。戎:对北方游牧民

族的泛称。

⑲办:准备。一襟:满怀。风月:这里指风雅。

⑳以上四句是说,自己虽有满腹经纶,但只是个诗人,不在其位,不能直接参加北伐的战略决策,唯有乐观其成,等着天下重新统一的太平盛世到来,届时写诗赋词,予以歌颂。

本篇押用一部入声仄韵,韵脚是"客""入"(此字或系撞韵)"陌""翼""碧""国""德""极""策""色"。

【品评】

宁宗开禧元年(1205)秋,韩侂胄派遣试吏部尚书李壁等出使金国,以贺金章宗生辰天寿节(九月初一)为名,而主要目的是伺探虚实,为北伐定策提供依据(参见《金史·交聘表》、宋叶绍翁《四朝闻见录》)。词人此次随行。返程过北宋故都东京,因有此作。上片纪行,写景,怀古,视线自郊外向旧京城中逆向投射,一步三回头,写尽故国依依之恋、彼黍离离之悲。今日耡耰渐入之地,昔日为柳坊花陌;今日无人苔碧之处,昔日有人傍宫墙而抚笛;双阙虽远,犹腾龙凤之影;九门虽锁,犹有鸳鸾之翼——这样组合意象,空间中有时间在,目前之沉寂荒寒中有遥远之喧阗繁盛在,真可谓"融情景于一家,会句意于两得"(宋黄昇《中兴以来绝妙词选》引姜夔《梅溪词序》)。下片议论,抒慨,展望未来。前六句为北伐作鼓吹。后四句因经世有才而用武无地,不免发一通牢骚,但仍拟濡彩笔,襞锦笺,歌胜利,赞成功,洋洋喜悦,溢于言表,其浪漫气质、乐观情绪,予人以强烈的艺术感染。当然,词人毕竟是一介书生,对北伐的艰巨性认识不足,与辛弃疾同年所作《永遇乐》词相比,本篇明显见出他缺乏战略家的头脑;证以次年"开禧北伐"惨败的历史事实,本篇又毋庸讳言地暴露了他盲目的诗人狂热。不过,历史学家尚未可以成败论英雄,我们又何必用功利主义的眼光来苛求词人?读此词,当看它充沛的爱国激情、精湛的写作技巧,其余似不必深论。

双 双 燕①

咏 燕

过春社了②，度帘幕中间③，去年尘冷④。差池欲住⑤，试入旧巢相并。还相雕梁藻井⑥。又软语、商量不定⑦。飘然快拂花梢⑧，翠尾分开红影⑨。　　芳径⑩。芹泥雨润⑪。爱贴地争飞，竞夸轻俊⑫。红楼归晚，看足柳昏花暝⑬。应自栖香正稳⑭。便忘了、天涯芳信⑮。愁损翠黛双蛾⑯，日日画阑独凭⑰。

【注释】

①双双燕：词调始见于本篇，当是作者的自度曲。调名本身就是词题。

②春社：见前晏殊《破阵子》注①。

③度：过。

④尘冷：指燕子旧所筑巢之处冷落，布满灰尘。

⑤差池：形容燕子飞翔时羽翼参差不齐。《诗·邶风·燕燕》："燕燕于飞，差池其羽。"欲住：要停下来。

⑥相(xiàng)：仔细看。藻井：绘有文彩、状如井字的天花板。

⑦软语：指燕子软媚的呢喃之声。

⑧快拂：轻快地掠过。

⑨红影：花影。

⑩芳径：长有花草的小路。

⑪芹泥：指燕子衔来垒窝的带有芹香味的湿泥。杜甫《徐步》诗："芹泥随燕觜，花蕊上蜂须。"

⑫竞夸轻俊：争着显露出轻盈俊俏。

⑬看足：看够。柳昏花暝：傍晚时分，花柳的色彩都暗下来，故云。

⑭应自：该是。栖香正稳：指燕子睡得安稳。香：香巢。

⑮这句是说，燕子从远方带来了书信，却忘了递送。南朝梁江淹《杂体》诗三十首其二《李都尉从军》："袖中有短书，愿寄双飞燕。"

⑯翠黛：古时妇女画眉所用的青绿色颜料。双蛾：双眉。女子所画双眉细长如飞蛾的触须，故称。

⑰以上二句是说，由于燕子的失职，可愁坏了闺中的少妇，害得她天天独自凭倚着雕画的栏杆，在盼望夫婿来信。凭：这里读去声。

本篇押用一部上去声仄韵，韵脚是"冷""并""井""定""影""径""润""俊""暝""稳""信""凭"。

【品评】

咏物诗词向来有两种类型：一种是言在此而意在彼，名为咏"物"，实为咏"人"（且其"人"多为作者自我），如前选陆游《卜算子》之咏梅；另一种则是言在此而意亦在此，咏"物"而止于"物"，此外更无深蕴。史达祖此词，即属后者。若论格调，当然是前一种高；但艺术审美价值的大小，又当别论。譬如本篇，就是后一类咏物诗词的美学典范。它把一对暮春归来的燕子如何穿帘入幕寻觅旧栖，如何勘察屋梁谋筑新巢，如何飞来飞去衔泥垒窝的种种情景，刻画得那么细腻，那么活泼，那么优美，那么传神，令人目不暇接。最后更虚构了一个颇有喜剧意味的情节：那双燕只顾自己幸福甜蜜地安眠爱巢，竟忘了向"房东"女主人送交她夫婿从远方捎来的"特快专递"！这种艺术表现手段，正是小说家的长技。可见，优秀的词人绝不以写景、抒情为止境。

[宋] 刘克庄(1187—1269)

字潜夫,号后村居士,兴化军莆田(今属福建)人。宁宗嘉定二年(1209),以门荫入仕。理宗淳祐六年(1246),特赐同进士出身。他历事二朝,在激烈的政治斗争中,屡经浮沉。在地方上曾任知县、州通判、知州、知府、路提举常平、提点刑狱、转运使等差遣。先后四次入朝任职,但时间都不长,多则两年,少仅数月。官至翰林侍读。卒谥文定。著有《后村先生大全集》。他一生爱国,关心民生疾苦,力主抗金、抗蒙古,对朝廷的妥协苟安深表不满,这在其文学创作中多所反映。他是南宋江湖派最杰出的诗人,又是南宋后期辛派词人群中成就较高的一位。今存词二百七十余首,有《后村诗余》《后村长短句》等不同名目版本。

玉 楼 春

戏呈林节推乡兄①

年年跃马长安市②。客舍似家家似寄③。青钱换酒日无何④,红烛呼卢宵不寐⑤。　　易挑锦妇机中字⑥。难得玉人心下事⑦。男儿西北有神州,莫滴水西桥畔泪⑧。

【注释】

①节推:节度推官(府、州司法主管官员)的简称。乡兄:古代对同乡而年辈相若者的称呼。对年岁比自己小的人也可敬称为"兄"。

②长安:代指京城。此指临安。

③客舍:旅馆。寄:暂时居住。这里用作名词,指临时住所。以上二句是说,林节推年年骑马进京,在繁华热闹的街市遨游,住在旅馆的时候

254

多,住在家里的时候少。

④青钱:青铜钱,成色好的钱。无何:不干别的事。

⑤晏几道《浣溪沙》(家近旗亭酒易酤)词:"床前红烛夜呼卢。"呼卢:古代有一种赌博名叫"樗蒲",用五只木骰子,一面白,一面黑。如一投五子皆黑,名为"卢"(即黑色),是最高的彩。因此,赌博者在掷骰子时往往大呼"卢"。以上二句是说,林节推白天无所事事,只顾豪饮;夜晚则赌博,往往通宵达旦。

⑥挑:织锦刺绣的一种技法,用针挑起锦缎上的经线或纬线,将针上的丝线从底下穿过去,这样便可绣织出精细的汉字或花纹来。锦妇:织锦的妇女,指妻子。这句用《晋书·列女传》中苏蕙的故事,详见前贺铸《古捣练子》注③。

⑦玉人:肤色如白玉的美人。这里指妓女。心下:心中。以上二句是说,妻子们总是一心惦记着出远门的丈夫,妓女们在想些什么可就难以捉摸了。

⑧水西桥:宋吴自牧《梦粱录》载,五代十国时,吴越国王钱镠扩建杭州城,西门名曰"水西关"。桥或在这一带。似指林节推离开临安时与相好的妓女分别之地。以上二句劝诫、激励林节推:西北方向有沦陷了的中原,男子汉应以恢复神州为己任,千万不要沉溺在儿女私情之中,为与相好的美人离别而流泪!

本篇押用一部上去声仄韵,韵脚是"市""寄""寐""字""事""泪"。

【品评】

作者在题目中称,这首词是写来和一位姓林的老乡开玩笑("戏")的。但细玩词意,他的态度相当严肃。他看到友人沾染上酗酒、赌博、狎妓等种种不良习气,十分痛心,于是剀切地予以规劝,希望朋友从醇酒美人中自拔出来,做一个顶天立地的男子汉,为振兴国家、收复中原的大业贡献自己的青春才智。词人的思想境界很高,与朋友相处能坚持原则,对其恶习毫不姑息迁就,真正做到了爱人以德。明人杨慎《词品》称刘克庄《贺新郎·送陈真州子华》词"庄语亦可起懦"(严肃的词语可以使怯懦者奋起),晚清况周颐《蕙风词话》引作"壮语足以立懦",并特别提出"男儿西北有神州,莫滴水西桥畔泪"云云亦属于这一类。

满 江 红

夜雨凉甚①,忽动从戎之兴②

金甲雕戈③,记当日、辕门初立④。磨盾鼻⑤,一挥千纸⑥,龙蛇犹湿⑦。铁马晓嘶营壁冷,楼船夜渡风涛急⑧。有谁怜猿臂故将军⑨,无功级⑩。　　平戎策⑪,从军什⑫。零落尽⑬,慵收拾⑭。把茶经香传⑮,时时温习。生怕客谈榆塞事⑯,且教儿诵花间集⑰。叹臣之壮也不如人,今何及⑱。

【注释】

①夜雨凉甚:夜里下雨,天气很凉。雨:用作动词。

②动从戎之兴:产生了从军的兴致。

③金甲:藻饰词,即铠甲。雕戈:雕有花纹的戈。戈:古代一种可刺可击的兵器。

④辕门初立:指宁宗嘉定十年(1217)二月,李珏出任江淮制置使(淮南、江东地区的军事长官),开始组建自己的幕府。参见宋周应合《景定建康志·行宫留守》。据宋林希逸《后村先生刘公行状》,词人被辟为制司准遣(制置使司的初级幕职官),进入了李珏的幕府。辕门:军营的门。

⑤磨盾鼻:用盾牌的把手作砚台来磨墨。《北史·荀济传》载荀济语:"会于盾鼻上磨墨檄之。"

⑥一挥千纸:形容才思敏捷,文章写得快。挥:挥毫。宋洪天锡《后村先生墓志铭》载,词人在李珏幕府时,"军书檄笔,一时传诵"。

⑦龙蛇:形容书法笔势如龙蛇飞舞。湿:指墨迹未干。

⑧以上二句是说,天刚拂晓,寒气还弥漫着营垒,披着铁甲的战马已

256

嘶叫起来;夜间风急浪高,战船仍在航行。

⑨猿臂:臂长如猿。《史记·李将军列传》载:汉名将李广"为人长,猿臂,其善射(擅长射箭)亦天性也"。故将军:见前辛弃疾《八声甘州》注⑧。

⑩功级:按功劳大小授予不同等次的官爵。《史记·李将军列传》载,李广与匈奴大小七十余战而不得封侯,故云"无功级"。

⑪平戎策:指自己过去所撰扫平金人的策论。

⑫从军什:指自己过去所写记录军旅生活的诗歌。什:《诗经》的"雅""颂"每十篇为一什,后因称多首诗篇为篇什。

⑬零落尽:极言散佚之多。

⑭慵:懒得。收拾:整理、保存。

⑮茶经:唐人陆羽著有《茶经》。香传:宋人丁谓著有《天香传》。这里泛指与生活享受有关的专题书籍。

⑯榆塞:《汉书·韩安国传》:"树榆为塞。"后因以泛指边塞。

⑰花间集:五代十国时期后蜀赵崇祚编选的一部词集,多花前月下、男女欢爱、相思离别之词。

⑱壮:壮年。《左传·僖公三十年》载,晋国联合秦国,出兵围攻郑国。郑文公请烛之武出使秦军。烛之武怪他早不任用自己担当国政,故意推辞说:"臣之壮也,犹不如人;今老矣,无能为也已。"以上二句,借用烛之武语发牢骚:我年富力强的时候尚且不如别人,如今年老力衰,又怎能及得上别人呢? 言外之意是:朝廷有难办的事,请找那些有"能耐"、一直受重用的人去;我没本事,一直不受重用,别来烦我。

本篇押用一部入声仄韵,韵脚是"立""湿""急""级""策"(此字或系撞韵)"什""拾""习""集""及"。

【品评】

词人生活的时代,正值南宋后期国家多事之秋。先是金兵频繁入寇;宋与蒙古联合灭金后,蒙古军又不断南侵。宁宗嘉定十一年(1218),词人三十一岁时,曾入江淮制置使李珏幕府,参与了防御金兵入侵的军事活

257

动。不久因故遭忌,被迫于嘉定十三年(1220)去职。此词上片所回忆的就是这段从军经历。当年幕中草檄,"磨盾壁,一挥千纸,龙蛇犹湿",意气何等豪迈!其军旅生活,"铁马晓嘶营壁冷,楼船夜渡风涛急",境界何等壮阔!词中对此,充满着留恋。然而,离开江淮制置使司后,词人南北驱走,官场浮沉,动辄得咎,屡遭弹劾罢免,故牢骚满腹,如骨鲠在喉,不吐不快。此词下片就全是正话反说:他所懒得收拾的,其实正是他最看重的;他所生怕客谈的,也正是他最关切的。焚香品茶,吟风弄月,决不是他真正的生活追求,他哪里甘心如此终老?最后两句,更是他执着于国事而无可奈何的愤激之词。词笔纵横跳荡,不可控捉,词人桀骜不驯的个性跃然纸上。

木 兰 花 慢

渔父词

海滨蓑笠叟①,驼背曲、鹤形臞②。定不是凡人,古来贤哲,多隐于渔③。任公子、龙伯氏④,思量来岛大上钓鱼⑤。又说巨鳌吞饵,牵翻员峤方壶⑥。　　磻溪老子雪眉须⑦。肘后有丹书⑧。被西伯载归⑨,营丘茅土⑩,牧野檀车⑪。世间久无是事⑫,问苔矶痴坐待谁欤⑬。只怕先生渴睡,钓竿拂着珊瑚⑭。

【注释】

①蓑笠:蓑衣笠帽,渔父的装束。

②鹤形臞:像仙鹤一样瘦削。

③隐于渔:隐居而以钓鱼、捕鱼为业。

④任公子:《庄子·外物》篇载,任公子特制一竿大钩长绳,以五十头牛为饵,踞坐会稽山(在今浙江绍兴)顶,投竿东海水中,钓得大鱼,切片晒干,令浙江以东、苍梧以北广大地区的居民吃倒了胃口。龙伯氏:

《列子·汤问》篇载,渤海之东有岱舆、员峤、方壶、瀛洲、蓬莱等五座神山,浮于海面,随潮水动荡不已。天帝怕它们漂走,使岛上群仙流离失所,乃命北方之神禺疆使十五头巨鳌轮番负载它们。不料龙伯国有巨人一钩钓走六鳌,以致岱舆、员峤二山竟沉入海底。

⑤想让海岛那么大的鱼儿上钩。

⑥牵翻:拖倒。

⑦磻(pán)溪:在今陕西宝鸡东南,流入渭水。相传姜太公当年曾垂钓于此。老子:老头儿。

⑧肘后:古人随身携带书籍,每悬于胳臂肘后。丹书:古史传说中的"天书",字色赤红,故称。《大戴礼记·武王践阼》载,周武王问太公:"黄帝、颛顼(上古时代的贤君)之道存乎?"太公答:"在丹书。"以上二句是说,太公垂钓磻溪之时,年虽老迈,须眉皆白,却熟谙上古帝王之道,有王佐之术。

⑨西伯:商代爵位,即西方诸侯之长。这里特指周文王。载归:请上车,一道回去。

⑩营丘:在今山东淄博市北。茅土:指分封为诸侯。古帝王社祭(祭祀土地之神)的祭坛用五色土筑成,东方青,南方赤,西方白,北方黑,中央黄。分封诸侯时,用茅草包裹与其封地方位相对应的色土授予他们。

⑪牧野檀车(jū):《诗·大雅·大明》叙周武王讨伐商纣王事,有"牧野洋洋,檀车煌煌"句。牧野:在今河南淇县西南。檀车:檀木制作的车。指周军的战车。檀:檀木,木质坚硬。《史记·齐太公世家》载,周文王出猎,偶遇太公垂钓于渭北,交谈之下,大为敬服,遂"载与俱归",立为国师。文王死后,太公辅佐其子武王,誓师牧野,讨灭商纣王,建立周朝,以开国之功被封于营丘。以上三句,即咏此事。按时间顺序,"牧野檀车"应在"营丘茅土"之前,这里为押韵而倒置。

⑫是事:这样的事。

⑬苔矶:长满苔藓的石矶。矶:水边突出的岩石。待谁欤:等谁呢?欤:文言助词,表示疑问、感叹、反诘等语气。

⑭钓竿拂着珊瑚:杜甫《送孔巢父谢病归游江东兼呈李白》诗:"钓竿

欲拂珊瑚树。"原诗是赞美孔氏的神仙风致,词人挪用来调侃"渔父"。以上四句是说,像太公因垂钓而遭遇文王这等好事,世上已很久不曾有过了,请问先生您还呆坐在苔矶上等谁呢?只怕等到打瞌睡了,连手中的渔竿也拿不稳,看扫着海里的珊瑚礁吧。

本篇押用一部平韵,韵脚是"瞿""渔""鱼""壶""须""书""车""软""瑚"。

【品评】

本篇以积极浪漫主义的形式,表现批判现实主义的内容,用漫画笔法、小品文笔调,对社会现实进行政治讽刺,可谓"滑稽家之词"。由于它从头到尾都在嘲笑一位妄想做姜太公第二的海滨渔叟,很容易使人认为其讽刺对象就是这渔翁所代表的某一类人——渴望与期待见用于封建帝王的寒士。这不能不说是一种错觉。《史记·滑稽列传》后褚少孙说,汉武帝的奶妈因受牵连得罪而将被流放边疆,武帝所宠倡优郭舍人教她在辞别武帝时频频回首,作有所企盼之态。奶妈照他的话做了,郭舍人却在旁厉声骂道:"咄!老婆子!还不快走?陛下已经长大成人,离了奶妈便不能活么?还回头看什么看!"于是武帝乃下诏将奶妈留在京城。你说郭舍人的骂,是骂奶妈呢,还是骂武帝?刘克庄此词,正应如此读之。全篇的要害,只在"世间久无是事"一句。上文"磻溪老子"云云,是为此句蓄势;下文"问苔矶痴坐"云云,是为此句分洪:都是围绕着它来组织词句的。倘若不是为了写出这六个字,便不会有这样一首绝妙好词了。它的矛头,分明是冲着当代乃至前世不知多少代以来一切不思求贤的封建统治者们来的啊!

[宋]吴文英(1202—?)

　　字君特,号梦窗,庆元府鄞县(今浙江宁波市鄞州区)人。一生辗转流寓于平江、临安、绍兴等地,客游达官贵人之门。曾为浙西提举常平司、浙东安抚使司幕府僚属。他精通音律,能自度曲。论作词之法,主张音律欲协,下字欲雅,用字不可太露,发意不可太高。清周济《介存斋论词杂著》称其词佳者如"天光云影,摇荡绿波,抚玩无斁(不厌),追寻已远"。今存词近三百四十首,有《梦窗词甲乙丙丁稿》。

八声甘州

陪庾幕诸公游灵岩①

　　渺空烟四远②,是何年、青天坠长星③。幻苍崖云树④,名娃金屋⑤,残霸宫城⑥。箭径酸风射眼⑦,腻水染花腥⑧。时靸双鸳响⑨,廊叶秋声⑩。　　宫里吴王沉醉⑪,倩五湖倦客⑫,独钓醒醒⑬。问苍波无语⑭,华发奈山青⑮。水涵空⑯,阑干高处,送乱鸦斜日落渔汀⑰。连呼酒⑱,上琴台去⑲,秋与云平⑳。

【注释】

　　①庾幕:路提举常平司(主管一路义仓、赈济等事务的机构)幕府(地方大吏的工作班子,人员一般由大吏聘请)。提举常平司别称"庾司"或"仓司"。庾:本义为露天谷仓。灵岩:山名,在今苏州西。山多灵秀之石,故名。

　　②渺:形容远。空烟:空阔的云烟。

　　③长星:彗星。有长长的尾光,故称。

261

④幻：幻化。用作动词。

⑤名娃金屋：指灵岩山上的馆娃宫。春秋时吴王夫差为西施而建。名娃：著名的美女，指西施。金屋：传说汉武帝年幼时，姑妈长公主问他愿不愿娶自己的女儿阿娇，他答道："若得阿娇作妇，当作金屋贮之也（用黄金造屋给她住）。"见旧题汉班固《汉武故事》。

⑥残霸：吴王夫差时，吴国一度强盛，与齐、晋等国争霸中原。后被越国攻灭，霸业有始无终，故称。参见前薛昭蕴《浣溪沙》注⑤。宫城：灵岩山上除馆娃宫外，还有石城，故称。以上五句是说，登灵岩山眺望四方，但见云烟缥缈，空阔无边，不知是哪年哪月天上落下一颗彗星，化作这青山丛林，从而有后来吴王夫差在此建筑宫城、金屋藏娇的种种奢华之事。后三句用一"幻"字领起统摄，寓有天地人生无非虚幻的感叹意味。

⑦箭径：即箭泾，又名采香泾，是灵岩山南面的一条小溪。相传吴王夫差种香草于香山，使美人沿此溪泛舟去采集。自灵岩山上俯瞰，溪流笔直如箭。酸风射眼：化用唐李贺《金铜仙人辞汉歌》："东关酸风射眸子。"指冷风刺眼。

⑧腻水：混和着脂粉油腻的溪水。腥：这里指浓烈刺鼻的香气。以上二句是说，冷风像箭一样从箭泾射来，使人眼睛发酸；当年馆娃宫中美女如云，洗脸卸妆时倾弃的脂粉水注入箭泾，至今落花漂在泾水中还会沾染上怪异的芳香。又，吴王故宫中有香水溪，相传是西施沐浴之处，人称"脂粉塘"。其他宫女也曾在此濯妆。"腻水"亦有取于此。

⑨时：当时，时或。靸（sǎ）：拖着没有后跟的鞋行走。双鸳：代指女性的鞋履。馆娃宫中旧有响屧廊，相传吴王夫差令西施等靸着屧（木拖鞋）在廊中漫步，因廊底空虚，故而能发出悦耳的响声。以上对于各古迹的解说，均据宋范成大《吴郡志》。

⑩以上二句是说，当年响屧廊中西施等美人的步履声，如今已被秋风落叶叩扫长廊的萧瑟声响替代。

⑪这句化用李白《乌栖曲》："吴王宫里醉西施。"

⑫五湖倦客：指春秋末越国上将军范蠡。他在辅佐越王勾践攻灭吴国后，辞官隐遁，"乘轻舟以浮于五湖"。见《国语·越语下》。五湖，即太

湖,因周围尚有四个小湖相连通,故称。倦客:厌倦于做官的人。

⑬独钓:独自钓鱼。指隐遁江湖。醒醒:形容清醒。这里读平声。以上三句是说,吴王夫差的沉醉,反衬出了范蠡的清醒。"倩"字本为请求之意,用在这里很活泼诙谐,无法作等值翻译。

⑭苍波:沧波。指灵岩附近的太湖。

⑮以上二句,上句是说自己有许多关于历史和人生的问题弄不明白,问沧波,但沧波沉默无语(这是诗的语言,并非真对沧波发问);下句是感慨人生的短暂和大自然的永恒,自己鬓发已花白,可山峰却总是青翠不老,仿佛有意刺激人,你拿它有什么办法?只能徒唤奈何。

⑯水涵空:指浩森的太湖涵纳了广阔的天空。即天空倒映于水。苏轼《更漏子·送孙巨源》词:"水涵空,山照市。"

⑰渔汀:水边汀洲。因渔人多在那里打鱼,故称。以上三句是说自己在山上凭栏鸟瞰太湖水天一色,目送纷飞的群鸦和西下的夕阳落向远方的渔汀。这是没落的时代和惨淡的人生在词人心灵上的双重投影。

⑱连呼酒:连声呼唤拿酒来。

⑲琴台:在灵岩山上,亦见《吴郡志》。

⑳秋与云平:指秋气高爽。

本篇押用一部平韵,韵脚是"星""城""腥""声""醒""青""汀""平"。下片诸句中,"树""语""处""去"同韵,或是有意添押一部上去声仄韵为辅韵,以增加全词的声韵之美。

【品评】

理宗绍定四年(1231)至淳祐四年(1244),词人寓居平江府(今苏州)达十数年之久,时年约二十九至四十二岁,在设于当地的两浙西路提举常平司为幕僚(参见孙虹等《梦窗词集校笺》),本篇即作于此时期。

南宋后期,统治阶级奢侈腐化,醉生梦死的状况愈演愈烈,君昏臣聩,政事日非。词人登灵岩而追思春秋末吴王夫差因荒于酒色而国破家亡的前史殷鉴,未雨绸缪,心头升腾起一片阴云。然而,作为一个算不上朝廷命官,充其量只是地方官吏私人雇员的布衣之士,他对此又何能为力呢?

郁闷的情怀,惟有借豪饮来宣泄了。篇末"连呼酒,上琴台去,秋与云平"诸句,看似雄放亢爽,实则骨子里充满了悲凉。历史上的吴王是沉醉的,现实中的帝王、公卿也是沉醉的,他们那是真醉;而词人之呼酒买醉,却正是由于他的清醒。否则,登临怀古之际他就不会有如此深重的历史感喟了。这是全词神光之所聚,应特别留意。至于其他种种妙处,如设喻之奇诡、对照之鲜明、取象之苍莽、措辞之精悍,一览便知,兹不赘述。

风 入 松

听风听雨过清明。愁草瘗花铭①。楼前绿暗分携路②,一丝柳、一寸柔情。料峭春寒中酒③,交加晓梦啼莺④。　　西园日日扫林亭⑤。依旧赏新晴。黄蜂频扑秋千索⑥,有当时、纤手香凝⑦。惆怅双鸳不到⑧,幽阶一夜苔生。

【注释】

①草:草拟。瘗(yì)花铭:葬花碑上的铭文。瘗:埋葬。铭:古代的一种文体,因铭刻于石碑、器物上而得名。

②绿暗:指植物叶片长大,绿色变深。分携:分手。携:携手,是亲密的举动。

③料峭:形容春寒。中(zhòng)酒:醉酒,病酒。

④交加:交错,叠加。晓梦啼莺:拂晓时梦中被莺啼唤醒。

⑤西园:在平江府阊门西,为孝宗时名宦赵思的别墅。见明王鏊《姑苏志·第宅》。林亭:园林中的小亭。

⑥秋千索:秋千架上悬挂踏板的绳索。

⑦纤手:女子纤细的手指。

⑧双鸳:女子穿的鸳鸯绣鞋。这里指女子的足迹。

本篇押用一部平韵,韵脚是"明""铭""情""莺""亭""晴""凝""生"。

【品评】

本篇亦作于平江府,与上篇是同一时期的作品。词写与恋人分别后,故地重游时的思念之情。这样一个早已被前人写得烂熟的题材,还能不能写得"生",写得"新",写得"妙",对于每位文学后进的艺术表现力,都是严峻的考验。词人没有让我们失望。风雨落花是常事,怜花惜花是常情;而葬花成冢则奇,树碑勒铭更奇。现实生活中未必真有此事,而虚意实做,惜花之情乃得以凸显。"黄蜂频扑秋千索",现实生活中或有;而"有当时纤手香凝",现实生活中必无。无中生有,便是创造;创造得美,创造得动人,便是生花妙笔。而怀人之意即深寓其中。凡此种种,匠心独运,怎不令人拍案叫绝!

齐 天 乐

与冯深居登禹陵①

三千年事残鸦外②,无言倦凭秋树③。逝水移川,高陵变谷④,那识当时神禹⑤。幽云怪雨。翠萍湿空梁,夜深飞去⑥。雁起青天,数行书似旧藏处⑦。 寂寥西窗久坐⑧,故人悭会遇⑨,同剪灯语⑩。积藓残碑⑪,零圭断璧⑫,重拂人间尘土。霜红罢舞。漫山色青青,雾朝烟暮⑬。岸锁春船,画旗喧赛鼓⑭。

【注释】

①冯深居:冯去非(1185?—1265?),字可迁,号深居,南康军都昌(今属江西)人。理宗淳祐元年(1241)进士。曾任淮南东路转运使司干办公事(路转运使的助理)、宗学谕(皇族子弟学校的教官)等。为人刚正不阿,因反对奸臣丁大全而被罢官。见《宋史》本传。禹陵:夏禹的陵墓,在今浙江绍兴东南会稽山。夏禹即大禹,上古继虞舜之后的贤君。他率

领民众用疏导之法治理为害中国的滔天洪水,历时十三年,终于获得成功。见《史记·夏本纪》。

②三千年:从夏禹之世到词人作此词时已历三千数百年之久。这句是说,三千多年来往事销沉,更在空中已消逝的寒鸦影外,难以追寻。

③倦凭秋树:因登山疲惫,故倚靠着树木。凭:倚靠。秋:点当时季节。

④以上二句是说,流水迁移了河道,高山变成了深谷。谓人世沧桑,变迁巨大。

⑤那识:哪识。

⑥以上三句,檃栝绍兴禹庙的有关传说。宋施宿等《嘉泰会稽志·禹穴》载:南朝梁时修禹庙,唯欠一梁。俄而大风雨,湖中得一木,取以为梁,即梅梁。大雷雨之夜,梁辄失去。归来时,上有水草缠绕。祝穆《方舆胜览·绍兴府》亦引《四明图经》:禹庙梁上,有南朝梁张僧繇所画龙。风雨之夜,飞入镜湖与龙斗。归后,梁上水淋漓而满是萍藻。

⑦以上二句是说,天上的雁行仿佛是大禹当年治水后所藏神书上的文字。《方舆胜览·绍兴府》引《遁甲开山图》:禹治水至会稽,宛委山神以玉匮之书十二卷授禹。禹未及持稳,四卷飞入泉,四卷飞上天,仅得四卷。开而视之,乃《遁甲开山图》,遂用以治水。功成后,缄书于洞穴。

⑧寂寥:寂静,寂寞。

⑨悭会遇:很难得会面。

⑩剪灯:剪去油灯烧残的灯芯,使灯焰明亮。以上三句,用李商隐《夜雨寄北》"何当共剪西窗烛,却话巴山夜雨时"诗意。

⑪积藓残碑:长满苔藓的断残古碑。

⑫零圭断璧:《方舆胜览·绍兴府》载:绍兴年间,禹庙之前,一夕忽光焰闪烁,即其处剧之,得古珪璧佩环,藏于庙。零:碎。圭:古代帝王、诸侯在举行典礼时所持的一种玉器,顶部呈半圆形或剑尖形,下方。璧:玉璧。

⑬以上三句是说,经霜的红叶热闹过一阵后,山色又将恢复往常笼罩在晨雾夕烟中的青绿。

⑭赛鼓:古代风俗,祭神的群众性活动为赛会,其中多有箫鼓杂戏。以上二句,想象春日祭祀大禹时的热闹场景:岸边停着各种船只,彩绘的旗帜在喧哗的鼓声中飘扬。

本篇押用一部上去声仄韵,韵脚是"树""禹""雨""去""处""遇"(此字或系撞韵)"语""土""舞""暮""鼓"。

【品评】

本篇作于理宗淳祐五年(1245)深秋,当时词人约四十三岁,在绍兴两浙东路安抚使司幕府为幕僚,冯去非则在绍兴府会稽县(已废入今浙江绍兴)任县令(参见孙虹等《梦窗词校笺》)。

论宋词者或将吴文英比作唐诗中的李商隐,而本篇的风格更近于李贺诗。如"幽云怪雨,翠萍湿空梁,夜深飞去",就颇有点"牛鬼蛇神"的意味;"积藓残碑,零圭断璧"云云,又仿佛"瓦棺篆鼎";至"霜红罢舞,漫山色青青,雾朝烟暮",则庶几乎"云烟绵联"(皆见杜牧《李贺集序》)。其尤为过人之处,更在于能使寻常字面、寻常物象、寻常意思——插翅飞动。如"三千年事寒鸦外",化时间为空间;如"雁起青天,数行书似旧藏处",化腐朽为神奇——总之,一切看不见、摸不着的,抽象的哲理与虚幻的典故,在他笔下无不可视,可触。我们不能不佩服他那高超的想象力!

[宋]陈人杰(1218? —1243?)

又名经国,号龟峰,福州人。二十岁时,曾在建康参加过漕试(由路转运使司主持的举子考试,合格者即可进京参加礼部主持的省试),未能中举。后漫游两淮、荆、湘地区,最后旅食临安。他有远大的政治抱负,渴望能在国难当头之际,为抗击蒙古军的南侵贡献自己的才略,然而始终被摒弃在仕途之外,壮志难酬,只好用自己那支劲健的词笔来高歌爱国抗战,抨击当朝统治集团的孱弱无能,兼以吁吐报国无门的一腔忠愤。集名《龟峰词》。虽词气失之粗豪,但真力弥满,鼓荡风雷,读之令人拍案欲起。

沁 园 春

问 杜 鹃①

为问杜鹃②,抵死催归③,汝胡不归④。似辽东白鹤⑤,尚寻华表⑥;海中玄鸟⑦,犹记乌衣⑧。吴蜀非遥⑨,羽毛自好⑩,合趁东风飞向西⑪。何为者⑫,却身羁荒树⑬,血洒芳枝⑭。　　兴亡常事休悲。算人世荣华都几时⑮。看锦江好在⑯,卧龙已矣⑰;玉山无恙⑱,跃马何之⑲。不解自宽⑳,徒然相劝,我辈行藏君岂知㉑。闽山路㉒,待封侯事了㉓,归去非迟㉔。

【注释】

①杜鹃:见前辛弃疾《贺新郎》注②。

②为问:问。为:词头,无实义。

③抵死:急急,竭力。催归:杜鹃鸣声像"不如归去",故云。归:有归隐之义。

268

④汝:你,古汉语第二人称代词。胡:为何。以上三句是说,请问杜鹃,你拼命催人归,自己为什么不归?

⑤辽东白鹤:旧题晋陶潜《搜神后记》载,汉代辽东人丁令威入灵虚山学道,千年后化鹤归辽,栖于城门华表柱上,见城郭犹在而人民已非。

⑥尚:尚且。寻:寻觅。

⑦玄鸟:即燕子。燕子能在海上飞,故亦称海燕。

⑧犹记:还记得。乌衣:乌衣巷。见前周邦彦《西河》注⑱。以上四句是说,像那去家千年的白鹤,尚且知道重返辽东,寻找城门的华表;远徙万里的海燕,还能记得金陵乌衣巷中的旧居。(同样是鸟儿,鹤、燕不说"归"而归,你杜鹃说"归"而不归,岂非言行不一!)

⑨吴:今江苏一带。词人写此词时当在吴地。蜀:今四川一带。指杜鹃的故乡,参见前辛弃疾《贺新郎》注②。

⑩羽毛:指羽翼。

⑪合:应该。以上三句是说,吴地与你的故乡蜀地相距并不遥远,你的翅膀也完好无缺,你该趁着春天的东风飞向西方的蜀地才是。

⑫何为者:为什么。

⑬荒树:荒野的树木。

⑭血洒芳枝:参见前辛弃疾《贺新郎》注⑱。芳枝:指杜鹃花。红色,像是杜鹃鸟所啼之血洒染而成。以上三句是说,你为何羁留此地,啼血染花?

⑮都:总计。以上二句是将杜鹃视为古蜀国国君杜宇的化身,假设其所以不回蜀地是因为失去王位,重返故国会伤感兴亡,于是教训他说:国家兴亡是常有的事,不要悲伤。盘算来,人世间的荣华富贵总共能有多长时间呢?

⑯锦江:岷江流经今四川成都附近的那一段。好在:依旧,如故。

⑰卧龙:《三国志·诸葛亮传》载徐庶语:"诸葛孔明者,卧龙也。"已矣:死了。

⑱玉山:即玉垒山,在今四川成都下辖都江堰市。无恙:无病,无灾。这里也是"依旧""如故"之义。

269

⑲跃马：指汉代公孙述。晋左思《蜀都赋》："公孙跃马而称帝。"王莽篡汉时，公孙述为蜀郡(今成都一带)太守，自恃地形险要，遂称帝。后被东汉刘秀军攻破，身死国灭。见《后汉书》本传。何之：哪里去了？以上四句紧接上文，就举杜宇的故国蜀地为例，谓锦江、玉山没有什么变化，可是一度在此称雄的风云人物如诸葛亮、公孙述等如今安在？

⑳不解：不晓得。宽：宽慰。

㉑行藏：《论语·述而》："用之则行，舍之则藏。"是说如为统治者所用，就出来做官；如为统治者舍弃，就回去隐居。以上三句是说，你不懂得自己宽慰自己，却徒劳地劝我，我辈的出处大节你哪里知道？

㉒闽山：即乌石山，在今福州。解作福建之山的泛称，亦可通。总之，是词人家乡的山。

㉓封侯：古代立有大功的人士可以封侯爵。了：了结，完成。

㉔以上三句是说，(不是我不肯归隐，只因现在还没到时候。)等到我建功立业之后，再回福建老家也不晚。

本篇押用一部平韵，韵脚是"归"(此字或系撞韵)"归""衣""西""枝""悲""时""之""知""迟"。

【品评】

古代那些离乡背井、羁宦四方的文士，尝尽了官场失意的滋味，一旦听到杜鹃"不如归去"的哀唤，往往油然而生倦宦思归的情绪。发为诗词，遂有"身惭啼鸟不如归"(苏辙《次韵赵至节推首夏》诗)，"多谢子规啼劝我，不如归"(贺铸《摊破浣溪沙》"曲磴斜阑出翠微"词)之类话头，可谓韵语中的老生常谈。然而，陈人杰乃是一位涉世未深的青年士子，正朝气蓬勃，积极求仕，渴望干一番治国平天下的大事业。杜鹃冲着他嚷嚷催归，算是自讨没趣，白白领教了一顿严词呵斥。

此词奇思妙想，酣畅淋漓，嬉笑怒骂，皆成文章。诙谐其表而严肃其里，充满着"国家兴亡，匹夫有责"的正能量，自是南宋后期词坛上一篇格调较高的佳作。

沁 园 春

　　诗不穷人^①，人道得诗^②，胜如得官^③。有山川草木，纵横纸上；虫鱼鸟兽，飞动毫端^④。水到渠成^⑤，风来帆速^⑥，廿四中书考不难^⑦。惟诗也^⑧，是乾坤清气^⑨，造物须悭^⑩。　　金张许史浑闲^⑪。未必有功名久后看^⑫。算南朝将相^⑬，到今几姓；西湖名胜，只说孤山^⑭。象笏堆床^⑮，蝉冠满座^⑯，无此新诗传世间。杜陵老^⑰，向年时也自^⑱，并冻衣寒^⑲。

【注释】

　　①诗不穷人：欧阳修《梅圣俞诗集序》一文中说，听见世人议论，诗人少显达而多穷困。对此，他提出自己的看法：诗人愈穷困，所作就愈工妙。并非诗"能穷人"（使人穷困），应是"穷者而后工"。他强调的是坎坷的人生经历对于优秀诗歌之创作的积极作用。词人这里则换一个角度立论，认为诗使人在精神上富有，因此生活上的穷困不是真正的"穷"。

　　②人道：有人说。得诗：写出好诗。

　　③胜如：胜于。得官：获得官职。以上二句化用唐郑谷《静吟》诗："得句胜于得好官。"

　　④毫端：笔尖。毫：毫毛。古人写作用毛笔。以上四句是说，好诗能够将自然界的一切景物摹写得栩栩如生。《梅圣俞诗集序》谓诗人"外见虫鱼草木风云鸟兽之状类，往往探其奇怪"。陈词由此语生发而出。

　　⑤水到渠成：语出宋释道原《景德传灯录·光涌禅师》。是说水一流过，渠道自然形成。比喻条件一旦成熟，事情就会成功。

　　⑥风来帆速：顺风来了，帆船便驶得快。喻意与上句相近。

　　⑦廿四中书考：唐德宗时，大臣郭子仪"校中书令考二十有四"，即任中书令（宰相）二十四年，主持了二十四次对百官的政绩考核。见《旧唐

书》本传。

⑧惟:只有。也:语气助词。这里的作用是表示停顿。

⑨乾坤:本是《周易》八卦中的两个卦,指阴、阳两种对立的势力。乾为阳,象天。坤为阴,象地。合称即指天地、世界。清气:古人认为天地间有清、浊二气,清气生成一切美好的事物,浊气则相反。

⑩造物:古人认为天创造万物,故称天为"造物",亦称"造物主"。悭:吝啬。以上六句是说,机遇顺遂的话,高官久任也不难做到;惟独诗是天地间清气所钟,最美好,最宝贵,上天对此想必分外吝惜,不肯轻易赐人。(因此,要成为一个好诗人,写出好诗来,很难很难。)

⑪金张许史:西汉时期四个富贵显赫的家族。金日磾家自武帝至平帝朝七世内侍(在皇帝身边供职)。张汤后世自宣帝、元帝以来为侍中、中常侍(都是皇帝亲近的侍从官)者十余人。许广汉是宣帝许皇后之父,史高是宣帝祖母史良娣兄史恭之子,两家都是宣帝朝著名的外戚。分别参见《汉书》中的《金日磾传》《张汤传》《外戚传》。浑闲:浑,直、真。闲:等闲、寻常。

⑫看:这里读平声。以上二句是说,达官贵人们实在没有什么了不起,不见得有多少功名能够留传后世。也可理解为:荣华富贵都不能传至千秋万代,总有衰败的一天。

⑬算:细数。南朝:见前周邦彦《西河》注③。

⑭孤山:参见前刘过《沁园春》注⑥、注㉑。以上四句是说,盘点南朝的将相大臣,到如今已不知更换了多少姓氏;而人们谈到西湖的名胜,只提北宋寒士诗人林逋隐居过的孤山。也就是说,富贵功名都是过眼烟云,惟有诗歌和诗人的价值是永恒的存在。

⑮象笏堆床:是说家族中做大官的人多。《旧唐书·崔义玄传》载,玄宗开元年间,崔神庆之子崔琳等都做大官,逢年过节家族宴会时,"以一榻(即床)置笏,重叠于其上"。象笏:象牙制成的笏(官员朝见皇帝时手捧着的记事板)。

⑯蝉冠满座:指家中来往交际的客人也都是显贵。蝉冠:汉代侍中、中常侍等官员的冠帽上有蝉形装饰。后人遂以"蝉冠"为达官贵人的身

分标志。

⑰杜陵老:指唐代伟大的现实主义诗人杜甫。他曾在长安东南的杜陵(汉宣帝陵墓)地区居住过,并自称"杜陵布衣"。

⑱向年时:在那个年代。

⑲井冻衣寒:语本杜甫《空囊》诗:"不爨井晨冻,无衣床夜寒。"不爨,即断炊。以上六句用唐代崔琳等人和杜甫构成鲜明的对比:前者虽飞黄腾达,却没有好诗传世;后者虽穷困潦倒,诗名却永垂不朽。这是再次重申上文自"金张许史浑闲"到"只说孤山"一段的主旨。自汉、南朝、唐至宋都点到,涵盖了各个历史时期。此外,强调杜甫当年也自寒苦,隐有对本人的贫困状况聊自宽慰的意味。

本篇押用一部平韵,韵脚是"官""端""难""悭""闲""看""山""间""寒"。

【品评】

封建社会是"官本位"社会。在这样的社会中,人的含金量是由他头上有没有一顶乌纱帽,以及他这顶乌纱帽的大小来决定的。本篇的可贵之处在于它一破世俗的价值观念,将文学家的精神劳动及其产品的地位,提到了空前的高度,而将历来为一切凡夫俗子所垂涎不已的功名富贵压了下去。词人认为:王侯将相未必都有真才实学、丰功伟绩,他们之所以得官得名,有时仅仅是靠着偶然的机遇,甚或是凭恃门荫。此等衮衮诸公尽管显赫一时,终究要被历史忘却。而伟大的诗人却没有一个是侥幸成功的,他们才真正是公平竞争中的强者和胜者。他们摘取文化冠冕上的明珠,靠的是个体生命的燃烧、个人心血的蒸馏。他们的业绩永远镌刻在人类文明史的大理石丰碑上,不会因时间长河的冲刷而漶漫磨灭。从这个意义上来说,诗人也许多半会窘于物质生活的匮乏,如杜甫那样;但他们的精神世界是充实的、富有的,"诗不穷人",信非虚语。词人的议论,标举了一种崭新的人的价值观,张扬了人的主体意识与创造精神,这是具有反传统意味的。其论辩之词也纵横捭阖,寓说理于形象思维之中,是以论说文为词的一个成功的范例。

[宋] 刘辰翁（1232—1297）

字会孟，号须溪，吉州庐陵（今江西吉安）人。年轻时为太学生。理宗景定三年（1262）进士。因殿试时论及朝政之失，直言不讳，触犯了大奸臣贾似道，遂被置于丙等。曾任濂溪书院山长（书院是半官方半民间性质的地方学校，山长为书院主持人）。朝臣荐举他入朝做官，他都推辞不就。宋亡后，坚持民族气节，以遗民身分隐居终老。著有《须溪集》。又喜评选诗文，如杜甫、李贺、陆游等人的诗，都有他的评选本。论词推崇苏轼、辛弃疾，强调词的社会价值，反对以格律束缚性情。所作多真率，不假雕琢，风格遒上，颇能实践自己的词学观点。尤其是他那些感伤亡国的词作，沉痛悲苦，深切动人。但也时有粗糙的缺点。今存词三百五十余首，集名《须溪词》。

六 州 歌 头

乙亥二月①，贾平章似道督师至太平州鲁港②，未见敌，鸣锣而溃③。后半月闻报，赋此④

向来人道⑤，真个胜周公⑥。燕然眇⑦，浯溪小⑧，万世功。再建隆⑨。十五年宇宙⑩，宫中赝⑪，堂中伴⑫，翻虎鼠⑬，搏鹯雀⑭，覆蛇龙⑮。鹤发庞眉⑯，憔悴空山久，来上东封⑰。便一朝符瑞⑱，四十万人同⑲。说甚东风⑳。怕西风㉑。（都人窃议者称"西头"㉒。） 甚边尘起㉓，渔阳惨㉔，霓裳断㉕，广寒宫㉖。青楼杳㉗，（都城籍妓皆隶歌舞㉘，无敢犯㉙。）朱门悄㉚，镜湖空㉛。里湖通㉜。（葛岭瞰里湖㉝，无敢过㉞。）大纛高牙去㉟，人不见㊱，港重重。斜阳外，芳草碧，落花红㊲。抛尽黄金无计㊳，方知道、前此和戎^㊴。但千年传说,夜半一声铜^㊵。何面江东^㊶。

【注释】

①乙亥:恭帝德祐元年(1275)。

②贾平章似道:贾似道(1213—1275),字师宪,台州天台(今属浙江)人。以门荫入仕。因其姊为理宗宠妃,遂得以发迹。至理宗宝祐六年(1258),已官至两淮宣抚大使(淮南东、西两路的军政长官)。开庆元年(1259),蒙古军围鄂州(今武汉市长江以南部分),他领兵援救,私下向蒙军统帅忽必烈乞和,主动提出本朝向蒙古称臣、岁贡银绢等卖国条款。蒙古国君蒙哥汗死后,忽必烈为争汗位而北撤,他谎称大捷,以右丞相(宰相)入朝执政。从此排斥异己,独揽大权。度宗时期,权势愈盛,朝政竟在他的私宅中决定。蒙古军围襄阳数年,他隐匿军情,坐视不救,终使襄阳陷落。恭帝德祐元年,督师与元军(此前四年蒙古已建国号为"大元")作战,望风先逃,导致宋军大溃。这才被革职放逐。途中在漳州(今属福建)为监送者所杀。事见《宋史》本传。以下叙其事,凡不注出处者,均据此传。平章:"平章军国重事"(位在宰相上,不常设)的简称。贾似道于度宗咸淳三年(1267)被授予此官。督师:总督军队。贾氏于前一年十二月被差遣都督诸路军马,出任宋军的总指挥官。见《宋史·瀛国公纪》。太平州鲁港:鲁港(今澛港镇)在芜湖(今属安徽)西南不远处的长江南涯,当时属太平州(今安徽当涂)。

③鸣锣:敲锣。这是退兵的信号。据《宋史·瀛国公纪》,这一年的二月,元军攻占池州(今属安徽),与宋军前锋战于丁家洲(在今安徽铜陵东北长江中)。宋军前锋败退奔鲁港,贾似道见大势不妙,也仓皇逃往扬州,于是"诸军尽溃"。

④以上二句是说,自己于鲁港之溃的半个月后听到了有关战况,于是写了这首词。

⑤向来:此前的一段时期内。

⑥真个:真的。周公:即西周初年的著名政治家姬旦,是周武王的弟弟,因封地在周(今陕西岐山东北),世称周公。他曾辅佐武王灭商。武

王死后,其子成王年幼,由他摄政,在建立周王朝的典章制度,巩固和加强周朝奴隶主阶级的政治、思想统治等方面多所贡献。孔子对他赞扬备至,后来的统治阶级也都将他奉为圣贤。史载贾氏因拥立度宗,大权在握,当朝一些官僚阿谀奉承,称他是"周公"。

⑦燕然:见前范仲淹《渔家傲》注⑥。眇(miǎo):微小。

⑧浯(wú)溪:在今湖南祁阳西南,北流汇入湘江。溪畔石崖上有摩崖石刻《大唐中兴颂》,唐元结撰文,颜真卿书,唐代宗大历六年(771)刻,内容是歌颂唐王朝平定安禄山、史思明的叛乱。

⑨再:第二次。建隆:宋太祖开国后使用的第一个年号。以上六句是说,近十多年来,贾氏的吹捧者称他功德的确超过了周公,他击退蒙古军,解救鄂州,保卫国家的功绩(其实都是欺世盗名的弥天大谎,详见注②),可垂千秋万世,使得东汉窦宪大破北匈奴,唐代诸将平息安史之乱的辉煌成就都相形失色,微不足道,俨然是宋代的第二次开国。

⑩十五年:贾氏自开庆元年升任宰相,次年即景定元年(1260)回朝执政,至德祐元年已有十五年。

⑪赝:假。这句是说,贾氏虽无天子的名分却有天子的实权,宫中的皇帝反倒成了赝品。

⑫堂:指政事堂,唐宋时期宰相们集体办公的地方。伴:伴食,陪同吃饭。唐玄宗时,卢怀慎与姚崇同掌朝政,遇事推让姚崇作主,时人称卢为"伴食宰相"。见《旧唐书·卢怀慎传》。史载贾氏当权时,大小朝政都由他和手下的亲信门客堂吏决定,"宰执充位署纸尾而已"(其他宰相级执政官都不过是挂名领干薪,在文件末尾签字罢了)。这句即指此而言。

⑬翻虎鼠:化用李白《远别离》诗:"权归臣兮鼠变虎。"这句是说,因为大权旁落在贾氏之手,皇帝遂由虎变鼠,贾氏则由鼠变虎。

⑭鹯(zhān):形似鹞鹰的一种猛禽。古人以鹰鹯搏击鸟雀比喻忠直的官员抨击奸邪的官员。这句是说,无论是忠良还是奸佞,无论是鹰鹯还是鸟雀,只要不是自己的同党,贾氏都一概予以打击、驱逐。史载,遭他排斥的既有忠臣吴潜等一大批正直人士,也有宦官董宋臣等奸邪的党徒。

⑮覆:与上文"翻"字同义,都是"颠倒"之意。蛇龙:古人以"龙"喻指

帝王。"蛇"似龙而非龙,则喻指地位亚于帝王的大臣。这句的含义与上文"翻虎鼠"近似。以上六句中,"宫中赝""翻虎鼠""覆蛇龙"三句主要是就贾氏与度宗的君臣关系而言。度宗不是理宗之子,而是理宗之侄,完全靠着贾氏的扶植才得以被理宗立为太子并在理宗死后继位,因此他在位时只是贾氏手中的傀儡。他称贾为"师臣"而不敢直呼其名。贾氏动不动就拿辞职来要挟他,他只好与太后亲手写诏书加以挽留。最后竟允许贾入朝不拜,贾退朝时,他必起立,目送贾走出殿廷才敢坐下。爱妃胡贵嫔之父胡显祖因一桩小事得罪了贾,他不得不罢了胡显祖的官,并流着泪将贵嫔送去当尼姑。如此等等,不一而足。

⑯鹤发庞眉:头发雪白如鹤羽,眉毛黑白间杂。这里代指老人。

⑰上东封:上东封书。即上书建议东封。古代帝王为标榜太平盛世,每每东封泰山,即赴泰山筑坛祭天。北宋太宗、真宗、徽宗三朝曾拟东封(真正实行了的只有真宗朝),三次都是由泰山地区的父老耆寿(高寿老人)提出动议(或系当局幕后指使,至少也应得到当局的奖劝)。见《宋史·礼志》。南宋时,泰山已不在本朝境内,这里是用典,代指类似性质的活动。以上三句是说,某些老人在空旷的山林里寂寞了许多年,都饿瘦了,这时也投贾氏所好,出来凑热闹,帮着粉饰太平,提议举行很久不曾举行了的封禅祭天大典。

⑱便:正、恰。一朝:有朝一日。符瑞:祥瑞的征兆。

⑲《汉书·王莽传》载,西汉末年,王莽摄政时,伪造各种符瑞,吏民上书为他歌功颂德的有四十八万多人。后来,他终于篡汉自立,改国号为"新"。以上二句将贾氏比作王莽,说他当时正处在这样的地位,一旦造出什么符瑞来,就会有大批的党徒拥戴他做皇帝,盗取大宋江山。

⑳东风:喻指度宗。东风即春风,春风化育万物,因此古代多借以比喻皇恩浩荡。

㉑西风:喻指贾氏。其一,因为"贾"字头上为"西"字。其二,西风即秋风,主杀伐摧残,也是贾氏暴虐的象征。以上二句字面意是:还说什么东风呢?东风也怕西风啊!

㉒都人:京城临安人。窃议:私下议论。西头:见上注。这句是说,京

城中人背地议论贾氏,都用暗语称他"西头"。这是词人为"西风"二字作的自注,不是词的正文。本篇凡加括号的文句,性质同此,不具注。

㉓甚:正。边尘:指敌军入侵的战争行动。边:边塞。尘:指兵马蹴踏起的尘土。

㉔渔阳:古代军乐鼓曲名。惨:当是"掺"的形误字。掺(càn):击鼓。

㉕霓裳:指《霓裳羽衣曲》,唐代著名宫廷乐舞。

㉖广寒宫:神话传说中的月宫。相传唐代道士罗公远引唐玄宗游月宫,见仙女数百人舞《霓裳羽衣曲》,玄宗暗记声调,归后遂召优伶仿作。说见唐卢肇《逸史》。以上四句化用白居易《长恨歌》:"渔阳鼙鼓动地来,惊破霓裳羽衣曲。"原诗写唐玄宗时爆发了安禄山等胡人军阀的叛乱,打破了唐王朝的歌舞升平。这里借指度宗咸淳十年(1274)元世祖下诏全面发动旨在灭亡南宋的侵略战争。

㉗青楼:妓院。杳:形容不见人的踪影。

㉘籍妓:登记在册的妓女。皆隶歌舞:谓都得听从贾氏的拘管,随时应召为他表演歌舞。

㉙无敢犯:没有人敢违抗贾氏的旨意。史载,咸淳十年元军全面攻宋时,度宗去世,恭帝即位,元军攻占长江中游重镇鄂州,南宋朝野震动,都说非贾氏亲自出师不可。贾氏无奈,只好于次年(即德祐元年)正月离开临安往江上督师迎敌。"青楼杳"句夸张说他带了许多妓女随行,致使临安青楼为之一空。

㉚朱门:富贵人家用红漆涂门,故称。这里指贾府。悄:形容寂静。

㉛镜湖:详见后周密《一萼红》注④。这里借指临安西湖的里湖。里湖当时等于被贾氏私人占有。以上二句写贾氏去后,府第中少了宴会歌舞,骤显冷清;里湖中少了画舫游泛,顿觉空荡。这是从背面着墨,此前贾氏的豪华排场,可以透见。

㉜里湖:见前柳永《望海潮》注⑭。

㉝葛岭:在西湖北。相传晋代葛洪曾居此山炼丹药,故名。度宗咸淳三年(1267),赐贾氏府第以供休养,府第就坐落在葛岭。

㉞以上二句是说,由于贾府在葛岭,俯瞰里湖,因此没有人敢擅自入

湖。也就是说,贾氏在临安时,里湖是不通的;贾氏去后,里湖才通。

㉟大纛(dào):军队统帅的大旗。高牙:见前柳永《望海潮》注⑳。

㊱人:指贾氏及其周围的一干人等。

㊲以上六句与"镜湖空"意思相近,是说贾氏督师外出后,西湖中不见了他那一帮人的踪影,只有重重港汊,夕阳外芳草自碧、落花自红而已,一片寂寥。

㊳史载贾氏督师到芜湖后,又故伎重演,再次提出开庆元年的那些条款(上回蒙古撤军后,贾氏的种种许诺,一样也没有兑现),向元军统帅伯颜乞和。但伯颜认为他不守信用,断然拒绝。这句指此而言。

㊴前此:此前。指前一次。和戎:指与蒙古人议和。以上二句是说,这回贾氏想用大量金钱求和也办不到了,于是世人方才知晓,原来十五年前所谓鄂州"大捷"竟是一场骗局。

㊵一声铜:一声锣。锣用铜制作。此处押韵,故以"铜"字代指"锣"。

㊶见前李冠《六州歌头》注㉕所述项羽不肯过乌江的故事。当时项羽对乌江亭长说:"纵江东父兄怜而王我,我何面目见之?"见《史记·项羽本纪》。以上三句是说,贾氏乞和不成,乃夜半鸣锣,狼狈逃窜,千秋万代,传为笑柄,他还有什么脸面去见江东父老!

本篇押用一部平韵,韵脚是"公""功""隆""龙""封""同""凤""风""宫""空""通""重""红""戎""铜""东"。其他诸句中,"道""眇""小""杳""悄""道"同韵,"赝""伴""断""见"同韵,或是有意添押两部上去声仄韵为辅韵,以增加全词的声韵之美。

【品评】

写此词时,词人四十三岁,在家乡庐陵闲居。

南宋后期的朝政本来就腐败不堪,而奸相贾似道专权的十五年,更是天昏地黑,日月无光。南宋的半壁江山,最终就葬送在他手里。刘辰翁此词,以凝炼的笔墨、辛辣的语言,写出了这个曾经权势熏天、不可一世的大人物如何由青云之上一跟头栽到地的全过程,是南宋众多政治讽刺词中的扛鼎之作。它虽只以贾贼一人为箭靶,但由于这一丑角是南宋亡国悲剧中的罪魁祸首,故全词亦是这段痛史的生动实录,具有"词史"(即用词这种文学样式书写的历史)性质。

[宋] 周密（1232—1298）

字公谨，号草窗，湖州人。以门荫入仕。历事理宗、度宗、恭帝三朝。初监建康府都钱库(建康府总钱库的主管)，后应辟入两浙西路转运使司、安抚使司幕府，丰储仓检察(管理国家粮库的官员)，出为义乌县(今浙江义乌市)令。南宋亡后，隐居杭州不仕，与爱国志士谢翱等交游，以宋遗民终其身。他工诗文，善书画，长于歌词。一生著述甚丰。诗集有《草窗韵语》《蜡屐集》；野史笔记杂著有《齐东野语》《癸辛杂识》《武林旧事》等多种；其词今存一百五十余首，有《蘋洲渔笛谱》《草窗词》等不同名目版本；又曾选辑南宋人词为《绝妙好词》。

闻 鹊 喜

吴山观涛①

天水碧②。染就一江秋色③。鳌戴雪山龙起蛰④。快风吹海立⑤。　　数点烟鬟青滴⑥。一杼霞绡红湿⑦。白鸟明边帆影直⑧。隔江闻夜笛⑨。

【注释】

①吴山：在今杭州西湖东南、钱塘江北，宋时为观潮的胜地。

②天水碧：南唐李后主时，宫女染衣为浅碧色，夜晾于室外，经露水湿染后颜色更好，称"天水碧"。见五代无名氏《五国故事》。

③这句套用韦庄《谒金门》词"染就一溪新绿"句格。以上二句写潮起之前的钱塘江，满江浅青之色似是秋天的风露所染成。

④鳌戴雪山：参见前刘克庄《木兰花慢》注③。这里形容涌起的潮头

281

仿佛巨鳌顶起了雪山。龙起蛰:形容潮水掀腾,似是蛟龙从蛰伏状态中苏醒过来,开始翻江倒海。蛰:动物休眠,潜伏不动。

⑤这句化用苏轼《有美堂暴雨》诗:"天外黑风吹海立。"快风:令人感到胸襟畅快的大风。语出战国楚宋玉《风赋》:"快哉此风。"吹海立:吹得海水起立。形容海潮高涌。

⑥烟鬟:形容烟水外的远山如美人的鬟鬟。青滴:青翠欲滴。

⑦杼:织梭。这里用作量词。霞绡:薄绸般的云霞。神话传说,云霞系天上的织女用机杼织成。以上二句写潮平后的远山晚霞,"青滴""红湿"尤生动,仿佛山和天都刚被潮水洗过,尚未晾干。

⑧白鸟明边:化用杜甫《雨》诗四首其一:"白鸟去边明。"白鸟:白鹭、江鸥之类白色的水鸟。明边:明处。明:指白鸟的亮色闪耀。

⑨以上二句,时间又有推移,已由傍晚入夜。

本篇押用一部入声仄韵,句句皆叶。

【品评】

杭州钱塘江的仲秋海潮,向有"天下奇观"之称。词人《武林旧事》中另有一篇专题介绍钱江观潮胜状的精彩散文,可与此词对读。文中写潮起时景观,有云:"方其远出海门,仅如银线;既而渐近,则玉城雪岭,际天而来,大声如雷霆,震撼激射,吞天沃日,势极雄豪。"此与本篇上片措词虽异,气象略同,都着意刻画出了昼间钱塘江上那种奔逸跳荡的动态之美。文中还写到了弄潮儿和观潮客,写弄潮儿的一段尤为生动:"吴儿善泅者数百,皆披发文身,手持十幅大彩旗,争先鼓勇,溯迎而上,出没于鲸波万仞中,腾身百变,而旗尾略不沾湿,以此夸能。"这些内容则为词中所无。但我们不必因此而遗憾,有所不为方能有所为,词的下片就用腾出的篇幅提供了文中未有的另一种境界——傍晚及夜间潮平时钱塘江上恬适空濛的静态之美。如此,则上下两片朝与夕互补,动与静相宣,鸳鸯剑合而益增其利,凤凰钗并而愈见其妍。末句以隔江夜笛之一"声"收束上文七句中碧、青、红、白诸"色",亦拖出了长长的余韵。

一萼红

登蓬莱阁有感①

步深幽②。正云黄天淡，雪意未全休③。鉴曲寒沙④，茂林烟草⑤，俯仰千古悠悠⑥。岁华晚、漂零渐远⑦，谁念我、同载五湖舟⑧。磴古松斜⑨，崖阴苔老⑩，一片清愁。　　回首天涯归梦⑪，几魂飞西浦⑫，泪洒东州⑬。故国山川⑭，故园心眼⑮，还似王粲登楼⑯。最怜他、秦鬟妆镜⑰，好江山、何事此时游⑱。为唤狂吟老监⑲，共赋销忧⑳。（阁在绍兴，西浦、东州皆其地。）

【注释】

①蓬莱阁：见前秦观《满庭芳》注⑥。

②步深幽：南朝梁陶弘景《真诰·稽神枢》："学道当……如清虚真人步深幽。"步：漫步。深幽：深邃幽静，代指山林。

③雪意：要下雪的苗头。未全休：没有完全消失。

④鉴曲：镜湖的一道湾。《新唐书·贺知章传》载，知章辞官归隐，唐玄宗"有诏赐镜湖剡川一曲"。镜湖：亦名鉴湖，在绍兴。寒沙：冷落的沙滩。

⑤茂林：晋王羲之《兰亭集序》："此地有崇山峻岭、茂林修竹。"兰亭亦在绍兴。

⑥俯仰：犹言转眼间。《兰亭集序》："向之所欣，俯仰之间，已为陈迹。"

⑦岁华：年光。漂零：漂泊。

⑧五湖：见前吴文英《八声甘州》注⑫。这句是说，谁惦念我，愿与我一道泛舟五湖而去呢？用西施随范蠡泛舟五湖故事。

⑨磴：石阶。

283

⑩崖阴苔老:崖石为林木遮蔽,见不到阳光,长着陈年的苔藓。

⑪归梦:回乡的梦。

⑫几:多少次。

⑬东州:即"东洲"。

⑭故国:故乡。

⑮故园心眼:同苏轼《永遇乐》(明月如霜)词:"望断故园心眼。"

⑯王粲登楼:王粲,汉末建安七子之一。年轻时避难荆州,作《登楼赋》,抒发故乡之思及怀才不遇之感。

⑰秦鬟:绍兴有秦望山,形似美人的发髻,故称。妆镜:女子所用的梳妆镜。这里指镜湖。

⑱何事:为何。以上二句是说,此地风景虽好,可惜我来得不是时候(国难当头,游赏也无兴致)。

⑲狂吟老监:指唐诗人贺知章。知章自号"四明狂客",曾官秘书监,晚年隐居镜湖。见两《唐书》本传。

⑳赋:赋诗。销忧:解愁。

本篇押用一部平韵,韵脚是"幽""休""悠""舟""愁""州""楼""游""忧"。

【品评】

本篇是周密词集中的压卷之作,约作于恭帝德祐元年(1275)冬,词人四十三岁,其时元军进逼临安,正是南宋呼吸存亡之际。词人此前的作品多韶蒨缜密,本篇一变而为感慨苍凉,可谓"志深而笔长""梗概而多气",又一次证明了"文变染乎世情"(南朝梁刘勰《文心雕龙·时序》)的文学创作规律。

[宋]邓剡(1232？—1303)

一名光荐,字中甫,号中斋,吉州庐陵人。理宗景定三年(1262)进士。公元1276年,元军占领临安,掳恭帝等北去,端宗即位于福州,他积极参与文天祥所领导的抗元斗争,为其幕府僚佐。1278年,天祥兵败被俘,他侥幸逃脱,又入崖山(在今广东新会南)帝昺行朝,官至礼部侍郎(礼部副长官)、权直学士(皇帝的秘书兼参谋)。1279年,宋元两军在崖山海域决战,宋军战败,南宋彻底灭亡。他投海自杀,未死,被元军俘获。至大都(今北京),后被放还,得归故乡。撰有《文信国公墓志铭》《信国公像赞》《文丞相传》《文丞相督府忠义传》等,彰扬文天祥等抗元志士的爱国主义精神。擅诗词,有《中斋集》。其词今存十三首,辑本名《中斋词》。

念 奴 娇

驿中言别①

水天空阔,恨东风、不惜世间英物②。蜀鸟吴花残照里③,忍见荒城颓壁④。铜雀春情⑤,金人秋泪⑥,此恨凭谁雪⑦。堂堂剑气⑧,斗牛空认奇杰⑨。　　那信江海余生⑩,南行万里⑪,不放扁舟发⑫。正为鸥盟留醉眼⑬,细看涛生云灭⑭。睨柱吞嬴⑮,回旗走懿⑯,千古冲冠发⑰。伴人无寐⑱,秦淮应是孤月⑲。

【注释】

①驿中言别:公元1279年,南宋彻底覆亡后,词人与文天祥同被元军押赴北方。夏末过建康,停留二月余。仲秋,文天祥将渡江继续北上,词人则因病滞留建康,不能同行,于是乃步苏轼《赤壁怀古》原韵填此词,在

建康驿馆中与天祥话别。天祥亦赋和词作答,详见后文。

②不惜:一作"不借"。不借,不助,不给予方便。参见下注⑤引唐杜牧诗。英物:杰出的人物。

③蜀鸟:即杜鹃。见前辛弃疾《贺新郎》注②。吴花:建康曾为三国吴的都城,故称此地之花为"吴花"。残照:夕阳。

④忍:此字领起的语句,是"怎忍"语气,意即"不忍"。颓壁:坍塌的城墙。建康是南宋的陪都,设有行宫。兵燹之后,已成"荒城",故词人不忍见。

⑤铜雀:铜雀台。汉末曹操所建,因台上铸有铜雀而得名,故址在今河北临漳。这句化用唐杜牧《赤壁》诗:"东风不与周郎便,铜雀春深锁二乔。"杜诗本是虚拟语气,说如果天不帮忙,不在冬天刮起东风,周瑜便无法用火攻大破曹军于赤壁。那么,东吴就该被曹操占领,孙策的妻子大乔、周瑜的妻子小乔这两位美女就会被曹操掳去,安置在铜雀台上,供他淫乐了。邓词用来写实,指元军灭宋,掳去宋帝的后妃。

⑥金人秋泪:汉武帝为了长生不老,在长安建章宫制金铜仙人,手捧铜盘,承接天上的露水,供他饮用。汉亡后,魏明帝青龙元年(233)秋八月,派人去拆取金铜仙人,移置邺城(魏的都城,故址在今河北临漳)魏宫。相传金铜仙人在将要被装车运走的时候流出了眼泪。唐代李贺据此传说创作了《金铜仙人辞汉歌》。后多作为哀伤亡国的典故使用。

⑦凭谁:靠谁。

⑧堂堂:形容正大。

⑨斗牛:古天文学"二十八宿"(恒星)中的两个星座,所对应的地域为吴、越。空:虚。《晋书·张华传》载:斗牛之间常有紫气,晋重臣张华问精通星象的雷焕,雷焕说这是"宝剑之精上彻于天",应在豫章丰城(今属江西)。乃补雷焕为丰城县令,到县掘狱屋基,得双剑。其夕,斗牛间气不复见。以上二句反用此典故。江西地处吴头楚尾,上应斗牛。词人与文天祥皆江西人,天祥部众亦多江西豪杰之士,故喻之以江西丰城剑气。因抗元斗争失败,故自愧说"斗牛空认奇杰"。

⑩那信:哪里相信。余生:残剩的人生。

⑪南行万里:唐宰相李德裕遭政敌迫害,一贬潮州(今属广东),再贬崖州(今海南海口)而卒。他自述曾于方城(今属河南)遇隐者,预言他将"南行万里"。见《旧唐书》本传。

⑫不放扁舟发:不让开船。意思是,想"南行万里"也办不到了。按,宋朝祖训,不诛杀文士。故对于士大夫最重的处罚,止是贬谪南荒,最远即海南岛。以上三句是说,本以为最坏的命运莫过于南行万里,了此残生了;谁能相信,如今连这样的遭遇也不可得。(能贬谪南荒,还是受大宋朝的处分,还生活在大宋朝的土地上;如今被俘北上,却是国破家亡啊!)

⑬鸥盟:鸥是一种自由自在的水鸟。古诗词中,"盟鸥""鸥盟"都是与鸥结友,亦即隐居江湖的意思。

⑭以上二句是说,醉中再多看几眼江上波涛起伏,鸥鸟翻飞,今后怕是连隐居江湖的机会也没有了。

⑮睨(nì)柱吞嬴:战国时期,秦强而赵弱。赵惠文王得楚和氏璧,秦昭王愿以十五城交换。赵王遣蔺相如奉璧入秦,见秦王实无诚意,乃"怒发上冲冠",义责秦王,并说:"大王必欲急臣(一定要逼我),臣头今与璧俱碎于柱矣!"持璧睨柱,欲以击柱。终于以完璧归赵。见《史记·廉颇蔺相如列传》。睨:斜着眼睛看。吞嬴:像是要把秦王生吞了。形容蔺相如的凛然正气压倒了秦王。嬴:秦王的姓氏。

⑯回旗走懿:三国时,蜀汉诸葛亮出师伐魏,屯兵五丈原(在今陕西岐山),与魏司马懿军隔渭水相持。因积劳成疾,没于军中。姜维、杨仪等率蜀军不发丧而退。司马懿闻讯追来,姜维令杨仪"反旗鸣鼓",摆出回师进击的态势。司马懿以为诸葛亮还活着,乃退,不敢逼。于是蜀军得以安全撤还。百姓为之谚曰:"死诸葛走生仲达。"见《三国志·诸葛亮传》及南朝宋裴松之《注》引晋习凿齿《汉晋春秋》。仲达,司马懿字。回旗:掉转旗帜。走懿:使司马懿奔逃。

⑰冲冠发:见注⑭。以上三句,是用历史典型来与文天祥共勉,含有要用凛然正气压倒敌人之意。

⑱无寐:睡不着觉。

⑲秦淮:见前周邦彦《西河》注⑭。以上二句,悬想与文天祥分别后,

自己滞留建康,长夜难眠,该只有孤独的月亮相陪伴了。

本篇押用一部入声仄韵,韵脚是"阔"(此字或系撞韵)"物""壁""雪""杰""发(發)""灭""发(髪)""月"。又,"里(裏)""泪""气""里""懑""寐"同韵,或是有意添押一部上去声仄韵为辅韵,以增加全词的声韵之美。

【品评】

作此词时,词人约四十七岁。

国家破灭之恸,友朋离别之悲,同时代其他作家的诗词里,往往有之,不必深论。本篇的闪光点在于,作者不仅是词人,更是实际投身抗元斗争的勇士;不仅勇于为国家、民族而殊死奋斗,而且勇于因斗争的失败而自责——"堂堂剑气,斗牛空认奇杰!"尤其可贵的是,即便做了俘虏,其词中也没有丝毫萎靡之色,反而抗声高咏道:"睨柱吞嬴,回旗走懿,千古冲冠发!"慷慨悲歌,声可裂帛。至大至刚的浩然之气,一披卷便拂面而来。

[宋] 王清惠 (1245？—1288 后)

清惠,一作"清蕙"。小名秋儿。平江府人。度宗的昭仪(嫔妃之属,品级较"妃"低一等),封会宁郡夫人。貌清癯。善书法,能诗词。度宗为太子时,以春夏秋冬四夫人在其书阁当值,最为宠爱,她为四夫人之一。度宗即位后,常代度宗批答文件。恭帝德祐二年(1276),宋亡,随度宗全皇后、恭帝等被元军掳至大都(今北京)。以书法教授瀛国公(即恭帝,入元后封瀛国公)。后自请出家为女道士,号冲华。今存词一首,见周密《浩然斋雅谈》。

满 江 红

太液芙蓉①,浑不似、旧时颜色②。曾记得、春风雨露③,玉楼金阙④。名播兰簪妃后里⑤,晕潮莲脸君王侧⑥。忽一声、鼙鼓揭天来⑦,繁华歇⑧。 龙虎散,风云灭⑨。千古恨,凭谁说⑩。对山河百二⑪,泪盈襟血⑫。客馆夜惊尘土梦⑬,宫车晓碾关山月⑭。问嫦娥、于我肯从容⑮,同圆缺⑯。

【注释】

①太液芙蓉:自喻。白居易《长恨歌》:"太液芙蓉未央柳。"太液:即太液池,唐代长安大明宫内的皇家池苑。芙蓉:荷花。

②浑:全。

③春风雨露:喻指皇上的恩泽。

④玉楼金阙:白玉楼台,黄金宫阙。指皇宫。

⑤播:传播。兰簪:兰一茎一花,形似簪,故称。这句是说自己当年在后妃群中颇有名声。词人名中有"蕙"字("惠"亦通"蕙"),而兰、蕙同

科,每并称"兰蕙",故以"兰"射"蕙"。又,南朝梁袁昂《古今书评》:"卫恒书如插花美女,舞笑镜台。"词人以书法闻名,或兼以"兰簪"隐指"插花"。

⑥晕潮莲脸:莲花般的脸庞泛起红晕。这句是说自己当年甚得度宗亲爱。

⑦揭天:掀天,震天。

⑧以上二句化用白居易《长恨歌》"渔阳鼙鼓动地来,惊破霓裳羽衣曲"句意,喻指元军大举入侵,南宋灭亡,繁华从此消歇。

⑨以上二句,《易(易经)·乾文言》:"云从龙,风从虎。"后人多用此比喻圣主与贤臣相遇合。本篇言其散、灭,有慨叹时无圣主贤臣,政局不可收拾的深意。

⑩凭:靠,向。

⑪山河百二:《史记·高祖本纪》载田肯说,秦国"带河山之险","持戟百万,秦得百二焉"。后人对此解说不一,或曰秦兵二万可当其他诸侯国百万,或曰秦兵百万可当其他诸侯国二百万。无论如何,都是突出秦地山河的险固。

⑫泪盈襟血:血泪沾满衣襟。以上二句是说,面对大宋山河,为宋军不能凭借优越的地理条件抗击元军,竟至亡国而痛心疾首。

⑬夜惊尘土梦:夜里还在做被元军押送着风尘仆仆地赶路的噩梦。

⑭宫车:本指皇家马车,这里指被掳后妃、宫女乘坐的马车。晓:拂晓。

⑮嫦娥:参见前辛弃疾《木兰花慢》注⑦。

⑯肯:疑问词,用此字统领的语句,是"肯……么"语气。从容:周旋。释为镇定自如,亦可通。以上二句,紧承上句末字"月",问月中的嫦娥,肯不肯与我作伴,共同承受那不可预测的入元后的遭遇。圆缺:以月亮的盈亏,双关民族节操暨女性贞操的能否保全。

本篇押用一部入声仄韵,韵脚是"色""阙""侧""歇""灭""说""血""月""缺"。

【品评】

　　词人于公元1276年被元军掳往大都,时年约三十一岁,途中题此词于汴京(今河南开封)夷山驿馆。全词抒发亡国之恸,血泪和流,读之如听三峡啼猿、三更啼鹃,令人酸心堕睫,难以为怀。

　　词中哀乐相形、今昔对比的做法,多借助词自然分片的特点,将今与昔、哀与乐均匀地分置于上下片。本篇却一反常规,半幅之内就由今之哀逗引出昔之乐,旋即又将昔之乐一扫而空,笔势尤为夭矫。而追溯昔之乐又仅用两韵四句,稍纵即收,这就从章法上成功体现了作者想要表达的某种感情节奏——昔日的欢乐如春梦般匆遽而短促!诚然,词人是怀着无比痛惜的心情去重温她在失去了的天堂里的桃色旧梦的,但她既客观写出了南宋统治者的沉湎酒色,接着又对元军铁蹄的突如其来表示震惊,就不啻无意识地交代了两者之间的因果关系,有助于读者对南宋覆亡悲剧根源的认知。

　　后半阕,词人用节省下来的篇幅写出了更多的内容:对主不圣而臣非贤,人谋不臧而地险难恃的憾恨;被掳途中的凄苦与惊惧;对入元后个人命运的心理戒备。字字血,声声泪,无一句不精警。"客馆"一联,下句以动掣静,绘景历历在目,固妙;上句以虚驭实,炼意熠熠而新,尤佳——执行押解任务的军吏如何凶神恶煞,如何急于星火地苛督趱行,虽不着一字而尽在言外。结尾虚拟出向嫦娥探询的口吻,含蓄地表白了自己的政治态度:但愿保全女性的同时又是民族的节操,自甘寡独而决不觍颜事仇。但由于文学语言的模糊性,结句在当时还引发了一场公案。欲知详情如何,且待下文分解。

[宋]文天祥(1236—1283)

字宋瑞,号文山,吉州庐陵人。理宗宝祐四年(1256)进士第一。历事理宗、度宗、恭帝、端宗、帝昺五朝,官至右丞相兼枢密使。恭帝德祐元年(1275),元军沿江东下,国家危在旦夕,他当时知赣州,捐家产为军费,募兵万人入卫临安。次年临安陷落前,他奉命出使元军议和,痛斥元丞相伯颜,被拘禁。后逃脱虎口,至福建、广东一带继续坚持抗元斗争。帝昺祥兴元年十二月(1279年2月),兵败被俘。次年被押送至元大都(今北京),囚禁达三年之久,屡经威胁利诱,誓死不屈,从容就义。他是历史上著名的民族英雄、爱国诗人。有《文山先生全集》。诗文多为其抗元斗争经历的记录,忠愤喷薄,大义凛然,词亦如此。今存词仅七首,六首见《全集》,一首见元无名氏《元草堂诗余》。

满 江 红

王夫人至燕①,题驿中云②。中原传诵。惜末句欠商量③。代王夫人作④

试问琵琶⑤,胡沙外、怎生风色⑥。最苦是、姚黄一朵⑦,移根仙阙⑧。王母欢阑琼宴罢⑨,仙人泪满金盘侧⑩。听行宫、半夜雨淋铃⑪,声声歇⑫。　　彩云散⑬,香尘灭⑭。铜驼恨⑮,那堪说⑯。想男儿慷慨⑰,嚼穿龈血⑱。回首昭阳离落日⑲,伤心铜雀迎秋月⑳。算妾身、不愿似天家㉑,金瓯缺㉒。

【注释】

①王夫人:即王清惠,详见上篇。燕:即元大都。因其战国时为燕国

292

的国都,故习称"燕"。

②题驿中云:在驿馆中题诗词云云。详见上篇。

③欠商量:欠考虑,欠斟酌。

④代王夫人作:假托王夫人的口吻,代她作此词。

⑤琵琶:见前辛弃疾《贺新郎》注⑧。

⑥胡沙:沙漠。因在北方少数民族地区,故称。怎生:怎样。风色:景象。以上二句,以汉王昭君比王昭仪,试问大漠风光如何。

⑦姚黄:牡丹的珍贵品种之一,花黄色,相传出于北宋民间姚氏之家。见欧阳修《洛阳牡丹记·花释名》。

⑧移根仙阙:从仙宫中移植他处。以上二句,喻指王夫人离开宋宫,被驱北行。

⑨王母:即西王母。本是古代西方部落的女王。相传春秋时期,周穆王西游,曾到她的部落作客,她在瑶池为穆王设宴,并歌《白云谣》。参见《穆天子传》。这里借指宋理宗谢皇后、宋度宗全皇后。阑:尽。琼宴:指豪华的宴会。这句是说,宋宫中旧时的欢乐已告终结。

⑩金盘:此指铜盘。侧:旁边。此句用典,参见前邓剡《念奴娇》注⑥。

⑪行宫:白居易《长恨歌》:"行宫见月伤心色,夜雨闻铃肠断声。"雨淋铃:安史之乱爆发,唐玄宗避乱入蜀,至斜谷口(在今陕西眉县),于栈道雨中闻铃声隔山相应。玄宗悼念杨贵妃,因采其声为《雨淋铃》曲以寄恨。见唐郑处诲《明皇杂录》。此句糅合《长恨歌》与《明皇杂录》,借指王夫人等北行途中夜宿驿馆时的凄凉境况。

⑫声声歇:声声断。指声音凄断。

⑬彩云散:白居易《简简吟》诗:"大都好物不坚牢,彩云易散琉璃脆。"

⑭香尘灭:唐张碧《古意》诗:"銮舆不碾香尘灭。"以上二句是说,南宋旧日的繁华已似彩云、香尘飘散无迹。

⑮铜驼恨:《晋书·索靖传》载,西晋末,索靖知天下将乱,指洛阳宫门前铜驼叹曰:"会见汝在荆棘中耳。"

⑯那堪:哪堪。

⑰男儿慷慨:《旧唐书·张巡传》:"巡神气慷慨。"

⑱嚼穿龈血:咬穿牙龈,流出鲜血。形容极度愤怒。《旧唐书·张巡传》载,张巡守睢阳,抗击安史叛军,"每战眦裂(眼眶瞪裂),嚼齿皆碎"。龈:牙根肉。

⑲昭阳:见前王建《宫中调笑》注⑤。这里借指南宋后宫。落日:象征南宋的灭亡。

⑳铜雀:见前邓剡《念奴娇》注⑤。这里借指元宫楼台。

㉑妾身:古代女子自称。天家:皇帝自命为天子,以天下为家,故称。

㉒金瓯缺:喻指国家残破。金瓯:金盆、金盂,喻指完整的国土。

本篇押用一部入声仄韵,韵脚是"色""阙""侧""歇""灭""说""血""月""缺"。

【品评】

王清惠题汴京夷山驿《满江红》词,由于作者的特殊身分(不仅是女性,而且是皇妃),更由于作品本身的艺术感染力,一问世便不胫而走,传诵南北。当年不少词人,如邓剡、汪元量等,都有步韵之作。文天祥更连和两首,这是其中的一首,当作于公元 1279 年秋,被押送北上大都途中,与邓剡一道滞留建康,以诗词相唱和时。其时词人四十三岁。

由于王夫人词末句语气较委婉,文天祥认为"从容""圆缺"云云,有随适取容、无心守节的含义,乃代其立言,予以纠正。事实证明,他误会了王夫人,夫人入元后,自请出家做了女道士,全节而终。但误会归误会,就词而言,我们还不得不承认,文天祥词的结句,斩钉截铁,掷地有声,确实写得刚毅果决,义正词严。不过,这已不是弱女子的口吻,而是男子汉大丈夫的英雄气概。无论词人怎样声明,它都不是如题所云,"代王夫人作"而已——它分明是文天祥的夫子自道。

酹 江 月

和①

　　乾坤能大②,算蛟龙、元不是池中物③。风雨牢愁无着处④,
那更寒虫四壁⑤。横槊题诗⑥,登楼作赋⑦,万事空中雪⑧。江流
如此,方来还有英杰⑨。　　堪笑一叶漂零⑩,重来淮水⑪,正凉
风新发⑫。镜里朱颜都变尽⑬,只有丹心难灭。去去龙沙⑭,江山
回首,一线青如发⑮。故人应念⑯,杜鹃枝上残月⑰。

【注释】

①和:参见前邓剡《念奴娇》注①。《酹江月》即《念奴娇》的别名。

②能:同"恁",如此,这样。

③元:同"原"。这句化用《三国志·周瑜传》周瑜论刘备之语:"恐蛟
龙得云雨,终非池中物也。"以上二句是说,天地如此之大,细想来,蛟龙原
不是浅狭之池所能拘束的。蛟龙:比喻自己和邓剡。邓剡同时所作《送
行》诗有"神龙荡失水"之句,文词似为此而发。

④牢愁:忧愁。无着处:无安放之处。

⑤那更:奈何更兼。寒虫:指蟋蟀。参见前冯延巳《鹊踏枝》注⑥。
四壁:四面墙壁。以上二句是说,风雨使人忧愁至极,愁已多得无处安放,
奈何又加上四周蟋蟀的哀鸣!

⑥横槊(shuò)题诗:唐元稹《唐故工部员外郎杜君墓系铭并序》:"曹
氏父子(曹操、曹丕、曹植)鞍马间为文,往往横槊赋诗。"

⑦登楼作赋:见前周密《一萼红》注⑯。

⑧以上三句是说,自己此前横槊题诗的豪情,登楼作赋的忧思,一切
都如空中的雪花,终归虚幻。喻指事业无成,种种努力都化作了泡影。

⑨方来:将来。以上二句承上而转折,是说自己的抱负虽已落空,但

正像眼前奔流不止的江水一样,抗元的斗争不会中断,英杰辈出,后继一定有人。

⑩堪笑:可笑。一叶漂零:乘一叶扁舟漂泊不定。一说,自喻飘零如一片树叶,亦通。

⑪淮水:见前周邦彦《西河》注⑭。

⑫凉风新发:谓初秋。词人等这次到建康后不久便逢立秋,故云。

⑬朱颜、变尽:参见前李煜《虞美人》注⑥。

⑭去去:越去越远。龙沙:白龙堆沙漠,泛指塞外。元人兴起于塞北大漠。

⑮这里化用苏轼《澄迈驿通潮阁》诗二首其二:"青山一发是中原。"是说遥望中原,青山一线,细如毛发。以上三句设想自己此次渡江后向北更行更远,但仍将步步回首南方那依稀可辨的江山。这表达了作者对故国的深情眷念。

⑯故人:指邓剡。

⑰唐崔涂《春夕》诗:"胡蝶梦中家万里,杜鹃枝上月三更。"以上二句,词人巧妙地将崔诗拆开分属于自己和友人两面,并用作歇后(更贴切地说,是"歇前")语。字面上只说,当残月在天,夜阑将尽,杜鹃在树梢啼血的时候,您或许正想念着我;但言外也包括了下面这层意思:我呢,则会在梦中不远万里地返回南方。又,词人同时所作《金陵驿》诗二首其一末云:"从今别却江南日,化作啼鹃带血归。"故以上二句词亦可作如下理解:当残月之夜杜鹃在枝头啼血时,您该想到,那就是我归来的魂魄。

本篇押用一部入声仄韵,韵脚是"物""壁""雪""杰""发(發)""灭""发(髮)""月"。

【品评】

本篇亦作于公元1279年秋,作者在被押送北上大都途中,与邓剡一道滞留建康,以诗词相唱和时。

国破家亡,陷身敌手,虎困于柙,龙拘于池,词人的心情本即十分沉痛;更加上将与难友劳燕分飞,生离死别,又平添许多悲凉。因此,词的基调怆楚欲绝。然而可歌可泣的是,英雄末路,一至于此,他仍旧豪迈地预言:反抗民族侵略的斗争,火种不会熄灭,"方来还有英杰"。他那颗不屈的头颅仍旧高昂着,他那满腔热血仍旧在熊熊燃烧。"镜里朱颜都变尽,只有丹心难灭",这和他《过零丁洋》诗中的名句"人生自古谁无死,留取丹心照汗青"后先一揆,都是民族正气的光芒闪射。凡此皆使得本篇于沉郁中复有亢爽之致,令人慷慨激昂而瞋目决眦,发上指冠。

[宋]王沂孙（?—1291前）

字圣与,号碧山,又号中仙,绍兴府会稽(已废入今浙江绍兴)人。中年经历了南宋亡国的沧桑巨变。所交往者,多为当时著名的遗民文人。元世祖至元年间,一度被迫出任庆元路(今浙江宁波)儒学学正(本路汉文化学校的学官,级别低于教授),不久即归隐。晚年来往于杭州、绍兴一带。他是宋元之际与周密、张炎等齐名的格律派词代表作家,今存词六十余首,有《花外集》《玉笥山人词》《碧山乐府》等不同名目版本。所作多咏物,而故国之思暗寓其中,幽折清远,吐韵妍和。善以文意贯串事典,而浑化无痕。但较为隐晦,难以确认。

眉 妩

新 月①

渐新痕悬柳②,澹彩穿花③,依约破初暝④。便有团圆意⑤,深深拜⑥,相逢谁在香径⑦。画眉未稳⑧。料素娥、犹带离恨⑨。最堪爱⑩,一曲银钩小⑪,宝帘挂秋冷⑫。　　千古盈亏休问⑬。叹慢磨玉斧⑭,难补金镜⑮。太液池犹在⑯,凄凉处,何人重赋清景⑰。故山夜永⑱。试待他、窥户端正⑲。看云外山河⑳,还老尽、桂花影㉑。

【注释】

①新月:农历月初的初弦月。
②新痕:新月只是细细的一道弯痕,故称。悬柳:挂在柳条上。
③澹彩:新月的光彩浅淡,故称。澹:同"淡"。
④依约:隐约。初暝:刚黑暗下来的夜空。

298

⑤便有团圆意:新月趋向着圆满,故云。

⑥深深拜:古代女子有拜新月的风俗。唐李端、吉中孚妻张夫人皆有《拜新月》诗。深深:指礼拜时腰弯得很低,是虔诚的表现。

⑦香径:指花园。以上三句是说,如今还有谁拜新月呢?

⑧画眉未稳:宋吴文英《声声慢》(檀栾金碧)词:"新弯画眉未稳。"新月细细弯弯,像女子所画之眉。未稳:还没画定。

⑨料:料想。素娥:嫦娥。以上二句是说,新月仿佛嫦娥未画好的眉样,想来它还带着离愁别恨吧。

⑩最堪爱:最可爱。

⑪一曲:一弯。银钩:新月形如帘钩。

⑫宝帘:喻指天幕。以上二句,字面有取于秦观《浣溪沙》(漠漠轻寒上小楼)词:"宝帘闲挂小银钩。"

⑬盈亏:指月亮的圆缺。休问:莫管。

⑭谩:同"谩",徒然。玉斧:唐段成式《酉阳杂俎·天咫》载,传说月亮由七宝合成,上有凸处,有八万二千户用斤(斧头)、凿修之。这句是说,修月徒劳无功,磨斧也是枉然。

⑮金镜:喻指圆月。这句是说,月缺难补。

⑯太液池:唐代长安大明宫内的皇家池苑。

⑰清景:清光。宋陈师道《后山诗话》载,宋太祖夜幸后池,对新月置酒,召当直学士卢多逊赋诗。其诗曰:"太液池边看月时,好风吹动万年枝。谁家玉匣开新镜,露出清光些子儿。"太祖大喜,尽以坐间饮食器赐之。以上三句用此典故,谓宋朝皇宫里的池苑还在,但国亡后已是一片凄凉,再也没有人重赋卢多逊那样的新月诗了。

⑱故山:故乡。夜永:夜长。

⑲待他:等候它。他:指月。窥户端正:姜夔《玲珑四犯》(叠鼓夜寒)词:"有轻盈换马,端正窥户。"窥户:透过门窥探屋内。端正:形容月亮美丽圆满,这里代指圆月。

⑳山河:宋何薳《春渚纪闻·辨月中影》载,王安石说月中仿佛有物,乃山河影。

299

㉑桂花:《酉阳杂俎·天咫》载,月中有桂树。

本篇押用一部上去声仄韵,韵脚是"暝""径""稳""恨""冷""问""镜""景""永""正""影"。

【品评】

以长调咏物,是王沂孙的强项,此词即其代表作之一。琢句如"新痕""澹彩";取喻如"画眉""银钩";用事如拜香径,赋太液,皆扣"新月"题甚紧。又不作茧自缚,或由"新月"牵到"满月",好在不离不即,收放自如。通篇虽无深蕴,但"太液池犹在,凄凉处,何人重赋清景"云云,于不经意间触及故国兴亡,犹可见出时世的投影。宋遗民的心理创伤,终究不是躲进象牙塔中就能愈合得了的。

齐 天 乐

蝉

一襟余恨宫魂断①,年年翠阴庭树②。乍咽凉柯③,还移暗叶④,重把离愁深诉⑤。西窗过雨。怪瑶珮流空⑥,玉筝调柱⑦。镜暗妆残⑧,为谁娇鬓尚如许⑨。　　铜仙铅泪似洗⑩,叹移盘去远⑪,难贮零露⑫。病翼惊秋,枯形阅世⑬,消得斜阳几度⑭。余音更苦。甚独抱清高⑮,顿成凄楚⑯。谩想薰风⑰,柳丝千万缕⑱。

【注释】

①一襟:满怀,满腔。余恨:遗恨。宫魂:传说古代齐国的一位王后怨死化为蝉,"登庭树嘒唳而鸣"。见晋崔豹《古今注》引汉董仲舒语。

②庭树:唐欧阳询《艺文类聚·虫豸部》引古诗:"庭前有奇树,上有悲鸣蝉。"

③咽：指鸣声哽住。柯：树枝。

④暗叶：隐蔽的树叶。

⑤以上五句是说，齐宫王后的怨魂化为蝉，带着一腔遗恨，年年悲鸣在庭院树木的翠荫中。在阴凉的树枝上，它的鸣声刚哽住；转眼间，它又迁移到密集的叶片背后，重新开始深切地吐诉离愁。

⑥瑶珮：玉珮。古人佩带的玉质装饰品。

⑦玉筝：有玉石为饰的筝。筝：弹拨类弦乐器，十三弦。调（tiáo）柱：本指移动筝弦的支撑立柱以调试音高。这里是弹的意思。以上三句是说，西窗外，一场雨过后，忽然听到一种清越的音响，仿佛玉珮的叩击声流布在空中，又好似拨动了宝筝的弦，令人惊诧。原来，那是蝉在振翅飞鸣。

⑧镜暗：铜镜生锈后变得昏暗。暗指美人久不梳妆。妆残：美人的面部化妆已经残褪。含义同上。

⑨娇鬓：《古今注》载，魏文帝宠爱的宫女莫琼树创制了一种新发型，名曰"蝉鬓"，缥缈如蝉翼。如许：如此。以上二句由蝉飞自然地联想到蝉翼，逆用"蝉鬓"典故，将蝉翼比作美人的鬓发，设问道：蝉美人久已无心打扮了，为了什么人，她的鬓发还这样娇美呢？整个上片，主意在咏蝉，但也流露出宋遗民的亡国之痛、流亡之苦，以及虽有才华却无心取悦新朝统治者的品格。

⑩铜仙：参见前邓剡《念奴娇》注⑥。铅泪似洗：李贺《金铜仙人辞汉歌》中写到金铜仙人"忆君清泪如铅水"。铅熔液为灰白色。似洗：形容泪水满面如洗脸。

⑪移盘去远：李贺《金铜仙人辞汉歌》中有"携盘独出月荒凉，渭城已远波声小"之句。盘：金铜仙人手捧之承露盘。

⑫贮：贮存。零：滴落。以上三句是说，金铜仙人既被拆走，便无露可贮以供蝉饮用。三国魏曹植《蝉赋》："漱朝露之清流。"古人以为蝉靠饮露过活，词人构思本此。喻指国家既亡，宋遗民们就衣食无主，难以生存。

⑬枯形：曹植《蝉赋》："状枯槁以丧形。"阅世：阅历世事。

⑭消得：消受得。以上三句是说，蝉到秋天，憔悴枯槁，病翅难飞，还能熬过几回夕阳西下的凄凉？喻指宋遗民们在严峻的政治环境中苟延残

喘,前景不堪设想。

⑮独抱:独自怀抱。清高:晋徐广《车服杂注》中称蝉"清高,饮露而不食"。

⑯顿:骤然。

⑰谩:徒然。薰风:夏天的和风。相传上古贤君虞舜作《南风》诗:"南风之薰兮,可以解吾民之愠兮。"见《尸子·绰子》篇。是说夏日的南风可使百姓从暑热中解脱出来。后成为歌颂太平盛世及帝王恩德的典故。

⑱以上五句是说,在生命行将结束的最后阶段,蝉的鸣声更加哀苦了。为什么它独自怀抱着清高的操守,却骤然变得这样凄凉伤心呢?原来,它在回忆夏天和风拂煦、柳条万缕的美好时光——尽管那回忆徒劳无益。夏日柳林是蝉最好的生活环境,喻指宋遗民们失去了的大宋王朝。

本篇押用一部上去声仄韵,韵脚是"树""诉""雨""柱""许""露""度""苦""楚""缕"。

【品评】

这首词作于南宋覆亡后。表现形式与前选陆游《卜算子》咏梅词相同,名为咏物,实则拟人。但若细细比较,两者仍有众多区别。其一,陆词中的"梅"主要是自己的化身;而本篇所咏之"蝉"则不仅为自喻,更是一批宋遗民文人的集体写照。其二,陆词所反映的是封建统治集团内部进步势力与反动势力之间的对立;而本篇所观照的则是压迫民族与被压迫民族之间的矛盾。其三,作为一个政治漩涡中的强者,陆游在词里充分显示了他个性的傲岸;而作为一个时代风暴中的弱者,王沂孙在词里只能发出痛苦而消沉的呻吟。其四,陆词为小令,简洁明快,冲口而出,纯用白描而不尚故实,因此词意较显豁;而王词为长调,繁复纤徐,深思熟虑,熔铸古典而勾勒敷彩,故而题旨较隐曲。总之,它们各有其特定的社会认识价值和艺术审美价值,无法相互替代。从格调上看,当然是陆词要高一个等级;但就文笔而言,似乎还不能强为轩轾。

[宋] 蒋捷（1245？—1310？）

　　字胜欲，号竹山，常州宜兴（今属江苏）人。度宗咸淳十年
（1274）进士。恭帝德祐二年（1276）临安陷落后，曾在江南地区流浪
了一段时间。宋亡后，隐居乡里。元成宗大德年间，有人推荐他出来
做官，他坚持民族气节，不肯接受，以宋遗民终其身。有《竹山词》。
今存词九十余首。其中描写乱离之苦和抒发亡国之恸的作品最为真
挚动人。在艺术上不拘一格，多所变化，或粗犷挥斥，或缜密洗练，或
轻灵圆熟。总体来说，作风稍近于辛弃疾。清刘熙载《艺概》称赞他
为"长短句之长城"。

贺 新 郎

兵后寓吴①

　　深阁帘垂绣②。记家人、软语灯边③，笑涡红透④。万叠城头
哀怨角⑤，吹落霜花满袖。影厮伴、东奔西走⑥。望断乡关知何
处⑦，羡寒鸦、到着黄昏后。一点点，归杨柳⑧。　　相看只有山
如旧。叹浮云、本是无心⑨，也成苍狗⑩。明日枯荷包冷饭，又过
前头小阜⑪。趁未发、且尝村酒⑫。醉探枵囊毛锥在⑬，问邻翁、
要写牛经否⑭。翁不应，但摇手⑮。

【注释】

　　①兵后：兵燹之后，军队劫掠之后。寓：寄居。吴：吴郡。南宋平江府
的别名，即今苏州。
　　②深阁：深邃的楼阁。帘垂绣："绣帘垂"的倒装。
　　③家人：指自己的妻子。软语：亲昵地说话，语音娇柔。

④笑涡：笑起来两颊现出的酒窝。红：谓脸上搽着胭脂。以上三句，"记"字束前管后，回忆战争前家中团圆、温馨的夫妻生活。

⑤万叠：不断地重复吹奏同一支曲调。乐曲再奏一遍为"一叠"。角：军队的号角声。

⑥厮：互相。以上三句转写目前状况：傍晚时，孤身一人在外逃难，只有影子陪伴；城上的号角声声哀怨，一遍遍地重复着，战时的肃杀气氛很浓；秋霜凝结，身寒心更寒。说城头哀角吹落霜花满袖，是艺术的表达。

⑦乡关：家乡的城关，泛指家乡。这句由唐崔颢《黄鹤楼》诗"日暮乡关何处是"化出。

⑧以上四句是说，遥望家乡，路远难见，真羡慕那天边的点点寒鸦，它们到黄昏后还有杨柳林可以归宿。言外之意，是说自己无处安身。

⑨贺铸《题海陵开元寺栖云庵》诗："浮云本无心。"

⑩以上二句化用杜甫《可叹》诗："天上浮云似白衣，斯须改变如苍狗。"与"相看"句连读，是说可叹那本无所用心的浮云也随着世事的翻覆而改变了形色（由白衣状变成了黑狗状），相看如旧，始终不改的就只有青山了。这是因政局、时势急遽变幻而发出的沉重感喟。

⑪小阜：矮小的土山。

⑫未发：未启程。村酒：乡村酒店酿造的劣质酒。以上三句是说，明天又将用枯荷叶包着冷饭，越过前面的小山继续赶路，趁着还没动身，且尝一尝乡村水酒的滋味。

⑬探：伸手摸索。楞（xiāo）囊：瘪瘪的行李袋。楞：中空的树根，引申为空虚义。毛锥：毛笔。白居易《紫毫笔》诗："尖如锥兮利如刀。"

⑭邻翁：隔壁人家的老汉。牛经：以牛为专题的书籍。《三国志·夏侯玄传》南朝宋裴松之《注》引《相印书》说，汉代有《牛经》。

⑮以上四句是说，喝醉酒后，摸了摸空空如也的行囊，毛笔还在，于是便问邻翁要不要抄写《牛经》（好挣几文钱糊口）。邻翁未吭气，只摆了摆手。六字煞是传神，活画出那老汉无力周济像词人这样的流浪者，却又不忍开口拒绝其乞求的情态。（战乱时代，农村中的日子也不好过。再说，此时谁还有心思顾及农事！）

本篇押用一部上去声反韵,韵脚是"绣""透""袖""走""后""柳""旧""狗""阜""酒""否""手"。

【品评】

本篇作于恭帝德祐二年(1276)三月元军占领临安后,帝昺祥兴二年(1279)二月南宋最终灭亡前这三年间的某个秋天,当时词人约三十一至三十四岁,正在平江府一带流浪。作为一位有民族气节的南宋士大夫,他既不肯降附元人、觍颜事敌,为了逃脱网罗与迫害,便只好抛下妻儿老小,独自奔走他乡。词以写实的手法,真切地记录了自己这段辛酸的生活经历和凄凉的感情体验。两宋之交、宋元之交的许多作家,都曾用词笔来摅写国破家亡的深哀巨痛,但绝大多数此类篇章是以抒情为主的,即便有些叙事的内容,也多逸笔草草,重在神到,并不措意于情节。像蒋捷这样凭藉小说家的笔调,细腻地刻画人物动作、态度,形神毕肖地摄取典型的生活局部,以琐事之微来反映那天崩地裂、海水群飞的动荡时代,得未曾有。如果考虑到词主要是一种抒情诗体的客观事实,那么,这个偏以叙事取胜的特例,其示范意义和美学价值就更不可等闲视之了。

虞 美 人
听 雨

少年听雨歌楼上①。红烛昏罗帐②。壮年听雨客舟中。江阔云低断雁叫西风③。 而今听雨僧庐下④。鬓已星星也⑤。悲欢离合总无情。一任阶前点滴到天明⑥。

【注释】

①歌楼:指青楼。
②昏:指光线昏暗。

305

③断雁：失群的孤雁。

④僧庐：寺庙僧舍。

⑤星星：形容头发斑白。

⑤一任：任凭。此句化用温庭筠《更漏子》(玉炉香)词："梧桐树，三更雨，不道离情正苦。一叶叶，一声声，空阶滴到明。"

本篇押用四部韵，两仄两平，仄平相间。韵脚是：(一)上去声仄韵"上""帐"；(二)换平韵"中""风"；(三)换上去声仄韵"下""也"；(四)换平韵"情""明"。

【品评】

这是词人晚年抚今追昔、感怀身世之作。全篇运用对比手法，从"听雨"这一独特的视角切入，以时空的跳跃转换，精警地概括出自己由少年的风流冶荡到壮年的飘零悲慨，再到晚年的落寞孤寂，这样三个截然不同的人生阶段，三种截然不同的人生况味。它既是作者个人的人生经历，又蕴含着宋元易代的历史沧桑。

读此词，可以一言蔽之——道是无情却有情。

[宋]陈德武

约生活在宋末元初,福州人。有仕宦经历,到过今河南、湖北等地。今存词六十余首,集名《白雪遗音》。

水 调 歌 头

题杨妃夜宴醉归图①。上写秦、虢二夫人②,贵妃抱婴于马上③

日色隐花萼④,清夜宴华清⑤。梁州新曲初就⑥,锦瑟按银筝⑦。中坐太真妃子⑧,列坐亲封秦虢⑨,欢笑尽倾城⑩。百斛金尊倒⑪,一醉玉山倾⑫。　　扶上马,东小玉,右双成⑬。绛纱笼烛高照⑭,宫漏已三更⑮。抱得禄儿归去⑯,酒醒三郎何处⑰,忽听鼓鼙惊⑱。可惜马嵬恨⑲,不得寄丹青⑳。

【注释】

①杨妃:杨贵妃(719—756),小字玉环,蒲州永乐(今山西永济南)人。本为唐玄宗之子寿王李瑁的妃子,后因貌美被玄宗看中,度为女道士,号太真。天宝四载(745)册立为贵妃。见新、旧《唐书》本传。

②写:画。秦、虢二夫人:杨贵妃有姊三人,唐玄宗都封为国夫人,且呼为姨。其中三姨封虢国夫人,八姨封秦国夫人。诸姨皆得出入宫禁,势倾天下。秦国夫人早死。虢国夫人与宰相杨国忠淫乱,死于马嵬兵变。见两《唐书》杨贵妃传。按《新唐书》,诸姨中贵宠最久的是虢国夫人和长姨韩国夫人。但古诗词咏玄宗事,多举秦、虢而不及韩国。推考其缘故,当是沿袭杜甫《丽人行》诗"就中云幕椒房亲,赐名大国虢与秦"的提法。

307

实则杜诗舍"韩"而取"秦",是为了押韵。后人疏于考据,竟以杜诗为正。

③抱婴:杨贵妃未曾生育,此婴儿影射安禄山。两《唐书》安禄山传载,安禄山为了讨玄宗和贵妃的欢心,自请为贵妃之养子。每入朝,先拜贵妃,后拜玄宗。玄宗问他为何如此,他答道:臣是蕃人,蕃人先母而后父。唐郑棨《开天传信记》亦载,玄宗宠爱禄山,呼他为儿。禄山不拜玄宗而拜贵妃,玄宗问其缘故,他说:胡人不知有父,只知有母。二说稍异。又,司马光《资治通鉴·唐天宝十载》记贵妃曾以锦绣为大襁褓裹安禄山。这幅图画的构思,即有取于此。以上三句,首句是词题,后两句是对画面内容的简要说明。

④隐:隐没。花萼:花萼楼。《开天传信记》载,玄宗与兄弟诸王友爱,在长安建花萼相辉之楼,常与诸王集会于此,或讲经书之义,或论治国之道,或游戏,赋诗,宴饮。

⑤华清:华清宫。故址在今西安市临潼区东南的骊山。骊山西北麓有温泉,唐太宗在此建汤泉宫。玄宗时扩建为华清宫,楼台殿阁环列山谷。见宋代宋敏求《长安志》。据两《唐书》本纪,玄宗在位的四十四年,游幸骊山宫竟达三十七次之多。尤其是开元二十五年(737)后,天宝十四载(755)"安史之乱"前的十九年中,冬十月或十一月必到骊山小住。因此,华清夜宴是常有的事。以上二句是说玄宗自从有了杨贵妃,便沉溺在女色之中,不再像过去那样与兄弟诸王亲密无间并留心于治国之道。"日色隐"云云是双关语,既指太阳落山,从而引出玄宗的夜生活;又喻指玄宗的身影已从花萼楼中消失,即不去那里和兄弟诸王聚会了。封建时代,例以"日"为皇帝的象征。

⑥梁州新曲:《开天传信记》载,西凉州(今甘肃武威一带)俗好音乐,制新曲曰《凉州》,玄宗开元年间献上。按,"梁州"即"凉州"的音讹。初就:刚创制出。

⑦即"按锦瑟银筝",为调音律而颠倒语序。按:审看,审听。其主语已省略,即玄宗、贵妃等。锦瑟:装饰华美的瑟。银筝:银饰的筝。筝:弦乐器,十三弦。

⑧中坐:筵席中央的位置上坐着。

⑨列坐:指列席陪侍,在两旁坐着。

⑩尽倾城:全是绝色美人。倾城:见前薛昭蕴《浣溪沙》注②。

⑪百斛:谓饮酒数量之多。斛:古以十斗为一斛。南宋末改为五斗。倒:歪倒。

⑫玉山倾:形容醉倒。南朝宋刘义庆《世说新语·容止》篇载,晋人山涛评论嵇康曰:"其醉也,傀俄若玉山之将崩。"玉山:形容仪容之美。以上七句具体描绘玄宗、贵妃等华清夜宴的场景。

⑬东:左。小玉、双成:白居易《长恨歌》:"转教小玉报双成。"是白氏虚构出来的杨贵妃的两名婢女。

⑭绛纱笼烛:用绛红色绢纱制作的灯笼罩着蜡烛。

⑮宫漏:宫中的计时器,即铜壶滴漏。用漏壶滴水有一定速率的原理来计量时间的器具,历代形制不一。以上三句是说,宴会直到半夜三更才散,贵妃酩酊大醉,侍女将她扶上马,高挑着绛纱灯笼回寝宫去。

⑯禄儿:参见注③。安禄山(?—757),唐营州柳城(今辽宁朝阳南)胡人。通蕃语,骁勇善战,因战功升任高级军职。后骗取玄宗的信任,兼平卢、范阳、河东三节度使(辽宁、河北、山西等军事辖区的长官)。天宝十四载(755)冬起兵叛乱,南下攻陷洛阳。次年自称雄武皇帝,国号燕,派遣军队攻破长安。所部残暴杀掠,激起了人民的反抗。肃宗至德二载(757)春,其子安庆绪谋夺帝位,将他杀死。见两《唐书》本传。

⑰三郎:玄宗是睿宗的第三个儿子,睿宗和群臣呼他为"三郎"。见唐刘肃《大唐新语·谀佞》。

⑱鼓鼙惊:指安禄山的大军已杀奔长安而来。化用《长恨歌》:"渔阳鼙鼓动地来,惊破霓裳羽衣曲。"以上三句喻言贵妃认禄山为养子,结果酿成大祸。说贵妃酒醒后找不到玄宗在哪里,是喻言当她终于从醉生梦死中清醒过来时,玄宗已把她当作政治牺牲品抛弃了。

⑲马嵬恨:马嵬,在今陕西兴平西。相传晋人马嵬在此筑城,故名。天宝十五载(756)六月,玄宗、贵妃在禁军扈卫下逃离长安,奔往西蜀。行至马嵬,禁军哗变,杀死祸国殃民的宰相杨国忠,并迫使玄宗处死贵妃。见两《唐书》玄宗纪及杨贵妃传。

⑳寄：寓托。以上二句是说，可惜没有画家画它一幅《马嵬兵变图》，将贵妃被处死这件恨事形象地描绘出来，作为对后世的警戒。按，北宋董逌《广川画跋》中有《书马嵬图》一文，可知此前实有画家以马嵬事件为素材作过画。词人或未曾见，或明知而故为其说以发感慨。

本篇押用一部平韵，韵脚是"清""筝""城""倾""成""更""惊""青"。下片第六、第七句，"去""处"同韵，或是有意添押一部上去声仄韵为辅韵，以增加全词的声韵之美。

【品评】

唐玄宗开元、天宝间的由盛而衰，由治而乱，经历了几十年量变积累成质变的过程。这一段内容丰富而波澜起伏的历史，足够史学家写一部百万言的巨著，影视界拍一部数十集的连续剧。然而，词人只用了九十五个字，便把它表现得淋漓尽致！且词中所有的场景，都安排在一夜之间。诚可谓煮海为盐，缩龙成寸。

画图是静态的艺术，一幅画往往只是一个瞬间的凝固。即如词人所题之《杨妃夜宴醉归图》，记录的无非是宴罢归途中的一个镜头，它本身的艺术容量很有限。作者为之题词，若拘于画面内容，纵然工到极处，也不如画图来得生动和形象。词人深知这个道理，他充分发挥了诗词艺术可超越时空的特长，词笔上溯"醉归"之前的"夜宴"，下探"醉归"之后的惊梦，从而使一幅画衍生为一出戏，产生了类似于"全息摄影"的艺术效果。

[宋] 张炎 (1248—1319 后)

字叔夏,号玉田,晚号乐笑翁,临安府人。南宋初大将、循王张俊的六世孙。宋亡前,以贵公子身分在京城过着优裕而风流的生活。宋亡后,家产被籍没,流离失所,乃至以卖卜为生。元世祖至元二十七年(1290),被迫北上大都,为元统治者缮写金字佛经。事毕,于次年抽身南归。晚年辗转往来江、浙间,寄人篱下,凄凉而终。他有很高的文学艺术修养,工书画,通音律,更是宋元之际格律派词的代表作家和理论家。著有《词源》,提倡"清空""骚雅",讲究音律和洽,精研"句法""字面",是格律派创作理论和实践的总结。其词今存三百余首,有《山中白云词》《玉田词》等不同名目版本。亡国后的作品交织着故国黍离之悲与身世飘零之叹,凄婉悲凉,沉痛感人。

高 阳 台

西湖春感①

接叶巢莺②,平波卷絮③,断桥斜日归船④。能几番游,看花又是明年⑤。东风且伴蔷薇住,到蔷薇、春已堪怜⑥。更凄然。万绿西泠⑦,一抹荒烟⑧。　　当年燕子知何处⑨,但苔深韦曲⑩,草暗斜川⑪。见说新愁⑫,如今也到鸥边⑬。无心再续笙歌梦⑭,掩重门、浅醉闲眠⑮。莫开帘。怕见飞花,怕听啼鹃⑯。

【注释】

①西湖:即今杭州西湖。

②这句用杜甫《陪郑广文游何将军山林》诗十首其二:"接叶暗巢莺。"接叶:密接的树叶。巢:这里用作动词,指鸟儿筑巢栖息。

③絮：柳絮。

④断桥：西湖里湖东端与外湖分界线白堤上的一座桥。以上三句写暮春时节，杨柳叶荫已浓，遮藏住巢居其间的黄莺；杨花柳絮飘入湖中，被平满的水波卷去；夕阳西下之际，西湖内的游船从里湖驶出，穿过断桥，经外湖归航。据周密《曲游春·禁烟湖上薄游》词并序，西湖游船的惯例是先游外湖，午后则经西泠桥入里湖，至日暮始出断桥而归。

⑤以上二句是说，还能游几次西湖呢？春天已近尾声，要看春花又得等到下一年了。

⑥以上二句是说，东风啊，你姑且停下脚步来陪一陪蔷薇花吧；到蔷薇开花，春天已经很可怜了。蔷薇开花时，春天就要结束，故云。

⑦万绿：形容大片的树木。西泠：西湖中连接孤山与湖北岸的一座桥，也是里湖西端与外湖的分界。

⑧一抹：用画笔横抹上一笔。以上三句是说，更加令人凄凉的是，西泠桥那边郁郁葱葱的林木，像是抹上了一道荒寒的暮霭。

⑨当年燕子：自刘禹锡《乌衣巷》诗（详见前周邦彦《西河》注⑱）一出，"燕子"已成为诗词中感叹世事沧桑的常见意象。这里用意相同。

⑩韦曲：故地在今西安市长安区。唐时为贵族韦氏聚居之地。

⑪斜川：在今江西星子县境内。晋代著名隐士陶渊明曾与邻人前往游览，作有《游斜川》诗。这和上句的"韦曲"都不是实指，而是借用来代指同类性质的地方。以上三句是说，谁知昔时的燕子飞到哪里去了？如今只见名门望族的住宅区内长满了青苔，寒士隐者的遨游地也野草丛生。言外之意，经过元军的洗劫摧残，富贵人家固然是门庭荒芜，人迹罕见，就连一向安贫乐道的隐士也无处可以优游。在这样的情况下，"旧时王谢堂前燕"就连"飞入寻常百姓家"也很困难了。

⑫见说：听说。

⑬"鸥"是一种没有机心、无拘无束的水鸟，古人常视之为隐士的伴侣，或当作隐士的象征。说从来不知"愁"为何物的鸥鸟如今也开始"愁"了，这就含蓄地道出了亡国遗民的极度悲哀。

⑭笙歌梦：喻指已经逝去了的旧日豪华生活。笙歌：见前张先《木兰

花》注⑦。

⑮以上二句是说自己已没有心思去重温亡国前征歌逐舞、追欢买笑的旧梦,聊且掩上一道道院门,浅醉闲眠,藉以暂时忘却亡国的痛苦。

⑯啼鹃:这是个积淀着亡国之悲的意象。参见前辛弃疾《贺新郎》注②。以上三句是说自己生怕看见落花飞舞,听到杜鹃哀啼,加重亡国的悲恸,所以不肯卷起遮蔽窗户的帘幔。

本篇押用一部平韵,韵脚是"船""年""怜""然""烟""川""边""眠""帘""鹃"。又"絮""去"同韵,"游""愁"同韵,分别处在上、下片相对应的位置上,或是有意添押一部上去声仄韵与一部平韵为辅韵,以增加全词的声韵之美。

【品评】

"一勺西湖水。渡江来、百年歌舞,百年酣醉!"理宗朝进士文及翁在其《贺新郎·西湖》词中,对整个南宋时期统治阶级醉生梦死于东南秀山丽水间的偷安状况,曾作出过如此一针见血的概括。身为贵公子的张炎,在宋亡之前,自然也免不了"一春长费买花钱,日日醉湖边"(宋俞国宝《风入松》词)。如果南宋王朝还能维持几十年,那么他那富裕于物质享受而贫乏于精神寄托的生活,很难使他写出摇动人心的词作来。不幸而幸运的是,元军的铁蹄踏碎了他的"笙歌梦",巨大的时代风暴将他从天堂抛向苦难的人间,于是,才有了摊在我们面前的这首以抒写亡国之痛为主题,"凄凉幽怨,郁之至,厚之至"(清陈廷焯《白雨斋词话》)的《西湖春感》词。其词集《山中白云》里,同样内容的作品占了相当大的比重。"亡国之音哀以思"(《毛诗序》),这是反反复复回荡在他后期词作中的主旋律。套用他自己《清平乐》(候蛩凄断)词中的两句来评说,诚可谓"只有一枝梧叶,不知多少秋声"!

壶 中 天

夜渡古黄河,与沈尧道、曾子敬同赋①

扬舲万里②,笑当年底事③,中分南北④。须信平生无梦到,却向而今游历⑤。老柳官河⑥,斜阳古道,风定波犹直。野人惊问⑦,泛槎何处狂客⑧。　　迎面落叶萧萧⑨,水流沙共远⑩,都无行迹⑪。衰草凄迷秋更绿⑫,惟有闲鸥独立。浪挟天浮,山邀云去,银浦横空碧⑬。扣舷歌断⑭,海蟾飞上孤白⑮。

【注释】

①沈尧道:名钦,字尧道,号秋江。曾子敬:名遇,字子敬,又字心传,嘉兴府华亭(今上海松江)人。博学能文,擅书法。二人都是词人的朋友。

②扬舲:放舟。舲:有窗的小船。

③底事:何事,为什么。

④中分:平分,对半分。

⑤以上二句是说,本来连做梦都梦不到这里,想不到如今却到此一游。

⑥官河:官府组织开凿的人工河。

⑦野人:乡野百姓。

⑧泛槎:传说天河与海相通。有人从海上乘槎,竟达天河,得见牛郎、织女。见晋张华《博物志·杂说》。

⑨落叶萧萧:杜甫《登高》诗:"无边落木萧萧下。"萧萧:风声,草木摇落声。

⑩水流沙共远:河水挟裹着黄沙流向远方。

⑪都无行迹:完全没有人迹。

⑫此句化用《古诗十九首》其十二《东城高且长》："秋草萋已绿。"

⑬银浦：银河。空碧：指天。

⑭扣舷歌：一边歌咏，一边叩击船帮以为节拍。苏轼《前赤壁赋》："扣舷而歌之。"断：歇，终了。

⑮海蟾：指月亮。古人以为月出于海底，又传说月中有蟾蜍（即虾蟆），故称。孤白：亦指月亮。与"海蟾"为同位语。

本篇押用一部入声仄韵，韵脚是"北""历""直""客""迹""立""碧""白"。

【品评】

元世祖至元二十七年（1290），为缮写金字《藏经》，广征江南擅书者，张炎、沈钦、曾遇等皆在其中。词人在北行途中写下了这首词，时年四十二岁。在此之前，他所见过的都是婉丽的江南之景。此番北上，使他眼界大开，因而在他笔下也出现了雄浑的北国风光。这首词在张炎集中别具一格，气势、用笔近于苏轼、辛弃疾。

忆 王 孙

谢安棋墅①

争棋赌墅意欣然。心似游丝飏碧天②。只为当时一着玄③。笑苻坚④。百万军声屐齿前⑤。

【注释】

①谢安（320—385）：字安石，陈郡阳夏（今河南太康）人。东晋孝武帝时，官至侍中（宰相）。太元八年（383），在秦晋淝水之战中，任征讨大都督（东晋一方的军事总指挥），遣其侄谢玄等，以八万晋军大破号称百万的前秦军。见《晋书》本传。棋墅：《晋书·谢安传》载，前秦大军压境

315

时，谢玄等入朝问计，谢安却带着亲朋去游山，并与谢玄围棋，以别墅为赌注。谢安棋艺本不及谢玄，但谢玄忧惧战事，心不在焉，竟输给了谢安。谢安将赢来的别墅随手赠给了外甥羊昙，游览至夜乃还，这才一一给将帅布置任务，面授机宜，各用其长，无不得当。

②游丝：昆虫所吐，飘荡在空中的断丝。飏：飘扬。

③只为：只因为。一着玄：双关语。字面义是沿着上文"争棋"往下说，谢安下了一着玄妙的棋。但"玄"字又暗指谢玄（343—388）。玄字幼度，陈郡阳夏人。淝水之战，玄为前锋，都督徐兖青三州、扬州之晋陵、幽州之燕国诸军事，是晋军的前敌指挥官，与诸将协力，大破秦军。见《晋书》本传。

④苻（fú）坚（338—385）：字永固，氐族。十六国时前秦世祖，公元357—385年在位。淝水之战，亲率大军伐晋，遭致惨败。见《晋书·苻坚载记》。

⑤屐（jī）：木鞋。齿：屐底有齿，功能是防滑。《晋书·谢安传》载，谢玄等大破秦军的捷报送到时，谢安正与客围棋，看罢捷报，随手放在坐榻上，丝毫没有欣喜的神色，继续下棋。客问战况，他不紧不慢地回答说："小儿辈遂已破贼。"但下完棋回内屋，过门槛时，因抑制不住心中的喜悦，一不留神，磕断了木屐的齿。以上二句是说，可笑那苻坚的百万大军，竟"断"在了谢安的屐齿之前。

本篇押用一部平韵，句句皆叶。

【品评】

在张炎词集中，本篇前一首为《浪淘沙·题许由掷瓢手卷》，后二首依次为《蝶恋花·邵平种瓜》《如梦令·渊明行径》。据此推断，这四首应是一组题画词。本篇全题当作"题《谢安棋墅》手卷"，"题""手卷"三字，承前首而省略。以下二首，词题亦当如此。由于原画本属历史题材，故此词又兼有"咏史"的性质。但不论作"题画"词还是"咏史"词看，它都是上乘之作。

就"题画"而言，原画的画面应是谢安、谢玄叔侄"争棋赌墅"，而谢安的"心似游丝飏碧天"与"一着玄"恐画不出;与客围棋直至屐齿之折,也不可能同时画出。这些都是"题画"而不止于"此画",对画面有所增益,对画意有所升华,使词与画互补,珠联璧合,相得益彰。

就"咏史"而言,它深得"大题小做""小题大做"的妙诀。以三十一字的小令,欲写"淝水之战"这样波澜壮阔的历史事件,"宏大叙事"的写作策略只能是"独孤求败"。词人巧借一个人、两局棋的细节,以微见著,举重若轻,实在聪明。"只为当时一着玄"的妙语双关,"百万军声屐齿前"的隐以符坚"折"兵将与谢安"折"屐齿作不对称之比较,也都将语言艺术的长项发挥到了近乎极致。